堂吉诃德的眼镜

阅读即行动

小说细读十二讲

堂吉诃德的眼镜

张秋子 著

上海文艺出版社

序

每一个人文专业的学生，在大学入学时，想必都会被"必读书目"震撼。

长长的一串人名和书名，似乎意味着从最底层拾级而上的阶梯，从入门到精通的甬道。

在我自己的专业里，像老佛爷一样供奉起来的书目，包括哈罗德·布鲁姆的《西方正典》、艾布拉姆斯的《镜与灯》、F. R. 利维斯的《伟大的传统》、埃里希·奥尔巴赫的《摹仿论》等等——总之，是那些你一辈子不读也要知道很厉害的书，也是那些你读不出什么也不敢吭声的书。它们会不时地出现在老师引经据典的嘴巴里，或者是学术论文漂亮的论证中。

可是，对于自己的学生，我没法开书单。

书单应该是最具有个人色彩的。一个人从小到大读了什么书，为什么读，何以选择了这本而不是那本，所有这些问题的答案，最后会凝聚在一个人最后开具的书单里。它就像一个结晶体，把人一生精神成长的漫漫过程展现了出来。所以，我开的书单无法适用于任何其他人，因为，大家成长所走的路是不同的。何况，阅读更像是一个不断迂回和逡巡的过程。在来回的重读中，困惑生生灭灭，顿悟来了又走，由此，知识的晶体才能逐渐从团块的混沌中析出清晰的轮廓。它不可能比照着既定的图纸，一刀一刀斧凿出来。

哈罗德·布鲁姆当然好，F. R. 利维斯也不错，埃里希·奥尔巴赫更不用说了，这可是在二战流亡期间仅凭记忆就写出了皇皇《摹仿论》的伟大批评家。可是，在不对的时间读他们，就不好。

一般中文系的外国文学课程设置在大二，也就是说，从这时候开始的一年时间里，学生才会系统地从古希腊经典开始阅读，穿越二十个世纪，一直读到现代的著作。如果足够勤奋，一年内大概可以读二十来本西方经典作品。也是从大二开始，文学理论与文学批评的课程开始了，在同学们连最基础的作品都没读的前提下，他们就得应付各路批评名家相当晦涩的论述。此时，自己肚里可能只有一分存货，竟然得接名家们万万千千招。

这就导致一个情况：当老师要求读《摹仿论》时，同学连《摹仿论》开篇讨论的第一部文学作品《奥德赛》都没读完。然而，光一本《摹仿论》，就讨论了横跨古希腊到现代的二十余部作品，更不用说其他的必读书目了。这样的必读书单显然是无效的。

顾随老先生说：文学只能对会家说。会家指的倒不一定是精通，而是了解：至少认真读过一遍原著，才算得上和文学批评站在同一水平线上，讨论的是同一样东西。如果完全没有读过原文，或者只是去搜索了一下梗概，就要硬着头皮去读批评，那就会既无所得也读不下去。当然，伟大的批评有一个共通的特点，就是视野不会仅仅局限在所讨论的这部作品身上,而是会把观点抛到更高更远的边界上:亨利·詹姆斯从巴尔扎克混沌杂乱的风格中,看到了整个启蒙思想的内部矛盾性;莱昂纳尔·特里林从麦尔维尔的一个词中,看到了作家意志与人类所有欲望和需求的对抗。但问题就是,不读原著,就只能把握这些最抽象最优美的结论,却无从得知它们是如何被推导出来的。

从一个实际的角度来说,这些漂亮的抽象结论很容易被忘记,而且,当初读的时候有多么震撼和触动,后面就会忘得多么快。因为读者缺乏关于这些结论如何形成的认知过程,它们是吸附在个人的认知外壳上的,时间一久,就自动脱落了。

自己的阅读储备与读批评著作所需要的阅读量不匹配,这可能是读者在面对批评作品时遇到的第一个麻烦。但是,我们又不能等到狠狠读它个四五年原著,精通西方文学了以后,再回过头来读批评作品。因为四年的学制不允许,别的课程的书目也得读,更何况,许多人毕业后甚至不一定有大量时间读书了。所以,文学评论的初读者卡在了精读和泛读的两可的门槛上。

还有一个问题,也是我自己在求学过程中遇到的,那就是,有时候我真的不知道批评者要表达什么意思。本来我是看不懂原著才去看的批评,可是批评又把我难倒了。这里,倒不是要翻译背锅,而是英语或者其他语系的批评者在表达方式与思维习惯上,与我们中国人习惯的方式有很大区别。甚至,在一些伟大的批评者手里,批评著作本身就不是"作品的侍女",而是可以和作品本身一较高下的创作,所以,往往会充满强烈的个人气息,让读者感到与阅读作品同样的困难。

举个例子，来看看布鲁姆在《西方正典》中对美国诗人惠特曼的批评。这一章的题目是《沃尔特·惠特曼：美国经典的核心》。反复读完整篇评论，我还是不确定布鲁姆是如何确定惠特曼的核心的，或者说这种核心地位体现在哪些方面。全文分析了惠特曼的许多诗歌，非常丰富地谈到了这位诗人诗歌细节的特点、自我的多重含义、爱默生与诗人的交往与影响、诗人的自欲与同性恋倾向、他所写出的时代氛围等等……如果是上课听，我会觉得"哇，这课不错"。可是，以文字的形式出现就令我迷失了，我无法把握布鲁姆在这些跳跃的讨论之间有什么逻辑，也不知道他所说的核心到底是指对时代氛围的把握，还是指诗人改变了美国声音形象的那颗孤独的心灵。

这些论断总体上没大问题。但是，如拆开来看，显得太普通，合在一起看，又显得太跳脱杂乱。当然，这也是我个人的解读，也许换一个人来读，就会读得心潮澎湃，大有所得。类似的阅读体验，在读文学批评的时候，时有发生。批评者为了拒绝学院派的枯燥与呆板，换上了另一种充满激情、天赋与感悟的话语，同样让人迷失。就好像想走进一条湍急的小溪，这条河和家乡的河不太一样，水流乱拍，一时间竟无处下脚。相比起来，反而是那些总被批评无聊的学院派文论还能读得懂一些，后殖民是后殖民，女性主义是女性主义，丁是丁，卯是卯。

当年的我不好意思跟别人说"读不懂"，或者"把握不了"，还是装模作样地推崇这些批评经典。也许，很多文学批评的读者和我遇到的情况一样，没读懂多少东西，就稀里糊涂过去了,最后还得鼓掌说好。

所以,多年后,在这本讲稿里,我试图解决上面的问题。

我希望能建构起一套精读与泛读合理结合的批评与讲授模式。由于本科同学课时有限,阅读量少,所以,在精读方面,我每节课会选择一篇短篇小说,打印成纸质,发给全班同学。我只对该作家作品做极为简单的介绍,就让大家开始自行阅读。这样就能保证,我们有一个精读的共同起点。这期间,我会把导入性的多个问题展示出来。本来一开始是省略了这一步的,后来发现必须要有导入问题,因为如果让同学直接谈"读到了什么",部分同学由于完全缺乏阅读外国小说的经验,会卡壳说不出来,最多只能说句"读不懂"。导入性问题相当于为脑海中没有思路的同学提供一根拐杖。

在大家共同阅读的基础上,针对导入性问题再展开讨论,所有的讨论我都会认真记录并展开对话。课堂的魅力也在这里:同一篇小说,同一个细节,同学的反应是参差多态的——有人觉得《好人难寻》里的老太太很可爱,有人觉得她很恶毒;有人觉得《南方》是现实主义,有人觉得它是梦,甚至是临死的幻觉;甚至,甚至连面对文本时的表情也是各异的。这种差异性的景观构成了文学被理解、"活过来"的过程中所有的人性元素。

之所以把同学各种各样的反应都呈现出来,也是希望打破理解文学就一味要往高深、形而上的方向扯,就一定得把德里达拉康弗洛伊德搬出来套一遍的定式。哪怕,一位同学说"读不懂,作家就是为了让我读不懂才这么写",

也是重要的，因为这是基于个人体验最为真诚的文本反馈。也许，我们课堂里的同学某个让别人发笑的观点，其实暗中与本书的读者——你——达成了默契，这样，你们彼此就是相通的，互相理解的，而无需担心别人是否会评价你们太肤浅。而且，每位读者所注意到的细节，可能是别人未曾注意过的，一个女生注意到了《幸福》中最后偷偷告白的细节，她说的时候大家很惊讶，显然别人都没注意到。这样，大家的观点彼此互动、叠加、丰富，也超出了我个人所能给出的解读体量。

有时候，我会更期待非文学专业的读者给出的解读。中文系的学生在面对一部作品时，很常见的问题就是"就事论事"——只能就着作品给出的情节、人物、叙事来聊，所以不太合格的论文一般总是情节的复述。但是理想的文学解读也包含向外求的部分。所以，这门文本细读的课也会开给跨专业选修的学生，他们来自不同的学科——政治学、教育学、计算机、物理学等等——这些学科背景也恰恰能够为"向外求"的文学理解提供额外养料。这本书的意图也是一样的，不论读者是什么学科出身，都尽可以相信文学的力量：它门槛低，但又能大大地调动个人的认识与判断储备参与其中，走向一个更为多元的阐释世界。

在今年的课堂里，有一个例子让我印象深刻。我们聊到了莫里森小说《最蓝的眼睛》中那个著名的情节：黑人小男孩在和女友偷尝禁果时，被两个白人发现了，他们摇晃着手电筒让男孩"继续干呀"，男孩的反应是，真的继续"卖力干了下去"，他涌起一阵仇恨，但居然是对自己的女友。这是一个非常惊人的情节，一个男生站起来谈想法时，说，自己最初想到的是"人喜欢观看动物交配"。大家一听都很哗然，纷纷表示自己可没有这个"恶趣味"。但是这个男生接着说，那么多的动物纪录片里，不都会拍动物交配的场景吗？在白人统治下的黑人，其实很大程度上都把自己给动物化了，所以他们把羞耻感丢到了一边，而白人也把黑人当成了动物，这个情节让他感到了白人的恶毒与黑人的麻木。当他做完解释，我觉得大家都信服了。这就是在课堂上讨论文学的魅力，理解不仅仅发生在个人与文本之间，也发生在个人与个人之间。

就这样，每当我们开始听凭自己的感受进入文学时，就好像戴上了一副独一无二的眼镜，看到的东西也截然不同。在本书的最后一章，会特别提到《堂吉诃德》中的眼镜，因为当时人们对光学仪器的不信任，小说中的人物一旦戴上眼镜，总是把东西看错。某种程度上，堂吉诃德经常闹笑话，可能也因为戴上了一幅导致"失真"的眼镜，所以才会把风车看错成巨人、把破盆看错成魔法帽。不过，在文学解读中，看错未必是件坏事，我们没法保证到底哪种解读不是误读，哪种解读接近于"真理"，因而，本书中我和学生的解读都可以看成是戴上了《堂吉诃德》中的眼镜的结果。

一般，在同学们充分表达后，我才会进入讲述。我大致会把大家细读的本文再梳理一遍，补充一些被忽略的细节，或者引入一些我主要展开的主题——在实际的阅读实践中，很多时候，大家读到的方向，与我要引入的方向是不同的。所以，我所选取的角度，绝对不是这一篇小说唯一的核心与主旨,但却是我要引出整个内容的关键,所以,这些小说对我来说,是一把把打开相关问题的钥匙。

在对十二篇小说所引入的相关问题的介绍中,我把内容分为了两种:一种关于主题,一种关于技术。这也是自己在阅读以往的批评作品时感到大有必要进行区分的。以往在读很多文学批评著作时,我都感觉到一个清晰的界限:这是写给大众的,那是写给专业读者的,两者井水不犯河水。在面向大众的作品中,谈到的内容都太过简单,往往就是讲讲小说情节,再提供一个人生大道理或者心灵鸡汤——可是,我想哪怕是非专业读者,也不一定总是患有这种"大道理饥渴症"吧;另外一种更为专业的批评,则完全罔顾普通读者的需求,在各种复杂的术语、晦涩的表达中,将文学与读者之间的关系推得越来越远。

我希望这本讲稿能稍微打破专业与业余之间的界限。两种类别中,"主题篇"大体服务于普通读者:读一个故事,读到了什么内容,这个内容想传达一个什么主题,这个主题又如何和我自己发生了关系——这些,是我试图在主题篇中讲述的。比如,我们如何感受自己生活的时间流动、如何理解文学作品中的杀人放火、如何看待小说中对于衰老的描述……只要一个人活着、爱过、憎恨过、年轻过,他就无法绕开这些问题。本书的主题部分,会更接近于我们的生活经验。当然,在解释文学现象的时候不可避免地需要借用一些旁的观念,比如聊自我,难免就得聊聊哲学、伦理学这些学科中是如何界定自我这个概念的。所以,也并不意味着这一部分就全然是易读的。

"技术篇"更多地服务于专业读者。如果不满足于对小说主题的解读,进一步想剖开来看看,小说是怎么写成这个样子的,作家悄悄摸摸用了什么技巧,就可以更多地着眼于这个部分。其中一些技巧的讨论,看起来并不新鲜,比如重复与省略,或者套娃结构。我所做的,是把这些技术问题放到一个更大的文学发展的脉络里面,也采用了更多的作品来做说明,在总体上对技巧及其变化的历史做出一个清晰的描绘。当然,技巧也绝对不意味着专业性极强的排他性。在本书的讨论中,确实会有比较抽象的技巧讨论,但也会对接地气的技巧有所关注,就好比打篮球,你静静站在篮下投球是技术,你过人后投篮也是技术,像本书中对于文学如何书写日常元素、反日常元素的介绍,就相对简单一些,仍然是围绕着最切身的感受展开的技术讨论。

在所谈及的作品中,可能很多都是同学未曾看过甚至听过的,为了避免上面说过的那种阅读的无效性,我也进行了一些改进与尝试:

首先,对小说全文的情节会有一个大致的介绍,至少让大家知道,我们现在谈到的这段文本的背景是怎样的。然后,会完整地引出需要细读的段落,进行进一步的解读。自然,一旦我开始复述,那么不可避免的丢失、扭曲、误读、添加就会进入文本。批评者的两难也在这里,一方面要让读者知道我们在讲什么,一方面又无法保证自己提供的阅读成果的精确性,是中介的同时,也是扭曲变形者。所以,如果出现偏离较大的误读和简化,责任全部在我,这也都是我戴上了"堂吉诃德的眼镜"的结果。

同时,我仍然坚持不套文学理论的细读方法,最大限度地"讲人话",保留口语色彩,同时保留课堂的即时反馈内容。文本细读无法带出什么大道理或者心灵鸡汤,但有可能会为读者采撷一瞬间的心心相印。所以,整个讲稿的基本方法是比较固定的:细节的、经验的、技术性的、基础的。若要追问整篇小说传达了一个怎样的道理或者教训的读者,大有可能失望。而且,本书始终是文学方面的专业内容,所以不可能为了降低门槛而牺牲一切深度与专业性诉求。最理想的状态是,语言的轻松与深度的追求达到平衡,对此,我也只能说在有限的能力下尽力了。

虽然每一讲都是以短篇小说引入,但在实际的讨论中,涉及范围会从古典的悲剧、史诗、戏剧一直跨越到现代的戏剧、诗剧与小说乃至非虚构。所以,本书并不是一个单纯小说研究的课程,我会在整个文学表现中截取与聚焦一些剖面。读者可能也会发现,对很多主题与技巧的讨论,都是镶嵌在古今之别的大历史观内的:从古到今,它是怎么发生了变化,又是为什么发生了变化。其实在一开始讲课与写作的过程中,我并没有刻意地放入到古今之别的语境中,但写完之后一看,很多问题好像都或多或少地呈现出了一种共同的变化过程。文学作为历史、作为意识表征、作为心灵的辩证,从一个更大的视野来看,其实很难逃脱出时间的万千沟壑。

前文也提到我自己在阅读一些批评时感到的困惑,当然,每种批评的风格不同,汪洋恣肆有其美,条分缕析也有其必要性。作为课堂讲稿,我只能采取第二种讲法,也就是在讲述的过程中建立清晰的逻辑结构,一步步导出结论。其实,这是一个非常人为的举动,结论也是高度个人化的，并不是说文学的具体现象或者文学发展中天然存在这些结构、线索与框架，而是我在讲课时必须搭建起它们，就好像用一些阿里阿德涅式的引线来辅助读者成功地穿越一片迷雾的文本森林。

甚至，最后可以把这些搭建起来的架子全部丢掉，只要能摘到一片契合自己的叶片就好。明末清初诗人吴梅村有一句诗："摘花高处赌身轻"，说你要摘到最美的花，就得赌一把，祈祷自己身体够轻可以跳起一摘即中。我大量建立规律和逻辑的目的，就是在把这片文本的树林繁花介绍给读者，待他自行采摘的时候，在下面提供一个弹簧床。

当然，你也可以蹦出去。

毕竟，文学是自由的，解读也是。

最后，本书要感谢在课堂中始终与我相伴的李佳泽、和书慧、王文轩、黄子航、胡智洋等众多同学，正是在与同学的文本互动中，本书才有成型的可能。以及我的同事、中山大学中国哲学博士陈雪雁老师，书中的许多问题我都与她进行过交流，她以丰富而成熟的思考给了我极大启发。

目录

第一讲
《密室》：文学中的时空

1

第二讲
《地震的那天》：小说中的日常与反日常

31

第三讲
《好人难寻》：文学与恶的距离

56

第四讲
《人工呼吸》：小说中的"套娃"结构

84

第五讲
《幸福》：文学中的"意义感"

114

第六讲
《南方》：小说的虚构与现实

142

第七讲
《巨翅老人》：文学中的老人去哪儿了？

169

第八讲
《海风中失落的血色馈赠》：文学的重复与省略

198

第九讲
《旅客》：文学与自我

229

第十讲
《广告画》：小说中的"非小说"

259

第十一讲
《带小狗的女人》：小说中的自欺与不自知

290

第十二讲
《胎记》：科学如何影响了小说的讲法

320

各讲细读篇目出处及扩展参考书目

350

第一讲

《密室》：文学中的时空

我读书的时候，老师上课举例喜欢举金庸，我一听就很来劲。因为中学时不好好学习，天天看小说，早就把金庸看完了，听课时再遇到就觉得亲切无比。后来，自己登上讲台，一开始举例也举金庸，可是发现年轻人都一脸茫然，不知道说的是什么古早玩意儿。我才意识到，每个时代的人都有他的知识层，像岩页一样层层累积。八十年代人的知识结构，与九零后、零零后，完全就是属于两个世纪的岩层。所以，突然遇到一个喜欢金庸的学生，简直有点不可思议。这个学生有一次和我聊到一个非常有趣的问题，为什么金庸小说里的绝世武功都是以前的人留下的，或者藏在某个洞穴（也就是遗迹）之中，似乎好的东西一定属于过去，人们只能崇古，才能在现在站稳脚跟，在将来获得成功。

我没办法给这个问题一个特别好的答案，但觉得这个问题很敏锐地捕捉到了两个维度：时间（崇古、现在、未来）与空间（废墟与遗迹）。可以说，这两者规定了文学表达的基础。时间与空间是二十世纪以来文学研究的重点，专门的著作多不胜数。在短短的一讲中，我只能尽量通过一些文本的细读与举要，呈现文学发展中时空诗学的基本轮廓与变化痕迹，同时，也尝试着回答几个问题：文学中对时间与空间的依赖有变化规律吗？这种变化暗含着什么更深的东西吗？文学可以彻底脱离时间或者空间来讲述吗？

罗伯-格里耶《密室》向空间的偏移

第一讲选的是法国"新小说"旗手罗伯-格里耶的名篇《密室》。很多同学在此之前几乎没读过现代小说，所以猛地遭遇罗伯-格里耶，觉得非常困难，因为连最擅长的归纳大意都做不到——很难说这篇小说讲了件什么事情，它几乎没有情节和故事。大家只能零零碎碎、模模糊糊地把握住一些元素和画面，比如小说的内容似乎发生在一个比较大的房屋空间里，人物有一个男人和一个女人，行动则是男人似乎要走开，女人被杀死了，而且遭到了虐待，身体上伤痕累累，血流如注。

我为这篇小说设置的导入性问题如下：这篇小说缺乏通常意义上的情节，你能试着讲讲读到了什么吗？你觉得男人与女人的关系是什么？你认为《密室》的发生地是一个什么样的空间？与以往读过的传统作品相比，你认为这篇小说的特别之处在哪里？如果小说描述了一件凶案，那么，你认为是按照顺序的时间发展来呈现的吗？为什么？如果小说不是一件凶案，还可以被解读为什么情景？你确定你的归纳和推测是靠谱的吗？

读完这个文本之后，许多同学都很自然地把其中支离的元素连接了起来，还原与组织起了一些高度相似的故事，大体是：这是在一间密室里，男人杀了女人（可能是情杀，因为他把她的乳房破坏了，这里面暗含一种性的压抑与愤怒），然后打算逃跑，小说中出现了男人登上旋转楼梯的一幕；可是，随着阅读的推进，大家又对自己的推测犹豫不定起来，因为，罗伯-格里耶根本就没有一个字写出或者暗示男人杀了女人，又破坏了她的尸体，甚至这两人是什么关系都没有交代。有同学觉得他们就像"两片人偶"，偶然地被投进了同一个空间，所有发生的事情、惨案背后的逻辑，都是读者为了"说得通"自己脑补出来的。因而，大家发现，在面对一部作品时，读者的本能就是"要个说法"，或者"说得通"，哪怕只是故事层面的合逻辑性，否则，就没法进一步解读意义层面的逻辑。

可是，对于罗伯-格里耶来说，写一部说得通、读得懂的小说，恰恰是他憎恶的。在他看来，故事一定要有某种意义，是一个谎言，来自传统作家的谎言。像巴尔扎克那些人，笔下当然也会有邪恶、有暴虐、有妒忌与死亡，但是，这一切讲来都过于有条有理了，一切都是为了让读者们读懂而设计的。甚至最后还得让人总结出一点道理，比如《幻灭》中人会毁于欲望，或者《欧也妮·葛朗台》中人会毁于吝啬。在国内的文学教育中，总结出来的道理常常会被强烈地赋予道德色彩，读鲁迅就是要读出他对吃人的社会的批判，读沈从文就是要读出他对湘西美好世界的怀恋与对人性的呼唤……

不过，罗伯-格里耶却拒绝为小说提供意义，更别说还得让这种意义符合真善美的要求了。那些让"整个宇宙都渗透着意义"的小说在他看来真是腻歪极了。那么，如何把读者尝试读出情节和总结意义的行为推开呢？他声称，要用"混乱"实现。也就是说，他要想办法把小说中的情节悬置，打乱，这样一来，那些黏合情节的身份、原因、关系都失去了效果和位置。所以，在一开始我邀请大家推测和组织小说的情节，多少像个陷阱，让大家看到普通读者在多大程度上，会习惯于把小说首先理解成一种"有逻辑的情节"。

二十世纪小说的一大变化就是对情节的淡化。人们对于富有逻辑的情节的渴望，从现实层面来说，是希望最大程度地调节日常生活的单调和乏味，情节的丰富意味着对生命娱乐性的强化。我记得王小波回忆他在美国读书时，大概因为独在异乡，什么书都找来看，连维多利亚时期的地下色情小说都看了个遍。我在课堂上问起来，很多同学也表示，看书的方法就是直接翻开中间看一下，如果能有情节上的吸引点，就读下去，如果没有，直接丢开。当然，现在的短视频已经极大地取代了小说所能提供的娱乐；但是，往深了说，对情节要有逻辑的需求，是人类对世界图景稳定且可理解的本能渴望。之所以大家乐于像个缝纫工一样，去修缮文本的凌乱，其实也是在修缮世界的秩序：必须要说服自己，世界是在持续稳定运转的，身边一切都是可以理解的。从这点上看，情节大概可以算作意义乃至道德的外显。

这种修缮的本能如此根深蒂固，哪怕是一个极为现代的人都难以避免。比如法国作家萨特《恶心》中的主人公洛丁根，他已经发现了世界是由各种"偶然"组成的，甚至连河边一块恰好出现的潮湿的石头，都令他感受到了恶心，因为，生命的必然之轻几乎承担不起命运的偶然之重，我们几乎无法接受任何"意外"。人们总以为生活像是电影里演的那样，头头是道，井井有条，一切都是安排和注定好的。可是走出电影院，看到街头行色匆匆的各种人，那种彻底的偶然感和无措感就会扑面而来。小说由此写到洛丁根的独白："我希望我生活的瞬间像回忆中的生活瞬间一样前后连贯，井然有序。"因而，当他走到图书馆，他拿起一本桌上的书，"机械地读了下去"，这本书就是巴尔扎克的《欧也妮·葛朗台》，巴尔扎克"传染"了洛丁根，因为对井然有序的相信，是维持人不那么焦虑地活下去的粮食。①

罗伯-格里耶是如何做到情节"混乱"的？正是通过打碎时间与空间的秩序。一些敏锐的同学发现，整个小说像是一幅画（实际上它正是献给十九世纪神秘主义画家莫洛的），但具有动态细节，又像是不停虚焦、定格、转场的电影镜头。也有同学觉得，它像是具有幕布和装置的舞台，所以楼梯可以上下升降。所以，也可能没有真的发生惨案，只是在演戏、演电影。甚至有同学吐槽说，感觉回

---

① 实际上，我并不认为这种生活的秩序感是应该受到抨击的观念。上完这节课，包括我在内，大家肯定还是该干嘛干嘛，吃喝工作，一如从前，日子就这么一步步过下去。社会学家们也为生活中的这种秩序感正名，彼得·伯格在《现实的社会建构》里就认为，日常生活里经验层面上的稳定性是人类社会的必然产品，我们依靠惯例、制度让周遭的生活变得易于理解又很省力气，不必做任何一个举动，或者说每句话，都要花费成本去冒险试错。按我的理解，惯例、制度就像在海面上打起了无数桩子，交织成一张稳定的大网，让人们可以在其上活动，而不用去考虑下面的海水波澜。所以，文学始终讨论的是一种有限的、例外的、部分的义域，或者说，它关注的是大网下面的海域，社会学关注的是大网本身。这一点，我也会在讲稿中反复强调。

到了高中做几何题的时候——这个半圆旁边要连上那个弧线、那个点要延伸到什么方向……总而言之，小说中画面感与场景感的交错纵横，取代了时间的流速。这些观察将带出本讲的核心主题：现代小说的另一个变化是，从时间的写作变为空间的写作。

如果进入文本细读，会发现更有趣的是，这些空间画面可能并不是由同一双眼睛捕捉到的，也就是说，空间画面的来源是多元的。在小说的第一段，是一个类似电影淡入的效果。场景尚未从黑暗的笼罩中彻底清晰起来，在恰似暮光的氛围里，能看到轮廓和线条，到后面，才知道红色的斑迹是血迹，而圆形的曲线是乳房。在这里，读者在通过谁的眼睛获得这些信息呢？有可能是所谓客观的摄影机或者画笔，有可能是那个男人。可是大家随后读到，他不停地在被害女人身边徘徊，所以此刻，这个男人自己又变成了被观察的对象。

所以，小说中空间凝视的落脚点是跳跃的。此外，还能读到男人位置的跳跃变动：他第一次现身是在楼梯的上面，正要"远离而去"，这个画面容易造成罪犯正要逃跑的错觉；下面的几段后又写到："男人已经走开了好几步，他现在已经站到了最头里的几级阶梯上，准备上楼"，读者会据此修正预判，觉得是在倒放情节；可再往后读，作者却将目光放到了高处，"他只剩下几级阶梯要登"了。显然，空间并非用由远及近或者由近及远的序列呈现的。

通过观察女人身上的血流，会发现时间的秩序也被打乱了。在前几段，读者被暗示，女人的身体已经被破坏，血流时间应该很久了，所以血流的痕迹从"宽宽的分叉"

变成了"细小";往后读,血流的痕迹则是"很宽地流出",读者可以据此判断,伤口刚造成不久,尚未分叉;最后几段,写到了"瞧,现在,肌肤还没有被动过"。如果照此梳理下去,似乎罗伯-格里耶是在逆着时间写作,也就是从结果写到开端,但最后的段落很快推翻了这个猜想,因为小说又讲到"伤口的血已经凝固,鲜亮的血色变得昏暗"。所以,读者无法按照时间常态的顺序或者逆序来将场景一一归位。

总结一下,《密室》的时空写法显得很具有革命性,它代表了现代小说空间化写作的趋势,相应的,情节乃至意义就会被淡化掉。①

线性时间与循环时间都在制造意义

从这篇小说入手,我打算聊一聊传统文学中几种固定的时空主题的写法,看看它们与罗伯-格里耶的写作有哪些不同。既然谈的是主题,显然就不是谈叙事学里时序、时距、频率这些技巧性的东西。时空的问题既可以当作主题处理,也可以当作技术处理。二十世纪最早在法国出现的叙事学就是从技术方面来理解小说时间问题的。在这里不做理论的介绍,我主要想谈的还是在作家们描写人的经验变化之时——一个人成长、变老、冒险、经历某件事等

---

① 卡夫卡的《城堡》也是很典型的例子。前半部分的情节更多,K要找到进入许可证、要和弗丽达谈恋爱、要见到城堡总管,都是在发出动作。但大家读到后面,会明显感觉到小说的速度慢下来了,因为大段大段的谈话取代了行动。当人在谈话时,实际上就陷入了一个固定的空间之中。

等——背后主导他的时间感受或者说时间观念是哪些,是不是可以进行一个粗浅的分类。

我们先来看时间(以下时间均指人文领域的时间概念,不涉及物理等科学的时间范畴)。时间的问题其实非常难谈,虽然避开了物理学概念里的时间,但哲学家可能又会跳出来指认时间的虚妄性,或者过去、现在、将来三环的虚假性。像古罗马先贤奥古斯丁那句使人发愁的话所描述的:"时间是什么?没人问我时,我很清楚;一旦问起,我便茫然。"我只有能力退回到自己的一亩三分地,从纯文学、普通常识的领域看常见的几种时间意识。

在阅读古典作品时,我注意到"当前—将来—过去"的时间划分已经被普遍接受。作家们基本是依靠这种时间感来安排故事情节的。比如,在《伊利亚特》第一卷里,荷马写道:

> 一位最高明的鸟卜师,在人丛中站立起来,
> 他知道当前、将来和过去的一切事情。
>
> (罗念生、王焕生译)

赫西俄德在《神谱》里写道:

> 来吧,让我们从缪斯开始。
> 她们用歌唱齐声述说现在、将来及过去的事情,
> 使她们住在奥林波斯的父神宙斯的伟大心灵感到高兴。

（张竹明、蒋平译）

到了古罗马时期，这种时间观念仍然在沿用，比如在卡图卢斯的诗歌里，可以看到：

> 奥勒里乌斯，你这饥饿之父，
> 不只是眼前，而且是过去、
> 现在、未来的一切饥饿之父，
> 竟想让我的情人做你的玩物。

（李永毅译）

上面这三部作品在讲故事时，也非常自然地就采取了"过去—现在—将来"的顺序——特洛伊战争怎么打了十年、祖祖辈辈的神又是如何一代代繁衍的，所以，这个维度最接近于生活经验与常识的维度。而且，你会发现，古典时代的人们把这种时间划分赋予了神性，要么是先知掌握的、要么是神祇掌握的，大概有点假托神圣以摆脱人为划分痕迹的意思在里面。

在这个基础上，最常见的当然是顺序时间的意识，也就是从过去写到未来的路径，绝大多数小说发生的维度都被网罗在了顺序的时间感中。《红楼梦》的由盛转衰就是一个典型的顺序时间。贾宝玉初试云雨情、刘姥姥一进荣国府，"初"与"一"无不在标记着时间的起点。由此往后编排，我们才会看到后面"眼看它楼塌了"，这是一个发展的过程，也是人类理解世界最基本的秩序。大家会注意到，这种时间意识往往是戴着历史的面具来写的，似乎一个人或一个家族的时间历程只有被整合成历史的叙事，才算是具有了清晰印迹。我看书或者论文时，会去注意作者的生卒年，比如张爱玲（1920—1995）——这时候就会有些感慨，好像一个人用尽一生，只不过是在历史的河流里取了一瓢。人只能被时间占据，而无法占据时间，过时、来不及、蹉跎这些感受令人困扰不已，不要虚度时间、活明白这些说法，也才会成为人在自我鞭策时的口号。也就是说，由于个人的时间/历史是有限的，赋予它一个最后的意义就变得必要。所以大概可以说，在传统小说的时间观念背后，追求意义的幽灵徘徊不去。

在西方小说中，极度依赖时间顺序的文学题材有西班牙的流浪汉小说和启蒙时代在德国等地兴起的成长教育小说。可是，两者却走上了分叉的小径。当时间被投放到历史中来讲述时，线性的发展就会预设一个终点，一个目标。成长教育小说相信终点是可以抵达的，这类小说的基本套路都是少不更事的主人公，在经历了社会的风雨后，变得成熟与收获满满。歌德的《威廉·迈斯特的学习时代》中的主人公威廉在旅途中，奋斗、反抗、困惑、妥协乃至迷途，最终得以自信地谈到："我已获得了幸福"。时间的积累为终极意义赋值。这种意义的获得有神学的背景，也深深地浸透着洛克式的经验主义哲思，但都是一种对于进步的相信，类似于中国人说的"不经历风雨，怎能见彩虹"或者"宝剑锋从磨砺出，梅花香自苦寒来"。前些年热过的凡人修仙小说也被同样的时间观念支撑着。①

只不过,终极的意义未必就是人获得成长或者幸福,可能恰恰是丧失和不幸。二十世纪以来的末世文学就有这层含义,人们到了终点还在找,能不能找到,谁也不知道。在科马克·麦卡锡的末世小说《路》中,末世来临,世界与个人的明天都成了悬而未决的问题,活下去就成为了最纯粹的终极目标。所以,这部小说的很大篇幅是在描述末世的残景中,苟延残喘的一对父子如何寻找食物和容身之处。

流浪汉小说对顺序时间的依赖有些不同,它取消了人获得成长的终点,时间变成了漂浮无依、不知所终的虚渺虚线,连起来并不能得到什么实质性的变化。也就是说,它没有一种进步史观/时间观作为支撑。在十六世纪西班牙著名的流浪汉小说《小癞子》中,读者跟着小癞子到处混,今天追随一个教士当佣人、明天伺候一位侍从。但是这些事件都只是按照过日子的顺序划过了小癞子的身体,

---

① 我在这里介绍一种观点供大家参考。为什么历史事件是按照序列来的,为什么历史一定要抵达一个充满意义的终点?德国哲学家洛维特在《世界历史与救赎历史》中认为,是因为历史的观念受到了神学观念的影响,很多宗教里有救赎、末世的讨论,认为历史发展到最后一刻,人会获得启示乃至救赎。但丁的《神曲》和歌德的《浮士德》,都是人经历锻炼后获得拯救。这种最终获得救赎的表达如果换成更为世俗的说法,就是指人最终会成功、成长、得到所求,只不过,后来大家都渐渐忘了这背后宗教的东西了。但是,这种说法放到中国显然就不具有解释力,我们没有神学传统,却也有强大的线性史学传统。在老百姓的认知里,也相信"百炼成钢""艰难困苦,玉汝于成",这又怎么解释呢?中国的时间观念,似乎更接近于一种"阶段论",它不会设计终极目标,但会设计阶段性目标。老话常说的什么阶段做什么事、王国维在《人间词话》提出三种渐次的境界、甚至在制度设计里的"三年目标""五年目标",其实都有这种阶段论时间的色彩。

并不与他产生什么生命的交互作用：

> 我只好另找主人。第四个主人是墨西德会的修士；他是上文提到的那几个女人介绍的，据说是她们的亲戚。这位修士不喜欢教堂里唱圣诗的男孩子，也不喜欢在修院吃饭。他一心只爱在外跑，最喜欢经营俗务，奔走拜访。他走破的鞋，大概比全院修士穿破的还多。我生平第一次穿的鞋是他给的，不过穿了八天就不能再穿；我跟他跑了八天也无力再跑。为这缘故，还有些这里不提的小事，我就和他分手了。
>
> （杨绛译）

这是《小癞子》的第四章全文，里面明确地说出了时间与顺序：第四个主人、八天。可是，小癞子并不打算总结这段经历对他有什么影响，一切可能带来成熟的思考都被最后一句话简单地打发了。这样的小说对于一些习惯于总结升华的读者来说就很困难，因为它根本不提供让你升华的材料，好像读了半天只读了一个寂寞。在流浪汉小说里，人物本身不会因为时间的积累与经验的堆叠发生实质性的变化，所以，流浪汉小说在古典时代构成了一个带有现代色彩的时间景观：不发展不进步，也不追求意义。这也说明，文学的发展不是依循某种规律或者教条，按部就班发展起来的，它经常会有例外、有折返、有横跳。古典时代会不时冒出现代气息强烈的作品，现代的很多作品也还是走着某些古典的老路。

当然，哪怕是有着强烈的时间目的性与指向性的小说，其结果也并不总是指向线性终点，比如福楼拜《包法利夫人》。一方面，我们确实看到了情节沿着时间发展而推进：结婚、无聊、出轨、再次陷入无聊；可另一方面，这些推进似乎又进入到一种原地打转的死循环，没有改变真正发生。福楼拜乐于渲染这种循环往复："日子过得和钟摆一样单调"，"类似的日子，一个连一个，重新开始"。偷情最开始是为了摆脱乏味的婚姻生活，但恐怖的就是，最后发现每一次偷情都还是会沦为同样乏味的东西。

这就涉及了所谓循环时间的意识。古希腊传统史诗《奥德赛》中，留在岛上的佩涅罗佩日夜等待着丈夫归程，同时得应付许多求婚者，这些人只是觊觎岛上的财富而已。所以，她宣布布匹制作完成才嫁人，白天编织布匹，晚上再拆掉，如此循环往复下去，以此来抵挡觊觎者们的求婚。史诗这样写道：

> 她这样说，说服了我们的高傲的心灵。
> 就这样，她白天动手织那匹宽面的布料，
> 夜晚火炬燃起时，又把织成的布拆毁。
> 她这样欺诈三年，瞒过了阿开奥斯人。
> 时光不断流逝，待到第四年来临，
> 一个了解内情的女仆揭露了秘密。
> 正当她拆毁闪光的布匹时被我们捉住，
> 她终于不得不违愿地把那匹布织完。
>
> （王焕生译）

于是，《奥德赛》出现了一对看起来很矛盾的时间景观：当

奥德修斯在"时光不断流逝"中奔赴各个岛屿打怪升级时,他的故乡伊塔卡岛的时间却变成了循环中的停滞,像一幅永远不会变的风景画,静静等待着他的回归。同样的,还有马尔克斯《百年孤独》里制作又融化小金鱼的情节,也暗含着时间的循环。近些年,影视作品非常偏爱循环时间的主题,可以就此拉出一大串长长的名单,从惊悚的经典之作《恐怖游轮》到国内最近大热的《开端》。循环的时间开启了一种时间孤岛的模式,走了一圈,又回到原点。

基督教神学带来了线性积累的时间模式,也就是说将意义放到了结尾来总结;循环时间则多少带有些民间色彩,它把获得意义的位置挪了挪。老百姓靠天吃饭,感受时间的方式也必然是大地性、季节性的。永恒轮回的时间实际上也在制造意义,只不过它把意义的诞生地挪到了开端,而非结尾。中国人爱说"一年之计在于春",正是把意义放到了开头,我们需要一次次回到春天,为新的一年做好打算;①鲁迅的《风波》里有个九斤老太,口头禅是"这真是一代不如一代!"也就是说,她相信好的都在过去,都在起点。与进步时间观构成颠倒的,也正是这种一次次回到过去的冲动。②在哲学或者宗教学里对循环时间

---

① 古希腊世界对时间轮回的观感最早得之于星座之间的运动与归位,东方则更多地得益于农耕文明对天象气候的体察。日本的史学家宫崎市定甚至在中国古诗的起承转合中发现了四季轮转的规律。

② 在重读《伊利亚特》时,我突然意识到,在人们一次次回到过去的冲动里,最根本的支配力量是"情感",而不是"事件",也即,往事所引发的爱、情义、温暖的感觉,比往事本身更令人确信,我们总有一天会忘记往事的诸多细节,可是它留下的感情是无法磨灭的。相比之下,未来发生的事情更显得难以预料。(转下页)

的讨论非常多，但和文学讨论的关系不大，这里就不多作延伸，感兴趣的话不妨去了解一下罗马尼亚哲学家伊利亚德的《永恒回归的神话》或者尼采的"永恒轮回"，作家昆德拉就直接把永恒轮回的观点运用到了《不能承受的生命之轻》中。

故事中的其他时间状态

还有一种是逆时间模式。这里需要做一个区分，以往大家更熟悉的说法是倒叙，但倒叙说的是怎么讲故事的问题，也就是从事情的结尾讲回到事情的起点；而逆时间指的则是小说中的时间本身，是从终点回到太初，也就是回到没有时间的混沌时刻。

倒叙往往是从故事的结尾开始讲回开头，当然，在实际的情况中，很少看到完全从结果一点点讲回开头的故事，作者一般给出一个结果，然后又从头或者中间开始

（接上页）所以，在《伊利亚特》战事推进的过程中，却出现了三次插入性的回顾往事，感兴趣的读者可以自行翻看。第一次是第六卷，追溯了一段关于柏勒罗丰的往事，它说的是勇士柏勒罗丰拒绝了奸妇的诱惑反遭陷害，最终通过丰功伟业洗刷冤屈的故事，这是关于贞洁与勇敢的情感；第二次是第九卷，追溯了一段关于福尼克斯的往事，他被后妈所驱逐离家出走，流浪到阿克琉斯家，受到了阿克琉斯父亲的重用，也就决定一辈子忠于这个家族，这是关于正义与忠诚的情感；第三次是十八卷，追溯了一段火神赫淮斯托斯的往事，他因为跛足被母亲从天上推下，幸亏得到了阿克琉斯母亲的照料，所以他为女神的儿子打造了一块著名的盾牌，这是关于报恩与慈悲的故事。

想象一下，在杀人如麻的战场上，每个人对自己的明天都没有把握，对下一刻是否一息尚存也存疑，是什么东西温暖着人、支撑着人呢？恰恰是回忆里留下的情感，所以，《伊利亚特》里回到过去的、确定的温暖与此刻及未来战场的不定的冰冷，构成了一组强烈的对应，我猜想，这也是人们一次次渴望回到过去、回到起点时最深沉的情感动因。

讲，比如菲利普·罗斯的《凡人》，开篇就邀请读者参加了主人公的葬礼，我们站在一个人的生命结局上，回望他的人生点滴；或者是托尔斯泰的《舞会之后》，这篇小说从一群人聊天过半的时候进入，既勾连了前面未曾呈现的内容，又给出了后续的聊天，所以，开篇的时间进入点设置得很巧妙，叙事者第一句话就是：

> "刚才你们说，一个人自己不可能懂得，什么是好，什么是坏，万事在于环境，是环境弄人。可我认为，万事在于机缘。我来讲讲我自己的经历。"
>
> （谢周译）

但是，逆时间不太一样，它实际上是把顺序时间给倒了过来，但又不构成回环。比如古巴作家卡彭铁尔的《时间之战》。故事描述了一个垂垂老矣的人看着工人们在翻新自家的马棚，但是，随着阅读的推进，读者会发现时间开始倒流，比如瓦片上的苔藓与爬山虎变矮了，曾经嫁出去的姐妹回家住下，蜡烛上的一颗颗烛泪消失了，蜡烛变高了，原本躺在浴缸里得蜷起腿来，但是慢慢地主人公觉得悬在了空荡荡的浴缸里，水池里的鱼儿变成了鱼卵，最后，主人公也被投到了时间之初，那是一个温暖、混沌的所在。一切都流向了时钟方向的反面。这种逆向时间所产生的意义，和前面说的循环时间有点类似，它也把开端当成了最重要的时间节点，在《时间之战》里，重要的不是发展，而是回溯到起点，因为，太初才有道。

此外，我们重点还要讨论一些更具有匠心的时间写法。

比如，十九世纪以第一人称"我"为主角的小说常见的反复横跳。作者还是会从开头讲起，但冷不防地暗示你，讲故事的人其实并非与经历故事的人处于同一时间线上，他是在回顾，是站在当下反思昨天。这样，文本就具有了双重的时间立足点。比如夏洛蒂·勃朗特的《简·爱》，故事仍从主人公的童年开始，简·爱讲述着自己如何失去双亲、寄人篱下，小说是用英文的一般过去时讲述的，也就是说叙事者将从前的事流水般道来，只不过叙事者又会时不时冒出一句："如果是现在，我会一下子猜到""现在我倒愿意去求里德太太原谅"，这样，她又从以前的讲述中回到了当下的反思中，在时光的甬道里，今日之我对着昨日之我进行总结，人物成了自己目光的对象。所以，反复横跳的时间感仍是在制造意义，这种意义就是让成熟的我发出总结。

其实，不只是大家熟悉的《简·爱》，十九世纪的时候，忽然有一大批作家都开始喜欢这么处理小说中的时间，比如亨利·詹姆斯的《阿斯彭文稿》和狄更斯的《大卫·科波菲尔》，这些故事里总有一个长大了的我和小时候的我在对话，一个成熟的我静静看着曾经年轻的我。也许，人的本能里还是有一种自审的情结，所以才会发明时间胶囊，小时候留下点物品或者书信，等三十年、四十年后再打开来看看，调侃当初自己的幼稚和现在的沧桑。十九世纪小说之所以频繁地出现这种跳跃和躁动的时间意识，也和当时社会发展太快、对自我的认识突然迷茫起来有关。

另一种时间形态则是在小说里安排不同的时间的流速与位置，它打破了我们以为身处同一个时间区间中的幻觉，变得有快有慢、有内有外。比如你上我这门课的时候如坐针毡，随时在看时间，但是玩王者的时候就觉得怎么一眨眼两小时过去了。物理时间没变，变的是内心的时间。二十世纪以来的作家特别青睐表现人的内在意识，也势必更倾向于呈现人内在时间的状态。比如美国作家契弗的《泅泳者》。

故事讲述了一个叫做奈迪的人，他在一次别人家的酒会结束后，脑洞大开地决定"走水路回家"，也就是进入每家每户的庭院，游过他们的泳池，最后到家。一开始的游动过程中，奈迪看到的是周围丰饶富足的情景，"苹果树开着花"，接着，景观变成了周围"山毛榉树篱的叶子都黄了""大风将一颗颗红红黄黄的叶子吹落"，而奈迪的身体也从筋强骨健变为"双臂无力，两条腿像橡皮一样，关节都在痛"，当他终于到家，却发现：

> 家里一片漆黑，是太晚了，家人都早已上床睡觉了吗？是露西达留在威斯特哈慈家吃晚饭了吗？女儿们是跟她一块去了？还是去了别的什么地方？他们不是已说定星期天谢绝所有邀请，哪儿也不去，就待在家里吗？他来到车库门前，想看看里面是哪辆车，可车库门上了锁，门把手上的锈迹沾了他一手。转到房前，他看到暴雨冲掉了一个落水管，挂在大门上方，就像一根光秃秃的伞骨，不过只要一个上午就能修好。房门上了锁，他开始以为肯定是那愚蠢的厨子或

是女仆锁的。可他忽然想起他们已有好长时间没再雇厨子和女仆了。他大声呼喊，乒乒乓乓地敲门，试图用肩膀把门撞开，忽然他停了下来，从窗口向里望去，家里空空如也。

(权晓辉译)

这时，他似乎才想起自己已经破产、经济陷入危机甚至变卖了房子。"奈迪"本来就有小孩子的含义，小说中的人也抱怨他"总是长不大"，所以他代表着一种慢速的时间，而包裹着他的现实又残酷的世界，则以一种常速在运行，它将那些无力维系自己世俗成人生活的人抛在了后面。在《泅泳者》中，契弗安排了两套流速不同的时间，实际上还是在追问意义问题：我们到底应该保持内心的纯净（哪怕它会令人处处碰壁），还是适应社会的法则呢？

从上面简单的整理中，我试图勾勒这样一个现象：在传统的文学中，对绝大多数作家来说，无论选取哪种时间观念来安置他的情节与人物，都始终有一个基础的认识，就是时间之箭射向任何一方，都需要有靶子。靶子，指的就是通过情节产生的某种意义。

《密室》等现代小说改造了这种观念，所以，还需要结合文学中空间的变化来理解。

古典文学中空间的形态与变化

古典小说里的空间往往是作为事件发生的背景出现的。早期小说对地理环境不太在意，常会采取一些比较抽象和套路的手法。如果你习惯了十九世纪那种事无巨细的场景描写,甚至会觉得古典小说太过粗陋。所以,纳博科夫就认为塞万提斯笔下的西班牙是一团糟,因为他对地方村镇的无知简直"不分青红皂白、彻头彻尾"。我自己读《西游记》的时候,也是有两种描写不耐烦看下去,一个是景色描写,一个就是人物外貌描写,因为太多从古诗词里拿来就用的陈词滥调。比如十三回写场景:"参天古树,漫路荒藤。万壑风尘冷,千崖气象奇。一径野花香袭体,数竿幽竹绿依依",这段空间描述很令人迷惑,到底是写在悬崖还是深山,到底是荒凉寒冷,还是温暖花开?所以,古典小说里的空间经常像个万能的壳,不太参与到情节与意义的搭建之中。

《堂吉诃德》留给人最强大的印象就是主人公大战风车,虽然这个空间描写在全文只有一小段话,塞万提斯交待得也很简略:"他们远远望见郊野里有三四十架风车",读者们可能常常忘记,小说中连串的"道听途说"的故事都是人们聚在一个小酒店里讲出来的,这些故事一个套一个,纠结缠绕在一起。所以,《堂吉诃德》作为早期小说,规定了小说空间的意义:它是情节的发射基地,它是功能性的。在陀思妥耶夫斯基的《罪与罚》中,这种空间的功能性被发挥到了极致,陀氏笔下的彼得堡仿佛被浓缩在一个胡桃中,主人公可以几步就从家里"跨到干草广场"上,几步又从凶案现场躲进一个空房间里,小说由于情节时间快速发展的需要,充分地压缩了空间,使得空间如同舞台场景一般可以快速挪动转换。

早期小说在空间上还有一个特点:没有边框。它不像十九世纪的小说那样,将故事的发生地凝缩到了个人家庭生活的私密空间里,而是让人物行动在蓝天白云之下,移动在地表之上。早期小说里的空间有种广袤的激情、没有边框束缚的野心。驳杂如《巨人传》和《堂吉诃德》,人都徜徉在一个世界图景中。因此之故,昆德拉才会在《小说的艺术》里说:"堂吉诃德启程前往一个在他面前敞开的世界。他可以自由地进入,又可以随时退出。最早的欧洲小说讲的都是一些穿越世界的旅行,而这个世界似乎是无限的。"十九世纪以后,当然也有各种去海外冒险和异国旅行的作品,然而,旅行冒险的目的地都从"世界"缩小到了"地方",从"漫游"变成了职业化的"抵达"。

现代小说的兴起伴随着空间作用的转变,空间逐渐从时间发展的背景板参与到了小说的意义的构建中。这也说明,随着传统小说的发展成熟,对于制造意义的强烈需求甚至吞没了原本没什么存在感的空间。

雨果为什么要如此耗时费神地描绘巴黎圣母院与巴黎地下的阴渠?狄更斯为什么要精雕细刻地描绘伦敦的贫民窟?《巴黎圣母院》花了整整一章考察该建筑的历史、形态与建筑艺术,而《巴纳比·鲁吉》中,狄更斯连贫民窟一块烂菜叶的位置都不放过。每年讲授《巴黎圣母院》时,我都会做统计,看看有多少人跳过小说前几章的建筑空间描写而直接去读后文故事的。很多同学都会坦诚地举手承认跳过,毕竟不读也不会对理解故事产生阻碍。但对于作家来说,他们写这些空间形态显然是抱负满满的,他们不仅仅要写男默女泪的浪漫传奇,还要写自己的历史哲学。

在雨果看来，浪漫传奇当然重要，但还是属于历史长河里的一些偶发的事件。只有去描述那些记载着岁月痕迹的石头建筑，才能把历史的事件变成一种更为抽象的历史哲学。毕竟，个人的悲欢只是一时一世的，但人类的悲欢却是世世代代的。它们被无法抹灭地印刻在了石头里，从中世纪到哥特时代再到浪漫主义的时代，石头的坚贞可靠是那些火一点就着、水一泡就烂的纸张与印刷无可比拟的。而在狄更斯笔下，花那么多笔墨去描绘伦敦郊外的贫民窟，它的历史是怎样的、它的结构是怎样的、穷寇恶匪在里面的分布是怎样的，也不是在凑字数。他希望为人类的暴力与恶行提供一种更为坚硬的解释：正是这种糟糕的环境，孕育了人性的邪恶。直到十九世纪末，早年做过教堂修缮师的哈代，依然坚信这种物理空间记载与表达个人悲欢的能力。所以，在《苔丝》中，他要将走投无路的苔丝驱赶到巨石林立的风神庙中。

可以这么说，小说发展到十八、十九世纪，空间已经深深地被时间俘获了，成为了制造意义的帮手。但也是在这一时期，文学中空间开始争取一种摆脱时间捕捉的独立性。小说向空间化的倾斜，由此开启。

文学向空间化的倾斜

还是以经典的《包法利夫人》为例，著名的农业展览会的片段就是一个典型的"时空并置"场景。也就是说，福楼拜不仅想写故事是如何顺着时间推动的，还想写一些游离出时间主线的空间片段，它们像一幅幅画面，悬浮在时间之箭的速度之外。在下面这个经典片段中，艾玛和罗多夫两人暗中调情，在含情脉脉的语言你来我往的同时，展览会上官员的颁奖发言也穿插了进来，几种声音之间明明没有关系，却被安排在了同一个画面中，构成了著名的交响乐结构。可能有读者还没有看过原文，所以下面这段引文我会在每句话后面的括号里标出说话人：

他握住她的手；她没有抽回去。

主席喊道："一般种植奖！"（官员颁奖）

"譬方说，方才我到府上……"（罗多夫说话）

"甘冈普瓦的比内先生。"（官员颁奖）

"我怎么晓得我会陪伴您？"（罗多夫说话）

"七十法郎！"（官员颁奖）

"有许多回，我想走开，可是我跟着您，待了下来。"（包法利夫人说话）

"肥料奖。"（官员颁奖）

"既然今天黄昏会待了下来，明天、别的日子、我一辈子，也会待了下来！"（罗多夫说话）

"阿格伊的卡隆先生，金质奖章一枚！"（官员颁奖）

"因为我和别人在一道，从来没有感到这样大的魅力。"（包法利夫人说话）

"基弗里—圣马丹的班先生！"（官员颁奖）

"所以我呐，我会永远想念您的。"（罗多夫说话）

（李健吾译）

这个场景类似于电影的蒙太奇，两个场面在同时进行，但彼此其实没有关系，也就是说，空间在交错，时间被截停了。

我猜想，这种处理空间的创意来自于舞台，后几讲也会谈到小说与舞台的区别。时空并置早在歌德的《浮士德》里就出现了。在这部诗剧中，有一幕叫做《花园》，其中，女主角玛加蕾特与浮士德、配角玛尔特与魔鬼梅菲斯特两对情人并肩聊天散步，轮流说话。读者不妨试着对比一下上文《包法利夫人》中的交错时空和下文《浮士德》中的交错时空，看看是不是非常相似：

浮士德　你的一颦一笑，一言一语使我高兴，胜似世上所有智慧。（吻她的手）

玛加蕾特　可别麻烦您！您怎么能吻我这双手？它们是那样脏，那样粗，家务事几乎样样都得做！妈妈持家太严了。

（二人走过去）

玛尔特　那么，先生，您老是出门在外？

梅菲斯特　唉，业务和职责迫使我们不得不这样！好些地方实在不忍离开，可一次也不敢久呆！

玛尔特　年轻力壮，在世界上到处溜溜达达，倒还过得去；到了多难之秋，还是个光棍汉，孤零零走向坟墓，恐怕谁也不认为是福。

梅菲斯特　看到这个前途，是不免令人发怵。

玛尔特　那么，尊贵的先生，我劝您要未雨绸缪！（二人走过去）

玛加蕾特　俗话说得好,"眼不见心不烦"! 献殷勤在您本是家常便饭;您有许许多多朋友,他们的见识我可赶不上一半。

浮士德　我的好人! 请相信我,人们所谓见识,往往不过是虚荣加上小气。

(绿原译)

歌德让这两组情人轮流发言,几乎不设置过渡性语言,直接让两组人物的对话无缝切换。国内读者在读译本的时候,可能经常会忘记阅读的体裁,《荷马史诗》的诗体会被翻译成散文体,《浮士德》的诗剧体会被翻译成小说体,这也就需要读者自己有个意识,不要被翻译采取的体式带偏。诗剧指的就是,全诗的内容可以搬到舞台上去演,所以我们可以在大脑中搭建一个舞台,让上述的几个角色轮流登场,那么,就会看到如下一幕:

一束光亮起,照亮了浮士德,他吻着玛加蕾特的手,向她诉说衷情,接着这束灯光暗下去,同时,玛尔特身上亮起来,她在与魔鬼调情。这两个场景也是同时交错进行的。所以,本来就依靠视觉与画面表达的舞台,更能够呈现空间并置与时间停滞的结构,现代文学从中进行了很多偷师。甚至,我们可以说,莫里哀与莎翁笔下那些著名的偷看偷听场面,都是一种空间的并置,只不过往往被偷看、被偷听的在明,偷看、偷听的在暗。也就是说,这种空间并置不是直观的,里面有一些曲折。一旦将这种形式转移到小说里,那么它就大大强化了空间的味道。

空间逐渐凝滞,发展到极端,就是循环。其实上面讨论的时间循环,在某种程度上也是在说空间循环,两者没办法绝对剥离开。马尔克斯《百年孤独》的那个著名的开篇就是同时在描述循环的时间与空间:"许多年之后,面对行刑队,奥雷良诺·布恩地亚上校将会回想起,他父亲带他去见识冰块的那个遥远的下午。"这句话之所以高明,在于它将过去—现在—未来的时间缝合到了相对应的空间坐标里:过去是在看冰块,现在在说这句话,以后在受刑。它是怎样引发了循环呢?如果说这句话是一个"预言",也就是某一时刻发出的对未来的预言(而这个预言说的是主人公回忆过往的内容),那么读者会发现,发出这句预言的时间是隐藏的,也就是说我们不知道这句话是在什么时候说出来的。时间链条上的之前(看冰块)和之后(受刑)是确定的,只有说这句话的"现在"和它相对应的空间是不固定的。这就造成了你可以在任意一个"现在"进入这句话,它的不固定让整个时空之链变成了时空之环,呈现一个流动的状态。

除了马尔克斯,拉美的很多作家都对繁殖、循环与轮回非常热衷。博尔赫斯的名篇《环形废墟》也在讨论这个问题,而且他的写作会非常明确地让我们意识到,如果说时间的循环是把意义放到了原点,那么空间的循环则彻底放逐了意义:它并不认为意义在原初。无尽的循环是一种恐怖,一种虚无。

《环形废墟》描述了一位外乡来的魔法师来到一个环形的废墟,他在梦中模拟了一个少年,把少年当成儿子一般教育,还阻止少年发现自己只是一个幻影。可是晚年,当魔法师疲于生命,想自焚而死时,他发现"火焰没有吞噬他的皮肉"——而火是烧不毁幻影的。这个结尾真是很恐怖的，我第一次读的时候都起了鸡皮疙瘩，因为，魔法师发现自己其实也是一个幻影，也是被某人制造出来的。制造他的人，会不会也是幻影呢？小说从这里就进入了无限空间的内循环，而这一切已经在标题《环形废墟》里暗示过了。博尔赫斯反过来证明了，魔法师一生的功业，只是一场虚空，是无意义的。

讲到这里，我们可以试着再次进行归纳：小说的空间描述越多，那么它对时间描述的挤占也就越多，同时，意义的追求就越不可能。这也是近现代小说的一个典型趋势。

没有彻底摆脱时空的小说

既然现代小说越来越喜欢呈现空间画面，那么，小说能够彻底摆脱时间的限制吗？那将是怎样的小说？还可以称之为小说吗？

回到开篇的《密室》，无论罗伯-格里耶多么想用画面空间取代时间的序列，他还是受制于"变化"。前面的细读已经分析过，小说中人物的血流、位置、伤口都在变，只要变，就暗含着时间的维度。那我们就再极端一些，假设连"变化"也不写了，直接把小说当成一块物品来写，堆一些字符上去，那不就彻底摆脱时间了？还真有作家这么干了。深受罗伯-格里耶影响的法国作家克洛德·西蒙就在《植物园》中进行了类似的尝试。这部小说拒绝解释，我也没法说它到底讲了什么内容，直接来看看这部作

品的片段吧:

> 我重又笑起来嘴唇上挂下涎水牙刷悬在半空浴室漆成白色管道漆成鲜红马桶水箱鲜红门鲜红脑袋头颈肩膀占据了盥洗池上方镜子的四分之三在剩余的四分之一镜面上我可以看到她坐在我背后的浴池边上赤裸着珍珠色的皮肤尖尖的乳房两条胳膊支撑着疑惑的微笑好玩的撅嘴眼睛像是两条缝我肩膀的线条把躯体从膝盖处切割下来我在我另一个手腕上看了看时间今天早上现在差不多十二点不太精确时差算在内是的十分荣耀

（余中先译）

你读到了什么呢？顶多就是一堆字。一些乱七八糟的画面。

可是，这样的小说摆脱时间了吗？并没有，因为，我们阅读这个片段所用的十几秒，实际上还是证明了小说无法彻底摆脱时间。哪怕罔顾小说的内在时间，我们仍然受制于阅读行为所产生的时间。这从根本上说明，时间是小说的根本属性与主题。当然，这不是小说的问题，而是人的阅读能力、认知能力以及知觉习惯的问题。

在这一讲里，有敏锐的学生提出了一个极好的问题：我们现在看罗伯-格里耶、西蒙这类先锋作家，似乎只能放在一个脉络里，比如从小说的变迁史或者人类认识论的变化史里才能获得理解，如果不具备这些背景性的认知，几乎就会完全被拒之门外，不仅不太可能调动自身的经验参与小说的解读，甚至连最基础的修辞与意象的美感都无法获得，可是对于很多普通读者来说，他可能是一直缺乏这个历史脉络知识的，那么他应该怎么来读罗伯-格里耶呢？

我无法给这个问题一个绝对合理的回答，因为历史主义的思考方式几乎是受过学院教育者的一种本能。但是也想到，越是先锋和新颖的东西，实际上笼罩着它的历史阴影就越厚重，观看它时也就越无法摆脱古代的视角，因为它总得与古典发生某种关系——或对抗、或延续、或超越——相反，越是古老的作品，因为历史负重没那么多，反而变得轻盈起来，超脱于任何"背景知识"都是容易读下去的。

所以，各位的阅读不妨"任性"一些，像作家的"任性"一样——他们恣意地进行着文本的嬉戏与实验，拓展着小说写作的可能，而读者同样可以读不懂就丢开，不必硬着头皮读，甚至干脆不读也行。实际上，这也确实是普通读者的选择。如今市面上绝大多数的小说，仍然遵循着较为常规的时空模式，也就是说可读性很强，也并不拒绝被理解。那种不顾一切否定传统小说读者的口味的作品，有时候会显得充满傲慢。专业的读者和普通的读者，不妨各取所需。①

---

① 每年大一新生开学，我在公共课上都会让大家写一写读过的课外书，算是对新生阅读状态的一个调查。胡尼塞的《追风筝的人》、东野圭吾的《嫌疑犯X的献身》、《斗破苍穹》、白落梅、大冰等作家作品都是热门。可能习惯了严肃著作的读者完全不会去看这些作品，但是从市场与受众来看，它们恰恰有着最广泛的阅读基数。

这一讲，我尝试着勾勒文学（以小说为主）在展现时间与空间观念过程中的一些变化。比较传统的作品偏重于时间性地讲故事，这样能够更好地制造各种情节，带来意义。后来，小说的叙事开始向空间转移，意义的制造也就逐渐淡化，其背后是近代人认识论的变迁。但是，小说的讲述始终不可能完全脱离时间或者空间。这一讲似乎一直在纠结意义的问题，为什么它如此重要呢，我会在第五讲详细谈一谈。

第二讲

《地震的那天》：小说中的日常与反日常

重读《堂吉诃德》的时候，发现一个特别有趣的片段，那是主人公刚刚走出家门不久时发生的。他来到一家客栈，老板问他是不是带着钱，堂吉诃德回答说，身上一个子儿也没有，因为他读过的游侠骑士故事里谁也不带那玩意儿。如果把这个语境换成中国的武侠小说，那我们也可以像店主一样问侠客，您带钱了吗？在我记忆里，除了段誉陈家洛这种富二代可以继承家业，务实的金庸还写过大侠的另一种经济来源：乔峰潜入县衙偷盗公库。

热门的玄幻、修仙等类别的网文里，会不会为了表现主人公的仙气而视金钱如粪土呢？我对仙侠玄幻的概念还停留在还珠楼主的年代，和热衷读网文的学生一聊，才知道现在的网文已经发展出各种流派：废柴逆袭、凡人成仙、开金手指，诸如此类。但大都是说主人公修炼得道后"从一无所有到无所不有"，最高境界一定伴随着物质生活的极大丰富，作家们会对此写得很仔细，也就是说精神修炼最后仍旧要获得世俗物质的回馈。①

大体上，无论哪种类型的通俗小说，好像都绕不开特别现实的一面。而现实感的一个体现，就是主人公会非常具体地处理财务问题。我把小说中的这些元素称之为日常性，它们和大家的生活离得最近，与之相对的反日常性——还是用上面那些例子——则是段誉突然闯入一个山洞学会了凌波微步、普通人借妖修仙达到世界顶端，它们和大家的生活离得最远。对于所谓的严肃作品来说，当然也存在一个日常和反日常的配比问题，而且两者配比的额度会更加精微和巧妙。这一讲，我打算从叙事技术的角度，来聊一聊小说中日常和反日常元素的比例与效果。

这一讲选取的细读作品是胡安·鲁尔福的《地震的那天》。我特意选择拉美作家，是因为人们对拉美作家有一个刻板的印象：一说起来就是魔幻现实主义，好像他们的作品里净是飞舞的黄蝴蝶、热气腾腾的沼泽和死人活人对话的奇景。确实，拉美作家们形成了极具特色的本土文学传统，但如果一味离奇，就变成了传奇。把读者牢牢抓住的，并不止飞扬的传奇，还有下坠的日常的一面。鲁尔福

---

① 某种程度上，网文是最能够反映这个时代大众精神气质的东西。修仙玄幻等小说中最后追逐的物质获得，其实并不是绝对的日常元素，相反，这些作品把财物经济变成了一种新的神话，即财富神话，这一点正好和当下对于物质享乐的追逐是同步的。百年前，梁启超说，"欲新一国之民，必先新一国之小说"，但我觉得这个逻辑不太对。因为通俗小说（和娱乐）其实是大众意识形态最直观的结果，而非起因。指望阅读小说来改变国民心态，其实就有点书生气地把通俗小说看得太重了。悖论就在于，真正能促使人精神发生某些转变的经典小说，又因为阅读门槛太高，不会让人轻易地获得情感或者欲望的满足。既没有黄金屋也没有颜如玉，受众小，引起文化变革的可能性也就很小。

不算高产，一生留下的作品数量有限。早期在自创刊物《美洲》上发表短篇，后来集结成《燃烧的原野》，之后写作的《佩德罗·巴拉莫》才让他名声鹊起。《地震的那天》就选自他的短篇集《燃烧的原野》。

《地震的那天》文本细读

这篇小说通篇由闲谈对话组成，两个人谈论着前一年九月份发生的一些事情，主要围绕着当天的地震展开。就像大家平时的聊天一样，内容零零碎碎，东拉西扯。除了地震时的情景，还有灾后州长的大驾光临、发言赈灾、大家在赈灾演讲上的大吃大喝、大打出手等等琐事。最后，闲聊了半天，小说以其中一个谈话者回忆起当天自己老婆生儿子而结束。

我为这篇小说设置的导入性问题如下：你觉得《地震的那天》向你传达了一个什么样的印象？这篇小说里哪些部分让你觉得会发生在自己身边，哪些不会？你认为把日常的元素和非日常的元素混在一起讲故事有什么好处吗？最后小说为什么从讨论地震变成了讨论一个人生孩子的小事？

比起第一讲就让大家吃了闭门羹的法国新小说，《地震的那天》在接受度上会更高。同学们可以比较轻松地归纳出小说中的日常元素：首先，讨论地震这件事就是用闲话聊天的方式呈现的，而且在描述地震场景时，用的都是最生活化的比喻，比如"我亲眼看见那些房子轰然倒塌，仿佛都是用蜂蜜糕做的"，而当官员前来赈灾时，大家也不听那些发言，只顾着看官员们吃了什么，有"火鸡、鳄梨酱、石榴汁、鹿肉"等等，听国歌的时候本该肃穆，结果又打起了架，乌烟瘴气的；与之相对的，反日常的元素则有：地震、房屋倒塌、官员们慷慨陈词、大谈国家历史上的英雄、奏响的国歌与亡灵歌，等等。

那么，把日常和反日常混在一起的用意是什么呢？

同学们在初读之后，大体形成了两种认知：第一种认为小说是在进行政治性的批判，抨击的对象可以小到小说中出现的这些大吃大喝、高谈阔论的个体官僚，也可以大到整个拉美的政治生态——地震那天的混乱无序，就像《百年孤独》影射的拉美社会那般的混乱与绝望。甚至，有同学读出了"一张恐怖的政治大网"，小说中的两个对话者只有一个被点出了姓名：时任市长梅里东。这是否说明作者在暗示另一方的匿名性：一个平头小卒可以是匿名的，但一个幕后大佬也可以是匿名的，就像《城堡》中K面对的永远无法抵达的城堡和永远不露面的城堡总管那样。

另一些同学在小说中看到了一种张力，它发生在人们自己的私事和很大很远的事情之间。一方面，确实两个人的谈天内容围绕着地震进行，但他们好像更关心地震那天州长吃了什么，甚至还聊起了自己老婆生孩子这件事！看来，他们只关心自己。可是，只关心自己是错的吗？如果在地震那天你也被裹进其中，你会更关心自己或者家人还是远处的陌生人呢？有的同学承认自己还是会关注私事，这似乎就是本能。但有的同学认为这是一种"异化"，人们模糊了时间，对自己的生活状况麻木不仁，甚至出现了互相砍杀的混乱局面，简直像霍布斯在《利维坦》中描述的"一切人反对一切人"的场景。

这两种方向的解读，大体是殊途同归的。当然，我们可以弱化"批判"这个词。虽然经历了十多年的语文教学，"批判"这个词在文学理解中已经根深蒂固，从政治立场解读文本也变成了国内学生的一种本能——动不动就是对黑暗社会制度的批判。这个词就像哈罗德·布鲁姆形容的"憎恨学派"（School of Resentment）一样，容易把一位立体的作家想象成一个愤怒的政论者。我不否认拉美作品中暗含的政治性，确实，很多拉美作家都是偏左翼的。但是，我希望在文学解读时采用一些更蓬松的视角，而不是一上来就限定在性别、政治的框架里，然后一个劲儿往里钻——今年有位同学和我聊在北京实习的经历，说每天往返于学校和实习单位，都要挤地铁，冬天穿着厚厚的羽绒服，等回了宿舍，一拍羽绒服，觉得里面钻出了"各种各样的人味儿"。这个说法令人印象深刻，我也希望文学的理解就像拍羽绒服一样，拍出点人味儿来，也就是贴合自己经验的、切己的想法。不要因为觉得切己的东西好像太幼稚粗浅，就总想用厉害的词语搞出点所谓深度来。

所以，笼统地谈"魔幻"和泛泛地谈"批判"一样，其实都是把问题简化了。我想，不妨采用柔性一些的词汇——比如"嘲弄"或者"奚落"——这些词汇能够让读者更加去注意作者达成所谓"批判"目的的手段，这是一种充满技巧的文学策略：日常与反日常的互相成就与互相抵消。

我们来细读文本，看看小说如何呈现两者的关系。

在对话的开篇，两个聊天的人就模糊了重大事情的具体时间。这个"九月份发生的事儿"并不是指地震，而是指那天发生的一场闹剧——州长来抗震救灾，结果讲话过程中有个酒鬼在撒泼。从这里，日常与反日常就抛下了各自的锚点。接下来，反日常是房屋倒塌、大地扭曲，而日常是教堂像"长满杂草的猪圈"（有同学从这里还解读出反宗教的意味）、吃瓜群众的围观。

接下来，两人谈到了州长莅临，以高谈阔论进行抗震救灾。他使用的是非常冠冕堂皇的非日常用语："我们赶来进行救援工作，不会像尼禄那样把别人的苦难当成自己的乐事，而是迅速伸出手来，慷慨地投入我们的力量，帮助你们重建破碎的家园，像兄弟那般伸出手来，为你们笼罩着死亡阴影的家园减缓悲哀"，日常则在于人们只关心这位大人物在吃什么。同时，在大人物的发言里，充斥着另外一些大人物的名字，他们是留名墨西哥青史的领袖、总统、征服者，他们是非日常之上的神圣加码。可是，谁在乎这些神圣事迹呢？听了以后又怎样呢？——喝醉了耍酒疯的人在听，一帮人闹着闹着还打了起来。

越往后，日常与非日常的对立就越为尖锐。国歌轰鸣之处，是闹事骚动；严肃默哀之时，是酒瓶乱飞。甚至，整个小说都是以一种日常的方式呈现的——再宏大的事情，对我们来说，也只是闲聊时的谈资，甚至比不过老婆生娃。

那么，这么写的目的与作用是什么？还有哪些文学作品会使用相似的讲故事的方法？

古典史诗中早已有之

日常/反日常之间的滑动不是什么新鲜东西,在最早的文学中就出现了。

有一些读者对史诗可能会有误解,觉得荷马的《伊利亚特》与《奥德赛》都是宏大叙事,都是神仙打架,所以本能地就不太感兴趣。乍一看好像是的,两部史诗中的名篇,确实都是远离日常生活的事件,比如《伊利亚特》中"阿克琉斯的愤怒":两位军事高官为了抢夺一个美丽的女奴,居然内讧起来,让打了九年多的特洛伊战争差点停摆;或者是结尾处极为耸人听闻的赫克托尔战死沙场:被希腊联军的英雄阿克琉斯杀死后,赫克托尔被拖在马车后面,绕着跑了好几圈,看得赫克托尔的父亲老泪横流。你很难想象,在日常生活里,你的两位领导会为一个女职员大打出手,搞得整个公司都快黄了,或者你把你讨厌的同事吊在车后面,当着他老爸的面儿满街遛。

而《奥德赛》就更具奇幻色彩了。虽然妖怪们要么想吃了奥德修斯,要么想睡了奥德修斯,但狡猾的他一路升级打怪,凭着自己的智慧逃出生天。歌声美妙的塞壬与独眼巨人更是一种反日常的文学呈现。正因为如此,法国女哲西蒙娜·薇依才会断言:"整部《伊利亚特》均在远离热水澡。人类的全部生命几乎总在远离热水澡之中度过。"人们都需要洗热水澡,这是生活里最放松的事情,但神话里的英雄似乎不需要,正如他不需要赚钱一样。

可是,如果荷马只写这些内容,读者看久了难免会厌倦，就像琼浆玉露再好吃，吃多了也会腻歪，还是想吃点粗面馒头。《荷马史诗》最早可不是放在大学课堂里，让文学系的学生痛苦地去啃的"经典"。它来自于民间，来自于说书艺人走街串巷时的一次次讲述。如果讲得不好听，后果就是没钱和饿肚子。所以，生计的迫切使得说书人必须想办法满足听众刁钻的口味，不可能全是神仙打架，也要让大家觉得，哦，多少还是和我有点关系的嘛！

因而，荷马早就熟悉了调节日常与反日常的比例。在《伊利亚特》中有一段著名的对话，它发生在赫克托尔的老父亲前来向阿克琉斯索要自己儿子的尸体时，阿克琉斯杀了对方的爱子，这样安慰道：

> 老人家，如你所要求，你的儿子已获释，
> 躺在尸架上，黎明时你便能亲眼看见他，
> 把他运回去，现在让我们想想进餐的事。
> 甚至那美发的尼奥柏也想起要吃东西，
> 尽管她的十二个儿女——六个女儿
> 和六个年华正茂的儿子都死在厅堂里。
> ……
> 尼奥柏这时候哭累了，想起吃东西的事。
>
> （罗念生、王焕生译）

阿克琉斯居然劝说老人，收拾好尸体，先吃点东西吧，然后还举了一个例子说尼奥柏死了六对儿女，也还是要吃点东西。乍一看，好像很唐突，但是阿克琉斯说出了一个实情：没有多少人会因为悲痛而绝食。当至亲死去，

人的情感会崩溃，可是本能一定会在某个时刻提醒你：肚子饿了，还是得吃点，再悲痛崩溃也无法抵消我们本能的欲望，想吃东西的日常战胜了崩溃的反日常。

一开始你会觉得，这也太残酷了，人的精神无法统一肉体，而且往往受制于肉身之欲。但是再往后，你会觉察，这可能是人本能里的自保：日常是岸，把陷入情绪之海旋涡的人拖了回来。毕竟，人们不会心碎而死，但是人们会饿死。匈牙利作家马洛伊·山多尔在《伪装成独白的爱情》里同样描绘了一种回到本能的处境。参加至亲的葬礼，原本应该是很悲痛的，但一个人在最痛苦的阶段，有时候会"突然之间变得无所谓、特别清醒，甚至心情愉快"，于是，当人们要埋葬一个最亲近的人时，你"突然想起忘记关冰箱门，狗因此可能吃掉为葬礼酒宴准备的冷肉……"而再往前回忆，你大概会回忆起，在《哈姆雷特》中，掘墓人和王子站在墓穴旁聊天，下面躺着的就是哈姆雷特曾经的恋人，可是王子一滴泪都没掉，反而冷漠地和掘墓人聊起了生与死的问题。

这几幕是非常相似的，我称之为文学的反常逻辑。反常逻辑恰恰能够暗示出更复杂的情绪波动。原本一个行为，你初看是不合理的，因为我们在没有真正遭遇巨大困境时，往往是按照通俗小说影视的教法来想象情绪：痛苦就要大声哭嚎，开心就要咧嘴大笑。这里面的逻辑其实过于简单，类似于听歌觉得只有飙高音才好听。通常它们都是一瞬间的呈现，没法交待出一段时间里的变化。

我有时候会借助电影情节，看看同学们讲故事的倾向。在讲伯格曼的电影《婚姻生活》时，我介绍了前情：

妻子一直觉得自己是世界上最幸福的老婆，有一个深爱她的丈夫，结果有一天两人在吃着早餐时，丈夫突然宣布自己出轨了，要搬走。这时候，你是导演的话，你会如何安排妻子的反应？绝大多数的读者都选择了一种非常戏剧化的表达：让妻子掩面哭泣、猛站起来碰倒了椅子、双手杵在桌上不可置信地看着丈夫……导演伯格曼是如何拍的呢？他安排妻子继续吃早餐，听到这个噩耗对她来说好像没有任何影响。这其实也是一个反常逻辑的表达。但是厉害之处就在于，他传递出一种更复杂更曲折的情绪，妻子可能崩溃了，但需要吃东西来掩饰。妻子可能处于巨大的震惊之中，她吃着早餐，更像是逼自己消化这个噩耗。上述这几种反常逻辑的实现，几乎都是借助了一个非常日常的场景和行为，来最大化地呈现情感体验的复杂幽微。

《奥德赛》中，也有一处极为重要的日常描写：洗脚。每个人都要洗脚，英雄也不例外，英雄的洗脚让他变成了可理解、可亲近的人。在《奥德赛》的第十九卷，奥德修斯历尽劫数归来，却不想让人发现，于是伪装成老乞丐。他家的老仆人看他长得像自己从前的主人，提出要为他洗脚：

> 老女仆拿出光亮的水盆，
> 给他洗脚，向盆里注进很多凉水，
> 然后再加进热水。这时奥德修斯
> 坐在柴火旁，立即把身子转向暗处，
> 因为他倏然想起，老女仆抓住他的脚，
> 会立即认出那伤疤，从而把秘密暴露。

老女仆给他洗脚,立即发现那伤疤。

那是野猪用白牙咬伤。

(罗念生、王焕生译)

每个人都是这么洗脚的,所以,荷马"诱惑我们,使我们沉浸在其现实之中,对他,这就足够了"。德国流亡学者奥尔巴赫发现了洗脚这个秘密,告诉了我们这样写的作用:它让故事更可信了,我们被"诱惑了",因为洗脚营造了一种接近"现实"的幻觉。奥尔巴赫为了逃避纳粹的追捕,前往美国避难,随身几乎没有带什么书,可以说是凭着记忆写下了巨著《摹仿论》的初稿,洗脚的细节之所以能让他记得如此清楚,实际上也能看出荷马日常与反日常混用的成功。

距离:近代文学中的日常/反日常

在这里能够看到,古典史诗中已经非常熟练地混用起日常与反日常两种元素。而当它的比例调配变得越来越精确和娴熟时,文学本身就会变得越来越有诱惑力,越来越让读者觉得真实可信。实际上,这也是读者的要求。毕竟,文学人物不是神,不能够仅仅停留在云端供人敬仰就够了。人对文学的"现实感"要求的加强,使得文学必须重新考虑说服读者的方法。于是,日常就派上用场——金庸笔下,一个会讨论葡萄酒的大侠,比一个只会复仇或者练成神功的大侠,更令人信服。

哪怕是最神圣的宗教性文学,都能通过日常的呈现

"诱惑"读者。比如十七世纪清教徒作家班扬的《天路历程》，这是一本绝对意义上的宗教文学作品，写作的目的就是劝说读者们坚定信仰、最后获得救赎。对于不信教的现代普通读者来说，这本书实在没什么意思，如果不是专门的研究者，完全不必看。而且里面人连具体的名字都没有，取而代之的是道德性的符号，比如人物叫做盼望、嫉妒、野心、善良等，朝圣者在路上还遇到了叫做绝望的巨人、屠善巨人，这些抽象近乎空洞的冒险如何让人相信呢？作为反派的巨人怎样才能看起来不仅仅是个工具人呢？作者班扬在宗教的语境里写了一个了不起的生活物品：床。班扬让他躺在床上，和妻子聊天，两人忧心忡忡地聊起了关押犯人的情况。巨人原来有家室，有烦恼，有夫妻间亲密私人的聊天，就像每一对夫妻会做的那样。就这样，床上的对话，让空心的巨人有了点实心的感觉。

床在文学中其实是一个非常具有意味的意象。在带领学生阅读卡夫卡的《城堡》时，有学生就敏锐地注意到床在小说中出现时所带有的不同含义。K刚进城堡村时需要找地方睡觉过夜，他最后睡在了草垫上，算是一个将就凑合的床；他和村里的女孩弗丽达好上了以后，两人住在小学校里，早上一睁开眼，发现床边围了一圈人在围观他们；后来，他进入城堡村的官僚体系内部，发现官员都在床上办公……可以说，床的意象贯穿了全书，床本来是卧室里最隐私的地方，但在《城堡》中却经常被迫混入公共的视野中，卡夫卡正是要通过这种混乱，展现整部小说中公私不分的乱象：私人生活被公开，公共生活却匿名了。与十七世纪的作家一样，他借助的工具，同样是我们每天都要用到的床。

实际上,卡夫卡是把日常元素玩得最好的作家。他在调动日常/反日常之间的滑轨时,达到了一种炉火纯青的地步,这样一来,就建立起了所谓的"卡夫卡式风格",也即日常之上的荒诞感。许多读者都看过《变形记》,只记得里面活人变虫子的荒诞不经,但可能忘记了一个细节,它让这种荒诞里有了温度,有了一丝压实的感觉:虫子还是要盖被子的;在《骑桶人》中,卡夫卡仍然在描写一种离奇的情形,"我"坐着煤桶飞了起来,可怎样让读者不觉得太假了呢?卡夫卡告诉我们,"我"怕冷——被冻出了眼泪;哪怕是极为抽象反日常的《法的门前》,仍然有日常的元素:人的衣领里藏有跳蚤。这样,卡夫卡就把抽象玄虚的议题拉回到现世的讨论中。

日常与反日常之间的距离可以很远,也可以近一些,达成的效果是非常不同的。卡夫卡对于两者之间的距离设置得比较远,在反日常的那一端是现实生活里绝对不可能出现的情形:人变虫、人骑着煤桶飞了起来。相较而言,马尔克斯的短篇小说对反日常那一端的设置还是框定在了现实情景中。比如,在《占梦人》中,能够占卜梦境的人具有超常的能力,却始终在普通人家找寻常活计做,常年从事女佣的职业;或者《中毒》中的老奶奶身世平平无奇,却目睹了十七个英国人的离奇之死——其实生活里,号称自己能通灵的人、占卜师、离奇的死亡事件,都并不少见,所以马尔克斯的反日常设计离生活本身并不远。读者如果正好读这两个作家,可能会有一种强烈的感觉,就是卡夫卡的东西明显更难懂、更晦涩,他塑造的世界也更荒诞。这多少就和他把反日常与日常之间距离设置较远有关。

由此可以说，文学中日常写作的第一个作用在于"压实"文本，让故事具有更切己可感的真实性。当然，有时候作家会通过调动它与反日常之间的距离，把这种真实性拉扯到荒诞一些的位置。

日常的"笑声"

我喜欢发出笑声的文学作品，不仅是说它令人发笑，也是说它本身具有一种嘲弄、鬼机灵甚至略不正经的气质。这种笑带有否定的意味，但又不会把它否定的态度表现得那么坚决和犀利。好笑和嘲弄未必会兼容在一个作品里。像《西游记》处处令人发笑，包括看李卓吾的点评都令人拍案，但这部作品绝对不是嘲弄的，它最后还是进入到一个非常严肃和正统的语境里，它一切的嬉笑怒骂都要被取得真经、修成正果的宗教性结尾所收编。

文学中日常的第二个作用，则是通过撞击非日常，达到对后者的奚落、揶揄甚至瓦解。这一点，我们其实已经在开篇读的《地震的那天》中观察到了，老百姓只关心吃喝生育的私事，让那些冠冕堂皇的发言变得可笑。可以这么说，越是写日常的吃喝拉撒，越能对高大上的东西构成一种颠倒。

最为高大上的，大概就是帝王、皇室、神明、上帝。当《豌豆公主》的童话告诉我们皇家的高贵骄奢在于连一颗藏在床铺深处的硌人的小豌豆都无法接受时，中世纪的作家拉伯雷却要反过来写，他专写帝王君主的吃喝拉撒。

比如《巨人传》的第二十一章，描绘了主人公高康大的每日生活轨迹：

> 高康大的时间是这样规定的：每天八点至九点之间，不管天亮与否，照例醒来；这是过去教师的吩咐，他们说大卫说过："Vanum est vobis ante lucem surgere."（注：拉丁文，"清晨早起，本是枉然。"）
>
> 然后，在床上跳几跳，蹬蹬腿，打几个滚，清醒一下自己的头脑；这才按照季节穿衣服，但是他喜欢穿一件又宽又长、衬着狐皮的毛呢长袍；随后，用阿尔曼式的梳子梳头，所谓阿尔曼式的梳子，就是五个手指头，因为他的老师说不这样梳洗，便是在世界上浪费时间。
>
> 接着是拉屎、撒尿、呕吐、打噎、放屁、打呵欠、吐痰、咳嗽、呜咽一阵，打打喷嚏，大量地擤鼻涕，然后用吃早饭的方法驱逐寒冷和污浊的空气，早饭是：油炸香肠、炭火烤肉、美味火腿、干炸羊肉，还有大量的早餐浓汤。
>
> （成钰亭译）

除了吃喝穿戴的东西比较讲究，这套流程大概和普通人无异。这段描写中的笑声是从哪里发出来的呢？《巨人传》写作的年代是欧洲的中世纪，虽然很多现代的史学家不停为它正名，但总体上来看那时候的氛围确实比较压抑。莫谈身体、克制欲望是基本共识，一切都要以教会官方的严苛教条为准。在这样的环境里，拉伯雷偏要描写身体细节、胎盘、大动脉，描写火腿、熏牛舌、腊肠和芥末牛肉、鱼子干、香肠……而且他写的就是帝王，很显然，他要把帝王头顶的皇冠给摘下来，把他们身上的人造光环熄灭，把神圣教会那套禁欲无聊的律令嘲弄一番。

后来的很多作家，都是拉伯雷的继承人，也都偏好屎尿屁的写作。比如昆德拉在《不能承受的生命之轻》里揭开了国会大厦的盖子，让我们注意到下面流淌着粪水：

> 现代的抽水马桶从地面上凸起，宛若一朵白色的睡莲花。建筑师尽其一切可能，让身体忘记它的悲苦，让人在水箱哗哗的冲洗声中不去想那些肠胃里的排泄物会变成什么。一条条下水管道被小心翼翼地隐藏在我们的视线之外，尽管它们的触角一直延伸到我们的房间里。我们完全不了解那一座座看不见的威尼斯粪城，殊不知我们的盥洗室、我们的卧室、我们的舞厅和我们的国会大厦就建在上面。
>
> （许钧译）

而在俄国作家布尔加科夫的《大师和玛格丽特》中，作者也故作正经地安排了这样一个情节："麻雀突然跳到别人馈赠给教授的大墨水瓶上，向瓶里排了一泡粪（我不是说笑话！）"这些涉及吃喝拉撒的日常描写，都是在嘲弄态度严肃的官方权威——帝王、国会大厦里的领导、大教授——也即反日常的代表们。

有时候，日常嘲弄的笑声也会落在离大家生活最近的神话——爱情之上。

现代的爱情观念差不多是十九世纪浪漫思潮的产物,虽然里面的细节在不断变化,但总体上被塑造为离日常生活最近的"非日常"的神话。① 人们读言情小说、看偶像剧的初衷都很相似,也即逃避日常生活的琐屑、在不如意的婚姻生活中获得某些代偿、得到现实中无法触及的浪漫爱情。爱情神话满足了读者,因为它的"不可能"与"非日常"最接近读者——所谓"转角遇到爱"。于是,爱情作为一种神话,人们需要去寻找它、供奉它,就像《恋爱的犀牛》里要去找一头犀牛、或者《重庆森林》里要去找一个黄桃罐头、再或者《爱情神话》里要去找马伊琍穿的那双 Jimmy Choo。面对这个离大家最近的反日常,社会学家会一本正经告诉你,一切浪漫的奇迹都是幻觉,文学家则会拐个弯,用日常偷偷进行揶揄。

还是用大家最熟悉的《包法利夫人》为例。上一讲提到过,包法利夫人为了摆脱平庸的生活而屡次出轨,但最恐怖的是,她发现,每一次的婚外情最后都会变得无聊和

---

① 之所以近代的爱情观念是一种新发明的神话,在于它把爱情和婚姻绑定在一起了:人们是因为相爱才结婚。童话的结尾常常是写到婚姻就中断,"从此他们幸福地生活在一起了"。而当代很多小说都在揭穿生活在一起后的实情,可能更多的是琐事、家务、纷争、财务、孩子,对"纯爱"的供奉区分了童话与小说。现代爱情神话还被僵化成了一种仪式和信仰,必须依照它的规则玩游戏,否则就出局:结婚需要有婚纱、婚戒、婚照。网络上充斥着如下问题:"男友送我三十块钱的口红要不要分手?""不去马尔代夫度蜜月就不结婚""情人节只给我发了5.2元的红包,不分手留着过年吗"……显然,现代社会的一个特点是,除了"纯爱"的部分,消费主义也参与到爱情神话的构建中来。

047

重复。福楼拜在《包法利夫人》中，根本就是想用日常击败浪漫，他甚至将其视为一种"浪漫病"，在浪漫初起之时，福楼拜也毫不留情。小说中，莱昂和艾玛暗生情愫，一起散步，本来是花前月下心事涌动的时刻，在福楼拜写来却是：

> 去奶妈家的路，就像去公墓的路一样，出了街，必须朝左转，穿过一些窄小的房屋和院落，走一条小径。道旁一排小女贞树，正在开花，还有威灵仙、野蔷薇、荨麻和在灌木丛上亭亭玉立的木莓，也不甘落后。从篱笆窟窿望进去，就见草棚周围，不是猪在粪堆上爬，就是脖子套着夹板的母牛，拿犄角在蹭树身。两个人，并肩漫步，她靠住他，他照她的脚步，放慢步子；空气燥热，一群苍蝇在他们前头飞来飞去，嘤嘤作响。
>
> （李健吾译）

这部作品之所以被称为反浪漫主义的先驱，也正是因为福楼拜在日常中发现的秘密。花前月下是有的，但同样还有粪堆、母牛、苍蝇，它们的存在变成了对花前月下的嘲弄。与福楼拜构成参照系的，是爱尔兰作家詹姆斯·乔伊斯的短篇小说《阿拉比》，乔伊斯对故乡的态度是又思念又想逃离，所以，他笔下发生在故乡的爱情故事也不是什么"纯爱"故事，他同样用日常轻轻嘲笑着"纯爱"。

小说描绘了一个男孩的爱情梦幻与幻灭。阿拉比是当时都柏林的一个室内大型集贸市场，一个少年对朋友的姐姐眷恋不已，乃至他去挤市场时，都对美人念念不忘：

> 甚至在最不适宜浪漫的地方，她的形象也陪伴着我。星期六晚上，我姑妈到市场去的时候，我不得不替她去拿些东西。我们走过灯光闪耀的大街，被醉汉和讨价还价的妇女们挤来挤去，街上熙熙攘攘，劳工们咒骂，守立在猪头肉桶旁边的店伙计尖声吆喝，街头卖唱的人用带鼻音的腔调唱着关于奥多诺万·罗萨的《大家一起来》之歌，或者唱着关于我们祖国动乱的民谣。这些声音在我心里汇成一种独特的生活感受：我想象自己捧着圣杯，在一群敌人中安然通过。在我进行自己并不理解的祈祷和赞美时，她的名字时不时地从我的嘴里脱口而出。我眼里常常充满泪水（我也说不出为什么），有时一股热流似乎从心里涌上胸膛。
>
> （王逢振译）

这段描写与福楼拜的文字构成了完美的呼应：一方面是为爱痴狂、暗自神伤、圣杯与泪水，另一方面则是醉汉、讨价还价的妇女、猪头肉，后面这些日常场面发出了悄悄的笑声。但乔伊斯笔下的少年又多了一层反思，他识破了自己的爱情幻梦，以事后反思的口吻说起了当年的"不适宜浪漫"："我眼睛里常常充满泪水"，这多少像人成长后，想起当年为爱情神话做的自我感动的种种蠢事——尴尬得脚趾抠地。显然，在处理极为相似的题材时，作家们也表现出非常个性化的区别。

温柔乡还是沉沦池？

文学中日常与反日常的周旋，还带出第三个作用：它敦促我们思考和做出选择。每个人的生活之路，到底选择日常只管衣食住行的生活，还是选择反日常里对超越性和神圣感的追求。

请注意，在这里我把这组对立元素的涵义稍稍变更了一下，日常开始向庸常倾斜，不一定非得具有上述讽刺意味和现实感的含义了；而反日常也不再是上文提及的皇族贵胄、精英神话这些外在的东西，它更多地接近于对自己内在精神世界的更高要求。

这个问题实际上也是文学和哲学反复交锋的问题。文学显然更偏好日常，但哲学却要求人去思考与追求更为反日常的体验。在一些哲学家看来，每天的日常是重复机械、使人异化的（正如《地震的那天》里，有同学发现了人的异化）。我们没得选，被抛到了这个世界里，由此，一场沉沦就开始了。此处的"沉沦"是指德国哲学家海德格尔发明的概念。他觉得，从存在论上来说，大家庸庸碌碌地生活在一起，身上汇聚起一些共通的、中性的东西：常人，它是人的均质普遍状态，它是万人如海一身藏，它是在每一个生活事件里表现得寻常、不出格、无差别。这种常人共处的状态，就是沉沦。如果你在春夏之交去湿地河塘边，会看到青蛙产的卵，密密麻麻的黑色卵泡浮在水面上，圆鼓鼓湿漉漉挤在一起，黏稠如果冻状，就有点"沉沦"的样子。

小说是如何呈现人"沉沦"在日常之海的呢？深受存在主义哲学影响的法国作家加缪（虽然他极力否认与存在主义的关系）在名作《局外人》中刻画的，就是一种"常人"。这也是为何他很喜欢交待群像，写一群人的行为举止，比如主人公莫尔索在阳台观望，看到了：

> 我先看见一家家出来散步的人，有两个穿海军服的小男孩，短裤长得过了膝盖，笔挺的服装使得他们举止拘谨。还有一个小女孩，头上扎着玫瑰红的大花结，脚穿黑色的漆皮鞋。
>
> （柳鸣九译）

而当他走在路上，他又看到：

> ……城里电影院回来的观众则姗姗来迟。他们显得较为庄重。他们也说说笑笑，但显得疲倦并若有所思。他们待在街道上，在对面的人行道上踱来踱去。这一带的少女们，不着帽，披着发，挽着胳臂在街上走，小伙子们则打扮得整整齐齐，为的是跟她们擦身而过……
>
> （同上）

加缪不是在写一个人，而是在写一群人，写"他们"。在某种程度上，他们就是行动整齐划一的"常人"。哲学气息浓厚的加缪显然是反对这种沉沦状态的，所以，他才驱使莫尔索表现出"反日常"：母亲死了，他看起来竟然毫不难过，遇到是否结婚、是否帮人作证等看起来很重大的严肃问题，他也表现得无所谓。他的"反日常"就是海德格尔所谓的"本真性"，是一种从所有人中走出来、走向唯一个体的努力。

所以，在一些哲学家与作家看来，日常没什么好处，它只会让人沉溺其中，变得乏味和平庸。很显然，这时候，哲人作家们是站在高处俯身向日常观看的。他们信仰一种获得超越性的绳索，能够把人从沉沦中拉起来。

可是，也有作家表示：不存在这样的绳索，也不需要拯救与超越。与其将希望寄托在这些华丽大词之上，他们更愿意老老实实摹写日常的基础样貌，哪怕它就是平庸、重复和机械的——比如美国作家雷蒙德·卡佛，对他来说，信仰与超越，还是属于一种人为设计出来的观念，无非是把上帝、彼岸换了个说法——为什么不能老老实实接受人生就是如此呢？过着这样的寻常日子，也没什么大不了，为什么非要说做个庸人就是错的呢？把日常生活过好，也并不比追求精神世界更容易吧？

卡佛在访谈中说过："我觉得文学能够让我们意识到自己的匮乏，意识到生活中那些贬低我们的东西"。对于日常的呈现，并非彻底拒绝人变得更好的可能，只不过，这种"变得更好"有时候并不需要用"贬低日常生活的庸常"这种神圣的话语来实现。在《你们为什么不跳个舞》中，卡佛呈现了一个生活小事：讨价还价。一对年轻的情侣看到一个男人把自己的家具大甩卖，于是上前讨价还价了一番，最后买了家具离开。这个平常无奇的故事里有两个"刺点"：第一个是男人把家具摆在前院甩卖，位置

"看上去一切和在卧室里相差无几——靠他这边床的床头柜和台灯,靠她那边床的床头柜和台灯",而在年轻情侣买完家具,男孩醉得有点厉害时,女孩和男人跳起了舞并发生了这样的对话:

"那边的那些人,他们在看。"她说。

"没什么。"男人说。"这是我的地方。"他说。

"让他们看去。"女孩说。

"就是,"男人说,"他们以为这里的什么都见过了。但他们没见过这个,见过吗?"他说。

他的脖子感到了她的呼吸。

"我希望你喜欢你的床。"他说。

女孩先闭上眼睛,又睁了开来。她把脸埋在男人的肩膀上。她把男人往近拉了拉。

"你肯定是很绝望或怎么了。"她说。

(小二译)

小说结束于女孩对别人回忆起买家具的事情,说了很多,但有些没说。这是第二个刺点。

到底是什么没说呢?卡佛像海明威一样沉默了。我们从这篇小说里,又窥视到了日常的另一种面相。甩卖原本属于两个人的家具,暗示着男人可能离婚了,而当男人女孩起舞时,有路人侧目,暗示着男人的婚姻破裂得也许并不光彩,受到了一些道德评价,那么,女孩在最后没说什么呢?从文本给出的痕迹看,她可能没有说与男人共舞时产生的一些暧昧情愫。但是往大一点推想,她没说的可能是，也许每一桩日常的婚姻都像这个男人的一样，最终要么分裂、要么乏味，而她和男孩，正要进入这个日常阶段。一个人的生活如此，所有人的生活如此；一个人的婚姻如此，所有人的婚姻如此。对此，卡佛并没有站在高处，批评这些过日子的人。他更像是站在一个水平线上，把眼前的东西记载下来，平平无奇、人人如此。

我想，文学对日常还原式的描写，反过来也在肯定日常给人提供的安全感，这点是我们在第一讲就提过的。从最为根本的角度来说，日常可以将人从对自己必然要死的焦虑中拉回来，让我们暂时地忘记这个终极的结果。在真实的生活里，日常是自我呈现和自我宣誓的。只要你不去挑战它，就会一直被它安全温柔地包裹着，除非，你想暂时地跳出去——比如，像托尔斯泰一样，深夜突然被自己会死这件事吓醒。可是紧接着，你就会被沉沉的睡梦和第二天操心的衣食住行再次包裹。日常生活的至尊地位更是在小说中获得了一种永恒的保证——简·爱永远在你翻开书的时候，讲述着她与庄园男主人的爱情纠葛；福尔摩斯永远在你翻开书的时候，带着华生勘察犯罪现场。小说中的人物永远在等候你，它们不会变，就像你周围的日常不会变一样。

这一讲，我们谈到了日常与反日常这组元素在文学中的各种呈现。它们在古老的史诗中就被运用得当，近代以来的各色作家，更是通过调节两者的关系，确立了自己不同的风格；我们还聊到两组元素对文学的作用，它使得文学更具有真实感，更具有讽刺和幽默的味道；最后，进入文学与哲学面对面的语境，讲到了两者的分道扬镳。① 此时，反日常的东西可能反过来带有了批判性，而日常多少变成了庸常。作家们对此态度不一。

我读书的时候，可能会选择哲学式的理解，但人到中年，反而会更青睐文学式的理解。穆旦有句诗，"这才知道我的全部努力，不过完成了普通的生活"。那么，你会怎么选择呢？

---

① 其实这种分道扬镳还有一个现实版本，就是人们对于城市与居住地的描述和想象。在目前中国的语境里，北上广和小县城被刻画成了两个宇宙，"北上广容不下肉身，家乡小县城容不下灵魂"，这种二元对立的划分里就暗含着所谓庸常和超越的对峙、日常和反日常的势不两立。一线城市被想象成不靠人情关系、自由拼搏的现代社会，而小县城被想象成充满复杂人际、三姑六婆的落后部落。当然，近年来又有了"逃离北上广"和回老家"真香"的流行观念，有一些人开始在日常和反日常的对立中犹疑和滑动了。这个问题我们还可以结合城市化进程中的不同阶段来理解。

第三讲

《好人难寻》：文学与恶的距离

> 那时的气候，不管是夏天的热还是冬天的冷，都与我们现在的全然不同。他们灿烂多情的白日与黑夜截然分开，一如陆地分别于海水。他们的日落更红更热烈，曙光更白更耀眼。我们的拂晓半明半暗，我们的黄昏暮色流连，那个时代的他们对此一无所知。他们的雨要么倾泻如注，要么干脆不下。天空若非烈日如焰，便是黑暗无光。
>
> ——伍尔夫《奥兰多》
>
> （侯毅凌译）

在和大一的同学聊读书情况时，有个女孩说自己最近在读三毛，收获就是"树立了正确的爱情观，对未来大学的生活会很有帮助"。我追问道："什么是正确的爱情观呢？哪些又属于错误的呢？"她可能没想好，又或者不好意思，半天也没说出所以然来。她似乎相信，文学的一大作用在于提升我们的"道德品质"——文学真的具有这种功能吗？如果是这样，为什么文学中这么多出轨偷情、杀人放火，这不是叫人不学好吗？进一步地思考，这一观念是亘古以来就有、直到今天都人人相信的吗？

第三讲，我想聊聊文学与道德——尤其是恶——的关系。文学为什么那么喜欢呈现邪恶的东西？呈现它们的目的到底是什么——让人引以为戒还是引人堕落？

这一讲，我选择了一位挺邪门的小说家：美国女作家弗兰纳里·奥康纳。她属于美国南方文学作家，人们往往会用哥特、阴森、庄园、宗教、神秘等词汇来形容这个流派。如果你能找到奥康纳的照片，你会发现她和你想象中的哥特作家不太一样：她总是笑吟吟的，圆圆的眼镜，卷曲的头发。可是一看她写的内容，又近乎都是鲜血与暴力。康拉德在《黑暗的心》里描写过一个人的笑容，每次讲完话，唇边就会浮动一丝隐而不露的微笑，那微笑仿佛是在给他的每一句话贴上封条，"似乎这句话是一扇通往讳莫如深的一个黑暗世界的大门"。我有时候看着奥康纳的微笑，也觉得有点这个意思。

奥康纳一生极为短暂，三十九岁即死于红斑狼疮。除了两部长篇，她还有三十多部短篇和大量书评。第三讲就选择解读她的名篇——《好人难寻》，选自同名短篇小说集。这篇作品颇为晦涩，呈现了一桩看起来莫名其妙的恶性犯罪：一大家子人在老奶奶的劝说下，决定开车出门游玩。一路上，老奶奶回忆着年轻时的风光，大家还到了一个餐馆吃饭，与老板聊了聊世风日下、逃犯越狱之类的话题。接着，全家人再次踏上旅途，却遭遇车祸，这时，出现了一个自称"不合时宜的人"，原来他就是那个越狱犯。一家人原指望这个人能帮忙救援，没想到他带着两个助手，把这家人一个个带到树林深处杀死。最后轮到了老奶奶，老奶奶不停说着上帝啊救赎之类的话，希望能够感化杀人犯，可是，"不合时宜的人"不仅不为所动，还觉得老奶奶说得不对，最后，他开了三枪杀死了老奶奶。故事结束。

《好人难寻》文本细读

为了帮助读者进入文本，我设置了一些问题作为路径。比如，你觉得老奶奶是怎样的人？你觉得老奶奶和家人的关系如何？为什么？为什么要写凶杀案之前的旅行和家庭琐事？凶案发生之前有预兆吗？你会站在谁的立场上：不合时宜的人还是老奶奶？到底谁是好人？等等。但有趣的是，除了"凶案预兆"这个问题有同学愿意回答，其他问题几乎都被搁置了，大家似乎都感到困惑，不知道作家写这桩暴行为了什么。相比其他一些作品，这部作品的可讨论性很低，仿佛大家都被"封住"了，有同学说，完全不理解这小说要干嘛。

有一些同学试着给出一种合理的解释，他们抓住了小说中最明显的一组对立：过去与现在，然后组织成了一种合理的解读：老奶奶代表的是过去的时间，它的美好就像小说中映射的《飘》，代表着过去生活的幸福与甜蜜——"像郝思嘉的生活那样"，所以，在旅行的路上，老奶奶一直回忆着过去的美好；而老奶奶的家人以及不合时宜的人则代表着新世界的法则，他们对老人不尊重、只在乎钱，新世界是一个被资本主义腐蚀的世界。当我问哪些地方呈现出资本主义的破坏力量呢？同学说，比如老奶奶说"依她看来，如今出现这种情况，欧洲该负全部责任。她说欧洲那种做法，叫人以为我们全是钱做的咧"。正因为看重钱，家人才会对老奶奶这么刻薄；也有一些同学分析了老奶奶的性格，一些认为老奶奶很自私，明明是自己想去玩，所以想方设法说服家人；一些反驳认为老奶奶很可爱，她身上有着人很本能的一面，而这些弱点其实是每个人身上共有的。

上一讲谈到过，"对万恶的资本主义或黑暗的社会制度"的批判是国内读者很容易就采取的一种文本解读方式，因为这可能是以往文学教育在大脑中留下的最根深蒂固的一种资源，不管遇到怎样的文本，都要想办法往上面靠，哪怕是不符合逻辑甚至无迹可寻的。比如个别同学认为小说中孙女的这句话——"就是给我一百万块钱，我也不愿意待在这样一个破烂的鬼地方！"——就是"资本主义腐蚀人心"的证据。就算如此，可孙女的口气看上去更像是对资本的不屑一顾，而《飘》所代表的过去的美好生活，也只是指那些白人的生活。虽然我始终认为，一切对于文本的解读，都应该首先从文本内部的细节生长出来，而不应一上来就套上任何现成的外在理论或者观念。但在实际操作中，对于阅读量较低的同学来说，不借助外力来制造意义，其实是非常难的。大多没学过文学理论的同学，似乎只能搬出了高中阶段学会的"批判资本主义"这套解法。

自然，一个人读了多少东西，会在他讲了多少东西里体现出来。如果只读过《飘》，那么就只能往《飘》上扯。阅读量实际上框定了你对一个文本、一件事进行理解的最远边界。如果什么都没读过，就只能往自己的经验上扯——"我的奶奶有点像这个老奶奶，虽然有点啰嗦，但是却很可爱"——所以，文学的理解肯定是需要训练的，这也是中文系的应有之义。这种训练使得读者能够既不轻视自己的经验，又能从经验中抽绎出抽象的东西。抽象的思维能力是一种不断拓宽个人理解边界的努力。①

学习文学，或者进入中文系，意味着读者需要贪婪地、大量地、"不择手段"地阅读。从文学读到文学之外的东西，然后再读回来——什么时候再读回来呢？我举个例子：读研的时候，室友是个学霸，高考数学考了149分，她跟我说看到卷子的时候，就有一种"俯视"的感觉，完全明白这题为什么要这么出（反正我是完全不明白的那类）。这种俯身向下的感觉非常好，但普通人很难达到。退而求其次，当一个人遇到一部作品时，他能在同一个水平的层面上，用自己拥有的思维能力和资源与作品一较高下、来回周旋时，就算是"读回来"了。

好了，我们再把《好人难寻》细读一下。

小说开篇第一句话就在暗示我们老奶奶的性格。"老奶奶不愿意去佛罗里达州，而想到东田纳西州去探望一下亲友，因此想方设法叫贝雷改变主意。"可见，这可不是

---

① 除了外国文学，我每年还会上大学语文的课程。我会讲半个学期的中国诗歌简史，从《诗经》一直讲到现代诗，然后期中时邀请大家自己创作白话诗。从这些诗歌表里，我发现抽象思维、形而上思考的能力是需要下功夫锻炼的，因为绝大多数同学只能写自己经验里面的事：回忆高中生活、对大一生活的不习惯、对家人或者恋人的思念。绝少出现对这些事情的进一步抽象思考。也就是说，把"事"变成"思"，不是依靠本能就能做到的。文学的理解需要本能，但又决不能止步于本能。

什么稀里糊涂的老人家,她非常精明。为了达到自己的目的,搬出了报纸上杀人犯越狱逃窜的新闻,以此来威慑家人。她的精明贯穿全文始终。当发生车祸时,她马上冒出了一个念头:"但愿自己受了点伤,免得贝雷的火气全冲她一人发来"。这种精明在与越狱的"不合时宜的人"的对话中表现得最清楚:在她的如意算盘里,"上帝""耶稣""祈祷"之类的,都是一种求生的策略。她希望用这些慈悲的字眼感化杀人犯,让他放下屠刀。

"不合时宜的人"识破了这些包裹在"悲悯"言辞之后的小心思,他从一开始就认为,道德感化背后充满了暴力,所以,他杀了老奶奶,并这样说:"她要是一辈子每分钟都有人没完没了地冲她开枪射击,她也会成为一个好女人的。"并非只有那位"不合时宜的人"站在老奶奶的对立面,她的家人实际上也对她动不动就说教感到不耐烦,连八岁的小孙子都知道她为了实现出游的目的,肯定又是废话连篇。就像她自己所说:"去看一看,对孩子也很有教育意义嘛!"问题是,这些说教总是动机不纯的,是为了私人的游玩目的。

老奶奶最喜欢说的词就是"良心",但在她哀叹世事、劝人向善的背后,是各种各样的私心与傲慢。她称黑人为"小黑崽子",并且不断回忆过往的美好,可这些美好正建立在"小黑崽子"的痛苦之上。她还故意提及吃西瓜这件事,因为黑人吃西瓜是来自白人最大的污辱——种植园时期,黑人被认为懒惰,简单如动物,所以不用吃粮食,只配吃西瓜。托妮·莫里森在其小说《最蓝的眼睛》里就写过一对黑人父子吃西瓜,分享着这"地球甜蜜的心脏"。

而在福克纳的短篇《夕阳》中，一个女黑奴被白人强奸怀孕，大着肚子，也被形容为是怀里抱着一个西瓜。

所以，这部小说暗含着一个颠倒的结构：表面上，是越狱者莫名其妙地对一家无辜的人施暴，犯下了恶行；实际上，奥康纳想说的是以老奶奶为代表的一家人对越狱者的施恶。无论是出游还是指点黑人，一家人最后都顺从了老奶奶，所以，奥康纳觉得他们难辞其咎。没有几句话，全程只有服从动作的妈妈，就是机械的"从恶者"的代表。奥康纳颠倒了作恶的主体，识破了道德背后更大的恶。所以，"不合时宜的人"是一种隐喻意义上"以暴制暴"的力量。很多读者始终没法理解越狱者的杀人行为，因为他们把这个小说看得太真实了，但是我想不妨从寓言或者隐喻的角度来理解。奥康纳用文字虚拟了一场恶行，目的是要对传统道德观念发出拷问。

善与恶的不对称性

为什么道德变成了最大的暴力与恶？为什么作家要将善恶颠倒过来？小说中，"不合时宜的人"说："有人一辈子也没问过一个为什么，可是另有一些人总爱刨根问底。"他要问的也正是善恶的边界是天然且永恒的吗？而善与恶的定义，又是如何形成的？

如果翻检古代的材料，会发现一个特别有趣的现象：善与恶的呈现不是对称的。也就是说，在很多古典时代的哲学、伦理学著作里，只有善会被着重凸显。人们不会讨论至恶，但会讨论至善；不会给恶提供太多案例，但会为善提供详尽的榜样。

比如亚里士多德的《尼各马可伦理学》的第一卷就是"善"。亚里士多德明确地指出:"如果在我们活动的目的中有的是因其自身之故而被当作目的的,我们以别的事物为目的都是为了它,如果我们并非选择所有的事物都为着某一别的事物,那么显然就存在着善与最高善。"也就是说,他将至善而非至恶定位为存在的最高目的。当然,我需要补充一下,在当时的语境中,这种善不仅仅指个体道德行为的善,更是指与城邦的建制(也就是社会制度)完美契合的善,一种道德生活与政治生活和谐的善。

在一个良好运行的社会里,才能谈个人的善。亚里士多德花了很多笔墨,为理想中的善提供了评判依据和分类。他认为善包括外在的善(如财富、高贵出身、友爱、好运)、灵魂的善(如节制、勇敢、公正、明智,以及智慧)和身体的善(如健康、强壮、健美、敏锐);并指出,"灵魂的善是最恰当意义上的,最真实的善"。但是,在谈到恶时,亚里士多德显然没那么大的耐心或者意愿,来对"恶"进行分类和举证。为了形容善好的人生,他说:"如果一个人的生命如所说过的决定于他的活动,一个享有福祉的人就永远不会痛苦。因为,他永远不会去做他憎恨的、卑贱的事。"可是,哪些属于"卑贱的事",他觉得不必详细说明。在后文的第七卷,亚里士多德也专门谈到了德性的对立面:"恶"。有趣的是,他仍然不谈到底什么是恶,而是为恶的反面,也即"德性",举了一个来自《荷马史诗》的例子:"就像荷马笔下普里阿摩斯说赫克托尔有超常的善:且不似凡人所生,而像某位神祇的后裔。"

在善越具体的地方，恶就被放逐得越为模糊。

这也正是古典人文著作中对善恶探讨的一个常见的手段：对恶的讨论总是依附于对善的讨论，恶不具有被单独讨论的意义（甚至恶本身就是不存在实体的）。在从古至今的伦理学作品里，恶要么作为"善的反面""善的匮乏"出现，要么作为"善的脆弱性"出现。而讨论恶的目的也还是要回归到善——人如何更好地趋善避恶。我所谓的善恶的不对称性正是这样。通俗一点说，就是为了让人学好而不学坏，必须给人提供足够多的好的榜样。

在《尼各马可伦理学》中，还有一个核心的概念：适度。它是善好与美德的关键。适度关乎界限，"只要越雷池一步"，就从善跌入恶。这就暗示着，在古典的时代，善恶的分野是极其清晰的。该做什么，不该做什么，都有凭据。一千多年后，这种清晰的善恶界限仍然牢牢统治着意大利作家但丁，在他的《神曲》中，适度仍然是对一个人是否犯错作恶的判断依据。那些被投入地狱，受到烈火、寒冰、沥青折磨的人，要么是爱过头了，要么就是贪过头了，再或者，是吃过头了。但是，在但丁这里，我们也看到，当哲学与伦理学都不愿具体展示怎样是恶时，文学成了恶的最大收容所与流放地。伦理学与哲学避而不谈的，文学大谈特谈——这又是一种善恶的不对称性。

只有文学，为恶做传。

那么，接下来的问题就是，文学那么喜欢描写恶行，它的用意是不是一成不变的呢？荷马对恶的描写和奥康纳对恶的描写，有什么区别呢？

古典时代的教化

在亚里士多德喜爱引用的《荷马史诗》中,我们看到人们是这么形容恶的:当阿克琉斯心爱的女奴被阿伽门农夺走时,阿克琉斯愤慨又郁闷地对他的母亲海洋女神说:

> 你要让他记起这一切;
> 坐在他的身边,抱住他的膝盖,
> 使他产生帮助特洛伊人的心念,
> 把阿开亚人逼向木船和大海,在那里长眠,
> 使他们都能得益于那位王者的恶行,
> 也能使阿特柔斯之子、
> 统治辽阔疆域的阿伽门农认识到自己的骄狂,
> 后悔侮辱了阿开亚人中最好的俊杰。
>
> (罗念生、王焕生译)

在阿克琉斯眼中,"恶行"就是指别人抢了自己的女人。女人和爱情无关,和所有权的荣誉相关,这才使他大发雷霆,决定退出战争。而他向自己的母亲抱怨申诉,目的是让抢走女人的阿伽门农认错,受到教育。

而美女海伦又是这么形容自己的"恶"的:

> 我是条母狗,亲爱的兄弟,可憎可恨,心术邪毒。
> 我真恨之不得,在我母亲生我的那天,

一股凶邪的强风把我卷入

深山峡谷，或投入奔腾呼啸的大海，让峰波吞噬我的身躯，从而使这一切的一切，都不致在我们眼前发生。

但是，既然神明已经设下这些痛苦，预定了事情的去向，

我希愿嫁随一个比他善好的男人，

知道别人的愤怒，他们的指责羞辱。

（罗念生、王焕生译）

因为背叛了自己的丈夫，和一个小鲜肉私奔，海伦受到了良心的谴责，唾骂自己是"母狗"。抢夺财产、背弃婚约，这些行为放在今天同样会被骂不道德，也就是说，其实从两千多年前到现在，许多东西在变，但是统治着我们判断善恶的主流道德观几乎没变，它像化石一样存续至今且仍鲜活地支配着人们的行动——一句话，逝者永远要比生者强大。阿克琉斯的愤怒与海伦的自我唾弃，也说明了古典文学中呈现恶的作用：它要让人知道，该做什么不该做什么。做了不可为之事，就会受到惩罚。荷马时代的天空，善恶的云朵各自悠悠，从不融合。

古希腊悲剧中大量关于恶的书写，根本目的也是教化与劝喻。文学是恶的修罗场，上演着大量弑父弑母、兄弟残杀的惨剧：《俄狄浦斯王》中，因为无知，俄狄浦斯杀父娶母，他在悲剧的结尾自瞎双目为这场乱伦定了性：它是恶的，这也意味着这个时期的人们不再能接受早期氏族社会里的乱伦行为，一种更文明的伦理观念出现了；而在

埃斯库罗斯的《俄瑞斯忒斯三部曲》中，恶甚至具有了传染性和循环性：阿伽门农在从特洛伊战场返回后，由于杀了女儿献祭，刚一回家，他就被自己的妻子及其情夫所害；而阿伽门农的儿子俄瑞斯忒斯执著于为父报仇，蛰伏多年又杀了母亲，自己则成为了被复仇三女神追杀的对象。远远望去，古希腊的史诗与悲剧简直是冤冤相报、血海翻涌。

书写这些恐怖之恶的目的，还是在于教化。同样是亚里士多德观察到了这一点，在《诗学》中，他提出了那个著名的论断："悲剧的作用是激起怜悯和恐惧，从而导致这些情绪的净化"。"净化"原本是一个用于医学的词汇（肠道排泄），它意味着通过观看那些耸人听闻的恶行，让我们的内心或是战栗、或是宣泄，但最终得到升华。这个词很显然点出了早期文学与恶的关系：文学是恶的收容所，也是个人垃圾情绪的发泄与净化所。所以，可以这么说，对善恶的区分及不对称的表达，其根本目的就是发展出道德边界，从道德达到教化，从教化达到社会的秩序井然。

认知先于善恶，也即，教化是知道善恶的前提。我们看一些社会新闻的时候，常常会气得咬牙切齿，恨不得把犯了错的人直接关到监狱里或者处以刑罚。但有些时候，人们的道德愤怒对于当事人来说是无效的，因为他根本是在无知的情况下犯错，遇到民意滔天的愤怒的第一反应，可能是困惑不解而非认错忏悔。比如对于农村的老光棍来说，由于没钱支付高额的彩礼，他像周围不少老光棍一样，娶了一个有精神疾病的女性。按村里的说法就是，两个人好歹能互相照顾一下。在疾病发作时他会把妻子拴起来。他的行为肯定是恶的，但是他自己对此却是无知的。没有教化来告诉他善恶，他只是按照周围默认的惯例以及自己的本能来做事。这个时候，如果他的行为被发现曝光，他的无知蒙昧甚至会使得大众的批评失效。你的愤怒无法抵达他的心灵，最后只能靠硬性的法律来外在地裁决。所以，教化需要有知，也就是有认识。早期文学则承担着宣讲这种知的任务。

文学与道德的同步及脱轨

实际上，这种文学的道德任务直到现代都是评论家们讨论个不休的主题。诺奖得主布罗茨基在演讲中说："我觉得，与一个没读过狄更斯的人相比，一个读过狄更斯的人更难因为任何一种思想学说而向自己的同类开枪。"他相信阅读文学能够让人减少心中的恶念与暴力，但他可能并未考虑到，一个人能阅读狄更斯，说明他的社会身份、所受教育很大概率上都高于未读过的人，相应的，他所受到的社会规训以及所接受的法律意识也会更多，也许这些才是真正使他按下杀心的动因。我不知道布罗茨基有没有读过伊夫林·沃的小说《一抔尘土》，里面塑造了一个地地道道的狄更斯的粉丝，这位粉丝倒是没杀人，但是他把人囚禁起来了，让囚犯每天给他朗读狄更斯。这种酷刑，也算文雅。倒是哈罗德·布鲁姆在《西方正典》中放下了文学教化的担子，他说："莎士比亚不会使我们变好或变坏。"

文学与道德的同步至少进行了一千多年。大体上，文学生成的轨道与个人对世界意义理解的轨道是一致的，人们很少会"脱轨"去寻找自己的路径，人与世界、与宇宙亲密地共存。你很难想象一个古典时代的人，像《好人难寻》中的越狱犯一样，"总爱刨根问底"，对看似天然的善恶划分做出质疑。所以，我需要反复强调，小说中"不合时宜的人"的越狱和杀人，是隐喻意义上的一种文学表达，不是说他真的杀了人，是个变态或者反社会人格，而是指现代作品要对传统的道德规训来一场大逃亡。

一旦同时产生文学与道德意义的宇宙开始瓦解，文学就会从道德的轨道上逸出，有趣之处也正在于此。文学与恶的关系，越是在极端和单一的年代，越容易产生二律背反，比如宗教文学。一方面，宗教文学中确实能看到清晰的、甚至是清晰得有些简单的善恶对立；另一方面，也是最早在宗教文学中，一些叛逆的、想要脱轨的东西开始悄悄抬头。

上一讲，介绍了一本叫做《天路历程》的清教徒著作，它出现于十七世纪。现在再把时间往前拨一些，看看更早一些的中世纪的宗教文学。中世纪出现了大量的圣徒传奇，很多被编入一本后世称为《金色传奇》的书。它们几乎是用同一个模板填入了不同圣徒的名字，目的在于歌颂信徒对上帝之爱的坚定，对魔鬼之恶的永不妥协。内容的千篇一律和宣讲的老生常谈，使得现在的读者大概率还是看不下去。

比如，在《使徒马提亚》的故事里，魔鬼一心作恶。他变成了孩子的样子，诱骗大家喝下毒水，饮水之人全部失明，又蛊惑大家杀掉一心侍奉上帝的马提亚，魔鬼一度得逞，诱骗大家把马提亚投入监狱：

> 魔鬼们龇牙咧嘴地来进攻他，但它们无法得逞，因为刹那间，一道巨焰闪现，上帝将马提亚提至空中，解开他的锁链，一边说着甜蜜无比之言，一边为他打开了监狱大门。
>
> （褚潇白、成功译）

这则传奇是中世纪众多传奇的缩影，它的几大元素——邪恶却失败的魔鬼、一心追求上帝至善的使徒、伟光正的上帝——以不同的方式在每一个传奇中排列组合，但最终结果都是邪恶的魔鬼大败，人被上帝拯救。这种善恶的二元对立吸收了前基督教时代的世俗伦理观，又把整个故事的外壳改造成彻底宗教性的，只是语言上更空洞无聊了。但是值得注意的是，这些宗教故事里，魔鬼经常会化身成小孩。抛开复杂的宗教因素，这种写法和现在人们喜欢调侃的"熊孩子"其实还真有点关系。熊孩子喜欢捣蛋，不负责任，破坏秩序，留下一堆烂摊子让父母收拾，当代法国哲学家巴塔耶就注意到"孩子"与"恶"之间的神秘关联。在他看来，好的作家总有点邪性，也就是乐于保持着一种"不负责任的、孩童般"的态度，这与成人世界所要求的规矩、责任、秩序感是反着来的。比如卡夫卡，他就一门心思只想写作，对一切世俗的工作和婚姻都非常犹豫抗拒，写作的狂热也就带上了孩子气的味道，因而被巴塔耶认为是有点邪性的。

虽然巴塔耶观察的是近代作家身上带有的邪气儿，但他别具慧眼地注意到了孩子这个形象。在古代世界的宗教作品中，魔鬼之所以总是化身成孩子的面目，其实也是作家想到了孩子身上那种破坏秩序的本能冲动。所以，叛逆的小火苗早就悄悄隐藏在最正统的文学之中了。这就意味着，哪怕在那些我们以为观念最密不透风的年代，也有许多不自觉的异质元素冒头；这也意味着文学作为一种特殊的题材，与其他学科相比，永远具有混沌不清乃至自相矛盾的特点。① 十七世纪英国的伟大诗人弥尔顿著有《失乐园》，在这部仍然讲述着魔鬼与上帝斗争的史诗中，魔鬼的恶行却被悄悄地赋予了一种非常叛逆的英雄气息。

《失乐园》的故事依据的是《圣经》提供的素材：撒旦因为引诱了人类，被上帝以权威的姿态打入地狱，但不思悔改、负隅顽抗、一心复仇、终告失败。有趣的是，弥尔顿以极其瑰丽恢弘的笔触，为传统文学中的撒旦重新描绘了一副面孔，其英姿勃发与逆天改命的气势，不亚于荷马笔下的英雄。史诗这样写道：

> 行善决不是我们的任务，
> 作恶才是我们唯一的乐事，

---

① 有时候，在同一部作品中，立场的矛盾与混沌都可以兼容。明清的许多世情小说乃至狭邪小说中，都会一边露骨地描写声色，一边告诫读者要禁欲戒色。像《三言二拍》里的《赫大卿遗恨鸳鸯绦》，开篇就点明这篇小说是要告诉大家"淫色自戕"的，开篇词里还写到："皮包血肉骨包身，强作娇妍诳惑人。千古英雄皆坐此，百年同共一坑尘。"结果里面少不得写些露骨的情节。

> 这样才算是反抗我们敌对者的
> 高强意志。如果他想要
> 从我们的恶中寻找善的话,
> 我们的事业就得颠倒目标,
> 就要寻求从善到恶的途径。
>
> （朱维之译）

以往的魔鬼之恶被呈现得极其空洞,仿佛恶只是单纯要给上帝的"善"放一个一击就倒的对立面。类似于古典伦理学哲学中对于"恶"的讨论:恶总是依附于善,也只为彰显"善"。但是弥尔顿的伟大,在于他发明了"恶"的新意义。在这种新意义上恶成为自我解释的,它的存在不再是为了突出"善",反而规定了未来世界对"恶"的再造法则:反抗与瓦解权威。且看撒旦如何自述:

> 由于真价值的受损,
> 激动了我,决心和强权决一胜负,
> 率领无数天军投入剧烈的战斗,
> 他们都厌恶天神的统治而来拥护我,
> 拿出全部力量跟至高的权力对抗,
> 在天界疆场上做一次冒险的战斗,
> 动摇了他的宝座。
>
> （朱维之译）

以《失乐园》为代表,善恶的绝对对立与固定内容从宗教文学内部开始崩溃。而弥尔顿作为锚点,为一大批作家引航开路，一百多年后出现的诗人威廉·布莱克就深受弥尔顿影响。布莱克最广为人知的，就是"一沙一世界"这句诗，不熟悉他的读者可能会把他想象成一个纯真佛系的田园诗人。但是，布莱克晚期有一个非常大的转变，他开始厌倦于那些明丽的小诗，反而一头扎进了对恶的挖掘中。

他的《天堂与地狱的婚姻》接过了弥尔顿的大旗，以具有史诗风格的长诗逆写了圣经创世神学。布莱克甚至描绘了地狱的入口：那是一个磨坊。要知道，磨坊在中世纪以来一直是个带点邪气的建筑物。工业化之前的欧洲，交通状态非常原始，只要有人气的地方定然有磨坊。人来车往、鱼龙混杂的磨坊成为交通与信息的汇合之处。许多磨坊主都是异教徒，也都倾向于用异教之恶来反抗基督教的权威。读者会发现，明明还是在写上帝啊、地狱啊、天堂啊、魔鬼啊这些东西，怎么到了弥尔顿和布莱克这里，就悄悄变味了？因为这个时候，随着宗教在世俗领域的衰落，文学与道德同步教化的轨迹遭到了撼动。

从弥尔顿—布莱克出发，我们甚至能把恶的名单拉到法国作家纪德和日本作家大江健三郎那里，这几位作家毫不讳言布莱克对他们产生的影响——趋恶，而非趋善。大江在小说中让心怀恶念的主人公凝视布莱克创作的邪恶版画，而纪德更是与布莱克一唱一和：他在布莱克的"魔鬼箴言"后又补充道，"如果不跟恶魔合作，就没有艺术作品。"到这里，我们几乎可以说，弥尔顿—布莱克—大江—纪德，四个点构成了古今东西关于文学之恶的写作的立体矩阵。这背后，则是近代以来，文学与道德教化同步关系的全面断裂。

为什么善会变成恶

在这个断裂带上,有一个人必须提及,他用考古的方式强有力地佐证了作家们的文学书写的变化,也打破了传统哲学里趋善避恶的温情脉脉。《好人难寻》中那位"不合时宜的人"正来自于他的书名——《不合时宜的沉思》。他就是尼采。尼采以重估一切价值的勇气,对"不合时宜的"越狱者的问题做出了回答:道德不是天然的,是后天形成的,善恶的划分是人为的,而所谓善良中蕴藏着大量的暴力与虚伪。

尼采首先注意到善恶的概念其实是在不断滑动的。在《善恶的彼岸》中,他谈道:"被一个时代感受为恶的东西,通常是以前曾被感受为善的东西的不合时宜的尾音,——是某个更古老理想的返祖遗传。"也就是说,善恶之间那条荷马时代泾渭分明的界限,到了弥尔顿—布莱克的时代,不仅仅是淡化,甚至会消失乃至反转。我还是用上面那个村里老光棍的例子来说明这一点。中国农村的男性,超过一定岁数找老婆就很难,甚至受到歧视。所以很多村子为了解决这个问题,想出了各种办法,其中最糟糕的就是靠人口贩子拐来老婆。人们为什么对找老婆这件事如此执著,因为它本质上不单是找老婆,也不是单纯的延续血脉,而是中国传统观念里要"好好过日子"的这种伦理要求。有个家庭、有老婆、有孩子,是这种伦理里面的基础指标。你很难说让一个人过好日子的观念是错的,儒家对家庭结构的设计之中对人的生活是有一种整全的、完满的期待的，也就是说一开始的设计是非常良善的。但是随着社会变化，这种抽象的、良善的设计在具体的操作中就会不可控地向下滑，滑到人们为了满足这个好设计的各种指标而做出各种坏事的地步来，甚至把追求指标误认为是根本，而忘记了初衷。这就是一种从善到恶的演变。

而在《道德的谱系》中，尼采好好考察了一番：到底支配着我们的道德是如何形成的？这本书的书名就在提示大家：道德不是天然就有的，它经历了漫长的发展史，蜿蜿蜒蜒，几经曲折。其中，尼采发现了叫做"奴隶道德"和"主人道德"的东西。简单地说，之所以一些人成为了人上人或者主人，在于他们是"金发野兽"，他们通过野蛮的行径征服了弱者，同时又制定了什么是"善"的规则，让弱者们去遵守（白人对黑人、纳粹对犹太人、殖民者对原住民都是如此）。也就是说，善是胜利者的发明："那些高贵的、有权势的、上层的和高尚的人们认为并判定，他们自身以及他们的行为是好的，即属于第一等级的；与他们相对的则是低下的、下贱的、卑劣的群氓"。但更为可恨的是，奴隶们接受了这种善的定义，并认真执行。他们在忍耐与驯顺中自我说服、自我感动甚至自我神圣化。尼采最后结案陈词：谁才是"邪恶"的？最严格的回答就是：那些道德意义上的"好人"。只不过，他们往往穿着温情脉脉的外衣。理解了这一点，我们才会理解《好人难寻》中的这场看似莫名其妙的屠戮。老太太，也是对披着温柔外套的金发野兽的隐喻。

前面已经讲到，十九世纪以后，发生了两个很大的变化：其一是随着宗教氛围的日益淡薄，道德伦理让位于更加世俗化的社会规则；第二个则是文学与道德越发剥离，文学中对恶的呈现也越来越远离教化的意义，站在了其对立面，对产生这种道德的社会土壤发起了冲击。

如果说尼采的话还是有些难懂和极端，那我们依旧回到文学来进行理解。在十九世纪末期，英国出现了两个作家，不约而同地对社会规则发起了冲击：哈代温和一些，他只是借助小说人物出轨的言行，疑惑地发问：一个女性在婚前失贞了，就不配结婚了吗？两个人在一时冲动下走入婚姻，后来矛盾丛生，却无法离婚，是合理的吗？① 这些描写算不上恶，只是对善的合理性的隐隐怀疑。而康拉德则更加大刀阔斧地在《黑暗的心》中书写了"恶"。

小说描述了一个生活在刚果丛林深处的白人库尔兹，他疯狂地攫取象牙，不愿意回归白人的世界，他躲在黑暗世界的尽头，看似极为暴虐。当外来的一个年轻人叫做马洛的，前往密林深处寻找这个白人世界的叛逃者时，作家借助他的眼睛目睹了库尔兹的穷凶极恶：在他所住的房子周围，装饰着一根根柱子，每个柱子上都串着一个人头，

---

① 这些问题在今天的人看来，好像也不算什么特别大的事情，尤其现在的离婚率居高不下，大家不再把离婚当成天塌下来的事情。但仅仅是在一百年前，不要说婚前失贞或者离婚这种情节了，哪怕是房间里出现一点点血迹这样的描写，都会让有女儿的绅士父亲坐立不安。因为描写了上述内容，哈代在出版小说的过程中困难重重，以至于不得不进行了大量的删减。以支离破碎的面目出版后，小说又被许多道德捍卫者攻击为不体面、下流。从这里，我们也能看到，道德的内在变迁是非常快的，善、恶之间的砝码在近几个世纪飞速滑动。

蚂蚁爬上去尽情啃食：

> 他在那儿，黑黑的，干干的，两颊深陷，两目紧闭——一颗似乎是在杆顶上睡着了的人头，那干缩的双唇中间露出窄窄的一线雪白的牙齿，他在微笑着，不停地微笑着，对着那永恒的沉睡中某个无休止的有趣的美梦在微笑。
>
> （王智量译）

为什么要塑造库尔兹这样一个疯狂的象牙掠夺者与残杀者呢？我想，康拉德是想用他的恶来对抗白人世界那套游戏规则与价值体系。他一系列的残暴行为，都是一种以恶抗恶。小说通过叙事者马洛间接地告诉了读者：十九世纪末的欧洲白人社会营造了一种虚假的现实感。人们生活在其中，被肉铺子、啤酒、警察等日常包裹，不自觉地遵守着种种条框，却不知这个现实更像疯人院：这一切的井然有序，恰恰来自于暴力，只是，这种暴力比起库尔兹杀人越货的暴力来说，是隐形的、普遍的、让人无法觉察的。小说中，库尔兹死前说了一句："吓人啊！吓人！"什么东西吓人？他发现统治着白人的那些规则是恐怖吓人的，更可怕的是，它们表现为彬彬有礼、锐意进取。

我不知道康拉德有没有看过尼采的书，但显然《黑暗的心》流露出与尼采一样的观点：文明只是胜利者对弱者建立的暴力秩序而已，弱者要反抗的话，只能同样以暴力还击。小说中，马洛说道："他们是征服者，而要当个征服者你只需要有残暴的武力就够了——即使你得了手也没有什么值得夸耀的，因为你的力量仅仅是从别人的软弱中产生出的一种偶然而已。"库尔兹希望通过作恶获得一种与现实感相对的真实感，他得到了，也让旁观的马洛觉得这颗黑暗之心的质地纯洁得好像"透明的"。

没有原因的纯粹之恶

在十九世纪充满反叛意味的作家笔下，恶还是有原因的。康拉德写《黑暗的心》，他依然要为库尔兹的恶行找到一点合理性、一点原因，甚至最后要升华和净化这种恶使其成为"透明的心灵"。这其实还是比较传统的写法，因为，当代小说不会这么优柔寡断地处理恶。

当代小说中，恶的呈现更加独立、纯粹、不加解释。一旦开始解释恶，会又演变成对善的移动——一个人杀人是因为受到了不公待遇、一个人作恶是因为遭遇极大痛苦——这些解释会稀释恶的强度，让我们觉得情有可原，也就多了一分向善滑动的可能。如阿根廷作家罗伯特·阿尔特的《七个疯子》，小说中的几位主角最后犯下了绑架杀人罪，还准备筹建妓院用压榨女人的钱来招兵买马搞革命，颠覆现有政权。他们的行为确实算是恶，他们也曾自称"恶魔"，但阿尔特还是花了极大笔墨解释恶人之所以为恶的缘由——他们有的妻子被拐跑，有的穷途末路、遭受羞辱。所以，他们恶的浓度多少被投放了一些原谅的稀释剂，用我们中国人爱说的话就是，他们也是有苦衷的，他们也是逼不得已的。

可是，当代小说里更热衷于塑造纯粹的恶，这种恶甚至还拒绝被理解，拒绝"情有可原"，它的终极目的只是决绝地将善扳回来一些。

村上春树的《烧仓房》即是一例。这部小说曾被韩国导演李沧东改编为电影《燃烧》。小说以第一人称的视角讲述了"我"和一个女孩的交往过程，她像是浮萍一样飘在社会里，有时候会和某个男人在一起，当然也不全是为了钱。她和"我"也不咸不淡地交往着，偶尔会发生性关系。后来，她去了一趟非洲，带回一个颇为有钱的男人，我们三人时不时聚聚。有一次，三人聚会，女孩吸大麻飘了，先去睡觉，留下我和这个男人聊天，不知怎么的说起了他无聊时会去"烧仓房"。"我"很疑惑，仓房都是别人家的财产，岂能说烧就烧？于是问他：

"但仓房是不是已没用，该由你判断吧？"

"我不做什么判断。那东西等人去烧，我只是接受下来罢了。明白？仅仅是接受那里存在的东西，和下雨一样。下雨，河水上涨，有什么被冲跑——雨难道做什么判断？跟你说，我并非专门想干有违道德的事，我也是拥护道德规范的，那对人的存在乃是非常重要的力量。没有道德规范，人就无法存在，而我觉得所谓道德规范，恐怕指的是同时存在的一种均衡。"

"同时存在？"

"就是说，我在这里，又在那里。我在东京，同时又在突尼斯。予以谴责的是我，加以宽恕的是我。打比方就是这样，就是有这么一种均衡。如果没有这种均衡，……我们就会散架，彻底七零八落。正因为有它，我们的同时存在才成为可能。"

（林少华译）

这之后，"我"去勘察了附近的仓房，发现都完好无损，女孩却永远失踪了。"我"怀疑，女孩是被这个有钱人杀死了，他把杀人说成是"烧仓房"。女孩当然是无辜的，男人也不是受了什么伤害、要复仇什么的才会去杀女孩，否则无法体现恶的莫名和纯粹。男人认定了女孩是没有价值的，没有用的，所以有些像《罪与罚》的主人公那样为理念杀人，这种理念为的就是使善恶达到一种平衡——在善弥漫四处时，需要用不可解的恶将它扳回一点。在这一点上，当代小说家对道德的思考更为激进。同时，也能看出当代社会对这种激进思考的宽容度是更高的。

与此同时，当代电影里也出现了对纯粹之恶的呈现。丹麦有个怪才导演叫做拉斯·冯·提尔，他在2018年时推出了一部很怪异的电影《此房是我造》（这部电影里也出现了上面提到的诗人布莱克，这不是巧合）。该影片由于太过变态，在戛纳放映时把很多观众都吓跑了。影片的情节极度挑战大众的底线[①]，所以我在这里只简单说一

[①] 我有一个很个人的感觉，就是当代的传媒与娱乐形式越来越趋于简单化和单极化，再加上审查的力度，导致普通的观众、读者只能接受非常日常且基础的信息，稍微带一点深度或者刺激性情节的内容都会被隔离在认知水晶宫外。所以读到波兹曼批评九十年代牧师利用电视传道会变得肤浅时，简直有些唏嘘，因为现在的问题不是传媒让深度内容变得肤浅了，而是传媒里几乎没有深度内容了。希区柯克最早是作为非常卖座的好莱坞导演出现的，但是，在课堂上播放《精神病人》中那个著名的浴室谋杀案的片段时（没有直接出现恐怖的画面，而是用影子来表现的），还是会有很多同学表示受不了。

点，即电影中展现了一个和《好人难寻》《烧仓房》等小说非常相似的情节：男主人公在路上遇到了一个喋喋不休的搭车女人，他无法忍受就将其杀害。后来警察发现，他用被他杀害的许多女性的身体搭成了一个房子。这部电影的评分很两极化，喜欢的人觉得非常具有艺术气息和哲学深度，但讨厌的人觉得它只是着魔、变态、反社会人格。

作家在讲述和表达恶的时候可以尽情发挥，批评家则可能需要反复提醒读者：请务必在一个抽象的、非真实的层面来理解艺术中的恶——尽管作品本身借用了看起来非常真实的场面。现代意义上的文学既不教人做好人，也不教人作恶，只是对道德中善与恶的观念发出自己的疑问。可是作为批评者，我们甚至没法拍着胸脯保证，这些疑问和批评都是合理的。批评者如我所能做的，也只是不加评判地呈现文学与道德关系的基本变化。当然，言者无心听者有意，也大有读了文学作品，把其中的道德思考直接变为自己道德实践的读者，这种读者在批评家纳博科夫看来，可能是糟糕的读者。

比如美国作家J. D. 塞林格那本著名的《麦田里的守望者》，很多年轻人阅读后产生了强烈的共鸣，甚至把这种共鸣理解成对社会的憎恶。所以，当时出现了多起枪击事件，包括枪击美国总统肯尼迪和披头士乐队主唱列侬，警方从这些枪手身上都搜出了《麦田里的守望者》，有的枪手甚至走火入魔地声称：我就是主人公霍尔顿。可以说，文学与道德同步教化的关系断裂导致了一个不可控的结果：你没法知道一个人读了一本"邪书"，会去模仿还是一笑置之。

也就是说，当代一部分极为先锋的文学把判断权限全部交给了读者，让读者自己去承受道德试错的风险。

我们没法要求当代文学具有太多道德责任，不过，还是可以从写作的角度，对作品中恶的呈现手段做一个区分。当艺术家们去思考道德的历史时，是单纯用看起来血腥、恐怖的具体恶行来表现比较高明呢，还是用更抽象的方式来表达更好呢？小说家亨利·詹姆斯会更偏向于后者，他不太看得上那种通过外部血腥残杀来表现的恶，所以批评写下了《恶之花》的波德莱尔，认为他对恶的看法"简直幼稚得可笑"。因为似乎在波德莱尔看来，恶主要就是由外部的恐怖景象与污秽物构成的，什么妓女啊、残肢断臂啊、谋杀和腐肉啊……但是，高明的恶的表达，应该从恶的源头，也就是"人类意识的深处出发"。① 现当代一些导演、作家在书写纯粹之恶的时候，也有意识地将外部的恶行与形而上的思考结合在一起。所以，我们在《好人难寻》中看到了对哲学概念的借用；在《此房是我造》中，更是得忍受影片中穿插的各种对文学绘画哲学的引用。至于效果如何，见仁见智吧。

这一讲，我主要谈的是文学与道德中的恶的关系。古典世界存在一种善恶的不对称性，只有文学中会大量描写具体的恶。但是由于此时道德与文学是一体的，所以描写恶的作用主要是教化，劝人不要作恶；在宗教文学中，道

---

① 亨利·詹姆斯：《小说的艺术》，崔洁莹译，四川文艺出版社，2021年，第166页。

德与教化的功能结合得最紧密，因而善与恶的书写也最单一，但也是在这种文学中，较早出现了模糊的恶。由此，恶开始具有了一种反抗和反叛的意味，其大背景是近代社会宗教影响的衰落和人们对善恶划分的怀疑。最终，道德与文学同步教化的关系断裂，当代作家越来越喜欢谈纯粹的恶，以此发起对道德的攻击与质疑，他们的作品也越发摆脱对读者的道德责任。

这一讲中，我几乎像祥林嫂一样反复提醒，读者应该在一个抽象的、隐喻的层面来理解文学中的恶之书写，不要仅仅看到故事里的杀人放火。总体来说，文学与恶的关系的演变，是人类由古至今道德观念变化的一个缩影。最后，我想，测试一个读者合不合格，不妨尝试读读这些"恶的文学"，把它们当成自我判断的试金石。

第四讲

《人工呼吸》：小说中的"套娃"结构

和学生聊《一千零一夜》时，听他们说起了一个网络梗：禁止套娃。据说这里面的逻辑最早可以追溯到《庄子·秋水》里庄子和惠子的打嘴仗。庄子看着鱼儿游来游去，肯定很快乐，惠子就杠了起来："子非鱼，安知鱼之乐。"庄子回敬道："子非我，安知我不知鱼之乐。"惠子话赶话，说："我非子，固不知子矣；子固非鱼也，子之不知鱼之乐，全矣。"这时候，庄子说了一个很有意思的话，叫做"请循其本"，这是什么意思呢，就是咱们回到谈话的开头，好好掰扯掰扯。于是，两人又开始了一轮辩论，当然，庄子后来只说了一句话后，这篇有趣的小文就结束了，但假设他想无限地写下去，也是有可能的，只是由于他的及时打住，他可能成为了中国最早的"禁止套娃"之人。

禁止套娃的意义，似乎在于它可以及时地遏制住无意义的语言与对话的繁殖。设想两个现代人正在进行如下对话：

"我认为你错了。"

"我认为你认为我错了是错的。"

"我认为你认为我认为你认为我错了是错的是错的。"

"我认为你认为我认为你认为我认为你认为我错了是错的是错的是错的。"

……

越往后，简直越不可想象。

可是蹊跷的是，人们在现实生活里避之不及的套娃模式，似乎成为了文学偏爱的一种古怪风格，所以也才有了开篇和学生聊到的《一千零一夜》里环环相套的故事。它们并不指向无意义的语言与对话的繁殖，反而增加了一种神秘魅力。

文学为什么偏爱一个故事套着一个故事来讲述？

是作者为了省事吗？古代常见的套娃模式在现代小说中还有吗？期间发生了哪些变化呢？这些问题，是这一讲试图解决的，简而言之，第四讲，我会聊一聊文学中"俄罗斯套娃"结构的前世今生。

这一讲，我选择的文本是阿根廷作家皮格利亚的小说《人工呼吸》的节选。皮格利亚在国内比较冷门，而且相对来说很不好读，这也是我选择其小说节选的原因。作为一名外国文学的爱好者与讲授者，我的职责也包括把更多藏之深山的作家带到读者大众面前。《人工呼吸》在形式上非常先锋，不亚于大家第一节课读的《密室》。它表面上看是一本寻根小说，但是却杂糅了传记、文学批评、日记、书信、哲学评论乃至文坛八卦，这些内容与小说的情节未必相关。从国内译者楼宇精彩的翻译中，我截取了一个相对独立的故事，它的完整性可以脱离原文语境来看，而且也非常适合切入讨论"套娃模式"。

我将这一段的标题自拟为《写信的女人》。

《写信的女人》文本细读

这段故事是小说中的文人马科尼对他的朋友讲述的一段往事。大意是讲自己年轻时不愁女人，很多女人都会给他写信，表达爱慕。其中一位的文字展现出极其深邃的美与才华，连马科尼自己都大为倾倒，结果满怀期待地见到这个女人后，他发现她很丑，于是心生嫉妒嫌弃，劝女人不要再写下去。女人自己也觉得，丑陋的身体无法呈现美好的文字，所有的故事都是弄虚作假。短暂的接触后，女人消失在马科尼的生命中。

故事本身很简单，但是讲法特别复杂。这个故事的最深处，是女人在讲述自己的故事，她讲给马科尼听，小马又讲给自己的朋友塔德维斯基听，这位小塔又讲给小说中的叙事者"我"听。作家把每个讲故事的人像串糖葫芦一样，并列放到了一段叙事的最后，于是读者就会看到如下神奇的表达：

"马科尼对我说，塔德维斯基讲道"（这里是小塔复述小马的话）。

"我特别喜欢贝多芬的四重奏，他补充说，塔德维斯基讲道，马科尼补充说，当然，这没什么特别的。"（这里还是小塔复述小马的话）

最极端的——"她认为自己并不具备从事文学创作的能力，那个女人说，马科尼讲道，塔德维斯基对我说"（这里是小塔对"我"复述了小马的话，而小马的话则是在复述那个女人的原话）。

这种讲故事的方式贯穿在整部小说中,尤其以写信的女人这一段最为集中,所以我选取了这一段邀请同学共同研读。我观察到,同学们阅读时,有不少流露出困惑的神情:皱着眉,咬着笔,像在做数学题——当一名文学老师的乐趣可能也在于此,他不同于同学是独自面对文本的,他还可以观察众多同学是如何面对同一文本的。在一门课上,你既可以遇到对各种作家理论都如数家珍的同学,也可以遇到连《一千零一夜》都没听过的同学,大家混在一起,理解与反应的参差多态构成了特别迷人的情景。① 谭嗣同有句诗我非常喜欢:"短衣长剑入秦去,乱峰汹涌森如戈。"感觉也像在说文学的理解,你带好自己的武器,孤身前往,文本的乱石向你压来,那这个时候,你作战的状态就在面庞上浮现了出来。

我也设置了一些问题辅助同学进入文本,比如:这篇小说在哪些地方让你感到困难?小说有几层叙事?请试着

---

① 同学们好像经常会有自己的见解"很肤浅"的羞愧,而且一听其他同学怎么能说出那么厉害的东西,更自惭形秽。但我倒觉得完全不必,人的理解力与视野各有不同。今年开了一门《小说与电影》的课,最后一部电影分析的是《穆赫兰道》。影片中出现的一个神秘的牛仔,对着片中的导演说了一番意味深长的告诫之语。同学们对这一形象给出的解答非常多元,有一位从拉康精神分析的角度认为,他是已经罹患精神病的主角在现实生活中遇到的精神分析师的投射,她想要自救,这位同学用非常复杂的理论进行了精细的解读;但也有一位同学只是说起了自己初中时候的一个梦,因为现实里做错了事,所以梦中有一位白发苍苍的博学老者安慰他:不要太纠结,要勇于认错。故而,他认为电影中的牛仔也是用来安慰和纾解自我的自我分身。我们往往会用信任的形象来自我宽慰,比如博学的老者,或者自由勇敢的牛仔。这两种解读都令我印象深刻,一则出于理论,一则出于经验,没有高低的差异,只是结构方式的不同。

用笔标注不同的人说话的不同内容；你觉得这样写作的目的是什么？

一些阅读经验较少的同学，直接承认难以处理这个小说，他们用"套娃"来形容这种层层包裹的叙事结构，但无法说出其用意，似乎如此写作的目就是"让人读不懂"。那些经验较为老道的同学则给出了更为丰富的解读。一位同学认为：好像读到了一种"回声"，当人在山谷里大喊，回声会一波波地荡开，声音也会因为距离一点点变小、变模糊。小说中像回声一样不同层级的转述，呈现出一个有规律的过程。从小塔给"我"转述开始，一直往深处累积，就有了四层转述，然后，在小说的结尾，转述的层次又开始减少，最后又返回到小塔对"我"说，实际上，"我"又在对读者说。在一层层的转述中，我们似乎离真相越来越远，故事的内在世界越来越丰富的时候，细节却在丧失，内容在脱落，事件的真相则越来越远。

继而，同学们的讨论来到了语言本身和讲故事这个行为上。另一位显然对哲学感兴趣的同学指出，小说中人们说话的方式与日常用语很不同，我们一般会说："张三对我说，李四对我说"，而不是把所有说话人全部串在叙事句子的末梢。这种手法首先让他想到了俄国的形式主义，陌生化的讲述延长了感知文本的困难和时间；其次，作者想要穷究的是逻辑语言的问题——语言是如何控制了人的思维、语言作为本体又是如何影响了我们对世界的感知。小说通过层层的转述，似乎说明了世界其实是"不可还原的"，同学也有着强烈的被语言控制的错觉。那么，对于那些不可还原之物怎么办呢？唯有像维特根斯坦说的，保持沉默。此外，还有同学抓住了小说中的"写信"这个细节，结合特里林的《诚与真》来讨论写作与作家的真实问题。在皮格利亚的小说选段中，没有露面的女人一直让马科尼觉得很有才华，一旦见光，她的才华似乎就烟消云散了。

所幸，我们的同学还没接触过"叙事学"，否则，这篇精彩的小说又会被拖到叙事理论的解剖台上，从头到脚来一次大屠宰。初学者对"叙事学"照猫画虎的理解往往非常机械，仿佛手里操着一把屠刀，把一篇小说里的"时序""时距""频率"像挑筋一样挑出来就完事了。然而，它们并不能解释小说之为小说的根本原因，也无法解释为何"形式本身就是意义"。研读《写信的女人》，目的就在于将形式的解读推向意义的深处，这种意义，课堂里那些老道的同学已经解读得非常精彩了：现代小说中的"套娃"结构，指向了语言与自我、与世界的关系。

还是再进行一次文本细读。

小说选段的开篇，是由小塔讲话。他的话带领读者转入第二层故事："然后塔德维斯基说，他刚才在厨房想起了我和马科尼的对话。他说，他紧接着就想起他之前和马科尼的一次谈话。那次聊天时，马科尼向他讲述了一桩关于一个女人的奇事。"这段话规定了整篇小说将呈现的至少四个讲故事的层面。接下来，就是女人与马科尼的交往，马科尼惊叹于女人的才华与矛盾："她丑得像个怪物，但她又是如此聪慧、如此精致。还有她说的西班牙语，听起来有些怪，但又那么美妙动听，带着点拉丁化的古韵。"在转述女人的故事与原话时，马科尼说过两句非常重要的话:"当然,她的原话要更美妙更隐晦",以及"当然,她的原话更加优美"。

这意味着什么呢?意味着转述别人的语言,永远无法精确地实现还原,而转述者变得越来越多时,耗损的意义与言辞也就越来越多。大家都玩过传声筒的游戏,一句话从第一个人开始传递,经由百十来个人,传到最后肯定面目全非。

这篇小说如果从言说的角度来说,可以归纳出这样一个逐渐耗损的套娃结构:女人讲故事＜小马讲故事＜小塔讲故事＜小说中"我"讲故事＜作家皮格利亚讲故事。实际上,这个结构还暗含一个"前缀",也就是人对自我讲故事,其形式则是"写作":人通过写作把自己的故事讲了出来。也就是说,其实小说甚至可以归纳出五个环环相套的讲故事层次。小说中女人与马科尼对"作家与作品关系"有着类似的理解,马科尼说:"我他妈的也一直坚信所有的文学创作都是自传",而女人认为:"只有基于个人真实经历及体验而创作的文字才算文学"。有趣的是,他们后来又都对这一观念产生了不满,因为丑陋的身体,女人觉得无法真正地讲述自我,她所写的故事都是不真诚的:

> 她说,我的身体面目可憎,令人生厌,我对它深恶痛绝,胜过这世上的任何人任何事。我对我自己的身体厌恶到了极点,那种厌恶程度没人能够想象,她说,真的,那种自己对自己感到恶心厌恶的感觉,没人能感同身受。所以说,她要如何去书写自己的人生呢?

(楼宇译)

这样一来，故事里最深处的人讲述自己的故事，就变得虚假了。源头的虚假直接导致了每一层在转述前人的故事时，都是"假上加假"，毫无意义。所以，当人们使用着语言对自我与别人夸夸其谈时，最终会抵达哪里呢？

传统故事中的套娃结构

表面上看，皮格利亚的"套娃"式结构一点都不新鲜。我们在古老的民间故事中，早已熟悉了它的身影。

比如《一千零一夜》。这个民间故事是典型的"套娃模式"。机智的山鲁佐德正在家里读书，发现她的父亲，也就是当朝宰相愁云惨淡地赶回家，向她讲述了一个可怕的故事。原来，这个萨桑国国王有两个儿子，父王死后哥哥封弟弟为一个小国国王。某次弟弟发现自己的王后与宫中乐师淫乐嬉戏，愤然和哥哥出走。两人在野外遇到一个魔鬼，魔鬼打开一只巨大的箱子，箱子里有个美妙女郎，她向兄弟二人讲述了自己的故事，并荒淫地要求两人陪她睡觉。这样，更坚定了兄弟二人仇女的心理，他们觉得，天下女人都坏透了。所以才有了后来哥哥每天娶一个女子然后杀掉的故事，也才有了山鲁佐德成为王后之后，用讲故事的方式推迟自己死期的智举。

在《一千零一夜》的开篇，可以整理出这样一个结构：箱中女郎＜魔鬼＜兄弟俩＜宰相＜山鲁佐德。其中，魔鬼并没有"讲述"这个动作，他的讲述行为是用"打开箱子"来隐喻的，箱子一旦打开，故事就往深处推进了一步，到了箱中女郎这个层面。类似的，还有之后山鲁佐德讲的故事。比如在《瞎眼僧人》里,曾经是太子的僧人讲述了一个故事,他在路上遭遇抢劫,钱财散尽之后只能砍柴为生。有一次意外地发现一个地窖,拉开地窖的木盖,里面居然有一个被魔鬼藏着的女郎,女郎接着讲述了自己的故事。地窖女郎类似于箱中女郎,以隐喻的方式代替了魔鬼讲故事的这一动作。在《一千零一夜》中,除了人直接的转述和讲述行为,大量的"揭开""打开""裂开"都意味着故事开始进入另一个层面了。比如《渔翁、魔鬼和四色鱼的故事》里,有一个女郎从墙上的裂口走了出来,开始讲故事;《阿卜杜拉·法兹里和两个哥哥的故事》中,一个女郎从被掀开的门帘后走了出来,开始讲故事。

总体上,《一千零一夜》呈现了层层转述的原始形态。这种故事刚听的话,会觉得很有趣,因为故事就像贪吃蛇游戏一样,一个连着一个,蛇的身子越来越长,颇为壮观。可是,听久了,就会觉得套路,甚至嫌烦,同学说不好大概会犯嘀咕:又是这一套,什么时候是个头?这就说明,传统的套娃故事有明显的问题。拉美作家略萨在《中国套盒:致一位青年小说家》里将这种结构称作"故事派生系统",同时也指出了它的缺点:机械性。①

---

① 略萨所说的"中国套盒"与"俄罗斯套娃"是同一个意思。英国作家安吉拉·卡特也用过"中国盒子"来进行比喻。在小说《马戏团之夜》中,她形容一个空中女飞人的眼睛时说:"华尔斯有一种极为奇异的感觉,仿佛这名空中飞人的眼眸是一对层层相套的中国盒子,每个盒子都通往一个世界,而这个世界又通往藏在它内部的另一个世界,以及更里面的另一个世界,其中蕴含着无穷无尽的多重世界。而且,这对幽不可测的深渊散发出强烈无比的吸引力,让他觉得自己也打起了哆嗦,仿佛也跟她一样,正站在某个未知的临界上。"(杨雅婷译)

是不是传统故事里，所有使用套娃结构的作家都不可避免变得机械呢？其实也不是，写作这件事是最看天赋的，同样的结构，绝大多数人就老实巴交地讲完算完，有的人还是想玩出点花样来，比如塞万提斯。这也是作家略萨对这位同行极为推崇的原因：哪怕是借用套娃模式，塞万提斯仍然会自己岔出一条小道，走出个性来。

塞万提斯《堂吉诃德》里，确实很有典型的套娃结构。比如在第九卷，讲故事的人回忆了自己如何发现这部《堂吉诃德》手稿的经历：

> 有一天，我正在托雷都的阿尔咖那市场。有个孩子跑来，拿着些旧抄本和旧手稿向一个丝绸商人兜售。我爱看书，连街上的破字纸都不放过。因此我从那孩子出卖的故纸堆里抽一本看看，识出上面写的是阿拉伯文。我虽然认得出，却看不懂，所以想就近找个通晓西班牙文的摩尔人来替我译读。要找这种翻译并不困难，即使要翻译更好更古的文字也找得到人。我可巧找到一个。
>
> （杨绛译）

这段故事里有几个层次？底层，应该是手稿的底本（不过它并未体现在这段话中，但我们设想它是源头），然后是这个底本的阿拉伯语的抄本，然后是摩尔人翻译的西班牙语译本，最后才是小说中"我"读到的文字，我又将其转述出来，让读者看到。这里的"翻译"类似于《一千零一夜》中的"打开箱子"，是又一层转述的隐喻的说法。

也就是说，在这段小小的叙述中，居然藏了至少四层套娃故事。可是，塞万提斯并没有滥用这个结构，在另一个地方，他对套娃做出了改动。

略萨举了一个例子，在小酒店里，堂吉诃德与随从桑丘听一个俘虏讲述了自己的故事：

> "各位请听。我讲的是实在的经历。我这段真事，也许比往常精心编造的故事还妙。"大家就坐安定了洗耳恭听。俘虏瞧大家静悄悄地等他开口，就用平和悦耳的声调讲了下面的事。
>
> （杨绛译）

等这个故事讲完以后，堂吉诃德与随从告别了这个俘虏，继续他们的旅程。也就是说，在这里，塞万提斯并没有沿用垂直的套娃体系，而是"入乎其内，出乎其中"，从俘虏这个套娃故事里跳了出来，继续写堂吉诃德的行程。所以，这里不是"套娃"，俘虏的故事与堂吉诃德的故事是并列的、分叉的、平行的。

这种环环相套讲故事的方法，在欧洲与中亚的民间传说中都极为常见，但它的来源应该是印度。根据梵语学者黄宝生老先生的考据，该结构最早出现在印度的一些传统故事中。比如《鹦鹉故事三十五则》《僵尸鬼故事二十五则》等等，黄宝生将其称作"框架故事"（frame-story）。《僵尸鬼故事二十五则》很有意思，和上述提到的故事一样，它也存在几种形式的层层转述。

比如人的关系网的层级：婆罗门送给国王一枚长生不

老果，国王转送给自己的王后，王后转送给自己的情夫侍卫，侍卫转送给自己的情妇妓女，然而，这个套娃最后套回到源头，因为妓女又把果子给了国王。这个套娃类似于贪吃蛇吃了一通以后，把自己的尾巴咬住了，构成了一个回环。我们会在稍后讲述的现代小说中看到这种"套回去"的情形。

还有一种就是不太典型的套娃。比如，健日王收下了长生不老果，要去帮助婆罗门修行，方法则是把河边树上吊着的死尸搬回来，但在搬尸路上，必须保持沉默。可是，每次搬运尸体的过程中，死尸之上的鬼魂就会给健日王讲故事，还要求健日王根据故事内容回答，如果他答不上来，就脑浆崩裂。然而健日王只要一开口，死尸又会回到树上。所以，循环往复，尸体讲了二十五个故事。只不过这些故事的起点每次都会回到树上的尸体那里，而不是从尸体讲的第一个故事内部垂直派生出来的。我小时候听评书，里面有个套语叫做"花开两头，各表一枝"，就是说完一件事，再说另一件事。借用这个比喻，那就是花开二十五朵，一枝枝来表。

显然，在同一种套娃结构下会出现细节的微调：送长生不老果的故事更接近于一个首尾咬住的环形，而搬运尸体的故事结构则接近于枝形，从一个点向不同的方向发射。①

---

① 我注意到第二种形式被很多电视剧采用了。比如情景喜剧《武林外传》，就是一个大的故事源头派生出不同的小故事，每一集的小故事之间没有太大的关系；还有悬疑剧《摩天大楼》，大的故事是女主角的死亡，小的故事是对楼中不同住户的调查，每个人呈现的内容是平行且无关的。其实它们的始祖应该可以追溯到希区柯克的《后窗》。电视剧的分集模式非常契合枝形的讲述。

可是，我们还是能感觉到，《一千零一夜》《堂吉诃德》甚至《僵尸鬼故事二十五则》里的层层转述，与皮格利亚的《人工呼吸》好像有些不一样。在传统的民间故事中，讲述人与讲述内容的分配是非常平均的，作者会安排不同的讲述人均匀地穿插在不同的故事中。比如，宰相开口，讲一段故事，然后故事里的王子开口，再讲一段故事，接着是故事里的魔鬼开口，再讲一段故事。但是，皮格利亚等现代小说家将所有讲话的人都驱赶到了故事的尾端，如果按照现代小说的写法，《一千零一夜》中的故事结尾应该这么写："我就是这样被魔鬼关在了这里，箱中女郎说，王子讲道，宰相对山鲁佐德这样说。"它显得如此突兀、怪异、莫名其妙。

所以，现代小说与传统小说的"套娃"，实际上有着根本性的区别，而这种区别，深深地印刻着从"故事"向"小说"的转变痕迹。我们甚至可以说，现代小说里的套娃是对传统故事的一种戏仿，它想要表达的东西，跟古代作品肯定有很大出入。

从故事向小说的转变

德国学者本雅明在他极为优美的论文《讲故事的人》中，呈现了"故事"向"小说"发展过程中的失落。在他看来，传统时代，人们讲故事依靠的是"经验"。由于交通和讯息的制约，那时候人们的经验总是有限的，所以，生活在内陆的人渴望知道生活在海边的人的经验，安居一隅的人渴望知道旅行者的经验，人们交换着彼此的经验，发展出了口口相传的故事。为什么传统的民间故事中，总有那么多人在转述？正因为人们需要经验的交流与汇总，其形式就是像传八卦、传新闻一样：口口相传，故事就会像葡萄一样结成一大串。在传统的人情社会里，故事八卦传播的速度之快、范围之广是非常惊人的。①

还有一点，口口相传讲故事之所以有时候显得很机械很笨拙，也是因为人们通常会边讲故事边构思。毕竟谁也没法把听来的故事一字不错地复述一遍，为了匀出时间来敷衍下面的内容，套话、废话、不用动脑子的结构，就一股脑都出来了。所以，《荷马史诗》之所以那么多重复的修辞——一说到赫拉就是"牛眼睛的"、一说到阿开亚战士就是"胫甲坚固的"——正在于此。除了修辞上的重复，结构上如果有套路，讲起来也会很省心省力，因而，套娃的模式带有明显的民间口述色彩。

在口口相传的故事里，有一个关键的因素：嘴巴。人们通过用嘴说话来实现经验的复制、传递与增加。这就决定了，在很多古老的套娃故事里，一层层的故事是直接从嘴巴这个器官里吐出来的。比如我一开始提到的中国古代故事《鹅笼书生》。② 故事中的人不断从嘴里吐出别人

---

① 我觉得这一个说法也能非常好地解释小说与阅读的衰落。古代人因为交通与信息流传方式的制约，只能从文字印刷品中听到别人的故事。但是，现代传媒的高速发展，大大丰富了人们听故事、获得别人经验的方式，比如刷抖音、知乎、小红书、看电视之类的。所以，文学阅读的衰落是必然的。

② 这个故事的大致内容是："阳羡许彦负鹅笼而行，遇一书生以脚痛求寄笼中。至一树下，书生出，从口中吐出器具肴馔，与彦共饮，并吐一女子共坐。书生醉卧，女子吐一男子。女子卧，男子复吐一女子共酌。书生欲觉，女子又吐锦帐遮掩书生，即入内共眠。男子另吐一女子酌戏。后次各吞所吐，书生以铜盘一赠彦而去。"（见吴均《续齐谐记》）

来，这个被吐出来的小人发生新的故事后，再吐出一个人来，以此类推。这个故事是从佛经改编过来的，也就是说仍然能追溯到咱们的印度邻居那里。在佛经中，同样有大量关于嘴巴的说法，有一些成语如今已经非常日常化了，比如口吐莲花、出口伤人。我不是做民间文学研究的，不知道有没有人专门去研究一下民间故事中关于嘴巴这个器官的描写，因为它既是文学传播的根本途径，又被文学化了，变成了一种讲故事、甚至层层叠叠讲故事的隐喻。

事情的变化发生在经验贬值的时刻，它是印刷术的产儿。印刷术使得口传失去了价值：与印刷在纸面的文字相比，口口相传的东西变得模糊、失真了。本雅明继而说道："只是随着印刷的发明，小说的传播才成为可能。能口口相传是史诗的财富，它迥异于小说的路数。"既然口口相传的路径被切断了，那么口传的经验也就没有了价值。在讲故事的人没落之时，小说家出现了。他不再想去讲听来的别人的经验，他要讲自己的经验。

《红楼梦》中有一回叫做《史太君破陈腐旧套》，就是一个特别好的例子，让人们发现小说家对故事家的排斥。说的是贾母大寿，请来了两个说书的女先生。这两个说书先生，准备讲一段"残唐五代"的故事《凤求鸾》。大概的内容就是一个叫做王熙凤的公子进京赶考，路遇大雨，在避雨时遇到了一个琴棋书画无所不通的小姐雏鸾……还没讲多少，就被贾母打断了，进行了一番猛烈的吐槽：

贾母忙道："怪道叫作《凤求鸾》。不用说，我已猜着了，自然是这王熙凤要求这雏鸾小姐为妻了。"女先儿笑道："老祖宗原来听过这一回书？"众人都道："老太太什么没听过！便没听过，也猜着了。"贾母笑道："这些书都是一个套子，左不过是些佳人才子，最没趣儿。把人家女儿说得那样坏，还说是'佳人'，编得连影儿也没有了。开口都是书香门第，父亲不是尚书，就是宰相。生一个小姐，必是爱如珍宝。这小姐必是通文知礼，无所不晓，竟是个绝代佳人。只一见了一个清俊的男人，不管是亲是友，便想起终身大事来，父母也忘了，书礼也忘了，鬼不成鬼，贼不成贼，那一点儿是佳人？便是满腹文章，做出这些事来，也算不得是佳人了。比如男人，满腹文章去作贼，难道那王法就说他是才子，不入贼情一案了不成？可知那编书的是自己塞了自己的嘴。再者，既说是世宦书香大家小姐，都知礼读书，连夫人都知书识礼，便是告老还家，自然这样大家人口不少，奶母、丫鬟、服侍小姐的人也不少，怎么这些书上，凡有这样的事，就只小姐和紧跟的一个丫鬟？你们白想想，那些人都是管什么的？可是前言不答后语？"

曹雪芹通过贾母否定了传统的讲故事。这些才子佳人的经验，都是别人的，都是听来的，不仅老套陈旧，而且简直狗屁不通。所以，曹雪芹才写《红楼梦》，这是一部讲述自己经验的小说，并在小说中发出对故事的贬低。其背后，是近代人关于自我认识的转变："我"应该被大书特书。所以，可以这么说，现代意义上的小说是反对"口口相传"的，口口相传大概等同于贾母所谓的"编书的"。在个体经验变得越来越重要的时候，作家自己的"口"、自己的"讲述"就成为了最为核心的内容。甚至可以说，现代小说中出现那么多的转述者，其实都只是一个人的无数分身与伪装。当山鲁佐德不断让故事里延伸出故事时，她要的是确定的过去，与无限延伸的稳定未来。可是，当现代的作家皮格利亚让写信的女人开始讲故事时，他却让讲述变得可疑起来，也让那些传话的人变得不太可靠了。

在这里也需要指出，这几讲中提到的《堂吉诃德》《十日谈》《巨人传》等古代作品，实际上都不是严格意义上的"小说"。小说是在十八世纪前后出现的现代产物，这些作品更接近于"故事"。为什么是从十八世纪开始，全球视野内的作家似乎都不太愿意复述故事，而开始围绕着"我"写起了小说呢？印刷术只是一个外在的技术性原因，更深的原因我会在第九讲详细展开。

现代小说中的套娃结构

我第一次读到皮格利亚十分惊艳，一下子就觉得被这种写作击中了。[①]后来才发现，还是自己读得少了，原来皮格利亚早有欧洲的先驱和同道。奥地利作家托马斯·伯恩哈德就在作品中展现出了非常相似的套娃写法。托马

[①] 我特别珍视被文学击中的瞬间，它可能意味着个人感知里的一个新的空腔被开启了，许多新鲜的体验会带着腥味涌进来，层层累积，不断刷新。第一次读大江健三郎的《个人的体验》时，第一段就是："暮色已深，初夏的暑热，犹如死去的巨人的体温，从覆盖地表的大气里消失得干干净（转下页）

斯·伯恩哈德的写作带有强烈的实验性质与思辨气质（这种思辨气质几乎是卓越的现代小说家们的共同特点）。乍一看，他好像特别喜欢同义反复的写法，也就是"车轱辘话"，还有不少看起来和主题无关的"废话"。这样的写法对普通读者来说门槛比较高。

所以，我不太建议在阅读量不足时贸然去尝试一些先锋和实验作家，这跟直接劝退读者没什么区别。当然，文学中的"读不懂"是非常重要的体验，而且它是一个时间标记，提醒你此时理解能力的位置在哪里。此时的"读不懂"是一定要和以后一步步"读懂了一点"构成对照关系的，也就是说，只有之后的反复读，之前的"读不懂"才有意义。

《历代大师》的情节和很多现代小说一样，一两句就能讲完，而且没有任何起伏跌宕。音乐评论家雷格尔每隔一天就要到艺术史博物馆，坐在同一幅画像前，三十多年来从不间断，直到某一天他妻子离世。小说的主要内容由这位评论家对历史、绘画、艺术文化等方面天马行空的观

（接上页）净。"我猛地就被击中了，本能地觉察到，正在与一位伟大的作家相遇：原来描写庞大的天气系统，可以借用看似渺小的体温。后来又读到莫泊桑的《散步》，开头描写一个人谛听着巴黎嘈杂的城市声音，用的也是"近处有，远处也有，是生命的既广泛而又巨大的悸动，是巴黎的呼吸，巴黎正像一个巨人似的呼吸着。"相似的手法刷新了我的体验。

这些体验有相似之处：它最先是从"感官"而非"思想"方面打动我的，也即，文字首先与我的身体发生了反应。纳博科夫在《文学讲稿》里提到一种阅读，它使人产生了"脊椎"和"肩胛骨"的快感，其次可能才轮到大脑沉思的快感。所以，我一直觉得，文学阅读是从感觉开始的，用我们的鸡皮疙瘩来阅读、用我们的寒颤来阅读，然后，再经由思维，最后达到自由——对文本解读的自由，对生活理解的自由。

点构成。在他坐在展馆里参观时，展厅的一位工作人员伊尔西格勒会观察他，和他聊天。下面这段话，就是工作人员对雷格尔的朋友讲述的，这个朋友用第一人称"我"的方式再把故事讲给读者听。

> 与普通人相比他（指雷格尔）更愿意监视博物馆参观者，后者不管怎么说层次比较高，有艺术欣赏力。耳濡目染他自己也逐渐地获得了这种欣赏力，他随时能当解说员带领人参观艺术史博物馆，尤其是油画展厅，他说，但他没有这个必要。人们根本就不接受对他们讲解的一切，他说。几十年来博物馆解说员说的总是那一套，像雷格尔先生说的，里边有许多胡说八道，伊尔西格勒对我说。
>
> （马文韬译）

这里，又是明显的讲故事套娃。读者能归纳出里面的几层套子分别是：博物馆解说员讲＜雷格尔讲反驳＜伊尔西格勒讲＜叙事者"我"讲。再看看下面这一段，读者可以试着自己总结里面套了多少层：

> 每逢我们听解说员讲解，听的都总是艺术史家们的胡诌八扯，听得人心烦，无法忍受，伊尔西格勒说，因为雷格尔常常这样。所有这些油画都很了不起，但没有一幅是完美的，伊尔西格勒学着雷格尔的话这样说。
>
> （马文韬译）

在这里，伯恩哈德往上面那些讲解员说话的内容上又加了一层，原来，他们也不是在说自己的见解，而是先听艺术史家们胡扯一通，再依样画葫芦地跟观众们胡扯一通。所以，套子变得更多了：艺术史家胡扯＜博物馆解说员复述＜雷格尔反驳＜伊尔西格勒讲＜叙事者"我"。

伯恩哈德与皮格利亚一样，都捕捉到了转述里的耗损或者谬误。人们在转述时，并不是机械地重复前者的话，而是加入了自己的判断，比如雷格尔先生就认为讲解员或者艺术史家都是在胡说八道、听得人心烦。就好比在传球的时候，当一个人从前一个人的手里接过球时，他不是把球传下去就完事了，他开始端详手中的这只球，掂量了掂量，虽然还是会把球传下去，但是却把球本身的方向、形状和评价改变了。所以，这样的故事表面上看，确实是在一层层地讲下去，但是里面每个人的意见不仅不统一，甚至还会彼此评价、彼此打架、互相拆台。这就是传统故事里的"套娃"绝对不会出现的情况。

除了上述的两位现代作家，在我有限的个人视野里，发现另一位拉美作家也好这一口。波拉尼奥这几年在国内比较火，知道他和阅读他的读者是其他拉美作家的好几倍（对我们这些读者来说，好的书籍营销也确实是善莫大焉的事情）。他有一篇短篇小说《威廉·伯恩斯》，讲述了一个叫做威廉·伯恩斯的人的生平故事。来看看开头怎么写的：

威廉·伯恩斯，美国加利福尼亚州文图拉市人，他给我的朋友潘乔·蒙赫讲述了这个故事。潘乔是墨西哥索诺拉州圣特莱莎市的警察，他又把这个故事说给我听了。据潘乔说，这个北美人生性平和，从来不会情绪失控，此言似乎与下面伯恩斯自己讲述的故事相悖。伯恩斯说道：

（赵德明译）

表面上看，这仍然是"我有一个朋友的朋友"的套娃故事。但是，和上面提到的几部作品相似，波拉尼奥让人们在转述故事时发出了自己的疑问："此言似乎与下面伯恩斯自己讲述的故事相悖"。里面的转述者虽然会把故事讲出来，但可靠性却打了折扣，故事也抹上了转述者自己的色彩，也就是说，转述这个动作的存在感大大增强了。回过去想想，传统故事中的转述行为基本上是隐形的，为的只是把后续的故事带出来。

到这里，我想进行一个简单的小结。

现代小说里的套娃模式与传统的相比有两大变化，第一个是从讲故事变成了写小说，第二是重点从转述的内容转移到了转述的动作上。这两者之间其实是有一个因果关系的。讲故事是许多人在讲，重点是如何把故事敷衍得越来越复杂和生动，如何让很多人的经验交融在一起。但是，写小说变成了作家自己的事情，重点变成了说出自己的经验，突出自我的存在，因而，所讲述的内容也就相应地让位于"我来讲故事"这个动作上了。不是说讲的内容不再重要，而是说作家的自我意识开始清晰起来，对待写作这件事也开始严肃起来了。除此以外，在这个从古至今的转变中，还有一个东西的存在感越来越强：语言本身。

进入语言的思考

正像多位同学在解读开篇小说时提到的，现代小说家们对"套娃结构"的使用最终走到对于语言这个问题的思考上来。

语言往往被视为传递内容的工具。通过语言，一个故事被讲了出来。这是把语言当成了容器，用来盛东西。或是把语言当成装饰物，一些对语言比较敏感的作家会用力经营语言与修辞的关系，但读者大众读后，却免不了将这种关系简化为"辞藻华丽、语言优美"等等套话。我读书时最喜欢的作家是张爱玲，那时候对她的风格认知就是语言奇丽，比喻新颖。所以开始模仿张爱玲写作，还专门随身带一个本子，挖空心思构思华丽的语言，拼凑复杂的比喻，一想到什么赶快掏出小本本记下来（后来我发现很多所谓张派传人都是这个路子，只讲究辞章）。当时书读得太少，并没有意识到仅仅是"华丽的辞藻"，并不足以构成一个一流作家最有力量的部分。但是由于语言的修饰性是最明显的，像衣服一样穿在小说的外壳上，所以又是最容易被模仿的。此外，文学中的语言还可以被视为一个记号，用来凸显某种身份感。比如但丁在写《神曲》的时候，刻意使用意大利的俗语，而不是当时通行的拉丁语，为的就是表达对意大利人这个身份的强调。做一个粗略的比喻，拉丁语相当于是我们的普通话，而意大利语相当于是我们的方言。国内也有很多用方言写作的作家，像写湖北地方风物的邓安庆、写潮汕地方风物的林棹,他们都用充满地域特色的方言向习惯了普通话的读者标记出他们的出身、文化与历史。

除此以外,文学中的语言本身可不可以构成一个问题呢?也就是说,语言之于一部文学作品,既不是容器,也不是装饰物,也不是记号,而是它自己。

南非有位批评家安德烈·布林克非常关注小说的语言。在《如何阅读小说》中,他提示我们:"语言将人们的注意力吸引到语言自身。"他所分析的小说是福楼拜的《包法利夫人》,在这部小说里,他发现了语言作为人类表意工具的天然缺陷:它几乎无法成功地对私人情感与意识进行表达。比如,福楼拜特别喜欢安排小说人物言不及义、夸夸其谈甚至写错别字;艾玛多次的偷情,不是因为什么浪漫病和无聊,就是因为语言,她嫌弃丈夫老实巴交不会说话,而她也总被那些一开始就能说会道或者后来变得滔滔不绝的人吸引;最后,她死于自杀,可是,她的死讯又在报纸上遭到了语言的歪曲。

福楼拜机敏地判断道:

> 在他看来,言词浮夸,感情贫乏,就该非议,倒像灵魂涨满,有时候就不免涌出最空洞的隐喻来。因为人对自己的需要、自己的理解、自己的痛苦,永远缺乏准确的尺寸,何况人类语言就像一只破锅,我们敲敲打打,希望音响铿锵,感动星宿,实际只有狗熊闻声起舞而已。

(李健吾译)

所以，从这个角度来看，艾玛的悲剧不是感情的悲剧，而是语言的悲剧。是否可以认为，在开篇大家读到的小说选段中，作家皮格利亚以更为激烈的态度回应着福楼拜呢？比如，皮格利亚写道，当人们进行自我描述时，必须采用语言，可是，语言就像是写信的女人手中"绣花时用来固定布料的空心木箍罢了"，所以，"什么真诚，什么真相……那些故事都是胡编乱造的，都是弄虚作假的，都是人为捏造的"。既然语言无法将自我真正传达，那么关于自我的所有讲话都是弄虚作假。小说中，女人说："真的，那种自己对自己感到恶心厌恶的感觉，没人能感同身受"，她所要表达的，也正是由语言天然的缺陷带来的困顿之感：无论描述什么，语言都无法做到绝对的精确。如果能做到，不同的人所说的话就是完全可以通约和理解的。

这是什么意思呢，我曾经在课堂设计了一个关于"精确描述"的语言实验：向同学们展示了一张文艺复兴时期画家丢勒的自画像，并请大家用笔写下对这幅肖像的描述，然后再念给其他同学听，让大家评判哪些地方描述的与自己写下的相左。结果在丢勒头发到底是怎么卷曲的、衣服到底是什么质地、褶皱究竟是什么形态、下巴颏到底是胡子还是凹陷这些问题上，都无法达成一致。每一位站起来念出自己描述的读者，也都会多多少少收到一些疑问和笑声，显然，别人不是这么使用语言的。

也有同学表示，有的地方"实在不知道该怎么表达，明明看得清楚，但一旦开始用文字来呈现，就觉得累赘、说不清"。这还只是对一个外在的可视形象进行精确还原，如果涉及人对自我内在的呈现，那语言的精确性就更是无从谈起了。本书的第十一讲会继续展开对此问题的讨论。

这个实验的目的，是让大家发现，平时掌握的语言是一门非常有限的工具。它无法说清外在的世界，更无法说清内在的自我。实际上，人类学家也有这个困惑。美国有个著名的人类学家克利福德·格尔茨，他提出过一个影响非常大的观点：Thick Description。这个词获得了各种翻译，比如"浓厚描述""深描""稠密描述"等等，指的是人类学家在做研究时，面对他所陌生的对象，应该如何表达的问题。格尔茨说的"深"也好，"稠"也好，都不是在外表上厚厚涂抹，像油画一样一层层堆叠，而是要穿透表面，进入一个现象、一个动作的意义中。比如说，我和你在聊天，这时有个人进来了，我就跟你眨眼睛，那么解释这个眨眼睛的意义，就不能单纯地停留在描述动作本身之上，说不定我俩正在说他的坏话或者八卦，或者防备着他不让他知道我们谈话的秘密，这些描述，都可以算是"深描"。可是，进一步地，是什么促成了我们这种动作，要描述起来就更费劲了，会扯到心理学、历史学、社会学乃至神经学的内容。所以，哪怕是深描，也无法尽意。所以，语言无法全面地包裹与覆盖我们的内外世界，几乎是所有思考者的共识。一些现代作家发现了这一点，而且，他们还看热闹不嫌事大，要把问题进一步放到复述别人说话的举动中来看。这样一来，关于语言和说话的讨论就更热闹了。在讲话的源头上，人没法用语言把自己的故事清晰地描述出来，在别人复述你的故事的过程中，又充满了各种丢失、批评和添油加醋。语言和说话之间不停地彼此消解，就好像水面上的肥皂泡，持续累积的同时又在不断破碎。最终看到的似乎是一片虚无。

这其实不是什么新说法。中国老庄哲学说"得意忘言"、禅宗说"不立文字"都与此类似。与世界的无穷无尽相比，语言文字实在是不足为道的描摹工具。但是，文学中的"说不清"和"不可说"也许并非坏事。无法说明的状态，如果一定要在语言中找出路，那么只会导向更多的困惑——所以，哲学与文学在这里分岔。哲学认为，对于不可说说不清的，应该保持沉默；但文学却很倔强地表示：哪怕不可说，还是要尽量描绘出"不可说"本身的这一状态，不断去探索语言和说话的边界在哪里。

语言的问题是非常专业和抽象的问题，我也没把握谈得很好，只能依据具体的文学作品点到即止。

时空错层：另一种套娃

并非所有的现代作家在使用套娃结构时都只关注语言、世界与自我之间复杂难解的谜题。也有一些不愿意去纠缠这些过于抽象和冷峻的思考，继而走向了嬉戏、轻盈、趣味的一面，走向了对小说如何更好地玩转形式游戏的探索。在这些作家的套娃故事中，层层叠叠包裹在一起的，不再是"某某说、某某又说"这样的讲述动作，而是故事内部与外部空间的错层。这到底说的是什么意思，我先举两个文本的例子，再来进一步解释。

第一位，依旧是拉美的作家科塔萨尔（第一讲讨论循环时空时,也出现了很多拉美作家,说明写作风格确实有一种地域风气),他的文字与风格都相当调皮,绝不是现代作家里皱着眉苦思冥想的那一类。他有一篇同样很调皮的小说叫做《花园余影》。

小说的开篇,讲述一个男人结束了劳累的工作,开始读一本小说。他坐在面对花园的书房中,屁股下是一把"绿色天鹅绒的座椅"。当阅读接近尾声时,他读到了一对男女准备实施杀人计划,男人提着刀,按照女人告知的方位一间间屋子搜索着,小说是这样结束的:

> 先经过一间蓝色的前厅,接着是大厅,再接着便是一条铺着地毯的长长的楼梯。楼梯顶端,两扇门。第一个房间空无一人,第二个房间也空无一人。接着,就是会客室的门,他手握刀子,看到那从大窗户里射出的灯光,那饰着绿色天鹅绒的扶手椅高背上露出的人头,那人正在阅读一本小说。
>
> (刘文荣译)

小说结束的一瞬,读者也许会感受到妙不可言。这一次,是男人阅读的内容的世界套在了他自己身处的世界上,也就是说,一根莫比乌斯环把不在同一空间的故事给连接了起来。无论是《一千零一夜》还是《写信的女人》,里面的套娃故事好歹都是在同一个空间里,但到了科塔萨尔这里,居然打破了不同空间的次元壁,玩起了时空错层来。

这样的写法将读者的思考引入了语言与世界关系之

外的另一个层面：我们所身处的世界的三维尺度真是密不透风的吗？此三维之境的我能否与彼二维之境的他在某一刻相遇？[①]电影往往能用更具有视觉说服力的影像来实现这种猜想，比如日本导演今敏的《红辣椒》。电影用绘画的形式让人内心的各种潜意识物化后变成了具体的形象，然后与人共处同一时空，这种视觉奇观打破了"我思故我在"的因果关系，变成"我思与我在"的共同存在。而在克里斯托弗·诺兰导演的《星际穿越》中，则借助天体物理学原理，让身处三维的地球居民与经历了宇宙虫洞后掉入四维空间的宇航员"共存"——虽然共存，但是他们彼此之间看不到，也无法交流。

科塔萨尔等拉美作家在文学中的套娃尝试是超现实的。它们摆脱了传统套娃中规律机械的逻辑线索，在不同的时空中切换与套叠。但是，时空错层的套娃还只是发生在文本的内部，也就是说不管作家怎么写，怎么跳来跳去，都还只是故事内部的人物与空间在环环相套。有没有可能，套着套着，套到外面来了，套到正在读小说的你或者写小说的作家身上来了？

还真的有。法国作家纪德特别喜欢一种手法，叫做"镜渊"，他用这种套娃结构的变体，把作家本人、作品世

[①] 有一段时间，我在 switch 上玩《塞尔达》，里面的主人公林克需要爬上发出橙色光芒的高塔，扩展自己的视野范围——也就是玩家们所谓的"开塔"。因为沉迷游戏，所以一走到街头，看到远处大楼上发出的橙色光芒，就一阵恍惚，想要爬上去。这种认知的错乱，其实也接近于时空的错层，把二维游戏世界的景观误认为是三维现实空间的景观。

界与读者世界全都无缝套在了一起。

镜渊是什么意思呢？设想你站在两面平行的镜子中间，无论你看向哪一面镜子，它都会映射出你身后镜子的形态，那里面是你的后脑勺，这幅景观将会在两面镜子之间不断来回折射，最后在镜子的平面里形成深渊，深渊的最深处是小到不能再小的你的后脑勺（其实已经看不清楚或者看不到了）。所以，通过对立的两只镜子，也可以为彼此打造出一个套娃的结构。电影在这方面又以视觉的优势很好地还原出了镜渊，在诺兰的《盗梦空间》、娜塔莉·波特曼的《黑天鹅》，甚至周迅、陈坤的《侍神令》中，都有非常典型的镜渊镜头，看电影的时候可以好好拖着进度条看一下。

纪德在大量小说中都使用了"镜渊"式的套娃，比如《沼泽》中，有一个在写《沼泽》的人；《伪币制造者》中，有一个在写《伪币制造者》的人。以《伪币制造者》为例，小说中有个人在写小说，那本小说名叫《伪币制造者》，如果再往故事的里面套，那还可以说，在那本书里，还有一个人在写《伪币制造者》。但是，纪德没有沉迷于向文本的内部世界下套，而是调转枪头，开始往外套。因为，作为一个现实世界的法国作家，他也正在写一本书，叫做《伪币制造者》。这样，环环相扣的套娃，把小说的世界与作家、读者的世界给连在了一起，这种奇妙的写法，是对上述故事内部空间错层的一个回马枪。他让读者在文本的不同空间来回游曳，既可以游到故事的更深处，看着无数个作家在写无数本《伪币制造者》，也可以回到作家的现实世界里，让大家看到，嘿，这个叫做纪德的人在写小说给我们看呢。这就像有时候你把头伸到水井里,看里面一圈圈的涟漪,有时候,你看到的则是那个把头伸进水井里的人。

我总结一下这一讲的内容。这一讲看起来是在处理很技术性的问题,但实际上还是牵扯出了关于文学在古今之间的悄然变化。古代的民间故事里,套娃结构的出现是口口相传讲故事的结果,人们在一次次转述中分享着共同的经验;近代,小说崛起,代替了讲故事,故事内容的重要性也让位于小说家自己的写小说的这个行为,其背后是近代个人意识、作家身份的清晰化。接着,我们考察了现代小说中不同的套娃模式,发现有一些作家借由这个结构思考的是语言问题,他们发现了语言和讲话的不可靠;另一些作家借由这个结构考虑的是文本的形式创新,他们发明出错层的套娃,甚至是打破现实与虚构世界边界的套娃。

通过这一讲,读者可以再次意识到,形式从不单纯只是形式,它甚至包含着内容与观念的变迁轨道。

第五讲

《幸福》：文学中的"意义感"

我为什么要写这本书？为什么要上这堂课？你又为什么要选这门课？为什么要读这本书？

我的理由可以是，我喜欢文学和上课，所以开设了这门课；我希望用更通俗的课堂语言分享一些平时大家接触不到的文学作品；我想把这几年思考的问题做一个总结；我想出书赚钱；我必须开够几门课才能完成学院对我的考核；我用写作来逃避带娃，毕竟带娃实在是太磨人了……你的理由可以是，你喜欢外国文学，希望找到一本书能给你讲讲相关的话题；你读一部作品觉得读不懂，正好发现我讲到了；你在选课的时候发现这门课还没选满，就随便选上了，因为学分凑够才能毕业；你听说这门课给分比较高，有利于刷绩点（虽然这可能是谣言）；你逛书店，觉得封面好看，或者我的名字挺有意思的，就随手拿起来买了；你逛网店，要凑单，加上本书可以满减……

当我们在陈述做一件事的理由时，意味着什么？意味着：意义。意义就是我们为自己的行动找到的合理说法。

而且，每个人的意义感来源不同，甚至会形成暗中的比较。我给大一学生上公共课时遇到了一个女生，她大学四年中都和我保持着联系。大四那年她怅然地对我说，以前有点看不上那些整天只想着刷绩点的同学，他们一点书都不读，每天就是拼了老命地完成老师的要求，得到一个漂亮的期末成绩，还经常钻头觅缝地寻做各种社会活动，为的都是让自己的履历漂亮一些，她觉得"这些人太没意思了"。而自己虽然成绩不是特别好，可是每天读很多书、看很多纪录片，内心非常充实，很有意义感。只是到了大四的时候，她发现那些只会拼命刷绩点的同学虽然脑袋空空，却顺利地凭借靠前的排名保了研，她却得自己去考，还不一定能考上。她突然对之前信奉的"有意义的事情"产生了怀疑……

意义感可能是人生在世最为重要的感受。什么是你认为最有意义的事？你又为什么会这样认为？意义感之间的参差比较是如何形成的，它合理吗？这一讲，我打算借助文学作品来讨论"意义感"这个主题。当然，这个话题早在古希腊就已经有人开始思考了，亚里士多德就会审视人们所做的一切：怎样的生活算是好的，怎样的生活不太好？他把最好的生活的状态称之为"幸福"，人们所做的一切，都是为了"幸福"。

所以，这一讲选择精读的作品就叫做《幸福》，作者是十九世纪末新西兰的女作家凯瑟琳·曼斯菲尔德。很多人会误把曼斯菲尔德认作英国作家，这是因为从十八世纪开始，澳大利亚、新西兰纷纷成为英国的殖民地，直到二十世纪初才相继恢复了独立主权身份，所以其文化基本上还是照搬英国的模式。曼斯菲尔德和很多新西兰人一样，把英国看成是朝圣之地，但真正去了以后，又始终无法彻底融入。所以，她的作品里始终有某种相似的内核：轻微的困惑、幻灭和隐隐的不安。

《幸福》文本细读

《幸福》这篇小说,讲述了富裕的女主人公伯莎·扬一天招待宾客的生活。她三十岁,生活得很优裕,丈夫爱自己,宝宝又特别可爱。在这一天来宾到来之前,她打理着家里,务必要打造一个完美的待客环境,此时,她内心的幸福感简直爆棚了。用她自己的话来说就是:

> 真的——真的——什么都有了。她还很年轻。哈里和她挚爱如初,他们生活得很美好,是真正的好伴侣。她有一个可爱极了的小孩。他们不用为钱发愁。房子和花园绝对令人满意。朋友们——那些时髦、有激情的朋友们,作家、画家、诗人或者热中社会问题的人士——都是他们愿意结识的朋友。家里有书、有音乐,她还找到一位手艺不俗的小裁缝。夏天他们计划去国外,他们新来的厨子做得一手一流的蛋卷……
> (杨向荣译)

过了一会,客人们纷纷上门,他们全都是有头有脸的名人,或者文化学者,所谓"往来无白丁"。大家就各种话题瞎聊着,伯莎·扬的目光却总是不由自主地落在庭院中那棵月光下的梨树之上。最后,曲终人散,宾客告辞,她和丈夫送客出门,远远地读到丈夫对另一位女宾的唇语:"我喜欢你"。庭院中,那个寂寥的梨树依旧。小说结束。

我为这篇小说准备了一些问题，比如：让伯莎·扬感到幸福的有哪些？"小提琴盒"的比喻出现了两次，你怎么理解？梨树意味着什么？为什么伯莎会经常无力，她对什么感到无力，她不是一直很幸福吗？还有一些问题从文本之中延伸到了文本之外：让你过伯莎的生活，你愿意吗？你觉得伯莎幸福吗？她的生活有意义吗？对你来说，幸福的、有意义感的人生是怎样的？

这篇小说与之前读过的相比，至少在写法上比较传统，所以同学们能给出的反馈也就更多元。一些同学认为，小说意在表现一种良好生活的方式，也就是我们要学会把握点滴的细节，通过这些细节让生活变得充满幸福感。小说中，伯莎热衷于室内的装饰、对审美软装有很好的品味、厨艺也很好，所以她感到无比的幸福，那感觉"仿佛忽然间嘴里吞进一块那天黄昏时分外明亮的太阳，它在你胸中燃烧发亮，一簇细密的光芒辐射到每一粒细胞、每一根手指和脚趾"；有的同学读得更深了一些：他们觉得伯莎的生活虽然看似幸福（甚至虚荣），但总有一种孤独感，但这些同学无法解释孤独感的来源，似乎是物质生活丰富以后，人就会感到这种空虚，因为"她没有精神追求"——然而，我的问题是，精神生活对每个人都是必须的吗？绝大多数人所追求的物质丰富难道不好吗？追求物质生活就等同于没有精神世界吗？物质生活与精神生活这组对立概念是如何被塑造出来的？

从文本的细节入手，有同学还发现了伯莎幸福的"虚假性"和幻灭，因为小说的结尾似乎在暗示，她亲爱的丈夫哈里出轨了。伯莎开门送客时,看到丈夫对自己女性朋友富尔顿小姐的唇语:"我喜欢你"。可能因为丈夫已经出轨,所以才会在伯莎问及他对富尔顿的态度时,反而故意表现出否定和不屑,嘴硬地说这只是一个普通的金发碧眼的女郎。当然,我们还可以追问,如果丈夫不出轨,伯莎就感到了无懈可击的幸福吗?另一种幻灭来自于性取向,小说中多次出现一个小提琴盒的比喻:"如果身体要像一张非常非常罕见的小提琴一样放在琴盒里封好,那么要这身体来还有什么用呢?"这位同学认为,伯莎身体里的性取向和她表现出来的相反,所以才会对小提琴的"适配"表露出不满,因为她更喜欢的是女人,也就是那位富尔顿小姐,伯莎现在感受到的幸福只是满足了当时社会规定的种种指标的幸福。所以,小说中多次流露出她与富尔顿的"心心相印",伯莎甚至期待着和富尔顿小姐的肢体接触,也相信她明白"梨树"的象征意味。在这里,梨树就象征着女同性恋之间不言即明的"雷达"。

不管是哪种解读,我们的同学基本上都还是感知到了伯莎的一个特点:她在表面的幸福生活中,似乎还是有些隐隐的不满,于是,她把这种自己也搞不清楚的情感无言地投射在了一棵梨树身上:

> 而梨树依然那么美,那么枝繁叶茂,那么宁静。
>
> (杨向荣译)

如何理解这种"意义感"的"欠然"呢?我们对文本再进行一些细读。

首先，读文学总是需要一点敏感，看到《幸福》的标题，就要有警觉，它讲述的应该是相反的故事，或者对幸福的反讽。有的作家会用标题来反讽内容，有的作家会在标题里直接反讽。第一种，用标题来反讽，除了《幸福》，还可以去观察一下韩国电影的海报，其中很多是一家人其乐融融坐在一起，望向观众，可是，这种电影十有八九都是悲剧。第二种，在标题里直接讽刺，比如张爱玲的小说，名字叫做《小团圆》就是在讽刺中国人热衷的大团圆模式；或者名字叫《五四遗事》，就是在讽刺那些虽然号称新青年，但仍然像遗老遗少一样拥有三妻四妾的男性。因而，一个读者或者观影者看得多了，就应该敏锐地意识到小说或电影"表里不如一"的讽刺艺术，说白了，其实也是一种套路。

如前所述，小说呈现了伯莎几乎完美的生活状态。她在家居摆设与招待朋友之间都感受到了极大的幸福，甚至会买下紫色的葡萄来搭配紫色的地毯，把保姆支开独自霸占宝宝也让她乐不可支，高朋满座聊着艺术，推杯换盏吃着美食，"到处都是幸福的宝藏，幸福在她们的胸口熊熊燃烧"。只不过，有一些不和谐的元素始终潜伏在这些幸福中，比如，伯莎看到庭院中，"亭亭玉立的梨树像是在与翡翠绿的天空默然相望""一只灰色的猫拖着沉重的肚皮，爬过草地，另一只黑猫紧紧尾随其后，那是它的影子。看它们的样子，那么有主意，那么敏捷，使伯莎奇怪地不寒而栗"。如果说梨树像她自己认为的那样，象征着自己的幸福，那为何猫总是挥之不去？小说最后，伯莎发现了自己丈夫与富尔顿小姐之间的私情，梨树也还是立在那儿，幸福变成了一种反讽。

一种冷的感觉，像裂缝一样布满了伯莎的"幸福之热"上，可她又并不清楚那是什么，比如："餐厅里昏暗无光，还有些冷""清冷的空气落到了她的手臂上""她总是觉得冷"……如果把这篇小说简单地理解成因为丈夫出轨，女主人公对婚姻家庭的幸福就幻灭了，那么就看轻了曼斯菲尔德的苦心，因为它预设了一种较为简单的意义感：只要夫妻恩爱，我们的幸福就是无懈可击的。继而，也就把这篇小说简单地理解成了对男女关系、婚姻关系的思考。实际上，通篇出现的"冷感"暗示着这种幸福在根本上、从一开始就是受到怀疑的，并不是由于出轨才发生的。所以，敏锐的读者需要感知的不仅仅是小说的情节，还需要觉察到小说的湿度、光线乃至温度，这一切都在提示着语言未必会说破的情绪走向。①

---

① 温度与湿度都是读者在阅读时需要有意识去把握的细节，里面可能包藏着作者的苦心。以"冷感"为例，这种温度往往提示着一种破败的、衰落的、走下坡路的感觉。比如福克纳《喧哗与骚动》中，老黑人迪尔西起床收拾家务，一种寒冷的感觉将她尖锐地包裹了起来，与她有关的动作都与热有关，比如点燃炉子，灌热水袋，但这点微弱的热量很快被整个房子的寒冷压倒了。因为，家族此时已经走到了穷途末路。同样的，在《红楼梦》的第七十六回，回目叫做《凸碧堂品笛感凄清 凹晶馆联诗悲寂寞》，这一回贾府已经显露败象，本来应该热闹的中秋过得冷冷清清。这一回的题目就值得玩味，小说里重点强调"凸"和"凹"的奇，但是读者应该把注意力放在"碧"和"晶"上。汉字的讲究在于它是能引发通感的，叶嘉莹先生说"菡萏香销翠叶残"里的"翠"用得好，因为它会让人想到翠玉镯子一类的宝石，类似的，碧和晶也能激发同样的联想，让人想到那些凉冰冰的首饰，而且，这一回中，湘云与黛玉还吟诵出了最为点题的佳句：寒塘渡鹤影、冷月葬花魂。"碧""晶""寒""冷"，这些文字已经让文本的温度降到了极点，也预示着，大家族的颓势已经是不可挽回的了。

欠然之感

可以说,《幸福》展现了一种意义的"欠然之感",就是那种好像什么都有了,但还是差一点的感觉。差什么呢,又说不出来。①

欠然是非常微妙的感觉。好的作品,总是不会写满,而是带一些"欠然的"。上面说的张爱玲的《小团圆》相比"大团圆"就是欠然的,不曾写满的;《红楼梦》里,大家族最后崩塌,宝玉披着大红猩猩毡斗篷怅然消失了;《水浒传》,梁山好汉们一路走来,最后还是接受招安了;《西游记》中,当师徒四人取得真经回去的路上,落了水,他们把经文打捞起来,放在石头上晒,结果晒干取下时,一块书页粘在了石头上,正是佛经的结尾,孙悟空说了四个字:天地不全。这个不全,就是欠然。人身上,似乎也有一些欠然,反而更能显出人味儿来。大家看奥运会,各

---

① 欠然有时候也会和惘然之感构成微妙的对照。欠然是未曾有过、或者所得非所愿的状态,惘然似乎更接近于一度有过却又失落的状态。李商隐写的"红楼隔雨相望冷,珠箔飘灯独自归",就是两人一度相恋过,但是现在只剩一人独归的惘然之感,一切已不复原来。张爱玲在《半生缘》里有个特别好的比喻,说的也是惘然。男主角世钧和女主角曼桢婚期已近,没想到突然因为两人家世问题引发了矛盾,而这个矛盾尚未解决,两人身上就发生了重大变故,情势由此急转直下,两人不得不分道扬镳,缘尽于此。在写到世钧生气地离开屋子时,张爱玲给了一个描述:"天冷,一杯热茶喝完了,空的玻璃杯还在那里冒热气,就像一个人的呼吸似的。"这个描述真是好,如果很快喝完一杯热水,你会发现杯子空了,但杯壁还是热乎乎的,甚至烫手的,这就是人曾经在这里的证据。但同时,那一段像人呼吸着的热气又提示着,真正在这间屋子里呼吸过的男主角永远不会再踏进一步了,一切已经无可挽回,这就是惘然。

国健儿都在努力夺金,这个时候健全的运动员身上负载了太多国家、金牌、民族的重担,反而是残奥会里,人的身体有一些欠然,却更能让大家看到人体本身的力量、毅力与健美,它的欠然让它不必去承担一些更重的东西。

有一些作家非常偏爱"意义的欠然"这个主题。而且,他们的作品在有意无意间也在进行着隔空对话。首先,是契诃夫。

在《幸福》中,有一个细节,宾客盈门后,大家推杯换盏,在伯莎看来,"她多么想说他们多么讨人喜欢,是一帮多么体面的人,如何彼此衬托得更加出色,又是如何让她想起一出契诃夫的戏剧。"曼斯菲尔德并未指出是哪一出,但作为契诃夫的迷妹,她甚至说过,愿意把莫泊桑的全部作品换一篇契诃夫的小说。可以推测,《幸福》中指的是契诃夫的《三姊妹》,因为这部戏剧同样讲述了关于"意义感的欠然"的问题。

《三姊妹》这出戏剧发生在俄罗斯的一座小城,三个姐妹随着父亲的工作调动,从莫斯科搬至此处。在五月份,小妹伊里娜的命名日,老父亲生前的一些战友前来祝贺,所以,《三姊妹》的开篇也是一个宴会的场景。一听到有人来自莫斯科,姐妹们都很激动,因为"回到莫斯科"似乎是他们最大的意义与幸福,毕竟,在这种穷乡僻壤,连会几门外语都显得多余。自然,在宴会中人们也讨论起什么是幸福、什么有意义,但是这种论断更像是在说服自己认命,而非真的表达自己。比如,姐妹中的伊里娜认为:

我觉得自己懂得了应该怎样去生活了。亲爱的伊凡·罗曼诺维奇，现在我什么都懂了。所有的人，无论他是谁，都应当工作，都应当自己流汗去求生活——只有这样，他的生命，他的幸福，他的兴奋，才有意义和目的。做一个工人，天不亮就起来到大路上砸石头去；或者，做一个牧羊人，或者做一个教儿童的小学教师，或者做一个开火车头的，那可都够多么快活呀……哎呀！

（焦菊隐译）

但实际上呢？在最后一幕，她吐露心声表示讨厌工作，并不觉得那有什么意义，工作只不过让她变得"脑子空了、人瘦了、丑了"。既然眼前的意义感无法说服自己，她只能转向更高的层面：回到莫斯科。可是，回去又意味着什么？回去真的就是幸福和有意义的吗？她们并不知道。唯一确定的，似乎只有一种被命运玩弄的感觉："现在我们认为严肃的、有意义的、最重要的，将来有一天，也都会被人遗忘，或者都会被认为是丝毫无关紧要的。"

《三姊妹》中反复揣摩着人生意义这个话题，而且契诃夫说得非常残酷：不要试着说服自己某事有意义，如果你对它本身就无法接受的话，因为你的反感就像咳嗽一样，藏不住的。如果对现在不满意，也不要总幻想着换一个地方、换一个工作就有意义了，因为，可能到头来没什么区别。我们师范院校很多学生一毕业就是去地方上做老师。有几个已经毕业的学生和我联系，说一开始想说服自己干下去，但是实在受不了乡镇中学或者私立学校的风气了，表面上看是抓成绩，但居然晚上被领导叫去陪酒，觉得前途一片灰暗，人生了无意义，一定得走；有个别人真的离开了教育业，进入其他行业，却发现依然不像她所想的——工作就有了意义，人生就有了奔头——好像和之前在乡镇中学比也没啥区别。当然，契诃夫绝对不是让人安于现状，他是在思考，我们所谓的"意义感"到底是什么：逃避、借口，还是自欺？

《幸福》通过一场宴会以及对"意义"的讨论，不仅勾连起契诃夫的《三姊妹》，还勾连起维吉尼亚·伍尔夫的《达洛卫夫人》。如果你正好读过这两部小说，会发现它们内容上高度一致，处理的问题也彼此呼应，几乎可以说，《幸福》是缩写版的、戳破幻梦版的《达洛卫夫人》。这不是巧合：伍尔夫与曼斯菲尔德的生卒年月十分接近，处于一种既是竞争又是相互欣赏的关系。伍尔夫曾为曼斯菲尔德张罗出版事宜，也会花整个下午的时间投入到对曼斯菲尔德作品的阅读中，《幸福》与《达洛卫夫人》的出版时间只相差五年左右。

《幸福》中，有位来宾说起一个剧本："只有一幕。一个角色。那个人决定自杀。在剧中他给出了该自杀和不该自杀的所有理由。"我觉得，这正是在精准地回应《达洛卫夫人》的情节。

《达洛卫夫人》同样以一个女人的一场宴会为主题。在这一天，"达洛卫夫人说她自己去买花"，因为她需要布置晚宴，同样地，她展现出对园艺、家居的热情。络绎不绝的宾客中，有几位很重要，其中一位是达洛卫夫人从前的恋人彼得，一位是她的女性好友萨利，这两个人身上都有一种野性的、不经世俗玷染的、自由的气息。达洛卫夫人在内心中渴求这种状态，但她还是根据实际生活需要，选择嫁给了更能给她提供优越生活的达洛卫。所以，她和《幸福》中的伯莎一样，对女友也有一种超乎寻常的感情，似乎这种不受规训的女性更多地代表了内心的某种渴望，矛盾在于，她们最终总是选择了目前稳定富足的生活，不出意外的话，会一辈子这样生活下去。如果你相信伴侣的人格就是你的副人格，那么也就会理解，达洛卫夫人对于稳定妥帖生活的追求，是一种本能。《达洛卫夫人》中，伍尔夫把自杀和不自杀的选择分配到了两个人身上。在伦敦那场宴会的平行时空中，与达洛卫夫人毫无关系的另一位主人公，赛普帝默斯，因为战争的创伤，选择了自杀。此时，达洛卫夫人选择带着困惑与不甘，活下去。

这部小说并没有安排达洛卫夫人发现什么"出轨"情节，也就是说，伍尔夫连戳破泡泡这个步骤都省略了，完全代之以达洛卫夫人个人内心的挣扎与困惑。与伯莎相比，达洛卫夫人更加接近顿悟的边缘，但这顿悟又迟迟不来，也许永远不来。她所困惑的，同样是目前生活的意义，对那些给定的意义感和所谓的幸福，有些疑虑，有些不满，但又不知道自己真正需求的意义感是怎样的，也不知道是否能获得。这种状态其实更接近于绝大多数人的状态。在与伯莎相似的陶醉中，她有着相似的虚空：

> 此时此刻，她委实飘飘然陶醉了；内心剧烈地跳动，似乎在颤抖，沉浸于欢乐中，舒畅之极——诚然，说到底，这一切都是别人的感觉；尽管她热爱这

气氛，感到一阵激奋与爽快，然而，所有这些装腔作势、得意扬扬（亲爱的老朋友彼得就认为她锋芒毕露），都有一种空洞之感，好似隔了一层，并非内心真正的感受；或许因为她老起来了，反正这一套不像以前那样使她心满意足。

（孙梁、苏美译）

达洛卫夫人还是感到欠然，还是感到惆怅，哪怕她拥有很多——该怎么形容这种基于满足的落空呢——斯特林堡晚年有一出戏叫做《一出梦的戏剧》，里面有一位广告员，他全部的生活期待就是得到一个绿色的渔篓，但是，他得到后又觉得："它应该是绿色的，但不是这种绿。"

所以，我们看到，整个十九世纪末到二十世纪初，"活着的意义"成为了一个问题，困扰着当时的作家，而在这之前，它不太构成问题。

当"人生意义"成为问题

每个人都有自己的"人生意义"。最直观的，打开朋友圈，看看别人发布的内容，就可以发现他觉得最能体现其人生意义的是什么。晒娃的，会把家庭、孩子看成意义所在；学者会发布自己的论文消息或者书讯，因为这代表着他的成功与价值；旅行者会定位自己的坐标，每一个打卡地都是个人足迹的成就；微商和房产中介努力地发广告，在勤勉的工作中期待业务翻番。当然，我们肯定还见过展示房产证、结婚证、毕业证等更加直观的"意义证书"的内容。为什么它们是有意义的？谁赋予了它们意义？有同学说伯莎的生活很空虚，因为物质丰富导致精神贫瘠。可是，许多普通人的生活目的不正在于改善自己的经济水平吗？为什么有精神生活就比改善经济水平听起来更高级——哪怕我们其实真的不关心什么精神世界，还是会把这个词习惯性挂在嘴边？这一切是怎么来的？

这些问题其实很难问出一个所以然来。只不过，古典时代的人们会比我们回答得更干脆和单纯一些，因为他们所信奉的意义是"不言自明"的，我把这段时间称之为意义发明的前夜。对于一位农民来说，不需要去问劳作的意义。因为，当他"锄禾日当午，汗滴禾下土"时，意义是自动生成与内在镶嵌的。只有脱离了劳作本身的人，才会去写"锄禾日当午，汗滴禾下土"①的句子，因为他置身在劳作之外，开始把劳动者当成一种外在于自己的对象去观察了；同样的，如果我们一定要问一位古代清教徒人生的意义，他大概率会说为上帝勤勉地工作，响应上帝的召唤，最后升入天堂；如果问一位中国古代的书生读书的意义，他大概会说"为天地立心，为生民立命，为往圣继绝学，为万世开太平"；问一位明代妇女结婚的意义，她大概会回答，为了传宗接代、延续血脉。到今天，意义的问

---

① 大家可以观察一下《悯农》这首诗的视角，它是外在的、审视的视角，不是一个真的在田野里耕作者的视角。所以，角度往往暗示着人对自我身份的认识。北大历史系的罗新老师也发现，大家特别熟的一句歌词，"遥远的东方有一条龙"，其实就不是中国人看自己，是站在东方之外来遥望东方，甚至是站在西方的立场上看东方。

题大体上还是被给定的，人们固然会对"为什么高考、读大学、找工作、考公务员、结婚生子"等问题做出很有个性的回答①，可是，我们又如何保证这种"个性的回答"不是一种"被给定"的状态呢？就好像，我们如何确定精神生活比物质生活更高贵不是一种"被给定"的价值排序呢？

在意义发明的前夜，人与意义浑然一体。但是在某一个时刻，一场人与既定意义的脱钩发生了，加拿大伦理学家查尔斯·泰勒称之为"大脱嵌"，也就是"个人"由前现代的整体性宇宙秩序中脱离了出来，把自己看成是"独立自由的个体"，开始积极地为"自我"谋划新的意义。这个变化，可以从卢梭开始算起。而"大脱嵌"在文学中最典型的体现就是：文学在客观世界的"参照点"逐渐消失。"参照点"是什么意思呢？泰勒举了一个莎士比亚的例子。在莎翁剧中，如果出现弑君等人类社会的行为，那么相应地就会在自然世界、客观世界出现对应，比如奇特的自然时间、夜晚的叫声、猫头鹰等，那是因为人们真的相信人的行为是与自然世界密切相关甚至对应的。

实际上，除了泰勒举的这个例子，在十九世纪的很多小说里也能看到类似的情形，简单来说就是有点"迷信"。

---

① 这个问题我在课堂上问过许多学生。有一位修第二学位的同学，本科四年学的是计算机，在读过程中很不喜欢这个专业，读得非常痛苦，每一天都自述觉得没意义。后来毕业工作了一段时间，觉得考公务员是有意义的，于是回到学校，修第二学位以便备考。他并没有解释为什么考公务员就是"有意义的"，只是坚定地认为那一定有意义。

像苔丝失身之前，被玫瑰花扎了一下手指，或者包法利夫人到荣镇之前，狗走丢了。传统中国人自然也很相信这套"说法"，《红楼梦》里遍布各种预兆，比如园子里枯死快一年的海棠花突然开了，中秋之夜大家突然听到墙下一声长叹，等等……但是随着小说与人类意识对于传统意义的"脱嵌"的完成，作家们越来越希望通过"主观化"来摆脱对现实世界参照系的依赖与信仰。以至于到了伍尔夫那里，她都开始嫌弃哈代小说里的"征兆"太多了。

个人而言，我乐于把《哈姆雷特》中王子发出疑问的那一刻称之为"意义发明的时刻"。哈姆雷特为什么在知道了杀父仇人之后依然迟迟不动手，百年来已经有太多解释，有的甚至很离谱。然而，他最著名的那段台词如果从"质问意义"的角度来看，仍然有反复阅读的必要：

> 生存还是毁灭，这是一个值得考虑的问题。默然忍受命运的暴虐的毒箭，或是挺身反抗人世的无涯的苦难，通过斗争把它们扫清，这两种行为，哪一种更勇敢？死了，睡着了，什么都完了。要是在这一种睡眠之中，我们心头的创痛，以及其他无数血肉之躯所不能避免的打击，都可以从此消失，那正是我们求之不得的结局。死了，睡着了。睡着了也许还会做梦。嗯，阻碍就在这儿：因为当我们摆脱了这一具腐朽的皮囊以后，在那死的睡眠里，究竟将要做些什么梦，那不能不使我们踌躇顾虑。
>
> （朱生豪译）

如果哈姆雷特处于"大脱嵌"之前,那么他的行为与思考应该是一体的:活下去的意义就是为父报仇。甚至,它不需要被思考,因为为父报仇是天经地义的意义,不报仇就是个不肖子孙!但上述这段深沉的思考,显然表明,接受古典时代的人所信奉的意义是行不通了,因为王子开始从事件的激流中抽身出来考虑复仇的意义。他想到了睡眠,进而是死亡,不仅仅是他可能手刃的杀父仇人的死亡,而且是他自己的死亡。从这个必然的终点往回来看,当一切不免归尘归土,现在的复仇还是有意义的吗?同样经历了杀父之仇,同样是王子,几千年前古希腊世界里的俄瑞斯忒斯选择了毫不犹豫地复仇,哪怕要杀死的是自己的母亲[1]。但到了哈姆雷特这里,"以牙还牙、以眼还眼"的复仇意义遭到了质问与怀疑,复仇本身变成了人思考的对象。哈姆雷特在发明新的意义,一种完全区别于传统伦理的意义。这就是发明意义的时刻。

莎翁之后,文学处理"意义感"的主题在十九世纪作家笔下变得集中、丰富。他们试图描绘人与意义感相遇时的不同面相。

意义是外在植入的吗?

对于一个普通人来说,一辈子接受一种给定的意义,并且通过努力获得了它,沉浸在幸福中,这是好的吗?契诃夫觉得——不太好。

---

[1] 见第三讲。

在其小说《醋栗》中，契诃夫通过一位兄长之口讲述了其弟弟的经历。这位弟弟在省税务局做小公务员，出身乡下，一辈子就想回乡下，渐渐地又把这种回老家的思想升级为到乡下拥有一点田产。田产需要点缀着幽径、花卉、水果、椋鸟巢、池塘里的鲫鱼等等，最关键的，是每一幅画面里必须有醋栗。也是时来运转，弟弟娶了一位有钱的寡妇，婚后没多久寡妇就死了，给他留下了大笔财产，足够他物色庄园田产。有钱万事通，弟弟很快把梦中蓝图实现了，而且订购了许多醋栗种植，他如愿当上了老爷，长胖了，应付与教育着产业里的农民，感到了极大的幸福。可是，哥哥却说：

> 我看见了一个幸福的人，他的心心念念的梦想显然已经实现，他的生活目标已经达到，他所想望的东西已经到手，他对他的命运和他自己都满意了。不知什么缘故，往常我一想到人的幸福，就不免带一点哀伤的感觉，这一回亲眼看到幸福的人，我竟生出一种跟绝望相近的沉重感觉。
>
> （汝龙译）

难道弟弟的状态不是绝大多数人希望的吗？为什么会让契诃夫化身的哥哥感到绝望呢？普通人的基础理想无非吃饱穿暖、然后升级房子、好车与好的教育，人们会通过各种方式（工作或者啃老再或者嫁个富二代）实现这一点。这种生活怎么就令人绝望了？契诃夫接着在小说中做了一个比喻："一个有思想的活人，站在一道壕沟面前，本来也许可以从上面跳过去，或者在上面搭座桥走过去，却偏要等它自动封口，或者等它让淤泥填满，难道这样的事还说得上什么规律和合法性？再说一遍，为什么要等？"

什么是自动让淤泥填满壕沟？契诃夫是指，我们自动地接受了生活的意义，让外在的、被指定的意义感填满了内在世界。这是他觉得绝望的原因，因为，一个有思想的活人应该自己去创造生活的意义，而不是被动地、不假思考地让外在赋予的意义感"填入"自身，甚至为此感到幸福不已。这种不经省察的幸福，在苛刻的契诃夫看来，是庸俗乏味的。这一点上，冷峻如他，倒是和美国那个满口脏话的麦田捕手达成了一致的观察，在《麦田里的守望者》中，少年霍尔顿同样观察到成人世界的"美满"与无聊——女人一毕业就不读书了，和一些蠢货结婚，而这些蠢货最关心的就是他的名牌车耗油多少，或者为了一些无聊的体育比赛而大发脾气。也许在他看来，当代社会乐于挖苦的"中年油腻男/女"也是陷入了被动接受意义的状态。

契诃夫描述了一种人对意义感的"填入"不自知甚至很享受的状态。某种程度上，现实生活里那些醉心于追求外在幸福标志的人，都是他的讽刺对象。从物质实体的利益追逐，到社会等级（官职、职称、名号的高低）的渴慕，人们孜孜不倦地追求与陶醉其中，因为它构成了人生的头等意义，成为了人去行动的根本理由。对于执著于超越性的俄罗斯作家来说，这是无法忍受的。所以，托尔斯泰会说卡列宁的追逐是"在生活中逃避生活"；而屠格涅夫会说罗亭拒绝婚姻的匹配与幸福，是因为有更高的东西在等待着这些人。

可是，契诃夫对人的要求会不会太高了？这是我近些年思考的问题。在第二讲讨论日常/反日常时，也曾涉及过该问题，成为一个平庸之辈、过着平庸的生活就应该受到讽刺？当我们说追逐社会等级和物质利益是粗俗的时候，为什么说追求精神世界就显得很优越呢？就像大家在解读《幸福》时说伯莎有钱而空虚，没有精神追求，好像一个人有了精神世界就更高级一些。这些年，随着年龄的增长，我会比较警惕以打压日常平庸带来的精神优越感，因为，它可能同样是被填入的意义感。

什么东西会让精神的意义感也可能是被填入的？文学与文化。卢梭发现了这一点，所以，他才写下了《论科学与艺术》。不能把这部作品简单地视为复古之作，因为卢梭在其中发现，现代社会中有很多控制性的意见在传播，文学就是其中之一，文学会"取悦"人，也就是欺骗人。但卢梭说的取悦类似于让人越来越遵守规则，掩盖自己的缺陷，精致而虚伪。我在想，可能文学与文化还有另一种取悦，就是它会打着高尚、圣洁、精神的名号取悦人，让读者读了之后，接受了那套价值观，还飘飘然地自满于其中，觉得自己高人一等、自己活着的价值比楼下打牌的老太太高级得多，甚至可以化身为启蒙者。可是，无论接受哪种意义的填入，最后产生的效果不都是让自己感觉更好一些吗？甚至可以玩笑地说，意义感的目的就是让自我感觉良好。从这点上来说，倒印证了古希腊的赫拉克利特说的一句箴言：下降的路与上升的路是同一条路。①

可能你愿意把上面两种意义分为外在的与内在的。比如，有钱有势、有房有娃的意义，就会偏外在一些；而你读书，不为了任何考试，仅仅是感觉读书是快乐的，这种意义就会偏内在一些。不过，读书的快乐、精神的追求，诸如此类的意义感真的不是也来自一种内化了的社会价值取向吗？我们能在多大程度上将社会涵义与个人感受剥离开呢？当然，也不能完全从效果来理解意义感，那就变成绝对的功利主义。哪怕幸福感的结果或者感受是一样的，但越是对外在的意义标准倚重，越会让个体的幸福处于脆弱的不确定之中。相反，越是对内在意义标准倚重（确实可以从文学艺术中获得），那么，个体的幸福就会越为稳定。

"意义感"既然总是外来填入的，那么也总是时移世易的。上个世纪九十年代初，大家都挤破头想进大工厂，那是最理想的职业，有着很高的社会地位和福利待遇。可是，下岗风潮很快打碎了这种意义感。我本身就是从"大厂子弟"梦幻中醒过来的，这种意义感会给人留下很深的后遗症：对稳定的极端渴慕。我的父母这一代到现在都坚信"体制内"是最有意义的工作，所有非体制的工作皆为"打工的"。这种认知有着强烈的时代色彩，但悲哀的是，人的认知其实无法超越时代的框定。我们总是跟在时代决

---

① 或者用一个更为文学化的表达，我想引用尤瑟纳尔在《苦炼》中的描述："然而上升或者下降的概念本身就是错误的；星辰在下面跟在上面一样闪耀；与其说他在深渊的最深处，不如说他在深渊的中央。深渊同时既在天球之外，也在颅顶之内。"

定的意义感后面亦步亦趋，无法超前。①

阿瑟·米勒的《推销员之死》描述的也正是时代意义变迁后，个人固有信念被抛弃的悲剧。在这出戏剧中，主人公威利一度非常自负，作为推销员，他人情味儿极浓、人际关系极好，通过这些良好与亲密的人际关系，早年他把事业做得风生水起。可他并未意识到，生意的成功并非源于他个人的魅力，而是因为传统社会就是个人情社会。很多国内的八零后应该都有记忆，小时候遇到过旅行推销员，有过不设防地打开家门，听推销员贩卖货物的经历。但是，当传统的人情社会过渡到现在的原子化或者契约社会时，"有人缘"不再管用，所以，推销员这个职业在当代的文学中消失了。而在《推销员之死》中，威利被逐渐击垮，因为他发现自己所坚信有意义的东西，在别人那里已经烟消云散。他曾经给一个孩子取名，总觉得通过过去的这点交情，能够让这个长大了的孩子给他一些帮助，但现实却是，他被告知：

> 查利　威利，到哪年哪月你才明白，这种事屁钱都不值！你给他起名字叫霍华德，可这件事你卖不出去。在这个世界上只有卖得出去的东西才是你的。奇

---

① 如果稍微关注一下胡润富豪榜的教育类榜单，会发现一个很有趣的现象。最开始榜首位置是新东方，2000年之后，大家都想出国，出国就要学英语；后来，榜首是学而思，那时候课外教育很火，谁也不知道突然就会出现终止课外教育的政策；然后是中公教育，既然出不去，课外辅导也没戏，大家就考公吧，哈佛毕业去街道办事处都不是新鲜事了。于是，在各个时代的浪潮中，不同的人被扶到了富豪榜的榜单上，这背后是谁都无法预料的时代变化。

怪的是，你是推销员，可是你不懂这个。

　　威利　我一向不愿意这么想，大概是。我一向觉得，一个人只要仪表堂堂，招人喜欢，那就什么也——

　　查利　人家凭什么喜欢你？谁又喜欢银行大王摩根来着？他难道仪表堂堂？在澡堂子里他的模样就像个宰猪的。可是穿上衣服，口袋里有钱，谁都喜欢他。你听我说，威利，我知道你不喜欢我，也没人会说我爱上了你，可我这儿说我愿意给你个差事，因为——鬼知道因为什么，就这么说吧。好了，你说怎么样吧？

（英若诚、梅绍武、陈良廷译）

传统人伦世界的瓦解，造成了一度被推崇的意义的消失。阿瑟·米勒从《醋栗》的反面给我们提供了一个残酷的预设与结局：如果一味地相信一时一地的意义感，那么也很容易被它抛弃。在这出戏剧中，一如剧名所示，威利最后因为意义破灭走向了自杀。

拒绝与戳穿意义

当然，也有一些作家乐于刻画强人的模式，他们赋予了笔下人物"发明意义"的能力，让人物成为了契诃夫大概都会称许的"一个有思想的活人"。只不过，要突破社会既定的意义，代价往往非常大，而且总得具备一些超前的非凡人的视野。美国作家麦尔维尔在短篇小说《书记员巴特尔比》中刻画的主人公显然就是以非常极端的方式对既有意义说"不"的人。

《书记员巴特尔比》这篇小说非常重要,是很多哲学家与批评家都热衷于讨论的故事。我每年在外国文学史的课上讲这篇小说时,大家的第一反应都是觉得"怪":这个主人公怎么这么不识好歹,明明自己找的工作,却不好好干活,老板对他这么好,他却对老板永远一副要死不活的嘴脸。许多读者都不掩饰对这样的人物形象的厌恶感。所以,还是我始终强调的,经典的作品一定是以一种隐喻的、反常的方式来表达作家理念的,就像我们在讲文学与恶的关系时一样。

《书记员巴特尔比》中的主人公巴特尔比基本上从头到尾都只说一句话:"我宁愿不。"这成为他的经典台词。在华尔街上,这个巴特尔比找到了一份书记员的工作,他的老板叫他做任何事情——而且几乎都是分内事——他的回应都是:"我宁愿不"。他甚至睡在办公室里,令老板很难办,当被要求离开时,他还是那句老话,以至于严重地影响了大家的工作。最后,老板只能请警察把他带走。哪怕被关在牢房里,他也故态重演:

"那好,"我说道,给那送饭的(他们这样称呼他)塞了一些银币,"我希望你特别关照我在这里的朋友;让他吃你能做的最好的伙食。而且,你对他要尽量礼貌。"

"把我介绍给他,好吗?"送饭的说道,看着我,那神情好像是在说他等不及要有个机会让人知道他的教养。

我想对巴特尔比这样会有好处,我就默许了;问了送饭的人的名字,就和他一起到巴特尔比那边。

"巴特尔比,这是一个朋友;你会发现他对你很有用。"

"为您效力,先生;为您效力,"送饭的说道,他那系着围裙的腰深鞠一躬。"希望您在这里会很高兴,先生;舒适的地面——凉爽的套房——希望您会在这里和我们待一段时间——尽量让您舒畅。今天晚餐您想吃点什么?"

"今天我宁愿不就餐,"巴特尔比说,转了过去,"晚餐会让我不舒服;我不习惯吃晚餐。"这样说着,他缓慢地移到圈子的另一边,然后在死墙前面的位置定了下来。

(陈晓霜译)

居然还是"我宁愿不吃"。可能有的读者会觉得巴特尔比的口吻很熟悉,现在大家纷纷声讨996的工作模式,拒绝加班,要求躺平和摸鱼,甚至直接炒了要求自己"努力上进、加班工作"的老板的鱿鱼,其实就多少有点巴特尔比的味道。也就是说,这一代年轻人开始拒绝从前给定的工作意义,它不再是"福报"、自我实现、创造价值,而变成了对人的剥削。巴特尔比以一种小说化的极端方式,预言了现代人对植入意义的拒绝。甚至,年轻人的躺平,也可以看作是·个更具有现代意味的观念出现的标志:消解意义。《三姊妹》中,姐妹几个觉得待在小城没意义，是因为她们深信回到大城市生活才有意义，也就是说意义还是存在的，只是在别处，等待着寻找与获得。但是，对于现在的年轻人来说，"意义在不在别处"都不重要，因为他们根本就不想要什么意义。实际上在第一讲，我们就从文学时空变化的角度，谈到过现代意义消解、淡化的趋势。但其实它不仅仅是文学内部的事情，更是整个社会变化的投射。

要拒绝社会主流给定的意义（包括但不限于"不生孩子的女人是不完整的""996是福报""努力奋斗，走向人生巅峰"等等）需要有一双透视的眼睛和独自面对风险的能力。可惜，这种眼睛往往是事后回看时才有，而这种能力对于普通人来说又是稀缺的。捷克作家昆德拉在小说《谁都笑不出来》里描述了这种窘境：

小说刻画了一个在大学任教的助教，他轻率地拒绝了为一个自学者的论文给期刊写评价的要求，以至于遭致一连串的厄运。他为了躲避这个自学者的要求，把上课时间暗中调换，然后又借机诬赖这个人想要对自己的同居女友图谋不轨。没想到一顿操作翻了车，自学者凶悍的妻子找上门来，先是揭开了助教和女友"非法同居的丑事"，然后又让学校因为他私自调课造成重大教学事故而解雇了他，最后，这位得意的助教一瞬间丢了工作和女友。站在这个荒唐的结局回看，助教突然发现："那天晚上，我为我的成功而畅饮，我根本没有想到，这竟是我末日的序幕"，而且，"今天，当人们重新回忆起往昔的尴尬，他们突然具有了一种确切的意义。"

那些我们当时认为是"这个意义"的事情，时过境迁后,都会经历另一番定义,成为"那个意义"——比如,我一开始考研,是真不想当中学语文老师,但是几十年后再看,考研彻底改变了我的人生,我成了一名大学里的文学老师;我一开始在豆瓣上写文章,是为了单纯记录想法,但是十来年后,居然写出了书。可以说,人们几乎在做所有事情时,都出于"被蒙住眼睛"的状态,并不真正知道此事的含义。这些前尘往事,一点一滴汇流,聚拢成一个结尾时,它才会被解读出更完整的意义。"蒙住眼睛"的比喻,正来自于《谁都笑不出来》:

> 我们被蒙住眼睛穿越现在。至多,我们只能预感和猜测我们实际上正经历着的一切。只是在事后,当蒙眼的布条解开后,当我们审视过去时,我们才会明白,我们曾经经历的到底是什么,我们才能明白它们的意义。

(余中先、郭昌京译)

这是人的局限所在,他只能对着过往进行总结,却无法看清它对于未来的真正意义,甚至,对于当下的判断,也必然是扭曲和臆测的。因为,熟悉历史的人都会认同,人们总是容易夸大此时正在做的事情的意义。生活的真相可能更接近于:我们从头到尾都被裹在时代语境的洪流与迷雾里,绝大多数人从未真正跳出来过,始终被某种观念所左右,像《醋栗》里那样;有一些人隐隐觉得现在的生活意义有点问题,可对于真的要追求什么,却说不上来,像《幸福》里那样;而那些自以为跳出来的价值选择,又在多大程度上摆脱了被赋予的命运呢——只不过是另一种非主流的、小众价值的赋予,比如《书记员巴特尔比》;哪怕你在人生的终点,回首此世,又如何能保证你的终极意义的结论,不至于沦为一些语言的碎片?——"因为当我们摆脱了这一具腐朽的皮囊以后,在那死的睡眠里,究竟将要做些什么梦,那不能不使我们踌躇顾虑。"(《哈姆雷特》)

总结一下,这一讲,我主要借由文学作品讨论了"意义感"这个问题。很多作家都表现出对"意义的欠然"的兴趣,他们的书写构成了对话与呼应。意义感在传统社会不是问题,几乎人人都知道标准答案;但近代以来,随着人的主体意识的增强,对于"活着是为了什么"发展出了不同的答案。有一些意义感偏外在,有些则来源于对外在的内化,后者会比前者更稳定。由于人的局限性,我们的所作所为都无法超越于时代的洪流,所以也经常会出现被某时某地所塑造的意义感抛弃的悲剧。此外,也有一些人刻画了拒绝主流意义感的人物形象,但如此做法往往代价昂贵。总体而言,绝大多数人是难以跳出时代给定的意义框架的。

第六讲
《南方》：小说的虚构与现实

这一讲，起源于与学生的一次课后交流。

讲完《包法利夫人》后，有个女生说可以理解包法利夫人的种种举动，甚至会为她找到各种解释与说辞，把她的出轨行为合理化。但是，为什么发现自己的男朋友劈腿时，自己却完全崩溃了？它和发没发生在自己身上的关系不大，因为更重要的是，为什么在智识上能理解的一件事，在现实中却无法理解？为什么从文学中获得赞美与阐释的一件事，在现实生活中无法获得同等的对待？继而，我们讨论到台湾已故女作家林奕含的《房思琪的初恋乐园》。似乎，这位不幸的女作家最后也发出了类似的感慨：她没法用文学中获得的那套说辞来说服自己接受与老师的扭曲关系，所以，她觉得被文学辜负了，以至于走向自杀。

这些大大小小、远远近近的矛盾里，透露出一些相似的问题：小说看起来是在虚构与真实之间来回逡巡的，那么，其中的比例到底是如何分配的呢？小说更接近于真实，还是几乎就是虚构呢？一方面，大家从小被灌输了这样的观念：文学来源于生活，又高于生活，在很多作家那里，他们也乐于宣扬要通过文学改变世界；但另一方面，大家又发现，在文学中获得的那一套，似乎根本没办法真的用于现实生活,很多时候,它们之间甚至是矛盾的——你会理解卡列宁娜的出轨,但无法接受自己男友的背叛;或者,你觉得小说纯粹就是虚构,跟生活就是两套逻辑,那么它所宣称的对现实世界的批判、洞察、质询、变革都是不可能的?

其实,不止我们普通读者,连大批评家纳博科夫都在"文学究竟在多大程度上是真实的"这个问题上犯了难。在讲《包法利夫人》时,他说夏尔竟然没有发现自己的老婆每天半夜都从床上爬起来,溜出去和情夫幽会,可是,再迟钝的人都应该发现啊。所以,纳博科夫劝读者,不要把文学逻辑和生活逻辑混为一谈;但是,在讲《堂吉诃德》时,他似乎忘记了这句话,依据现实的地点为堂吉诃德的旅程勾勒出一张地图。

因而,这一讲,我试图解决小说中现实与虚构的关系。

这是理解小说非常重要的问题,也确实非常难谈,通过短短的一讲,我没有能力讲得完整透彻。所以,只能借由博尔赫斯的《南方》,集中火力解决一个问题:小说中,真实与虚构是如何博弈的,最终结果又如何?博尔赫斯的作品一向充满了玄思、精巧的设置与梦境感,因而非常合适作为我们讨论的起点。

《南方》文本细读

从表面上看,《南方》描绘了主人公达尔曼的一段经历。他买到了一本《一千零一夜》,迫不及待想看,不等电梯下来就匆匆地从楼梯上去,结果被忘了关的窗户划破了头，因此患了破伤风住进医院，被高烧折磨出了梦魇，想到了死亡。后来，他的病情好转，可以出院去庄园休养了。于是，他踏上火车前往南方。在旅途中，身体有一种一分为二的感觉，一个自己踏上了旅程，一个还待在疗养院。达尔曼看着车窗外景色一点点萧条下去。到了一个站点，火车停住，他下车步行，来到一个小杂货铺，里面的店主长得有点像疗养院的人，他还知道达尔曼的名字。店里的酒客挑事，要和达尔曼打架。想到了自己的英雄先祖们，达尔曼勇敢地抽出匕首，开始迎战。小说到此结束。

我为这篇小说设置的问题如下：你从小说中读到了什么？你怎么理解达尔曼的生病？

"现实生活喜欢对称和轻微的时间错移"——这句话是什么意思？《一千零一夜》的用意是什么？为什么达尔曼坐火车时，感觉"车厢也不一样了"？为什么达尔曼进门后觉得店主面熟，后来还想起疗养院有个职员长得像他？为什么杂货铺里的人故意朝他扔东西？达尔曼的迎战是什么意思？

一开始，同学们的解读推进得很慢，许多人都把《南方》理解成是一个人寻常无奇的真实经历：主角达尔曼撞破脑袋，得了破伤风，在疗养院康复后，踏上了前往南方庄园的旅程。整个故事没什么波澜起伏，如果非要解读出深意，只能"硬来"。一位同学提出，小说是在表达一种怀乡之情，这种怀乡暗含着城市与乡村的对立，当城市让达尔曼受伤后，代表乡土田园的南方成了达尔曼的皈依，小说多次写到南方庄园里的"沟渠、水塘和农场""大理石般的明亮的云层"，这些景致都充满了怀乡的眷恋；有同学注意到这句话："他有一身而为二人的感觉：一个人是秋日在祖国的大地上行进，另一个给关在疗养院里，忍受着有条不紊的摆布。"所以，她认为小说存在一种平行时空，一个人在此刻，一个人在过去，过去则依然代表着怀乡。但平行时空的用意是什么，她无法解释。

问题库里的那些问题，最开始没人回答，同学们都觉得很蹊跷，无从作答。后来，当我提示大家似乎太把思维局限在"现实"时，更具有恍然大悟色彩的解读出现了。有同学认为当达尔曼踏上火车的一刻，已经是梦境了，所以后文出现的小酒店、与人决斗都是梦。这样也就能解释，为什么酒店里的人知道他的名字，为什么身处的火车车厢会变得不一样了。小说呈现了类似电影《穆赫兰道》的梦境之感，而且梦境和开篇的现实一一对应：比如他的祖先被长矛刺死，折射到梦境里就是他用匕首与人拼杀；他在疗养院的看护折射到梦境里，就是他觉得杂货铺的店主脸熟。

最后，向我推荐这篇小说的优秀读者（原本我不打算采用它）为大家呈现了更为详细的解读，来说明什么是小说中所谓的"现实生活喜欢对称和轻微的时间错移"。首先，《南方》的后半部分不仅仅是梦境，更有可能是濒死的意识。所以，虚幻的部分也不是从登上火车那一刻开始的，而是从达尔曼在疗养院治疗无效后开始的。在小说的现实处境中，达尔曼因为高烧而需要打针，对称在濒死体验中，则是他不接受这种没有英雄气概的处境，所以把针头幻想成了先贤的匕首；濒死体验中，许多场景都来自于之前看过的情景，所以，杂货铺简陋的建筑像"旧版《保尔和弗吉尼亚》里的插图",而杂货铺里的人"像是小庄园的雇工",另外一层对应是,博尔赫斯自己也得了破伤风住院,他也渴慕那些当军人的祖先。

同学们都注意到,博尔赫斯的阐释空间非常丰富,文本的留白比之前读过的《幸福》等篇目更多。我把大家的各种发现总结了一下:小说中,有一句话标记出现实和虚幻之间的游移:"难以置信的是,那天居然来到。"那一天,既可以理解为是康复出院,也可以理解为是治疗无效的死期;而达尔曼一路坐火车,看到的景色越来越荒凉,也可能是因为人在垂死状态下,生命力越来越弱的表现。① 此外,还有非常细心的同学按照真实地图考察了小说中出现的各个地名的方位,结果发现,小说中那些煞有介事呈现的真实地名及其方位,根本就和现实世界是相反的。

完成文本细读后,新的问题需要被回答:为什么博尔赫斯一开始骗过了大家,让读者们完全不会去想后文所写不是真的,而几乎全是梦境或者濒死意识。我将同学们的回答归为三个原因:第一,小说的第一段就是大量的历史性的叙事,有时间、地点、真实的职业;第二,小说对很多细节的描写很逼真,而我们梦里看不清那么细的东西,比如油灯、房梁、沙丁鱼和烤牛肉,也即,小说呈现了大

---

① 比如肺结核这个词,在英文中,它也可以用 consumption 来表达,而 consumption 本身还意味着"消耗、耗损",此外,consumption 有时会因为发音相似而与 consummare 混淆,它的意思则是"完成某事",就像基督在临终遗言时说的"consummatum est",也即"成了"。所以,有一些学者在考察 consumption 这个单词时,认为它的含义与"死亡、完成、终结"纠缠在一起。(见弗兰克·特伦特曼《商品帝国》,马灿林译,九州出版社,2022 年)

量逼真的视觉效果;第三,小说提出了一些让读者感觉到吻合的生活经验,比如受了伤会患病、坐火车看风景,有着相似经验的读者会产生共情,也即,经验的相似性提供了真实性的保证。

那么,是否达成了"历史叙事""真实视效""经验吻合",就等同于"真实"呢?博尔赫斯通过《南方》给出了一个否定性的回答。这篇小说里,这些元素伪装出了真实的效果,但恰恰反过来证明这一切的真实都是虚构的。

实际上,我在这里规避了"现实主义"的提法,主义总是有简化和固化现象的嫌疑,而且也永远不可能达成一种一劳永逸的描述。英国思想家以赛亚·伯林就曾游戏性地总结"浪漫主义"的含义,他花费了好几页的篇幅,然而还是说不尽到底什么是浪漫主义。此外,究竟何谓"真实",我也不敢轻易下定论。所以,我更愿意以现象学的方式偷个懒,来聊聊,文学如何表现出"现实感",这些表现的技术与手段是否又总是成立的。我们还需要对比更多的文本来看。

对历史叙事的迷恋

先来看看历史叙事。

其实,很多传统的作家都非常喜欢伪装成史家的口吻来讲故事。我小时候看《聊斋》,印象最深刻的就是蒲松龄喜欢在很多故事的开篇,煞有介事地介绍主人公的身份、名号和籍贯,他可能是个江西人,可能住在山东青州的北郊,也可能是西周时大司寇(一个官职)的侄子,可能是东汉时期淄川人……但这些看似真实存在的人，都无一例外地遭遇了一段或奇或妙的怪谈故事。历史与地理的真实性被怪谈瓦解了。

在类似的历史叙事渴望下，西方的"历史小说"也应运而生，似乎这种小说创作的目的就是用更有趣、更富有细节和情节的方式，重新印证一遍历史。这样的故事里暗含着一个预设：历史总是真实的，所以，模仿历史也将产生真实的感觉。我在课堂上做过调查，问大家有多少人相信这一预设，绝大多数同学都举了手。在现代史学界，传统的历史叙事遭遇了一系列危机，其中包括将历史视为一种"叙事"，也即，所有的历史都来自于人的讲述，只要是人在讲，那就必然带上偏见、立场、意识形态、主观臆测乃至时代局限。换个说法大家更熟悉：历史是任人打扮的小姑娘。当然，还是需要区分"发生过的事情本身"与"对这件事的描述"，毕竟，将一切视为"叙事"就有点历史虚无主义的感觉了。

不过，古典作家们显然不会这么理解历史，也不会怀疑用历史的语气来写故事是不可靠的，因为，最初涌现的大量历史小说，都在拼命告诉读者一件事：我说的是真的！

英国最早的历史小说家沃尔特·司各特奠定了历史小说的基本守则，他的后继人狄更斯则亦步亦趋遵守着。这个基本守则是：历史小说所写事件发生的时间最好距当下六十年。司各特创作《密得洛西恩监狱》是如此，而狄更斯描写戈登暴乱的《巴纳比·鲁吉》也是如此，均为六十年时间（1780年戈登暴乱发生，1841年小说发表）。

可能六十年不算长也不算短，太长的话，许多历史资料就会淹没无法收集，太短的话，人们的记忆中还保存着事件，写成小说没啥吸引力。狄更斯为了一窥当年暴动的究竟，化身成历史学家、考古学家，深入到事件现场勘测、翻阅了大量的报道与卷宗，小说中的暴动头子乔治·戈登勋爵更是狄更斯根据当时所存的各种历史资料交叉对比、组织还原出来的。所以，《巴纳比·鲁吉》在开篇就呈现出历史材料一样可靠的口吻：

> 一七七五年，在艾平森林的边缘上，有一家叫做"五朔节柱"的客栈，从康尔希的旗标量起……这里距离伦敦约摸二十里。

在这个开篇，小说给出了真实的时间、地点，显然，狄更斯相信自己通过取法前人以实现用历史逼近真实的可能性。实地调查是古典作家们特别依赖的一种手段，哪怕不是写历史小说，通过实地调查，精确地复原该地区人物的语言、衣饰、风俗、器物等，似乎都非常必要。

狄更斯的同代人，杰出的女作家乔治·艾略特也在时代风气下创作了一部反映意大利文艺复兴时期宗教暴乱的历史小说《罗摩拉》（中文版书名译作"仇与情"），小说讲述的是宗教改革者萨伏那罗拉的动荡一生，为了最大限度地还原历史，从1860年5月开始，艾略特就开始对罗马进行了多次系统性的考察，同时以维多利亚时代罕见的博学精神阅读了一系列相关的书籍与卷宗。而且，为了让小说看上去更可靠，作者还安排了真实存在过的政治家马基雅维利作为重要角色进入小说世界。(这一点,特别像博尔赫斯在《南方》里的写法,但两人达成的效果是相反的。)

《罗摩拉》的开篇视角值得玩味:

> 三百五十多年以前,一四九二年的仲春季节,我们可以肯定,黎明的天使缓慢地拍动着宽阔的翅膀,从莱文特飞到赫勾利斯之柱,从高加索的山巅横过积雪的阿尔卑斯山脉,飞到西方诸岛光秃的黑色山岩,一路上看见的几乎准是同样坚实的大地和动荡的大海的轮廓——准是同样的大山投影于同样的山谷,就像他今天看见的一模一样——看见栽满橄榄的山丘,大片的松林,宽广的平原上青青的禾苗或者雨润的柔草,仿佛一片绿海——看见城市的圆顶和尖塔,耸立在河畔,或者混杂在曲曲折折的海岸边芦苇似的樯桅之间,还是在它们今天耸立着的同样的地方。
>
> (王央乐译)

这段话是从什么角度发出的?肯定不是从水平面上,而是从高处往下缓缓展开,类似于一个无人机拍摄到的镜头。① 从上往下的庞大视角的用意是显而易见的:这不是一个渺小的人类在给你讲一段暴乱事件,而是一个站在天庭上的全知者,俯瞰人世、阅尽沧桑,它提供的视觉是纵览世间岁月蜿蜒的景观,它暗含的则是历史本身那种山河

---

① 故事内部暗含的角度非常值得玩味。有的故事里,呈现的是一个从下往上看的角度,比如卡夫卡的《城堡》,小说中的主人公K走到城堡面前,看过去时,他是在仰视,看到了城堡的尖顶和上面飞旋的乌鸦。这(转下页)

般宏大的意识。显然,从空中开始讲故事,会比从地上、从一个身边的人开始讲故事更恢弘和不容置疑。文学在这里又一次自比为历史,而且这次,不仅借助时间,还借助了永恒的自然。

历史叙事的失效

那么,我们要问的是,是不是只要呈现历史叙事,就一定等同于"真实"呢?现代小说恰恰利用了这一点,也即,用"历史的口吻"制造出对于"真实"最大的颠倒,于是,一系列对于历史、传记的戏仿纷涌而出。

西方的历史,最早应该从《圣经》说起,它记录了希伯来人的家族史与迁徙史。从历史文献的角度来说,它的真实性几乎是不容置疑的。但是,当文学遇到了历史,《圣经》里的那些故事就有可能被改写成另一副模样。在《旧约·创世记》中,有一则大家耳熟能详的挪亚方舟的故事,说的是:

(接上页)个视角有一种压迫感,它来自于那个巨大城堡对渺小个体的压迫,也意味着,K要进入城堡会变得异常艰难,巨大的城堡成为了一个阻碍。(电影中的表达类似,在一个画面里,如果镜头是俯拍的,类似于从城堡的高处看下面的K,那么通常会用来表现主人公的受挫和懦弱等等)。有时候,小说中会提供一种水平的视角,人们的行动在同一个水平空间里发生,比如石黑一雄的《远山淡影》,小说中女主人公悦子和她所谓的公公经常有一些非常生活化的对话、举动,很多发生在日本传统建筑的室内,像坐在榻榻米上,这时候两个人谁也不高,谁也不低,这说明,两个人的地位相当,也暗示出,这个"公公"并非真的公公,而是和女主人更接近于"举案齐眉"关系的丈夫,只不过,讲故事的女主人公把真相掩藏了起来。第三种从上往下看的视角及其意义,就以正文里的《罗摩拉》为例。

神就对挪亚说，凡有血气的人，他的尽头已经来到我面前；因为地上满了他们的强暴，我要把他们和地一并毁灭。你要用歌斐木造一只方舟，分一间一间地造，里外抹上松香。方舟的造法乃是这样：要长三百肘，宽五十肘，高三十肘。方舟上边要留透光处，高一肘。方舟的门要开在旁边。方舟要分上、中、下三层。看哪，我要使洪水泛滥在地上，毁灭天下。凡地上有血肉、有气息的活物，无一不死。我却要与你立约；你同你的妻，与儿子儿妇，都要进入方舟。凡有血肉的活物，每样两个，一公一母，你要带进方舟，好在你那里保全生命。飞鸟各从其类，牲畜各从其类，地上的昆虫各从其类，每样两个，要到你那里，好保全生命。你要拿各样食物积蓄起来，好作你和它们的食物。

……

过了四十天，挪亚开了方舟的窗户，放出一只乌鸦去；那乌鸦飞来飞去，直到地上的水都干了。他又放出一只鸽子去，要看看水从地上退了没有。但遍地上都是水，鸽子找不着落脚之地，就回到方舟挪亚那里，挪亚伸手把鸽子接进方舟来。他又等了七天，再把鸽子从方舟放出去。到了晚上，鸽子回到他那里，嘴里叼着一个新拧下来的橄榄叶子，挪亚就知道地上的水退了。

这段故事到了一个调皮的英国作家那里，却被改头换面了。这位英国作家叫做朱利安·巴恩斯，他的写作里常有一种吉光片羽的灵动，用来捕捉迷失在宏大叙事或者普遍叙事里的细节——比如，很多人都读过福楼拜的《一颗简单的心》，但几乎没人注意到里面那只叫做欧班的鹦鹉；很多人都读过《圣经》中挪亚方舟的故事，但少有人关心过方舟上那只最后也没回来的乌鸦。所以，在巴恩斯笔下，方舟的"历史叙事"变成了这样：

> 他们把巨大的河马象连同犀牛、河马和大象都关在舱内。用它们来压舱倒是个合情合理的主意，不过你可以想象那股恶臭。也没人去打扫畜舍。男人们轮班喂食已忙得不可开交，而他们的女人又太娇贵，其实在那些动物不断跃动的火舌发出的臭气中，她们身上的味道跟我们一样难闻。所以要打扫畜舍，就只有我们自己来了。每隔几个月他们用绞盘吊起后甲板的厚舱盖，放进清垢鸟。不过，先要把臭气放出去，没有几个愿意去开盖的。七八只不太讲究的小鸟先在舱盖四周小心翼翼地扑腾一会，然后一个猛子扎进去。
>
> （宋东升译）

这是巴恩斯《10½章世界史》的开篇。这部小说从题目里就透露出一股"不正经"的味道，明明是写世界史，结果却古里古怪地加上了一个10½这个模样怪异的数字，而且讲故事的也不是什么天庭上的大人物，竟然是一只藏在船身里的小小木蠹。这种顽皮的写法，透露出巴恩斯的恶作剧心态：他才不打算写什么大历史呢，相反，他要暴露历史写作的褊狭与呆板、编造和虚假。

在正式的历史典籍中，文字就是文字，它像石碑一样简洁、确凿与冰冷。但是，通过巴恩斯的改写，这段挪亚方舟的历史开始具有了味道、声音、热量；大家都知道，一只鸽子和一只乌鸦都飞出去观察淹没大地的洪水有没有退去，但是只有鸽子回来了，人们授予它"和平鸽"的美称，巴恩斯却惦记着那只消失在历史文本皱褶里的乌鸦。于是，他依然煞有介事地表达道："不用我来说，面对这种对历史的随意篡改，乌鸦感到被伤害，被出卖。"事件还是那些事件，只不过换了一种讲法，居然就变了味儿。文学对历史的重写与模仿，居然不仅是为了证明自己之真，而且还证了对方之伪。

除了历史小说，还有一种文学题材看上去相当逼真：传记。作者们拼了老命收集传主的各种材料，一块小纸片都不放过。他们相信，通过丰富的资料一定可以最大限度地还原一个人的一生，就像历史学家们上穷碧落下黄泉地找史料来论证历史的线索那样。在各种传记作品中，那些最能吃苦的会最有说服力——作者苦兮兮地说自己如何耗费时间、精力、巨资找材料。可是，我们心里都不免默默问一句，一个人的一生真的可以凝缩在一本几百页的书中吗？那些日记或者笔记里的只言片语真的可以证明人活过吗？

也许正是怀疑传记拍着胸脯保证的"真实性"，伍尔夫才写下了《奥兰多》。奥兰多是英国历史上的一个传奇角色，他前半生是男人，三十岁之后变成了女性，用雌雄同体之身遍历几个世纪。选这样一个人物做传，本身就暗含着伍尔夫嘲弄历史的小花招——就算有人可以雌雄同体，也没有人可以活三四百年。这部伪装成传记的小说在前半部分，还煞有介事地用各种文件勾勒奥兰多的事迹，从中，伍尔夫为的是暗讽那些传统传记作家的写作方式：心无旁骛地按照不可磨灭的足迹前行，直到"剧终"。可是，且不说一生岁月的每分每秒是否都能变成"不可磨灭的足迹"，就说那些如万千微尘一般飞扬在头脑里的思绪，又如何能够还原呢？这些东西，本就是构成"人之真实"的必要组成。

在课堂上，我曾做了一个实验：放空大脑实验。大家常常说，工作行动的对立面就是放空大脑，什么都不想。可是，普通人的大脑真的能放空吗？能什么都不想吗？在一分钟的时间里，我邀请大家"放空"，也就是说努力去做到平时说的"好累呀，然后放空大脑，什么也不想的状态"。最后，询问同学们有谁是脑中一丝杂念都没闪过的，没有人举手。也就是说，真正的放空或者所谓的冥想，是需要训练的。那些更"实"的工作与行动的间隙，大量不可控的遐思填塞了进来，它们将人构筑得更加丰满，却无迹可寻。如果只把外在行动记录下来而忽略了人的思绪，那呈现的肯定不是完整的人生。

只是，思绪是无迹可寻的。对此，伍尔夫在《奥兰多》中做了个"碎布"的比喻，来说千头万绪的思想的不可还原：

（大自然）在我们的头脑里塞了一大堆零星碎片，仿佛一大包破衣碎布——警察的一条裤子与亚历山德拉王后的婚纱很不协调地混在一起，让我们愈加困感迷惘，却又设计出一条细线，能把凌乱碎片轻松地缝缀成一体。记忆就是那位女裁缝，一位变幻莫测的女裁缝。记忆飞针走线，左连右串。我们不知道接下来会发生什么，紧随其后的又会是什么。

（任一鸣译）

通过对意识的追问，伍尔夫否定了传记还原人的真实性，她质疑"真实"这个词，觉得无法轻易触碰。甚至，文学对真实的追求是充满了玩笑意味的，无论伍尔夫还是巴恩斯，都试图用历史来达成虚构。他们的写作也说明：小说从历史的短处崛起，而且，小说不必对历史的口吻亦步亦趋。伍尔夫笔下的奥兰多变成女性后，被赋予了更细腻的知觉，她觉得身边的男性大文豪可能都是幻觉，"甚至连瞥见的瓷杯和报纸，她也怀疑其真实性。"这种对物质视觉的可靠性的怀疑，将引出我们的第二个问题：是否大量逼真视觉效果的器物呈现，就保障了真实性呢？

你相信眼见为实吗？

所以，第二种让我们感到真实的文学技巧，是逼真详细的视觉画面呈现。

眼见为实可信吗？眼见为实也有预设：眼睛与感官的可靠性。只不过，这种预设在很早之前就受到了质疑。启蒙时代的哲学家康德有一个著名的概念：物自体。说的是什么意思呢？他觉得"物"是自在地存在着，每个人都去看那个物品，可是每个人看的时候，都经过了自己心灵与经验的处理，所以，看到的东西不可能一样。以至于，那个"物"虽然真的存在，但是永远无法被看清，人们还不如去信仰它的存在好了。

再通俗一点说，为什么你觉得迪丽热巴是大美女，朋友却觉得她像男人，你们为此简直打了起来，这也可以用康德的观念来解释——迪丽热巴作为物自体，到底长什么样，谁都看不清，因为人们都经过了经验、心灵乃至眼睛生理结构的滤镜。不过，人们倒是可以信仰，自己看到的是真的"迪丽热巴"。近代一些绘画与摄影的研究，其实也在表明，人们发明出的"透视法"等等号称科学的绘画原则，实际上都是一种约定俗成的总结：透视法是把三维投射到二维平面的方法，但是，它的内核是经验性的积累，而非物理性的证明。

甚至，当代的神经科学家也会告诉我们，人的视网膜会将真实的世界扭曲变换，会将视觉图像中解析出的最显著的成分分解成数十种不同信号，分别传输入大脑之中，而更多的成分则被当成噪音忽略了。所以，所谓真实不过是破碎的渗透和过滤。

所以，眼见未必就是真的，不要太相信自己的眼睛。但是，早期的小说家们并没有考虑到这一点，他们乐于在小说中用文字置换器物，来让读者感受到真实。从狄更斯到巴尔扎克，乐此不疲地向小说的身体里注入大量器物如画、如摄影般的细节，以此来强化视觉真实感。连被公认为现代主义先锋的小说家亨利·詹姆斯也觉得小说的至高品质就是"真实的气氛（细节描述的可靠性）"，唯有如此，作家们才能和画家兄弟们"一争高下"。

有时候，这种视效描写进入了一种癫狂状态，呈现变成了罗列、器物化身为清单。比如巴尔扎克的《驴皮记》。这部小说讲述了主人公拉斐尔意外获得一块可以满足他任何欲望的驴皮，最后死于欲望的故事。小说开篇，拉斐尔误入一个古董店，巴尔扎克花了三四页来描述里面所陈设的各种器物，我们抽取一小段来看：

> 当他看到一把中世纪的短剑，剑柄雕镂精巧，像花边般细致，剑上的锈痕就像血迹，因而联想到两个情人夜间幽会，被丈夫冰冷的利剑中断时，不禁毛骨悚然。印度和它的宗教在一尊中国佛像身上再现了，这佛像头戴一顶菱形的尖帽，反翘的菱角上挂着小金钟，身上穿着绣金的丝袍。在佛像的旁边，有条辫子，它像当年把它盘在头上的印度舞姬一般美丽，香泽犹存，还散发着檀香的气味。一只眼睛反吊，嘴巴歪斜，四肢弯曲的中国怪物，那是这个民族为了使人脑筋清醒而发明的玩意儿，因为中国倦于老是看到单一的美，便从百丑中找到不可磨灭的快乐。
>
> （梁均译）

读这段器物描写时是什么感觉呢？很奇妙，我们会觉得——读了，同时没读。这些器物的视效起到了一种"无心一瞥"的作用，它让读者对文本的感觉变得"实心"，而不仅仅被人物的对话、思绪这些更虚的东西淹没，它提供了一种不露声色的平衡；另一方面，它其实又不需要读者在每个点都停下来，思考"短剑"是什么样的、"尖帽"

是什么样的，读者被支配的同时也往往自动地掠了过去，心想，哦，知道了，字面的，反正大概是这样。古典小说里的许多器物与视效，起到的正是一种詹姆斯所谓的烘托氛围的感觉。[①]

当然，有人比较较真，他还是会去抠每个场景的视效，甚至要用不同的方式还原出来，他相信各种媒介之中的器物都可以互相兑换，因其来源于同一个真实世界。这个人就是塞尚，塞尚是十九世纪末的印象派画家，他读《驴皮记》时，读到了这样一句话："桌布像新降的白雪那么洁白，桌上整齐对称地排列着餐具，每份餐具旁边堆着金黄色的小面包。"于是，他下定决心，要把这个画面呈现出来。我们现在看塞尚的很多画作，都表现出惊人的一致性：白色桌布，上面是摆放有序的水果点心。大家感兴趣可以去网上搜搜看这些画作。

然而，现代人可不那么相信眼睛，更不相信小说可以通过逼真的器物呈现在视效上达成真实感。现代主义不像他们的前辈那样将现实等同于可以看到的东西，反而声称真相恰恰是被"器物视效"掩盖起来的。前文大家多次遇

[①] "字面的"含义未必很轻薄。小时候看书，尤其喜欢的就是小说里的物质罗列。看《鲁滨逊漂流记》及其衍生故事，最有滋味的地方就是描述主人公如何开拓种植，植物动物名目翔实可爱，从一粒小麦到一只山羊的陈述都肯不放过。看《红楼梦》，最津津有味的就是乌庄头送来的货物，什么腊猪青羊、牛舌鹿筋、榛子杏仁，也是看得眼饱心足。后来我想，可能正是因为小时候的生活相对贫乏，没有那么多物质满足，才会在文字中获得一种想象性的代偿。这几年讲托妮·莫里森的小说，看到她一段访谈，解释为什么要在小说里投放如此鲜艳的颜色，是因为黑人在白人的奴役下，长期过着物质极度贫乏的生活，只能穿一些最破旧黯淡的衣料，因而当有机会书写自己时，一定会用最具有刺激性的大红大紫来进行心理的补偿。

到的作家伍尔夫就觉得,有必要揭露爱德华时代对于"现实感"理解的肤浅性。在她看来,传统作家"试图催眠我们,让我们相信,因为他做了一栋房子,所以那里一定有一个人住"。看起来,那些作家将物体的可见表面误认为是物体之外的真相。

当然,这种对于视觉的迷信可能与我们最深层次的心灵结构有关,并不是传统小说家故意要骗人。我想举一个弗洛伊德的例子。在1895年发表的一篇关于歇斯底里的研究中,弗洛伊德的思想发生了转变,他不再简单地把癔症患者讲述的那些画面与场景当成是病人内心世界的真实反映。以往,他觉得讲述就是一场疗愈,只要把压抑在内心的意识讲出来,人就能获得治疗。但是这一次他发现,每次在挤压一个癔症女患者的眉心时,这个女士心中都会冒出一连串生动的画面,但是弗洛伊德过了一段时间发现,这些鲜活的视觉场景根本不是来自于女士的童年画面,而是她之前读过的一些神学作品,目的是无意识地阻挠弗洛伊德对她进行解读。所以,弗洛伊德对所谓的画面标志物越来越警惕。它们的出现,与其说是真实,不如说是对真实的遮蔽与暗中偷换。

从这个例子来理解小说通过逼真视效呈现真实感的误区,也许就好懂一些了。在现代,很多作家越来越不相信人的眼睛和看到的东西,以往现实主义小说里那些细腻的物质描写、逼真的视觉体验,现在都被怀疑为一种障眼法、一种催眠术、一种"真实的幻觉"。

有时候,现代作家们会刻意安排大量密集的视效呈现,但是,同时又高度利用文字的虚构性。这就导致,明明是写得出来的，而且写得很细腻的，但偏偏就是还原不出来、脑补不出来。这是因为，视觉效果的内在逻辑已经被现代作家们悄悄扭曲了，它们与现实的关系被文字切断了。所以，哪怕是塞尚再世都无法还原。

来看看意大利作家卡尔维诺的《树上的男爵》。这部充满幻觉色彩的小说讲述了一生追求超越的男爵渴望生活在树上，最后抓着气球飞走的故事。与男爵的超越性相比，他的家人就显得更接地气一些，更实际一些，这种实际体现在男爵姐姐做的一道大餐上：

> 用菜花做成的羊头，插上兔子耳朵，放在一圈羊毛领子上；或者是一只猪头，好像伸出舌头似的从猪嘴里爬出一只鲜红的龙虾，而龙虾的钳爪正抓着猪的舌头，仿佛是它把猪舌给揪掉了。然后就是蜗牛了。我不知道她斩断了多少只蜗牛的脑袋，那些蜗牛脑袋，我想她是用牙签插进软绵绵的甜食去的，每一块甜馅饼上放一个，好像一群极细小的天鹅飞到了餐桌上。那些美味佳肴的外观令人惊奇。
>
> （吴正仪译）

这段视觉描写的奇观，可以与福楼拜在《包法利夫人》中描写的帽子一较高下。它的矛盾体现在，我们确实看到了各种具体的事物，却无法用合理的方式将它们组合与还原出来，卡尔维诺正是通过这种视觉感知与理性归纳之间的冲突，暗示姐姐的庸俗与残暴。她一生追求那些具体而无逻辑的东西，永远不会理解弟弟的追求。这样的描写，实际上也是对"视觉逼真""眼见为真"提出的质疑。与此类似，乔伊斯在面对庞德对《芬尼根的守灵夜》的指责时，回复也是——"夜里发生的事情是模糊的"——我们眼睛看到的东西是有限的，甚至是错误的。①

共情意味着什么

最后，来讨论第三个问题：只要小说捕捉到与我的经验相符合的内容，就是真实可感的？

确实，文学情节与个体经验的吻合有时候能带出真实的体会。这种真实感建立在对"偶然性"的发现之上。当我们在现实中感觉到忘我、不明就里、稀里糊涂、没有存在感的时候，偶然涌到身边的一个场景、一件东西，会把人拉回现实。失恋了，跑到大雨里痛哭，哭得忘我之时，忽然想撒尿，这个偶然之事，就把人瞬间拉回现实：人再痛苦也得大小便呀。当然，文学里的偶然性表现会更凝练一些。在博尔赫斯的《南方》中，偶然性是达尔曼看到了房梁上挂着的吊灯；在乔治·艾略特的《弗洛斯河上的磨

---

① 视觉问题是近年来文化研究与文学研究的热点，视觉的不可靠性乃至主观性都已经成为比较公认的认识。比如艺术史家贡布里希在《木马沉思录》里就觉得，人们在绘画时，不论是哪种绘画，画的都是他想画的内容，而不是他当真看到的内容。此外，我还想举一个文学的例子。十九世纪作家萨克雷有一部作品非常有名，叫做《名利场》，里面刻画了一个当时非常少见的角色：为了达到目的而不择手段、吸引男人以嫁入豪门的普通女孩。（这种情节今天可能会被放到"大女主"电视剧里）。在这部小说中，有一个动作特别频繁：人物们会隔着门缝或钥匙孔偷看。大家都有过偷看的情形，也许也都特别相信偷看到的内容，甚至会当成八卦秘闻去传播。不过，小说却告诉我们，偷看来的东西，往往是对信息一知半解的吸取，再经过人的主观阐释，所有自以为眼见为实的东西都走了样失了真。

坊》中，是"倾斜的太阳光穿过透明的刨花"；在科马克·麦卡锡的《路》那里，是世界末日出现的一罐"可口可乐"。人的生活是由无数个偶然瞬间组成的，文学对生活细节的捕捉会冷不防地契合到其中的某一个点上。

这种偶然瞬间的契合，会让读者产生强烈的共鸣，也就是所谓的"共情"。可是，共情是可疑的。共情效果在文学史中的变化，也将戳穿经验吻合带来的文学真实性保证。

共情是初级的小说读者们最容易产生的一种接受方式，也是最方便进入文本的方式。它在很多读者那里似乎是对一部文学作品最高的评价，因为，它甚至可以用来反过来指责别人——你居然无法对这部作品共情！你真是太麻木了！以往在讲到歌德的《浮士德》时，有同学说，整部诗剧都离自己好远，文化差异好大读不进去啊，人物太多头晕啊。但有一个细节，是玛加蕾特用花瓣占卜，摘下一片又一片花瓣问：他爱我，他不爱我。她觉得这个情节很真实，因为她也为爱情做过同样的傻事。

但实际上，"共情"是来自于传统文学的一个花招，作者会想方设法让你的情感不自觉地偏向于主人公：认同他的行为、为伤害他的人而愤怒、为他的失败而沮丧，也就是所谓的"主角光环"。由于人的情感能量是有限的，也往往只会附着在"共情"策略下的某个主要人物身上，所以有可能就会产生一个比较意外的结果，我称之为"情感漏洞"：你没法关注和在乎所有遭遇痛苦的角色。

以《奥德赛》为例，史诗中最著名的一个情节就是机智的奥德修斯逃出了独眼巨人的山洞，免于被吃掉的结局。在逃出山洞的过程中，奥德修斯把削尖了的橄榄木放在火里烤得通红，趁巨人喝醉了，一把插入了巨人的眼睛里，把它刺瞎了：

> 我们当时也这样抱住灼热的橄榄木
> 不停地旋转，热血顺木桩向外涌流。
> 眼球燃起的火焰烧着橄榄木周围的
> 眼皮和眉毛，眼底被灼得不断爆裂。
> 如同匠人锻造长柄宽斧或锛子，
> 浸入冷水里淬火发出嘶嘶响声，
> 这样可以使铁器变得更加坚硬，
> 巨人的眼睛也这样在橄榄木周围发响。
> 巨人一声惨叫，四壁岩石回应，
> 吓得我们慌颤颤立即瑟索退避。
> 巨人从眼里拔出橄榄木，血肉模糊。
> 他疯狂地把橄榄木扔掉，伸手乱抓。
>
> （罗念生、王焕生译）

这一段给读者留下的印象，就是血腥恐怖，但是，几乎没有读者会想到另一个词：不人道。因为巨人是作为反派出现在史诗中的，他要吃了我们的主人公。当读者一心挂在主人公身上时，大家只想着巨人赶快死掉，好让奥德修斯顺利逃出生天，除了巨人的同族同伴，估计没有人会在乎巨人的痛苦。可是，巨人遭遇的痛苦也是切切实实的呀，为什么大家不会想到"人性、人道"呢？这就是因为上面提到的，史诗的作者使用了一种情感上的叙事策略，把人们有限的道德情感反馈,都附着、维系到主人公身上了。甚至很多时候,连写作者自己都没有意识到自己在使用某种情感催化剂,比如金庸写《射雕英雄传》,战场上杨康、郭靖正在搏斗,"郭靖提起一名金兵掷了过来"——这名金兵何其无辜,可又有谁会在意?①

人的关注点是有限的,道德感也是有限的,在文学中,这些有限性为"共情"奠定了基础。可是,越来越多现代作家开始摆脱传统共情的意图了,他们更愿意自由地塑造各种讨厌的主人公,这些形象既不想博取读者欢心,也不屑向读者索要认同。这也解释了,为什么人们对《局外人》中的莫尔索的接受与理解,远远没有对雨果《巴黎圣母院》中的艾丝美拉达多。在讲《巴黎圣母院》时,我们的同学对女主角简直恨铁不成钢,每论及她的行为,女生们都会非常激愤地指责她是"恋爱脑""不争气"。到了讲《局外人》时,大家突然变得无话可说也没什么情绪波动了——除了指认莫尔索的"冷漠"。所以,现代小说不再营造共情幻觉,作家们主动切断了与读者可能产生的情感联系——原本,这种联系会保障读者对一部作品的接受乃至认同。所以,要求与一部作品发生"共情",变成了

---

① 在思考社会问题时,"共情"可能是比较危险又充满诱惑的思维方式。在许多社会恶性新闻中,常见的一种想法是将自己带入那个处境里,去假设自己可能遭遇的痛苦与惶惑,所谓"时代的一粒沙,落到每个人身上就是一座山",或者"人人都是受害者"都成了流行论调。但是,如此思考的问题在于,它是"推人及己"而不是"推己及人",是把别人遭遇的可怕之事想象成是自己的遭遇,才能萌生出愤怒、恐惧与批判。所以,表面上是与受害者共情,可能实际仍然是一种与同情无关的自保欲望。若是可怕之事无论如何都落不到自己身上,是否就无需同情了呢?想来,真正的同情,不应该出自于"推人及己"。

一种比较幼稚和传统的读法。

随之而来的，是共情所代表的与个体经验吻合的那种真实感的萎缩。本来，看到作家笔下的人摘花瓣占卜爱情，你也如此占卜爱情，你就会觉得这部作品很真实。可是，哪怕你见过一万只天鹅都是白的，也不能证明天鹅就是白色的；哪怕歌德托尔斯泰莎士比亚都写摘花瓣（他们确实写了），也不能证明这就是人类普遍的行为。这其实也是二十世纪一位叫做卡尔·波普尔的哲学家发现的问题，他觉得所有的经验都是单方面的讲述（"单称陈述"），也即你只能讲述你的经验，歌德只能讲述歌德的经验，然而单方面的经验无法推出全称、全面的真相，没有一个作家能讲出全人类的经验（虽然文学经常这么自称）。也就是说，即使文学的描述与你的经验吻合，那也不能证明它就是具有普遍意义的真理或者真实，它永远只能是片面的。

将经验吻合视为真实保证，除了将个体局限性的经验误认为人类普遍的经验，还预设了经验本身是永远不会变的。同样的经验，对于经历过和没经历过的读者来说，产生的真实效应差异是非常大的，对内在经验变化很大的同一个读者来说，也是如此。还是以《浮士德》中的摘花瓣为例，那些更为现代或者洒脱的女孩子可能就会觉得：这个情节好假、好做作、好肉麻；又或者，一个女孩十五岁时会觉得这个情节好真实，但是到了四十五岁时，她大概会一笑置之，因为她的内在经验变化了。

我个人从事文学研究教学这些年来，把文学看得越来越小，同时把具体的人和生活看得越来越大。我有一个很活跃的学生,读书多,见得也多,他说越是扎根到生活中,就越不想读书,因为总觉得书中写得不及真实生活的万一。我觉得这个想法还挺有意思的。我们以往对于小说的赞美是"无限",觉得它无限地表现出人的心灵、生活与行为的复杂性,但是,合上书本,这个"大"又能有多大呢?它充其量只有几百页,它在一个有局限性的人手里写完之后,又能涵盖与吻合多少人的心灵与经验呢?所以,把个体的经验当成文本真实感的试金石,也是很不可靠的,它几乎是用一种狭窄衡量另一种狭窄。毕竟,借由文本体验的生活大都受到现实人的局限性的支配。

最后,我对这一讲进行总结。这一讲处理了小说真实与虚构之间的关系,尤其呈现了两者之间复杂而漫长的博弈。在早期的小说中,作家们相信模仿历史的口吻、塑造逼真的视觉效果,或者提供能够吻合读者经验的情节,就能够最大程度地塑造小说的真实感,让读者信以为真。但是,随着小说的发展,模仿历史的口吻和逼真的视觉效果,都不仅没能让小说更真,反而产生了明显的虚构色彩,而吻合个体经验的情节,也暴露出它的局限性乃至文本本身的局限性来。

关于文学与现实的关系,有不少耳熟能详的口号,比如"文学来源于生活""文学回应现实诉求""文学批判现实",但是,这些概念更多地是在语言中实现的,文学说到底永远是虚构的,它无法满足与实现人的现实诉求,我们只能在想象的维度与其达成对话。无论多么逼真的现实主义小说都是一种想象和虚构,它的逻辑与生活的逻辑是两套。现代的小说家更愿意暴露这种无能为力，而传统的小说家更愿意营造一种让人觉察不到的包裹感受，让虚构伪装成现实。或者，我们可以理解为，小说对真实与确定性的无限渴望，恰恰因为生活本身是强烈不确定的。读好小说，永远都比过好日子更为简单。很可能，法国作家纪德也注意到了这个问题，所以他才会说，文学写作是晦暗的，因为，与生活相比，它是可以删除涂改的。

毕竟，没有人可以对已发生的生活进行删除、涂抹和修改。

第七讲

《巨翅老人》：文学中的老人去哪儿了？

> 不要温和地走入那良夜，
>
> 老年人应该燃烧并对着日暮呼喊；
>
> 怒斥、怒斥那光明的微灭。
>
> 尽管聪明人临终时知道黑暗真确，
>
> 是因为他们的话语没有迸射闪电，
>
> 他们并不温和地走入那良夜。
>
> ——狄兰·托马斯
>
> （戴珏译）

在我边上这门课边撰写讲稿的过程中，家里93岁的爷爷病倒了。一开始只是发烧，最后查出肝癌晚期。爷爷坚持要回家，不愿待在医院，所以，几个星期后在家中离世。我对他最后几年的印象是一种味道：淡淡的尿的骚味。因为年纪太大、行动迟缓，他下床小便时经常还来不及走到门口，就尿失禁在裤子里，又滴到了地毯上。哪怕家人为他频繁地换洗，仍然来不及彻底弄干净，导致一走进他的屋子、他的身边，就会闻到一股味道。爷爷年轻时闹过革命、干过地下党、走到街头抗过议、传送过情报，风华正茂的时候，也许根本不会去想自己老了以后会是怎样的光景。

老了会怎样？我们不太去想这个问题，因为还年轻，正像大家也不会去闻老人身上的味道，这一切看起来都太遥远了。文学呢？文学会写老人，但写老人就等于写衰老吗？文学对衰老的态度又如何呢？为什么有那么多写青春、写死亡的作品，却没有太多写衰老的？文学中的老人去哪了？

这些问题，是第七讲我试图解决的。一言以蔽之，本讲我会讨论文学对衰老的呈现。

这一讲，我还是选了一位拉美作家，也就是大家非常熟悉的马尔克斯。马尔克斯在短篇小说中表现出的精湛技艺和对老年主题的偏好，是我选择《巨翅老人》的理由。这篇小说的读法和第六讲的《南方》正好相反，博尔赫斯的东西要从实读到虚，但马尔克斯不妨从虚读到实。

《巨翅老人》讲述了贝拉约夫妇家的故事。在大雨连绵的日子，瘟疫蔓延，贝拉约夫妇家的婴儿生病了。这时候，他们发现院子里躺着一个呻吟的老人，巨大的翅膀已经坏了。他们认为这个天使是从天堂叛乱中被驱逐而出的，于是将其收留，但是对他很不好，把他关在鸡笼里，用烙铁烫他，甚至觉得他有利可图于是举办了展览，利用其古怪的样子招揽游客来赚钱。随着孩子病好、长大，老天使对他们来说也无利可图了，贝拉约夫妇只想把他赶走。最终，老天使重新长出羽毛，消失在天际。

《巨翅老人》文本细读

针对这篇小说,我设置的问题如下:1. 你怎么理解文学中经常书写的"瘟疫"?2. 你觉得巨翅老人与贝拉约家的人是什么关系?3. 你怎么理解小说中老人与孩子此消彼长的关系?4. 你怎么理解人们处置老人的各种办法?5. 你怎么理解小说的结局?6. 巨翅是在隐喻什么吗?

同学们给出了各种解读:一位同学认为,小说中的婴儿与老人是一组镜像关系,婴儿的病就是用老人的形象来拟人化呈现的,所以,随着婴儿身体变好,病体也就应该随之离开。之所以选择老人来和婴孩的疾病对应,是因为老人与婴孩在很多方面都相似:小说中,巨翅老人牙齿掉得不剩几颗了,正像初生婴儿一样没长牙;小说中,贝拉约夫妇只给老人吃"茄子泥",正像婴儿只能吃泥状的辅食;老人总是疾病缠身的这个特点,也对应着婴孩的生病。所以,这部小说可以理解为是对一个孩子疾病痊愈的过程的描写。

也有同学注意到,小说通篇读下来,巨翅老人都没有说过话,或者说的话不被理解,他近乎于被"消声"了。所以,老人更像是一个符号,一面镜子,用来反射人间百态的形象。这些形象归结起来,就是人的贪婪、逐利和冷漠。比如我们看到贝拉约夫妇为了赚钱,把老人当成一个赚钱工具,公开展览;当他们发现老人可以帮忙带娃时,又把老人当成了免费保姆;一旦失去所有利用价值,老人就变成了累赘,大家只想让他快点死掉。可以说,巨翅老人是一个无声的符号，照射出人间的丑恶（大家现在不太说"万恶的资本主义了"）。

另一些同学注意到小说中浓郁的宗教色彩。天使本身就是一个宗教名词，文中还提到了天堂的叛乱，有可能就是指魔鬼对上帝发起的攻击。此外，婴儿的出现则代表着圣子。于是，小说中有了"圣父圣子圣灵"的三位一体结构，圣父在小说中的各种受刑类似于宗教的受难。当世俗中的贝拉约夫妇将其虐待、鞭打和展览时，巨翅老人正像背负着十字架那般为世人受难。可是，受难的结果是，他仍然得不到理解。所以，整篇小说展现了一个神圣性遭遇瓦解的现代性处境——在世俗的领域，神圣性是父权，巨翅老人有可能就是贝拉约夫妇的父亲，他遭遇了虐待最后死去，而在宗教领域，巨翅老人所代表的神圣权威也遭遇了倾覆。

除了上述解读，我还想再提供一种较为通俗和平易的理解——《巨翅老人》中的"衰老"主题，也即，衰老在文学中是如何呈现的。所以，我前文提到，这篇小说不必非得往形而上的方向分析，可以从虚读到实。

我们还是继续将文本细读深入下去。

马尔克斯的很多小说都以"衰老"为主题，像《没有人给他写信的上校》中，等待着抚恤金的老上校已经七十多岁、《苦妓回忆录》中的老记者更是年过九十，后文会分析到的《睡美人航班》里虽然没有明确叙事者的年纪，但口吻与视角明显也是属于老人的。所以，我们不妨认为，《巨翅老人》更多地和现实的"老人"有关，而非和虚构意味强烈的"巨翅"有关。

我的第一个问题没有同学回答，实际上它关乎整个文本的核心。文学中为什么会有那么多的瘟疫书写？从古代史诗《伊利亚特》开始，这种疾病就在文学内部盘旋不去。史诗中，两位希腊联军的将领争夺女奴，结果引发内讧，致使天神阿波罗降下瘟疫；到了悲剧作家索福克勒斯的《俄狄浦斯王》那里，俄狄浦斯杀父娶母，结果又使得城邦遭遇瘟疫，而他还惶惶然想要去找出污染源，殊不知源头竟是他自己；在莎士比亚的《李尔王》中，不孝的子女篡夺了父亲老李尔的政权，老李尔直斥女儿是"瘟疫"——古典时代的作家为什么那么喜欢写这种疾病？它可能来源于瘟疫给当时的人留下的强烈心理阴影，也可能有别的原因。

在古典时代，人们相信瘟疫是由不洁引发的，而干净与否这个概念，往往不是感官体验，而是认知经验。实际上，我们很多的感受，都会被误认为是感官传递的信号。比如，吃一盘肉吃得正香，你觉得这是舌头的味蕾传递的信息，如果忽然告诉你，其实这是一盘人肉，也许嘴里的东西顿时就不香了。然而，吃的东西没有变，怎么味道就变了呢——所以，起决定作用的，不是舌头，是大脑。同样的，干净也是一种认识，它往往关乎更为抽象的信息——头发在头上而不在碗里，就是干净的；鞋子在脚上而不在桌子上，就是干净的。因而，干净与事物的位置合理有关，也就是说和秩序有关。

很多时候，文学中的不洁都是由秩序的倾覆与混乱引发的。上文提到的《伊利亚特》，原本该分给阿克琉斯的女奴被阿伽门农抢走了，这就是乱了规矩；《俄狄浦斯王》

中，主人公杀死了父亲，成为了母亲的丈夫，还生了孩子，这就是打破人伦秩序；《李尔王》中，女儿不仅不孝顺父亲，还颠覆了父亲的政权，这还是对长幼尊卑序列的破坏。所以，在传统的文学作品中，瘟疫成为了一种道德性的惩罚方式。

《巨翅老人》的开篇，就是瘟疫。马尔克斯借助文学提示我们，一定有什么东西坏了秩序，只是大家不明所以，"认为这是由于死蟹带来的瘟疫"。后文，小说写到一个细节，说大家推测巨翅老人的来历，一致认为他是"天堂叛乱中逃亡出来的幸存者"，如果我们把这番经历做一个现实化理解，可以认为老人是从家庭中遭遇了颠覆与驱逐，类似于李尔王的遭遇，子女进行了"弑父"。因而，他和贝拉约夫妇的真实关系是父母子女关系，这样才能解释为什么他们收留了巨翅老人。最后，老人死去，贝拉约夫妇觉得再也没有负担了，长舒一口气。

这样，小说中老人和孩子此消彼长的关系，也可以理解成是对于对应的现实语境中老人处境的刻画：孩子一辈的成长与崛起，必然以父辈的消耗为前提。人的本能就是，会更多地爱自己的孩子而非父母（我不知道这是不是也由自私的基因所决定）。贝拉约夫妇如何拼命爱着自己的孩子，巨翅老人就如何不求回报将自己奉献给贝拉约夫妇。所以，面对各种虐待与展览，他始终没有怨言。他曾经是有权威的父亲，但经历过弑父后，权威已经被打倒。只有"那些头脑简单的人"才会认为他可以"被任命为世界的首脑"。如今，他的作用就是抚养后人，提供各种资源。因而，此时"一些富于幻想的人则建议把他留做种籽"。巨翅的含义，可以认为是业已消失的父权的光辉，取而代之的，是残破衰朽的老年。

被忽视的老人与衰老

马尔克斯的书写，让我们注意到文学中的老人及衰老现象。

不是所有涉及老人的作品都算是"衰老文学"。《红楼梦》里有贾母，《百年孤独》里有乌苏拉，《李尔王》中有老李尔，但这些作品都和"衰老文学"无关，因为更多的笔墨还是贡献给青年的。《红楼梦》的重点是大观园中少男少女的成长遭遇，《百年孤独》的重点是布恩迪亚家族的生生死死，至于《李尔王》，重点更是在讨论年轻人对权力的贪婪与追逐。我第一次注意到这个问题，是读纪德的《伪币制造者》，其中，纪德借人物之口问道：

> 为什么书本中从来很少谈到老人们？……我相信那由于年老的人已不能动笔，而年轻人则又根本不注意到他们，一个老头儿，这谁也不感兴趣……其实也不乏可谈的资料，而且有些是极值得知道的。譬如说：在我过去生命中的有些行动，如今才开始有点明白。
>
> （盛澄华译）

纵然如此，《伪币制造者》也还是只给老人提供了一点点舞台，大部分的篇幅，仍然留给了更具可能性的年轻人。

小说中那几个交织登场的主角，无一例外都是少年和青年。显然，与衰老相比，青春与死亡占据着文学的主流。几乎所有传统的小说都会从主角的出生开始写起，因为它是一个明确的起点，一个意义开始生产的标志物。而青春时期更是成为了小说着力描绘的生命阶段，由此，也诞生了第一讲讨论过的成长小说：青春少艾的主人公踏入了复杂的世界，在激流进退中让自己变得强大和成熟。成长小说描述青春，也就是在许诺未来：人是有未来的。可是关注于老人的故事似乎无法保证未来，没有多少读者会想看关于一个老人如何每天吃药、身体病痛、行动迟缓的故事。

当然，直接讨论死亡的小说则更多了。与出生相比，它成为一个盖棺定论的节点，我们的一切反思、一切意义都必须从这里出发往回看。它是一个总结，也是一种震惊。似乎，作家们相信，我们在活着的时候是没法总结人生的意义的，因为它还在进展之中。美国戏剧家桑顿·怀尔德在《我们的小镇》中，就专门安排人死了以后，通过回魂的方式来叹惋过往种种的剧情。小说中有许多描写死亡的名篇，它们连名字里都直接嵌入了"死亡"的字眼，比如舍伍德·安德森的《林中之死》、托马斯·曼的《威尼斯之死》、托尔斯泰的《伊凡·伊里奇之死》，等等。

在文学中，夹在青春与死亡之间的衰老为什么那么不起眼呢？说它漫长缓慢的话，青春也漫长，但是青春会产生一个明确的意义：人的成熟。说衰老也能产生什么意义的话，似乎它的意义来得又没有死亡那么强烈。看起来，它简直没什么说头，可能正是由于这个缘故，十九世纪以前的文学作品，聚焦衰老主题的非常少，我们这一讲所引用的文本，也全都是二十世纪以来的当代作品。这些作品以强烈的感染力传达出了一种新的观念：衰老也许并不像人们所想的那样漫长缓慢，也绝不仅仅是青春与死亡之间的无名中介。甚至，它的被忽略也不仅仅是因为自身的不起眼，而是因为被更大的文化力量所塑形。

如果你每天和父母生活在一起，确实很难察觉他们在衰老，但是隔上半年不见，你会突然发现他们老了。我第一次感觉到母亲衰老，是有一次我看到她的双手时。那双手上除了我见惯的老年斑，突然变得特别皱、特别皱，仿佛这些皮肤上的沟壑是一夕之间涌上来的。我觉得这双手简直是一双七八十岁的老太太的手，完全不匹配这个刚过六十、急躁又大嗓门的初老之人。所以，衰老让人最先注意到的，就是那些身体上的、生理性的表征。它们对看似漫长稳定的衰老进行了显影。

因而，我想先从衰老的生理症候聊起。人文书籍的阅读者，其实最应该多读一些科普作品，因为这些作品能把我们飘得太高的思绪拉回到身体与地面。每当那些关于自我、超越、神性与理想的话语让一个人陶醉不已时，读一读科普，大概就会冷静下来——原来，只要我们的大脑受到一点点损伤，都可能丧失曾让我们滔滔不绝的语言、记忆与思考能力；原来，这具产生了如此之多奇思妙想的身体，在某些生理构造上，竟然还不如黑猩猩；无论你多么狂热地阅读与思考，一阵腹泻引起的肚子疼或者感冒引发的头疼，都会将你打断。归根到底，人是受制于肉身的，关于衰老的思考，也将从真实的肉身变化起步。

美国印度裔医生阿图·葛文德有一本流传很广的书，

叫做《最好的告别》。他以临床医生的经验视角，为读者们提供了关于衰老的种种常识。在近代医学出现之前，从好好活着到死是很突然的，遭遇车祸、掉下高凳、划破皮肤，都可能让人来不及经历衰老就进入死亡，那时候，活着每一天都像是在碰运气；现代医学的发展让生到死之间的进程延缓了，衰老这一进程也就慢慢被凸显了出来。目前为止，医学界对衰老还是有许多不清楚的问题，比如，衰老是否是一种疾病？正常的衰老是否是病理性的？衰老本身是否会导致死亡？当我在课堂上这么问同学时，大家都觉得衰老不是病，单纯的衰老不会导致死亡，但是为什么我们没见过一直老下去永生的人呢？实际上，没有人是老死的，也就是说没有人的死因那一栏会填：老死。而正常的衰老一定是与疾病相伴的。

《最好的告别》一书的潜在读者其实都是比较年轻的人，因为衰老对于年轻人来说，似乎存在于一个永远不会到来的未来，可是，也许当它真的到来之时，人们已经沦为各种症状的俘虏，只想抵抗，无力描述了。这些症状让我们变软，同时变硬；获得，也在失去；变慢，更在变快……

《巨翅老人》中，描写"嘴巴里剩下稀稀落落几颗牙齿"就与变软有关，衰老令我们的牙龈松弛，牙齿就会脱落；身体的肌肉将会萎缩，无论你现在在健身房如何挥汗如雨地锻造肌肉，终有一天它们会不可抗拒地变得扁平；大脑也随之萎缩，大脑皮层和头骨之间留下缝隙，可能轻轻跌一跤，就会脑出血；骨头里的钙质会流到血管和脏器里，所以，血管会失去弹性变硬，变成"粥样"；衰老会令我们获得什么呢——结节、增生、肿瘤，它们以良性或者恶性的性质不可预料地隐藏在身体中。当然，还有难闻的气味。《巨翅老人》中，老人身上就有"一种难闻的气味，翅膀的背面满是寄生的藻类和被台风伤害的巨大羽毛，他那可悲的模样同天使的崇高的尊严毫无共同之处"。同时，我们会失去记忆、听力、语言能力、体面与固有的生活方式。我们的行动速度在变慢，《巨翅老人》中，老人最开始只能在院子里蠕动，"几乎连动都不能动"，但又向死亡的终点疾驰而去，小说最后，本来一动不动的老人忽然"飞起来了"，消失在天际。

我们在《巨翅老人》中看到，在描述衰老的文学中，生理变化显然是作家最愿意花费笔力去呈现的，因为它最直观、最外在、给人的冲击也是最直接的。这些文学中的生理呈现恰恰说明，衰老不是漫长稳定不变的，相反，它可能凶猛激烈得如同一场屠杀。

衰老不是漫长的凝固

《红楼梦》中的贾母看上去是稳定不变的，如果要变，就直接跳到了另一个维度上——死亡——在此之前，她的衰老更像一个金钟罩，把她焊在了里面。变的只有年轻人：丫鬟被驱逐，小姐要嫁人，少爷出了家。可是，衰老并不是润物细无声一点点发生的，在很多作家笔下，衰老体现为一步步激烈的丧失。

最开始，是丧失速度和行动能力。《慢人》是南非作家库切在获得诺奖之后写的第一部作品，此时他也已经是年过六十五岁的老人了。很可能是他感知到衰老对身体造成的影响后,才开始涉及这个主题,毕竟早年间,他的作品里大多是对青春气息浓郁、生命气息蓬勃的南非世界的书写。小说的主人公保罗年届六十,一出场就被一个冒冒失失的年轻人开车撞断了腿,做了截肢手术,所以,他面临一个尴尬的问题:请人来护理他。库切之所以设计年轻人开车把老人的腿撞断的情节,某种意味上,正是在隐喻老人生活的不便与不独立犹如被截肢。让保罗感到尴尬的是,他的下体会暴露在一个年轻女护工面前,所以,我们读到了这一幕:

> (护工)管病人在床上用的便盆叫尿壶;她管他的阴茎叫他的雀雀。一次,用海绵擦浴进行到一半的时候,在处理残肢之前,她停下来,改用嗲声嗲气的声音说话。"如果现在他想要希娜洗他的雀雀,他必须好生请求,"她说道,"否则他会认为希娜是那种不正经的姑娘。那种很不正经很不正经的姑娘。"她在他的胳膊上玩笑地拍了一巴掌,表明这只是一句玩笑话。
> (邹海仑译)

衰老、疾病与死亡,不仅让生理受限,更伴随着体面被剥夺,它们将人还原到最本能的肉体凡胎。没有人在忍受老病折磨时还顾得上自己的私密器官被凝视,何况,在医护人员眼中,身体只是身体,只是有待操作的对象。库切在小说中多次指出了医生的年轻,这大概很令人伤感地道出了另一个事实:与速朽的身体相比,操纵身体的医学则意味着永生、永远突破与永远年轻。现代医学用洞彻的目光穿透人体时，永存的理性开始为人的身体与疾病命名，衰老与肉身性也变得清晰可见了。《慢人》里还有一个细节，我想重点讲一下，说的是保罗听着医生给他介绍X光下那条被撞断的腿的情况，当一个人透过X光透视自己的身体时，他进入了一种奇妙的自观的场景中，他成为了自己身体的对象。我不知道大家有没有过类似的经验，你去医院看病，医生让你拍个片子，当你拿到片子时，不管那是胸肺、大脑还是骨骼，你都会产生一种双重感受：很陌生，但又属于你。在现代医学的帮助下，人可以穿透自己的身体，看到最本能的一面，我们的陌生感可能恰恰来源于对这种还原到血肉之躯的自我的拒绝。近代文学中，X光的出现很可能改变了人们看待自己与看待世界的方式。①

对于体面的剥夺，有时甚至会超出普通人的日常生活想象。在美国作家菲利普·罗斯的《遗产》中，他记录了老父亲罹患脑瘤，进行了手术之后的那段时间，最终，老

---

① 传统的文学中，人的身体是无法透视的，除非解剖，或者像《弗兰肯斯坦》那样用死尸的残肢拼出一个人来，但是，已经被切分的肢体注定无法导出人，只能导出怪物，这里面透露出对人体内在秘密的恐惧。十九世纪末期，X光被发现后投入到医学中，它使得人们无需切割身体进行解剖就能看到内在的情况。小说中逐渐出现了这种基于X光效果的想象，我认为很大程度上改变了人们对自我与世界的理解。托马斯·曼的《魔山》中，就多次讨论过医学X光对人体施展的魔法。主人公把手放在X光机下拍摄了一张片子，突然觉得"透视了自己的坟墓。通过射线之力，他预先看到了自己身体日后的腐化过程，现在他能活动自如的皮肉，将来会分解、消失，化成一团虚无飘渺的轻雾"，更讽刺的是，我们身上戴的珠宝戒指，寿命倒比它的主人要更长。X光从根本上揭露了人的必死性。人作为肉体凡胎的必死性，原先包裹在身体内部关于健康、永生、幸福的秘密，都被还原成了生理冰冷的凝视；《慢人》中，主人公保罗看着腿部X光片被审视，看起来他却不为所动，仿佛那不是自己的东西，背后则是对衰老与必死的无力妥协。

人家撒手人寰。这部作品属于非虚构性作品，也即很多情节是真的发生在老父亲身上的。罗斯谈到了他曾经对父亲的叛逆，总想着全身心地逃离这个传统的犹太老头儿。父亲做完肿瘤手术后，面部变形，只能装上新的假牙，可是他戴不习惯，一把扯了下来。罗斯非常自然地接过假牙，把这个沾满黏糊糊口水的假牙握在了手里，丝毫不觉得别扭。那一刻，那个一心想逃开的儿子回来了。然而，衰老和疾病令父亲的身体每况愈下，从医院回来后，父亲独自去了洗手间，忽然开始呼唤儿子，原来他大便失禁了。罗斯冲上去，看到了这样的一幕：

> 到处是屎，防滑垫上粘着屎，抽水马桶边上有屎，马桶前的地上一坨屎，冲淋房的玻璃壁上溅着屎，他扔在过道的衣服上凝着屎。他正拿着擦身子的浴巾角上也粘着屎。在这间平时是我用的小洗手间里，他尽了最大的努力想独自解决自己的问题，可由于他几近失明，加上刚出院不久，在脱衣服和进冲淋房的过程中就把大便弄得到处都是。我看到，连水槽托架上我的牙刷毛上也有。
>
> （彭伦译）

这是令人哀痛的一幕，而痛苦又是不足为外人道的。衰老与疾病对人的剥夺，会抵达人日常生活里最不堪的角落，把最肮脏、最羞耻、最污秽的东西，翻成最日常、最普通、最司空见惯的存在。没有人可以在衰老抵达之前，想象出它的极致。

有时候，衰老剥夺的不仅是行动、体面，甚至有维持"自我"的记忆与人际关系的核心：爱。加拿大女作家爱丽丝·门罗在《熊从山那边来》中，讲述了这种深层剥夺。这部被改编成电影《柳暗花明》的小说呈现了一种常见的老年疾病：阿尔茨海默病，也就是老年痴呆症。女主角菲奥娜和男主角格兰特相伴一生，此时均已年过七十。菲奥娜逐渐出现了忘事的毛病，家里到处贴着提醒事务的小纸条，可惜记忆力还是不可逆地坏下去。直到最后，菲奥娜提出住进疗养院。她的丈夫随时来看她。有一次，在丈夫格兰特来看望病情逐渐加重的菲奥娜时，他看到了这样一幕：

> 他看到菲奥娜的侧面，靠一张牌桌坐着，但是没有在玩。她的脸有些浮肿，一边脸颊上松弛的肌肉掩蔽了嘴角，以前从来不是这样的。她在看坐得最近的男人玩牌。他把牌竖起来，这样，她就能看到了。当格兰特走近桌子时，她抬起头看。他们都抬头看——所有在桌上玩牌的人都抬起头看，显出不悦的样子。然后又立刻低头看自己的牌，仿佛是想避开侵扰。
>
> （马永波、杨于军译）

阅读文学作品需要一些敏感，因为好的小说很少有多余的废笔，优秀的作家会预留一些线索，在情节彻底反转前让读者有个潜意识的准备，不至于感到突兀。在上述这段话里，哪个动作、哪个场景属于门罗预留的线索呢？其实就是菲奥娜的身子靠近了一个男的。如果你在乎一个人，哪怕他瞟了一眼身边经过的女人，都会让你的心灵产生微小的震动，何况是身子不自觉地靠近呢？肢体的动作有时候会比语言更早地传递出信息来，人们在拍照时，身子也会不自觉地倾向于自己喜欢的人。

敏感的读者应该很快能觉察到，一种情感的变化正在通过肢体语言发生着。菲奥娜不仅忘事，也忘情，她逐渐忘记了和丈夫几十年的感情，爱上了养老院里另一个老头，以至于，后来格兰特的每一次探望都变成了对她的新的感情生活的打扰。不仅如此，从前体面有品位的菲奥娜，现在经常穿得乱糟糟的，如果她能回忆起自己的衣着品位，一定无法忍受吧。如果真爱一个人，应该怎么应对这种变化呢？格兰特甚至在那个老头儿被接回家后，主动跑去和老头儿的妻子商量，让他重回疗养院，以免菲奥娜因为分别而伤心不已。

置身于这些衰老的变化中，会觉得一切都是缓慢发生的，比如菲奥娜一开始只是偶尔忘事，需要一片小纸条提醒自己，但最后却变成了满屋小纸条也无济于事；或者罗斯的父亲一开始只是有点面瘫，最后却演变成脑瘤与大便失禁。所以，文学让我们跳出现实的漫长等待，为衰老的轨道标记出了更为清晰浓缩的面孔：它不是缓慢凝固，而是激烈凶猛；它不是润物无声，而是一场大屠杀。

年轻是衰老的背景板

"衰老是一场大屠杀"。这还是上面提到的那个菲利普·罗斯在另一部作品《凡人》中的观察。凡人（everyman）之题，也意味着衰老是每个人都逃不过去的门槛，读者不是在看小说的情节，而是在看自己的未来。《凡人》的开篇，主人公已经死了，亲友们站在墓地边参加他的葬礼。小说由此回顾起主角的一生，他也参加过父亲的葬礼，目睹父亲死后这个人一度占据过的空间变得空荡荡的，那是他第一次与衰老死亡相遇。在主角自己衰老的过程中，他始终有一种不愿就此服输的欲望。这种愿望通过他不停地找女人来实现，仿佛只要他还能征服女人，就足够让他忘记自己衰老这回事。当主角已经疾病缠身、年老体弱时，他的渴望仍不止息。有一天，他看到了一位晨跑的妙龄女子，出于惯性，他试着向女孩搭讪，并且暗示两人可以发展出更亲密的关系：

> 他竭力掩饰自己的渴望——触摸的欲望——对这样一具肉体的欲望——还有他的微不足道——他的无能——显然，他成功了，因为在他从钱包里拿出一张纸写下他的电话号码后，她并没有面露奇怪的表情然后讥笑着他离去，而是接过纸，带着一种欣然的、像猫一样浅浅的微笑，要是她接着发出满足的哼哼声，也不足为怪。
>
> （彭伦译）

这种微笑的杀伤力是双重的，如果女孩只是讥笑他，倒可以让他安慰自己只是缺乏性吸引力，关键是女孩报之以浅浅的微笑，这种礼貌尊敬反而撕下了性吸引力缺乏背后更深的问题：衰老——我敬你是个老人家，不跟你计较。因而，这种微笑比赤裸的讥笑更具有杀伤力。到最后，女孩也没有来电话。主人公一开始还告诉自己，衰老是场战斗，应该勇于和各种疾病斗争下去，最后却还是溃败下去，承认——"老年不是一场战斗；老年是一场大屠杀"。也就是说，历经衰老的人根本没有还手之力。

用性来勾勒衰老和年轻之间的鸿沟特别取巧。被拒绝的性要求从一个非常微妙的角度展现出老人的被厌弃，不仅是被别人，也是被自己。法国有个精神分析学家叫做拉康，他的书很难读，但是他的某些理论与说法倒是流行得很，写论文不来个"镜像"什么的，好像都不够洋气。拉康有个说法确实很有意思，他觉得性关系是虚构的，两个人发生性关系，虽然都获得了快感，可是快感是自己才能体会到的，只是自己在享乐，对方不过是你自己享乐的一个介入工具，所以，性从根本上来说，是自恋的。而由于性关系不存在，人们又发明了关于"爱"的说辞。要是这么说成立的话，《凡人》中的主人公被拒绝的性，其实就是被拒绝的爱，甚至他连自己都不配爱了——他甚至无法自恋。

年轻时，这位主人公是个标准的自恋者——他自恋身体的青春强健。小说写到主角回忆青春年少，畅游海中，对自己年轻有力的肉体产生了无可名状的自喜："除了一整天被海浪打得晕头转向而傻乐，这种滋味，这种味道让他陶醉得简直要一口咬下一块肉，品尝自己身为血肉之躯的味道。"这个描写真是好，文学表达年轻的自恋，既可以由性爱欲求来展现，也可以由口舌欲求来表达，两者都直通最强劲的生命脉动。哪怕同样是品尝血肉，但嚼出的生命的渴望却不尽相同。这个细节我们可以再对比一下匈牙利作家山多尔在《烛烬》中的描写,小说描述了两位老人再次相遇,回忆早年恩怨的故事。相遇之夜,他们沉闷认真地嚼着红肉:"最重要的则是仔细咬断肉的所有纤维,从肉里吸取他们所需的生命力量。"所有自称吃货的年轻人在老了以后,大概都只能自称美食家了,食量直线下降,唯有用品位遮掩。[1]

实际上,在文学创作中,口舌之欲经常与生之欲联系起来。爱丽丝·门罗的短篇小说《浮桥》中,描述一个得了癌症、做过很多次化疗的女人,她可能命不久矣。可是她的丈夫对此毫不在意,居然还不停地调戏这个女人的看护,甚至无理地提出要去看护家玩。对此,女人无能为力。在看护家外面等着丈夫时,门罗写到了一个非常动人的细节,她说女人从袋子里拿出一只又硬又酸的苹果,"咬了一口——看看自己能不能吃得下",然后她发现,自己能吃,就开始慢慢咀嚼。

一个又小又酸的苹果有什么好吃的?门罗恰恰要通过这个并不美味的果实,告诉我们女人渴望活下去的欲望,

---

[1] 在我讲完这一课后,又有同学为我提供了一个例子,这是泷田洋二郎的电影《入殓师》中的两个情节,都与咀嚼和衰老有关。成为入殓师后第一次见到的尸体是一个已经死去两星期才被发现的老人,房间里充斥着腐烂的食物和虫子,尸体表面也已经破溃不堪。他简直无法完成自己的工作。下班后,看到妻子准备了邻居送来的刚杀的、新鲜得可以直接生吃的鸡,他的直接反应是呕吐;第二次,他去社长办公室时,年老的社长的第一句话就是:"你吃饭了吗?"电影用特写放大了社长用牙齿撕咬肉块的镜头,并且安排了这样的台词:"说说这个河豚籽吧,这个也是遗体呀,一种生物靠吃另外一种生物生存。只有那些植物除外。想活着就得吃东西,要吃就吃最好的……食物太好吃了,真是罪孽啊。"

她不确定，又充满希望，所以要尝试。第一次读到这的时候，我突然想起自己刚拔完智齿的感觉，智齿拔完后，牙龈上会留下一个很大的洞，需要等它慢慢长满新肉。我那时也是小心护理着牙龈，在恢复期吃东西时用牙龈一点点试探着，直到它能毫无痛感地咀嚼。想来，我渴望恢复健康的那种试探性心理，和咬苹果的女人一致。

《浮桥》的结尾，女人和一个偶然初见的男孩轻轻拥吻，感觉到了自由、甜蜜与痛苦的缓解。这看似莫名其妙的一吻，恰恰是她吃苹果的生之欲的延伸与强化：她还想活，她还想爱。

在这些文学作品对衰老的呈现中，年轻都是一个潜藏的背景板。年轻，是衰老的起点与过往，也是引发衰老之悲哀的前因与根本。在小说家们不吝笔墨地呈现以青春为标准的时间轴中，衰老的残酷一展无余。

马尔克斯的《睡美人航班》中也有意安排了衰老与青春的对比。这篇小说很短，通篇是一个老人在观察夜间航班上邻座一个年轻女人的一举一动：

> 她很美，身手灵活，面包色的柔嫩肌肤，杏仁绿的眼睛，头发又黑又直，披在背上。她身上有一种古典气质，可能是印度尼西亚的，也可能是安第斯山脉的。她的穿着显示出她精致的品位：猞猁皮外套，暗花真丝衬衫，亚麻色长裤，线条优美的玫红色高跟鞋。看到她如母狮般悄无声息地经过时，我暗想："这是我一生中见过的最美的女人。"那时我正在巴黎戴高乐机场排队登机，准备飞往纽约。她仙女般的身

影如惊鸿掠过，消失在大厅熙熙攘攘的人群中。

(罗秀译)

这段话，与其说是男性凝视，不如说是衰老凝视，观察者的渴望不仅仅是男人对女人的渴望，更是老人对青年的渴望。也就是说，作家们表面上是在写性别之间的问题，但深层却转向了年龄的问题。如果仔细考究，会发现作家更愿意选择那些偏重于自然、本能、力量的词汇来描述女人，目的不是写她多美丽，而是写她多青春。来看看马尔克斯用的词汇：猞猁、亚麻、母狮。同样的，罗斯在《垂死的肉身》中，透过老教授之眼看青春女生时，甚至干脆用了"小孩"来形容这个女生：女孩"像一个荷枪实弹走在大街上的小孩"，但不知道怎么使用自己的武器。[①]与之形成对比的，是《睡美人航班》中写到老头看到一个荷兰老太在那睡觉，感觉她好像"战场上被遗忘的死尸"。所以，在词汇的分类与选择上，青春与衰老也背道而驰。

被社会文化塑造的衰老

作为相对年轻的读者，当你读到上述作品中老人难以满足的性欲，或者看到电影中老年人的性爱镜头时，你会

[①] 我不知道这算不算是一种作家的普遍潜意识：在处理老人的情爱感觉时，他们往往偏重于塑造女性的青春乃至孩子气，而不是女性的外貌。在库切的《耻》中，也有非常类似的表达，逐渐衰老的大学男教授热衷于引诱班里的女生，他某一次看到一个令人心动的女生时，这样形容道："他能感觉到她的胸脯一起一伏的。她舔去了上嘴唇上的一滴雨珠。真是个孩子！他想到：也就是个孩子。"

作何反应？会不会觉得挺可耻的——老都老了，还不甘寂寞，为老不尊。我还是想邀请各位，先搁置这样的判断，不如想想，为什么会产生这样的想法。

在传统的社会认知中，老年人的爱与性都有些讳莫如深的意味，似乎它们应该是年轻人的特权，一个老人，如果还有性要求，简直有点"老不要脸"。事实如何呢？我们昆明本地有一位人类学者叫做李小花，在网上搜索她的名字，能搜出来一篇爆款公众号文章《那些年，我们一起站街的日子》。文章描述的就是她作为人类学者对本地性工作者的调查，她与她们同吃同住，还差点被点名接客。她的研究发现，当时光顾昆明中低层性工作者的，绝大多数都是老年人。这些老年人可能前一秒刚送孙子上学，后一秒就来找毛线鸡了（她们在等客人时打毛线消遣，所以被称为毛线鸡）。如果李小花的调查结果显示嫖客们多为中青年，结果倒不会那么令人震惊，因为在大家的认知里，年轻气盛是合理的，年老气盛则是令人难堪的。老人的性与爱被遮掩了，甚至被污名化了。

也就是说，衰老的颓势不仅是由生理的系统性丧失所造成，也由社会文化所塑造，由人们的观念所塑造。到这里，我们可以开始解决第二个问题：为什么直到二十世纪，才有越来越多的作家关注衰老这个问题？这其实暗含着社会观念的变化。

人是观念的动物，支配我们的观念无一不是被人为建构起来的。以"儿童"这个概念为例，当现代人说起儿童，会觉得它代表着天真烂漫，成人设计了一系列供儿童使用的餐具、玩具，仿佛儿童天然就有这个待遇。如果你去逛宜家,会发现商场的设计者充满温情地告诉你,"我们关心孩子",为孩子设计的椅子、桌子、小床、玩具无处不在。但历史学家通过观念的考古,却告诉了我们另一种可能。比如《儿童的世纪》的作者菲力浦·阿利埃斯就认为,"儿童"是一个被塑造出来的现代概念,至少对十七世纪以前的人来说,小孩并不需要被与成人区别对待。最典型的制造就是"过生日"。古典时代的儿童,接受的是更加正统和成人化的洗礼与圣餐。但是近代,孩子们却都有了"庆祝生日"的意识——九十年代去肯德基庆祝,十年前去KTV庆祝,前几年去海底捞庆祝。总之,孩子的生日变成了极为重要的仪式。但是,在古代,孩子不需要被区别对待。莎翁的《温莎的风流娘们》中,孩子就是用来给老风流鬼送情书的。而在《理查三世》中,小约克与葛罗斯特公爵斗嘴玩,他索要的玩具居然是匕首——匕首与玩具之间界线的模糊,也可以印证孩子与成人之间的区别尚未明晰。

如果接受这一点,我们还可以进一步说,"青年"也是被塑造的观念。青年与热血、革命、力量、希望有关,可是,一向如此吗?在中国的语境中,青年被赋予了特定的救亡意义,应该是从五四时期开始的。而在这之前,少年老成,或者说青少年模仿老人的沉稳持重,才是受到文化认同的发展形态。这导致中国文化里偏爱塑造跻身复杂官场的儿童官员形象,像《九岁县太爷》之类的作品不少。我小时候读《陌上桑》,读到"十五府小吏"时也费解得不得了,十五岁我们还在读中学,人家怎么就当官了?

很多时候，少年感和老年感会同时出现在一个人身上。比如鲁迅有一篇文章叫做《范爱农》，回忆了他在日本留学时的一个同学。两人一开始看彼此都不顺眼，矛盾不小，鲁迅写道："中国不革命则已，要革命，首先就必须将范爱农除去。"这时候就完全是一副热血少年的口吻。但两人最早的不和，因为鲁迅的一个动作：范爱农刚到日本时，鲁迅去接待，看他们行李里居然还放着女人的绣花鞋，不自觉地摇了摇头。摇头这个动作其实特别有长辈否认小辈的意思，因此，范爱农看在眼里，当时就很讨厌鲁迅，觉得他居高临下。所以，哪怕是正值少年意气的鲁迅，有时候也不免会用一种老成持重的动作来表达想法。

自然，衰老也逃不开被文化塑造的命运。我们回到文学中来理解。美国作家索尔·贝娄有一部长篇小说《赛姆勒先生的行星》。小说中的主人公已经年届七十，作为犹太人，他从纳粹的集中营里侥幸逃了出来，瞎了一只眼。他的存在仿佛人类经验里的一个创口，被绷带遮住了，可是一旦揭开，就惨不忍睹。因而，他逃到美国之后，感到美国社会中弥漫的那种青春、阳光、健康、强势、积极的"社会正能量"几乎是不可忍受的，甚至是伤人的，他在朝气蓬勃的美国社会甚至感到了一种恍惚——这个环境怎么能看起来如此健康年轻，而内中的光线过于耀眼，以至于那些劫后余生者开始渴望另一个星球：月亮。因为它代表着一种没那么健壮的接纳感，它的"毫无生气"，它的"衰朽"，却成就了"它的永恒"。所以，小说标题中的行星，指的就是可以逃避的月球。

小说中有一个细节，可能读者乍一看觉得费解。说的是这位老先生被一个年轻强壮的黑人抢劫，然后，黑人把他逼到桌角，拉下裤子拉链，掏出自己的生殖器，强迫赛姆勒先生观看：

> 这段间隔的时间很长。那人的表情并不直接表示恐吓，而是古怪、平静地表达着专横跋扈。那玩意儿是带着一种令人迷惑的确实性拿出来展示的，气派十足。接着，他把它放进裤子。赛姆勒给放开了，裤子纽扣的遮布又盖起来了，上衣扣上了，一只结实的手把结实的胸前那条奇妙、飘拂的橙红色的丝领带捋平。
>
> （汤永宽、主万译）

这段描写是什么意思呢？其实，这个黑人的变态不在于性，也就是他此举不是在通过猥亵赛姆勒先生来获得性满足；而在于他是把自己的生殖器官当成了青年力量的展示，用一种最原始的方式，他在对赛姆勒的衰老挑衅——老人在这方面的能力始终更弱一些。支配这种行为的，也不是性变态，而是一直让赛姆勒感到恍惚不已的美国的强势文化：它崇拜的正是力量。所以，索尔·贝娄对赛姆勒先生衰老处境的描绘，冲破了衰老作为个体经验的局限，把它带到了更大的视野下来透视。在小说中，伤害衰老的不仅仅是具体的人，更是一种社会氛围，黑人的抢劫与掏出生殖器的行为，都在宣誓"有力者为王"的社会法则。这种法则以青春、力量、年轻、强势为准绳。也就是说，索尔·贝娄提示我们思考一个问题：衰老的处境，也是一种被信奉强力的文化所塑造的结果。

强力文化，或者说强力意志，其实是哲学家尼采偏爱的词。意志对应的英文词是 will，这个词在西方文化中有强烈的宗教色彩，最初是形容人的自由意志。上帝叫人好好待在伊甸园，人不听，非要去吃智慧果，惹出麻烦来，这就是人的自由意志作祟，连上帝也管不了。所以，宗教里发明自由意志这个说法，就是想解释为什么上帝设计的世界里还会有恶的存在——都是人自己作的。慢慢地，随着时代的发展变化，人的自由意志变得越来越强烈。这也是我们在很多讲里都谈到的，宗教的束缚变得越来越弱，人就从"我相信"变成了"我想要"，要实现、要创造、要获得、要享受、要扩张，你凭借什么去得到一切想要的呢，就是"强力意志"。

尼采是非常推崇强力意志的，他觉得这种强力意志可以代表一切宇宙生灵最本能的力量。与其说，尼采是在预言，不如说，他是在对着过往总结。西方千年以来的卓著变化，正是不断变得清晰的强力意志的结果，它的源头就是"我要吃智慧果"，而且，这种意志是反衰老的。[①] 来看看尼采《权力意志》里对衰老的描述：

> 老年：一种病态的脆弱性，敏感性，某种老处女

[①] 但在基督教出现之前的古希腊罗马世界里，其实也有尊老的传统，因为这时也属于经验型社会。我们看柏拉图的书，里面经常会出现对"爱者"和"被爱者"的描述，这是一种出现在男性之间的情感，兼具身体与知识的维度。一般的"爱者"总是年长的人，他要去关爱少年郎。到了古罗马时期，演说家西塞罗也写了一篇《论老年》，例举种种"老骥伏枥，志在千里"的雄心。但是，这种经验社会中的尊老传统逐渐失效了。

般的东西，回避生活；

从一开始就衰老的老驴……

一段灰暗而冰冷的老迈状态，在生命最不合理的地方打开了。

(孙周兴译)

要发展与获得，就得摈弃无所作为的老年。文明数以千年的发展，可能正是以对衰老的抛弃与忽视为代价的。这种追求与抛弃，被歌德完整地写到了《浮士德》中。在这部诗剧里，浮士德在魔鬼的帮助下不断开拓进取、上天入地，甚至要穿越到古代把大美女海伦娶到手。这就是"权力意志"的最佳体现，"我"要征服一切。同时，诗剧里写了一个非常重要的细节，在魔鬼带着浮士德开始不断攫取前，浮士德喝下了一瓶魔水，返老还童。返老还童的情节，标志着权力意志对衰老的彻底否定，所以，在诗剧中，歌德这样写道：

人的生命活在血液中，可血液哪儿会像在青年身上那样流动？这是活血才朝气勃勃，新的生命要从生命产出。既然万物奋发，有所成就，弱者于是倒了下去，能者走在前头。试问我们赢得半个世界，你们又干了些什么？无非打瞌睡，想心思，做梦，斟酌，计划接着计划真够受。的确，老年是一场发冷的热症，在古怪的烦恼中颤栗不休。一个人过了三十岁，无异于行尸走肉。及时自杀，才是上策。

（绿原译）

在这样的文化语境中，衰老与老人被忽略，是最自然不过的了。不过当代文化的一个变化，就是从对"权力意志"的迷恋中抽身出来。人们不停地自我表现、自我创造、自我扩张之后，感到了疲乏，也感到了这种意志带来的危险。虽然尼采的原意指的是对个人内在生命的充盈、完善与飞跃，但近代以来，无数的战争、纷争、压迫、扩张，不也是假强力意志之名吗？两次世界大战令人类遭受重创，也才让人们有机会停下来，看看被那股叫做意志的东西推到了什么地方。不再一味狂飙突进的时刻，也才有心绪注意到以往被压抑的衰老。西方文学中集中出现对于衰老的描写，大都是在二战之后，我想这里面的原因一目了然：一种急速发展的文化分裂出了自我审视的目光，虽然速度很难停下来，但对速度本身感到了怀疑与不安，衰老在文学中的强化，就是这种不安的体现。反过来说，衰老在文学中逐渐浮出水面，也不仅仅是让人们注意到一种文学主题的勃兴，更让人们意识到勃兴背后社会观念的变动轨迹。

好了。我进行一下总结。这一讲谈的是文学中衰老的主题。并非所有涉及衰老和老人形象的作品都和这个主题有关。在十九世纪以前，人们很少关注这一主题，因为衰老看起来只是缓慢凝滞，没什么意义，无法比肩关于青春和死亡的描写。二十世纪以来的作品中，衰老主题变得越来越多，它大量集中于对于衰老的生理呈现，以文学之力证明了衰老不是润物无声，而是惨痛的屠戮。同时，这些写作大多以青春为背景板，这种对比的写法进一步表明，衰老的不堪处境也是被社会文化所塑造的，尤其是被十九世纪以前强调"我要"的强力意志所塑造。二战对人类精神的重创，使得这种扭曲的"权力意志"暂时放缓了脚步，由此，关于衰老的写作越来越多，这背后，则是人类精神史的变化，这正是文学对衰老书写的意义所在。

托尔斯泰在82岁高龄时，仍然坚持每天写日记。几乎在每一篇日记的最后，他都会写下这样一句话："要是明天还活着的话"。对于看起来还有大把明天的我们来说，又会如何思考衰老呢？

第八讲
《海风中失落的血色馈赠》：文学的重复与减省

文学在讲述的过程中，总有两张皮：一张是外在的、可见的，即故事内容；另一张则是内在的，隐形的，即故事的讲法。作家们会使用各种各样的手法实现甚至强化某些文学效果，但是，对于读者来说，看到的都是作为结果的效果，一旦投入故事，就很快会把制造故事的那些手法给忽视掉，就像人们在品尝面包时，从不会费神去想面包师放了多少克糖、多少克酵母，吃就完了。所以，与故事本身相比，一部小说讲故事的技巧往往是"不可视"的，甚至"不可知"的，但是，它们又是故事之所以能被成功讲述的原因。研习文学叙事技巧的魅力正在这里，它是更深一层的透视，有时候甚至带着侦探解谜的快感。

几乎在每一部作品中，都会出现重复和省略。看起来，这两种手法都挺简单的，大家在小学都学过了。但是，在一些经典的作品中，作家对它们的使用却具有强烈的个人特点，甚至成就了特殊的诗学风格。

在第八讲，我选择了加拿大作家阿利斯泰尔·麦克劳德的《海风中失落的血色馈赠》，想以这部作品为引子，谈谈文学中重复与减省的手法。麦克劳德和我们前面介绍过的鲁尔福一样，属于低产作家。他的创作地方性非常强，几乎所有故事都围绕着加拿大的乱岑角与新斯科舍展开，文本中流露的情感看起来也很传统——总是关于人如何眷恋着他的乡土、如何无法摆脱成为祖先血脉的支流的命运的故事。但是，麦克劳德的叙事手法又使他跻身现代作家之列，比如他的叙事常在过去与未来之间逡巡，这让他更像鲁尔福，或者以色列作家奥兹。

《海风中失落的血色馈赠》读起来是一个非常老派的故事：叙事者"我"开着车来到一处港口，看似漫无目的地闲逛，看到几个男孩在海边垂钓，然后就跟随其中一个叫做约翰的男孩回家吃饭住宿，与约翰的爷爷奶奶闲聊，知晓了他们家人的往事，第二天又离开了。

我设置的问题如下：你觉得叙事者"我"和约翰家人有关系吗？是怎样的关系？哪些地方流露出他们的关系？为什么老太太看到"我"进入家门后展现出敌意？开篇大段风景描写的用意是什么？最后一段，登上飞机的叙事的目的是什么？小说中出现的民谣的目的是什么？在对文本进行了一定程度的细读后，邀请同学重读时的问题变成了：小说中省略了哪些事件的经历？小说中哪些地方在重复，从而暗示你勾连情节的线索？

省略与重复：文本细读

对于这个文本的解读，也经历了一次由暗至明的过程。初读之下，一些同学模模糊糊感觉到"我"与约翰家人可能有关系，但似乎文本没有说明；有的同学认为，约翰家的两位老人经历了丧女之痛，可能和"我"的个人经历类似,所以,"我"才始终有一种挥之不去的沉郁之感,毕竟相同的伤痛连接了本不相同的受难者。还有一些同学感觉这个约翰好像是"我"的孩子,可是小说里又明明说了约翰的父母已经死于车祸,为了硬把这个逻辑圆起来,同学就认为这是一个鬼故事,亡故的父亲回魂,来看阳间的孩子……

慢慢地,同学们开始通过一些文本的"刺点"推导出更深入的解读。在小说的结尾,"我"突然称房间里酣睡的约翰为"我独子",这让同学们很疑惑,怎么约翰毫无征兆地就变成了"我"的孩子?而且,在前文,老人也说起过约翰的父母,说他们死于车祸,这个莫名的"父亲"是如何来的呢?

如果接受了文本结尾父子关系的这个设定,我们再往前梳理,会发现之前的困惑在逐渐被澄清,而之前的误读也会逐渐解开。甚至,作者在开篇就暗示我们,这对父子的关系是宿命式的必然。所以,我们的文本细读,要从快接近结尾的地方返回开头。

"我"提到了十一年前的往事,当时有一群研究生为写论文来此地收集民谣,那些民谣大都是关于负心出走的爱人的故事。从这里,我们可以把这个故事省略的内容补出来:"我"其实也是研究生的一员,来到此地后,与本地的姑娘相爱但又离开,留下了她和我们的孩子。"我"的年少不懂事,铸成了这桩爱情悲剧。之所以对本地的民间传说那么熟悉,也是因为曾经的恋人告诉过"我"。再往前看,夜晚老人聊到了女儿之死,"我"推说因为酒的原因感到头晕,其实,是因为听闻了曾经抛弃的爱人,也就是老人的女儿之死而内心大恸。这里，我们又可以补全故事：抛弃了爱人后，她独自带着孩子苟活，最终没计奈何，只能再找了个男人。所以，儿子约翰有了新的父亲，也就是小说里提到的法瑞尔。要注意，当老人说到这一段经历时，表示"我们琢磨着约翰该跟她过，跟我丈夫过"，显然，她的丈夫不是小约翰的生父，法瑞尔成为小约翰的继父，可惜好景不长，法瑞尔夫妇出车祸死了。

解决了这个问题，再往前看，更多的疑团一一解开。为什么"我"看到约翰家的照片，知道小女儿的头发红得像火？这里，省略掉了"我"与小女儿的亲密关系，"我"对她其实非常熟悉；为什么老太太看到"我"进门表露出敌意，大家坐在一起谈天时很不自在？是因为省略掉了彼此都心知肚明的往事，老太太因为小女儿被"我"抛弃而始终介怀；为什么老人看到"我"时很自然地邀请到家中，也没有寒暄？是因为省略掉了两人认识的事实；在开篇，为什么"我"知道孩子叫约翰？其实不是听到别的小孩叫他，而是心知肚明，那就是自己的"独子"，约翰对"我"来说就是唯一的关注点，否则，不可能这么多小孩在海边垂钓，却只写出约翰的名字；甚至，开篇的风景描写也有其用意：

> 港口自身不大，海岸的弧线也柔和，像个小小的、平静的子宫，培养着在外部发生、现在进入其中的生命。就从那石壁夹岸的狭窄通道中来，那个海水进出的关卡。此刻，海水又来了，挤进逼仄的入口时并不粗鲁，因为结果是注定的，它冲刷着两侧的石

墙，起落翻滚着抵达了内湾。小渔舟在系泊处升高，海浪打在木桩上溅起，它们向前推进触及陆地，朝着高水位线攀爬。这就是月亮牵引的春潮。

（陈以侃译）

这一段描写有着隐而不露的性的含义。① 它将男女的相识与发生关系，都还原到了大自然的场景中，而且，从这里就决定了两人不同的性格与命运：女人是平静的、驯顺的、接受的，男人是外来的、要求进入并制造生命的。无论如何，两人的"结果是注定的"——一人远走，一人再嫁后死于车祸。

这篇小说通过大量经验的省略非常含蓄地讲述了一个传统的负心汉的故事，可是，为什么要把故事讲得这么晦涩呢？作者其实是想借助这样的讲法，让我们感知到讲述人的内心世界与情感、性格。一个热情活泼、年轻气盛的人，讲起话来多半会滔滔不绝、没遮没拦；一个饱经风霜、心怀悔意又不善言谈的人，说起话来，可能就非常含蓄、隐忍，就像小说中的"我"这样——"我"在饱经风

---

① 其实很多小说里会出现带有性意味的景观描写。很难说是作家有意为之，还是他的潜意识。比如在雨果的《巴黎圣母院》里，描写敲钟人加西莫多敲钟的场景（见第四卷的第三节）充满了激情和欲望的文辞。这一段要是让精神分析学家来看，更是了不得了，因为敲钟、钟舌在他们看来，也是充满了强烈性暗示的。此外，大海、潮汐、月亏月圆、月经、妊娠，这些意象经常在文艺作品中组合在一起，用来表现女性周期性的身体变化。福克纳在《喧哗与骚动》中用非常晦涩的语言，描述过女性凯蒂的月经周期和后来的失贞，用的就是月亮和流水的意象（见该书第二部分："两次月圆之间周期性的污秽排泄的微妙平衡"），胡里奥·密谭导演的影片《露西亚的情人》中，怀孕、性关系，也是用盐水（泪水）、海潮、满月来表现的。

霜后沉淀了下来，深深愧疚与自责于当年的荒唐风流，他此时沉郁的性情已经无法再进行热烈的忏悔，取而代之的，是无言的哀痛。所以，这篇小说好像一直在说"我"看到的事情，但讲述这些事情的方法，又反过来补全了"我"是一个怎样的人。这是一种非常高明和巧妙的写法。

读者们发现，如果只读一两遍，是没办法补全整个小说的，因为作者麦克劳德进行了太多的省略。我们只有一次次重读，一次次叠加和整理手里已经掌握的线索，才能把完整的故事补齐。大家依靠的线索，是经验省略后的代偿物，也就是阅读过程中原本让我们感到费解、需要停下来思考的细节，它们被一一还原后，都变得顺理成章。《红楼梦》里有一节晴雯补裘很有名：贾母给了宝玉一件名贵的雀金裘，刚穿上就被烧出了一个洞，晴雯用原材料孔雀金线一点点把洞补上，最后几乎完整如初。在阅读有大量省略的作品时，读者们也需要用作品里原本就有的暗示，把作品补齐，做一回晴雯的活儿。

那些补齐文本所需要的原材料，往往会被作者煞费苦心地强调很多次，于是，重复成为必须。

在开篇的风景描写中，反复出现了性的意象。"没有棱角的灰石向着它们念想的欧罗巴赫然耸起"，这里很隐晦地用了一个典故：在古希腊神话中，欧罗巴的形成就来自于宙斯对少女的引诱。接下来一段，又一次通过男女发生关系的自然化叙事暗示男女主人公的过往。接下来一段，"我"围观少年们钓鱼的场景中，也出现了反复："约翰"的名字一次次出现，非常狡猾地藏在其他孩子中，让读者以为"我"知道这个名字只是因为其他孩子喊了出来，但其实，反复对约翰名字的强调与对他行为的观察，其实还是在暗示"我"对于亲生儿子暗中的密切关注——在一群人里，你总会关注你最在乎的那个，可能是恋人、家人或者孩子；小说中还出现了人们反复吟唱民谣的场景，这些民谣全都关于女子被抛弃的故事，也就暗指小说的主题；有一处特别值得讨论的反复出现在结束之时，我在飞机上看到旅客的小孩在问父亲给自己带来了什么礼物。与这一情节构成反复的是上文中约翰回家，给"我"递来石块当做礼物。所以，这里的反复是逆向的，是倒过来的，它恰恰暴露出我对于孩子无以为赠的亏欠之情。

通过《海风中失落的血色馈赠》，我们看到，在风格化强烈的小说中，重复与减省是同步进行的，两者互为补充、彼此强化。下面我们看看其他作家是如何运用这两种手法的。

从意象的重复开始

不妨先来聊聊重复。文学中，重复的范畴极广，它可以小到一个词语与意象，大到段落甚或章节，重复的也不仅仅是情节本身，也会出现语言的重复。有时候，小的重复还会嵌套在大的重复里，这部作品中的描写会跨越地在另一部作品中重复。这些重复手法的用意，当然是不同的，也非常能展现出作家的个人气息。

意象或词语是重复的最小单元。在卡夫卡的《审判》中，有一个非常诡异的场景：莫名被审判的K需要寻找证据帮自己洗刷冤屈，他听说有一个叫做蒂托雷里的画师为法院画肖像画，于是决定去找这个人，说不定能获得一些建议，比如争取到一些大人物的支持，这样对他的判决也许就会失效。见到了蒂托雷里后，K发现根本无法从他这里获得什么建议，因为"有罪认识很难改变"，K像无头苍蝇一样乱转找人，都是白费功夫。临走时，画师问K买不买画，还从床下把自己画的风景画一张一张抽出来，K决定买第一幅，但是画师解释起第二幅画：

> "这幅画和第一幅配对。"画师说。也许第二幅画的创作初衷就是为与第一幅配对，可二者之间看不出丝毫差别，同样是两棵树，一块草地和一片晚霞。
>
> 但是在K看来，这无关紧要。"都是漂亮的风景，"他说，"这两幅我都要了，我会把它们挂在办公室里。"
>
> "看来你喜欢风景画，"画师说着又捡起了第三幅，"我这儿还有一幅得意之作，也是相似的画。"
>
> 然而，这幅画可不只是相似而已，倒不如说是同样的荒野风景。画师充分抓住这一时机抛售旧画。
>
> （闵敏译）

也就是说，K看到的三幅画都是雷同的内容。这个意象重复的细节透露出一丝恐怖的气息，仿佛K走进一个无穷的镜渊式黑洞，看到的始终是没有变化的内容。这个细节也规定了小说最后的走向：K为了洗刷罪名所做的一切都是徒劳无功，从本质上来说，无论他找什么人打听消息，都像看到这些重复的画作一样，只能得到雷同而无效的结果。因此，K必须死，他像西西弗斯一样逃无可逃。果然，小说的最后，K像一条狗一样被杀了，罪名不明。

卡夫卡是运用重复的高手，画作则是他偏爱的重复意象，在一部小说内部和几部小说之间，画作不停地发生着重复。除了风景画，这些画作也经常是一些不可捉摸的大人物的肖像，而且置放画作的空间也总是漆黑昏暗的：《审判》中，K看到的是将要对他预审的法官的肖像，首先，画像就置身在一个漆黑的房间里，它复制了《城堡》中城堡村酒店的昏暗，同样，画中的法官复制了《城堡》中总管的古怪坐姿——"奇怪的是，画上那位法官并未庄重端正地坐好，他的左手虽规规矩矩地放在扶手上，右手却相当恣意，只是抓住了扶手，似乎随时都会怒气冲天，一跃而起，发表些决断性陈词，甚至是给出判决。"[1]

除了画作，人本身也可以成为一种重复与复制。在《城堡》中，作家设置了一对双生子般的助手：阿图尔和杰里米亚，这两个人彼此重复，像一双眼睛般监视着K的一举一动。这一组人物被昆德拉赞美为"卡夫卡诗学上的重大发现，一种无处不在的眼睛"。他们的存在清晰地

---

[1] 这个动作其实可以给出非常丰富的解读。我在这里提供一种：如果把《城堡》理解成对官僚制度的刻画，那么这个法官身上体现的就是官僚制度里行政与政治之间的区别。怎么理解这两者的区别呢？孔飞力有本非常有名的书叫做《叫魂》，就谈到了这个问题。他觉得清代皇帝的权力就是政治的体现，它有明显的个人色彩，有时甚至可以是恣意妄为的，所谓"天子之怒，伏尸百万，流血千里"；而行政则体现在他手下的官僚身上，他们被称为胥吏，干着一些重复琐屑、没有创造性的案牍工作，他们代表的是行政的机械、刻板与无个人性。所以，如果认为卡夫卡专注了对官僚制度的刻画，那么，画像中那只规规矩矩的手就代表行政力量，而那只相当恣意的手，则代表政治的力量。两者结合在一起，才能使得制度运行下去。

展现出科层制里办事流程的无个性化。理解了这对复制者的存在,当你再去某些部门、窗口、前台办事时,就不要过于猛烈地吐槽办事人员不变通或者不灵活了,因为对于科层制的管理流程来说,唯规则论至少是最高效的。

卡夫卡的重复会较多地使用非常细微的意象来表现,它们的作用,往往是用来暗示和预指小说中人物的最终走向,或者烘托整个小说大背景的某些特点。所以,在卡夫卡笔下,重复的作用比较抽象,需要读者对整部小说有一个大致的把握,才能揣测出它的用意。但是对伍尔夫来说,重复的作用没有那么形而上和抽象,也不需要在掌握了全局的基础上才能回过头来理解。她的重复更"实在"一点,类似于一只只图钉,把飘散飞逸的思绪给固定住。人们一般会用"意识流"来形容伍尔夫的写作,意识流往往是对人内在思绪状态的一种想象性的描述①,当用文字描述万千思绪在脑海中飞扬时,显得杂乱和失控,那么就需要反复出现的"图钉"来把整张意识之网固定住,以免整个故事刹不住车。所以,在《到灯塔去》《达洛卫夫人》等一系列作品中,总有一些小意象反复出现,提示我们此刻的时间、此刻的情景。

比如,《达洛卫夫人》描述的是上流社会的太太达洛卫夫人准备晚宴招待宾客的一天,我们在讨论"意义感"

---

① 之所以说意识流不是对人类意识状态真实情况的把握,只是一种想象性的把握,是因为对于意识的还原仍然借助于语言和文字。只要我们使用文字,就必然是事后构建秩序。没有人能边想边写,让文字和思绪同步,就好像你没法一边唱歌一边咽水。人只能够想完以后再用笔记录下来,事后的行为永远是追加的秩序,哪怕这种秩序看上去挺无序的。

的时候已经聊过这本书的一些情节。书中的思绪就像灰尘一样，轻轻一吹，满天乱飞，这里面不仅有达洛卫夫人的意识流动，还有大街小巷各色人等的心灵独白。在某一刻，人们看到一辆黑色轿车驶过，或者看到天空中一架飞机飞过，心灵的飘絮往往就会被这些小点触发，接着开始汪洋恣肆地到处乱窜。伍尔夫借助重复的手法，穿越心灵的无序制造了文本的有序：小说刚开篇，达洛卫夫人在花店买花时，听到对面街上车辆的轰鸣声，关键的"汽车"意象出现，把她吓了一跳，也打断了她对于自己人生漫无边际的乱想。接着，思绪与叙事飘到了听到这声轰鸣的另一些人身上，他们猜测着车里的人，这些猜想与讨论的声音继而被我们的第二主角赛普蒂默斯听到，伍尔夫顺势交待出第二主角的一些背景故事，这个人从战场上捡回一条命，受到了很严重的创伤……故事的线索就像击鼓传花一样，接着往下传，越来越远，似乎已经离题万里，和我们的主人公达洛卫夫人八竿子打不着了。那么，绕了一大圈、在许多人的头脑里跑了这么远的故事如何收回到女主角身上呢？

伍尔夫安排了"汽车"意象的重复：

> 达洛卫夫人擎着鲜花走出马尔伯里花店。她想：敢情是王后吧，是王后在车内。汽车遮得严严实实，从离她一英尺远的地方驶过，她站在花店旁，沐浴在阳光下，刹那间，她脸上露出极其庄严的神色。那也许是王后到某个医院去，或者去为什么义卖市场剪彩呐。

(孙梁、苏美译)

我们看到,反复出现的"汽车"意象,就像一个收束器、一个固定器、一个回旋镖,通过对它的重复,读者不至于在各种素不相识的人的脑海中迷失方向,伍尔夫也不至于在无边的意识洋流里触不到岸。在《达洛卫夫人》里,除了汽车、飞机这些意象,还有更为坚固的一种意象:那些沉默硬实的青铜雕像与历经岁月磨蚀的大街。当人的思绪翻飞时,伍尔夫通过重复这些固定物,将其拉回。这些重复不仅是回到叙事主线的技巧,也在构筑着一种"同时的感觉",也就是说,它们带出了一种状态:在一件事发生时,素不相识的人脑海中"同时"在想着什么。虽然囿于文字表达与阅读的时间顺序,我们阅读时无法在视觉上将其"同时化",但通过这些重复的意象,读者能够产生一种关于"同时"的想象:那是一个瞬间里,千百人头脑中念头的齐鸣与绽放。

在这里,也可以澄清对于"意识流"这一文体的理解。这种二十世纪独占鳌头的叙事手法,其核心不在于散漫无度的意识的铺陈,反而恰恰在于对于这种铺陈极为精巧的控制甚至克制。

有时候,我甚至觉得,可能所有表面上看去杂芜混乱、失去控制的伟大作品,其核心都是克制与精确。在《俄狄浦斯王》中,如果你留心,会发现这桩疯狂的杀父娶母的人伦惨案里,充斥着一种对于关系极为精准的描述——有时候甚至超过了讲故事的需要——比如俄狄浦斯谈到:"我成了不应当生我的父母的儿子,娶了不应当娶的母亲，杀了不应当杀的父亲"；或者是："婚礼啊，婚礼啊，你生了我，生了之后，又给你的孩子生孩子，你造成了父亲、哥哥、儿子，以及新娘、妻子、母亲的乱伦关系"……故事中的失控与语言描述上的精控造成了一种悖谬而奇妙的状态；同样的，在令很多读者头疼的《等待戈多》中，读来只感觉莫名其妙、不明就里，因为两位主角的一切对话与行为都被放逐到了无法总结的失序中，但是，这部荒诞剧里又非常清晰地出现了一些具象物质——鞭子、帽子、绳子、裤腰带——它们类似于伍尔夫笔下的"汽车"，把失控和无秩序的思绪锚定在具象可感的事物上，也因此提供了精确与清晰。

进入段落与语义的重复

与卡夫卡和伍尔夫相比，福楼拜的重复手法则会将范畴扩张一些，进入段落的重复。纳博科夫在对《包法利夫人》的细读中发现了这个秘密，他将其称为"千层饼结构"。在《包法利夫人》中，福楼拜屡次安排了一种叠床架屋的叙事手法，将一个对象描写得极为繁复俗丽、里三层外三层。最开始，是描绘包法利的帽子，继而是包法利夫妇结婚时的蛋糕、家具、住宅，最后，则是包法利夫人死时的棺椁。表面上看，福楼拜是在描述不同的东西，但是这些东西往往是双重的重复——既是内在的反复，又在整体上构成了彼此的重复，它们都指向了包法利夫妇作为有产者那种庸俗寒伧的生活方式。

当然，段落的重复并不会总是指向讽刺，它们也会另有所指——比如托妮·莫里森《最蓝的眼睛》的开篇，莫里森直接甩给读者三段内容完全一致的童谣，描述了美好的白人中产家庭的画面。它们是当时白人所撰写的童谣，是每个学生的必读物，所以，黑人小孩也是在这种教育下长大的。可是，这三段童谣的形式却发生着变化：

  这就是那幢房子。绿色和白色相间。有一扇红色的门。漂亮极了。这就是那家人。妈妈、爸爸、迪克和简就住在这幢涂成绿色和白色的房子里。他们很幸福。看啊那是简。她穿着红衣服。她特别想玩游戏。谁会跟简玩呢？看啊那只小猫。它喵喵叫着走过来。过来玩吧。过来跟简玩吧。小猫不想玩游戏。看啊那是妈妈。她人挺好。妈妈，你愿意跟简玩吗？妈妈大笑。大笑吧，妈妈，大笑吧。看啊那是爸爸。他又高又壮。爸爸，你愿意跟简玩吗？爸爸微笑了。微笑吧，爸爸，微笑吧。看啊那只小狗。小狗汪汪地叫着。你愿意跟简玩吗？看啊那只小狗在跑。跑吧，小狗，跑吧，看啊，看啊，来了个朋友。这个朋友愿意跟简玩。他们要玩个很有趣的游戏。玩吧，简，玩吧。

  这就是那幢房子 绿色和白色相间 有一扇红色的门 漂亮极了 这就是那家人 妈妈 爸爸 迪克和简就住在这幢涂成绿色和白色的房子里 他们很幸福 看啊那是简 她穿着红衣服 她特别想玩游戏 谁会跟简玩呢 看啊那只小猫 它喵喵叫着走过来 过来玩吧 过来跟简玩吧 小猫不想玩游戏 看啊那是妈妈 她人挺好 妈妈

你愿意跟简玩吗 妈妈大笑 大笑吧 妈妈 大笑吧 看啊那是爸爸 他又高又壮 爸爸 你愿意跟简玩吗 爸爸微笑了 微笑吧 爸爸 微笑吧 看啊那只小狗 小狗汪汪地叫着 你愿意跟简玩吗 看啊那只小狗在跑 跑吧 小狗跑吧 看啊 看啊 来了个朋友 这个朋友愿意跟简玩 他们要玩个很有趣的游戏 玩吧 简 玩吧

这就是那幢房子绿色和白色相间有一扇红色的门漂亮极了这就是那家人妈妈爸爸迪克和简就住在这幢涂成绿色和白色的房子里他们很幸福看啊那是简她穿着红衣服她特别想玩游戏谁会跟简玩呢看啊那只小猫它喵喵叫着走过来过来玩吧过来跟简玩吧小猫不想玩游戏看啊那是妈妈她人挺好妈妈你愿意跟简玩吗妈妈大笑大笑吧妈妈大笑吧看啊那是爸爸他又高又壮爸爸你愿意跟简玩吗爸爸微笑了微笑吧爸爸微笑吧看啊那只小狗小狗汪汪地叫着你愿意跟简玩吗看啊那只小狗在跑跑吧小狗跑吧看啊看啊来了个朋友这个朋友愿意跟简玩他们要玩个很有趣的游戏玩吧简玩吧

(杨向荣译)

仔细阅读这三段内容重复的教材内容，会发现什么呢？如果一时难以捉摸，我们试着想象身边有人在说这几段话，说到第三段时，没有标点、没有停顿甚至可以说没有逻辑，听的人大概率会觉得，说话的人不太正常。在课堂中，有同学谈到，这一段的阅读感受非常像《喧哗与骚动》中昆丁自杀前的独白，有一种被扼住了喉咙的窒息之感，人大概在失去理智的时候才会这样说话。所以，这三段并列在一起的重复，呈现出一桩令人心碎的事实——从有序到无序，从整饬到支离，说话的人疯了，而他的疯狂混乱，大概正是社会与教育的灌输结果。这正与《最蓝的眼睛》中的主题相吻合：从小在白人教育中成长起来的黑人小姑娘，竟然希望自己有蓝色的眼睛，因为她觉得这样才是美的。最后，这个女孩被父亲强奸，被白人牧师猥亵（他许诺说可以给她一双蓝色眼睛），陷入疯狂。莫里森不动声色地把课本内容复制出来，仅仅调动几个标点和空格，让它们在彼此的对照与复制中产生了一种极为惊人的悲剧感。

重复不仅仅是发生在情节层面的技术，有时候，它会进入语言本身，变成语言含义本身的重复，这时候，重复手法也进入了更为抽象的思考之中。重复的语言以"同义反复"为代表——就像《包法利夫人》中形容的："语言就是一架延展机"。读者有时候看到小说中反复的语言表达，往往会觉得"啰嗦""废话""车轱辘话"，并未考虑到它更深的用意。同义反复的大师，是十八世纪顽皮的作家斯特恩与他在欧洲最成功的弟子伯恩哈德，前者写了一部胡闹、随意、调侃、乱来的小说叫做《项狄传》，后者则创作了大量高度风格化的作品，我们在第四讲讨论"套娃模式"时就曾引用过这位作家。相隔百年，两人在"同义反复"的问题上居然高度吻合，下面的例子分别来自于《项狄传》与伯恩哈德的《维特根斯坦的侄子》，大家可以先试着读读看，是什么感觉：

在上一章的开头，我确切地向您通报了我的出生日期；——但却没有讲出生的经过。没有；这一细节完全保留下来要自成一章；——此外，先生，由于您和我可以说素昧平生，让您一下子对我的情况了解太多，未免有些不妥。——您必须耐心一点。您也看见了，我已经不仅着手写自己的生平而且也要写自己的见解；希望您通过前者了解到我的性格，我的为人，从而给您带来更大的兴趣来了解后者：我们现在只是泛泛之交，刚刚认识，当您随我继续前行时，关系便逐渐亲密起来；而且，最终将会结下友谊，除非我们俩有一个犯过错。——O diem praeclarum! ——凡是触动过我的事情，就其性质来说，没有一件可以等闲视之的，讲起来也没有一件啰嗦乏味的。所以，我亲爱的朋友和伙伴，如果您认为我关于自己开头的叙述内容有点贫乏，——请忍耐着点儿，——让我继续讲下去，让我以自己的方式讲述我的故事：——或者我万一在路上好像时不时地聊聊闲天，——或者在我们同行时万一我有那么一时半会儿戴上一顶系铃铛的小丑帽，插科打诨——千万别跑开，——请您多多包涵，相信我比表面的样子还要聪明点儿；——而且当我们缓步前进时，或是随我大笑，或是放声笑我，或干脆，怎么做都行，——只是要耐住性子。

（蒲隆译）

　　……并不是说，一个哲学家像路德维希那样，将他的哲学观点写下来发表，才被称为哲学家，如果他不把他任何的哲学思想写下来，不将他的任何哲学思考发表，他也同样是哲学家。通过发表只不过明朗化了，使明朗化了的思考引起众人关注，不发表就不能明朗，就不能引起众人关注。路德维希是发表他的哲学思考的人，保尔则是不发表他的哲学思考的人，如果说路德维希归根到底是天生的哲学思想的发表者，那么保尔就是天生的不发表者。

（马文韬译）

在课堂上，这两段话看得大家直发笑。它们如此啰嗦，要说的东西好像一句话就能总结完，写这么多，也不知道有什么意思。比如第一段，要说的无非是"我还要讲下面的故事，请你耐心听"；第二段引言，要说的也是"写下文章才是哲学家，否则就不是"——可是，文学最怕总结，一开始总结，就会出现丢失（所以，在讲这门课时，我实际上冒着一种矛盾的风险，我得概括很多对大家来说陌生的文本内容，但概括的时候又不得不面对必然会产生的扭曲和遗漏）。

这样的重复是为了什么呢？如果从语言的层面来考虑的话，我倾向于给出一个比较悲观的理解，就是人类说了那么多话，发明了那么多概念与名词，可能本质上都是重复。现在很流行一句调侃语，说"人类的本质就是复读机"，其实指的也是人类思维与语言的贫乏——那些自以为充满创见的表达，其实都是在模仿，而那些看似新颖的说法，也终归是重复。在艺术与文化领域，承袭永远大于创造。原本，为了描述世界，或者像卢梭说的，为了人与人之间的交往，语言被发明出来，甚至被赋予了无限的可能。但是，近代的作家与哲学家们却开始怀疑语言和思维的有限性，要么像伯恩哈德这类作家一样，将注意力转向对有限性的调侃，要么就直接开始研究沉默。[①] 大家可能会发现，许多具有深度的小说，到最后都会开始追问语言、讲述（见第四讲）、思维等问题。当我们剥掉小说的故事的外壳，与人赤诚相见的，也正是这些。

省略：作家沉默之处

沉默在文学中的表现，也可以被理解成与重复相对的叙事手段：省略。省略与重复一定是相伴相生的。在开篇分析的《海风中失落的血色馈赠》中，如果没有重复的细节暗示，很难补全省略的内容，如果缺乏了省略，重复就会变成无法忍受的冗长啰嗦。优秀的作家在重复与省略的天秤上，往往能做出极为精妙幽微的控制，在省略最极端的那头，甚至出现了一句话小说——卡尔维诺曾经表达出对极简的渴望，他希望把所有卷轶浩繁的作品都压缩成一行。但是翻遍文学史，只有一个人做到了，那就是危地马拉作家蒙特罗索。他的小说《恐龙》全文只有一句话："当他醒来时，恐龙依旧在那儿。"

这一句话，激发出读者无限的想象力。所以，与解读

[①] 沉默的问题也是近代文哲领域的重大问题，维特根斯坦、乔治·斯坦纳等重要思想家都对这个问题做过极为深广的探讨，乔治·吉辛、远藤周作等许多作家的笔下也出现了沉默与失语，在这里我只有能力抛砖引玉。

重复的手法相比，省略的艺术需要更多的想象力，因为它不像"重复"手法那么明显。它是一种填字游戏、一种拼图游戏，在反复来回的拼接中，才会呈现出全图。所以，强调省略的作品本身就意味着对读者不断重读的召唤。可以这么比喻，当我们面对重复的文学时，是裁缝，需要对比每一块类似布料；而当我们研究省略时，是侦探，需要寻找每一缕蛛丝。有时候，感知省略甚至需要一点本能：读者一眼瞥过去，敏感地觉察出有些蹊跷。

比如说，在上文提到的《达洛卫夫人》中，有这么一句："科茨太太凝视天空，带着紧张而敬畏的口吻说。她那白嫩的婴孩，静静地躺在她的怀中，也睁开眼望着天空。"如果一路读过去，可能就直接理解成科茨太太和她怀里的婴儿都在看，但是，伍尔夫就在前一页提到另一个女人萨拉，说她怀里抱着婴儿。这些人当时聚在一起看飞机。所以，敏感的读者会发现伍尔夫在这句话里省略了"她"的主语，抱着婴孩的是萨拉，而不是前一句的科茨太太；① 而在《鲁滨逊漂流记》中，当读到生还的鲁滨逊看到海岸边有"三顶檐帽，一顶无檐帽和两只不成对的鞋子"时，就要敏感地觉察到"不成对的鞋子"省略了更多人淹死的事实。

---

① 这是我在带领同学们细读时，一位女生发现的，我自己读了很多遍小说，都没有注意到这个机关。所以，文学要自己反复读，也需要共读，在共读的时候，能够彼此激发。今年再一次讲《喧哗与骚动》时，我读出了以前没读出来的"自然与社会"对峙的问题。同学在课堂上也提到了一个问题：为什么在对白痴班吉的描述里，经常会出现马槽、牛棚等等场所和相关的气味。后面这个问题，我读了很多遍，都没有注意到，而她注意到了却又没法解释。所以，在她的敏锐上，加入了我的经验来回答这个问题：我（转下页）

217

海明威是省略的大师，讲省略肯定无法绕过他。① 关于"省略"更为具体的分析，我想就从他一篇较少被讨论的小说《弗朗西斯·麦康伯短促的幸福生活》开始，这篇小说精湛地表演了一次文学的经济学——如何用最少的语言最大化地呈现人的所思所想以及隐藏情节。小说开篇展现了三个人的对话，整个故事也围绕着这三人展开：

现在是吃午饭的时候，他们全坐在就餐帐篷的双层绿色帆布外顶下，装出什么事也没发生过的样子。

"你要酸橙汁还是柠檬汽水？"麦康伯问。

"我要一杯螺丝钻鸡尾酒，"罗伯特·威尔逊告诉他。

"我也要一杯螺丝钻。我需要喝点儿酒，"麦康伯的妻子说。

（接上页）认为这还是在隐喻班吉这个人神圣的一面。我们都知道，耶稣就是在马槽里诞生的，而且，作家把班吉出场的日期设置为三十三岁生日，也正有意把他和三十三岁殉难的耶稣并列。这样，我们就共同生发出对于文本更细腻也更深的解读。关于文学中的马槽，还可以说一些题外话，有一些作家愿意把马槽或者马夫与男性的性暴力联系在一起。比如在卡夫卡的小说《乡村医生》中，医生很离奇地去猪圈里找自己的马夫，结果看到马夫正在轻辱女仆，在她脸上"深深地留下两道红红的牙印"；而在《城堡》中，克拉姆的跟班调戏乃至轮奸了城堡村的姑娘奥尔加，他们吵吵闹闹，被酒店里的女侍者弗丽达挥着鞭子把他们"赶进了马厩"。古典小说《红楼梦》里，也有一个类似的例子，贾琏背着王熙凤娶了尤二姐，把她安置在小花枝巷，他的兄弟贾珍一向和尤氏姐妹有染，所以还是不知避讳地前来偷腥，有一天这两个男人前后脚来到了小花枝巷，他们的马儿在马槽里闹腾起来，这就是著名的"二马同槽"一节，暗示着两个男人对尤氏姐妹的争风吃醋。

① 前文提到了危地马拉的作家蒙特罗索，他的《恐龙》被认为是世界上最短的小说。不过，也有一些人认为海明威在与人打赌时说的六个词语的小说更短，全文为"出售：童鞋，全新"。（For sale: baby shoes, never worn）。当然，一些考证指出，这个小说是托名为海明威的伪作，不一定是真的。

"我想是该这么着,"麦康伯同意地说。"叫他调三杯螺丝钻。"

(鹿金译)

故事讲述的是有钱的麦康伯带着妻子玛格丽特来非洲打猎,威尔逊则是白人猎手,他受雇于夫妇,帮他们打猎。开篇的对话省略了之前发生的事件与大家的心理活动,任由读者猜测——为什么猎手与雇主的对话是答非所问的?为什么妻子附和的是猎手而非丈夫?为什么丈夫同意了另两人的选择?

在介绍这部作品的时候,我把三个人的身份告诉了同学们,让大家尽管"大胆地猜",最后,窃笑暴露了同学们的发现。大家猜到,猎手和富商太太之间的关系有点不正常。小说的开篇力道十足,海明威无需交代任何背景,就让读者感觉到三人之间发生了一些微妙的情感变化,肯定发生了什么事,让猎手瞧不起雇主,所以敢于驳回雇主的询问,甚至有点挑衅的感觉。自然,汽水比起酒来,显得有些"软"。这件没有说出来的事也必然影响到雇主夫妇之间的关系,做妻子的看起来更认同于猎手,而当雇主麦康伯发现另两人态度转变后,他出于某种原因,认了怂。

这种开篇不着风流的隐笔,抖出了三人之间关系的必然走向。后文的发展印证了同学们的猜测,麦康伯在打猎狮子时显得很像懦夫,让他雇佣的猎手看不起,而他那风流成性的妻子看到自己丈夫的胆小,爱上了孔武有力的猎手,当夜就和猎手发生了关系。后来,在三人再次打猎时，妻子从背后朝丈夫放枪，打死了丈夫——奇妙的是，这一切都是读者补全的，海明威并没有明确写妻子和猎手发生了关系，也没有说是妻子打死了丈夫，而是写第二天，两个男人看到她"正在从她的帐篷那儿走过来，看上去精神抖擞，兴高采烈，着实可爱"。夫妻不在一个帐篷睡，说明关系僵硬冰冷，但是，做妻子的满面春风怎么就能帮助读者确定她昨夜钻进了猎手的帐篷呢？海明威又不失时机地补充了一句猎手威尔逊的内心独白："她长着一张典型的鹅蛋脸，典型得你以为她该是个蠢货。但是她不蠢，威尔逊想，不，才不蠢哪。"这句话非常重要，因为它从猎手的角度揭开了两人昨晚的行踪，这个猎手对突如其来的艳遇非常怀疑，他不知道这个女人到底是什么态度。各种蛛丝马迹组成了一条虚线，等待着读者连接。

《弗朗西斯·麦康伯短促的幸福生活》的开篇其实略有刻意之嫌，因为海明威太想在最精简的表达里传达最复杂的内容，所以人物对话之下暗藏的情绪过于浓烈和戏剧化，这种刻意与做作的感觉在海明威的另一篇小说《杀手》中获得了改善。小说开篇，呈现了两个坐在饭馆里等待动手的杀手，他们密切关注着时间，带头大哥麦克斯点了一份熏肉蛋，而小弟艾尔点了一份火腿蛋，等侍者乔治端上饭菜时，海明威写道：

> 乔治把两盆菜放在柜台上，一盆火腿蛋，一盆熏肉蛋。他放下两碟炸土豆做配菜，关上通厨房的那扇小窗。
> "哪一盆是你的？"他问艾尔。

"你不记得了?"

"火腿蛋。"

"真是个聪明小子,"麦克斯说。他探身向前拿了火腿蛋。两人都戴着手套吃。乔治看着他们吃。

(董衡巽译)

读者会发现,大哥拿错了食物,而两人对此都无动于衷。我们在课堂上对这个细节展开过讨论,有的同学认为,这说明了大哥的权威,他对小弟是颐指气使的;有同学认为这一段展现出两个杀手在动手前,非常紧张,根本没发现自己拿错了盘子;另一种解释是,两人全身心地等待着被猎杀的人出现,所以,他们根本无心吃什么东西。最后,讨论变成了一种猜谜。所以,省略手法在制造大量想象空间的同时,也会经常被诟病:它的操纵之感太明显,有时候甚至变成了一种解谜游戏。

视角决定的省略

石黑一雄在后来回忆处女作《远山淡影》的时候,也反思那种故弄玄虚的氛围太强了,甚至是在写"鬼故事"。这位作家最经常被讨论的技巧是"不可靠叙事"——如果你愿意花功夫去国内期刊网上查一查,会发现,十个以石黑为研究对象的论文里,五个写不可靠叙事,剩下四个写创伤理论,还有一个写移民流散。但是,很少有人解释不可靠叙事之所以成功的原因。其实,说白了是很简单的——正在于石黑大量使用省略的手法,它造成了文本的无数空腔，没有足够的填充物证明自己的真实性。

《远山淡影》中有一个讲故事的女人悦子，从她口中，读者又听到了一个叫做佐知子的朋友的故事，通俗一点说，这是一个"我有一个朋友"的故事。文本玄虚的氛围使得解读整个小说的过程变成了一次次的假设与推翻。我曾在课堂上花了一两个月的功夫来细读文本，讲完之后有同学戏称——"假的，一切都是假的"。比如，小说中的悦子曾有两个女儿，大女儿景子在日本时自杀了，现在她和小女儿妮基都生活在英国。小说开篇，小女儿妮基来看母亲，两人开启了对母亲旧友佐知子的回忆。小说中不停闪现出一些看似寻常的细节，比如天气很冷、一直下雨、女儿和母亲说话永远不在一个频道上、女儿瘦瘦的身材裹在衣服里、女儿所身处的环境非常安静、小女儿无法参加自杀的大女儿的葬礼。石黑还安排一个路人错把小女儿当成了已故的大女儿的情节，多亏母亲解释，才闹清楚谁是谁：

>"看来又是坏天气。哦，你好，景子"——她碰了碰妮基的袖子——"我没注意是你。"
>
>"不是，"我急忙说，"这是妮基。"
>
>"妮基，没错。天啊，你长这么大了，亲爱的。难怪我弄混了。你长这么大了。"
>
>"你好，沃特斯太太，"妮基舒了口气，说。
>
>（张晓意译）

小说的结尾，是写小女儿离开母亲家——"像是没有经过我的同意离开的"。当然，以上细节是我们在一次次的来回重读中挑出来的，原本，它们都不起眼地埋藏在文本的脉络之中。把这些细节拼起来，会得出一个什么样的图景呢？

有没有可能，这个所谓小女儿根本就不存在，一切的对话都是做母亲的悦子编造出来的？因为小说在一个不起眼的地方提示说，母亲总是想"假装景子还活着"。如果这个推断成立，那么就可以知道石黑省略了什么：这个一直给我们讲故事的女人在说谎，甚至她可能有精神疾病。石黑在"以有写无"，写出来的，其实都不是真的，都是脑海中的病态幻想。这样，上面的各种细节迎刃而解——只有墓穴里才会一直阴冷潮湿、异常安静、活人与死者说不上话，而且，一个死人是无法活着参加自己的葬礼的。当然，省略的内容，不一定总是通过精神病患、有难言之隐的人来制造，石黑还找到了另一种人来隐瞒和省略——机器人。与前者相比，机器人的隐藏与省略不是故意的，它们的省略在于理解力的有限。石黑的《克拉拉与太阳》中出现了一个帮助未来儿童生活的陪伴型机器人克拉拉，她对人类世界一知半解，总是用有限的认知来目击人类世界的复杂符号与表义，所以她陈述的也总是残缺的真相。

加缪曾经举过一个例子来说明"荒诞"：那感觉就像看到有人隔着玻璃打电话，只看得见人张嘴和打手势，却不理解其用意。机器人之眼看到的人类世界就是这样的，它的简单有限恰恰省略了人的复杂无限。与有限的机器人之眼类似，白痴的眼睛看到的东西也是有限的，也需要根据上下文推断。在福克纳的《喧哗与骚动》第一章，用白痴班吉的视角讲述了整个家族衰落的诸多往事，里面大量使用了省略的手法，以此来模仿白痴的思维模式——白痴只会看，只知道感受，但是无法解读看的内容，也无法解释感受到的对象，也就是说，知其然而不知其所以然。于是有了开篇班吉那句奇怪的话：他看到有一些人远远在"打"，但是福克纳省略了"打"这个动作的对象，我们无法获知到底是在打什么。读到后面，读者才读出了一种可能，有可能他们是在打门球。

上述作家使用的省略手法，很大程度上依靠的是操纵视角的技巧。海明威更像一个全知全能的上帝，他知道的比读者和叙事者都多，他精心地剪裁，决定哪些让读者看，哪些让读者看不到。石黑一雄和福克纳则把这种上帝的感觉让给了叙事者，也就是那个讲故事给你听的人——至少在表面上——是讲故事的人决定，哪些让读者看，哪些让读者看不到，那个刻意和强大的操纵者从文本的表面消失了。所以，可以确定，省略手法的核心是视角的设计。

省略的极致：没有省略、无需补全

让傻子、疯子、机器人讲故事，都能给呈现故事的角度加上一套枷锁，使得读者只能得到支离破碎的信息。但是，在这些故事里，我们至少还知道是谁在讲述。有没有省略到极致的故事，连讲故事的人和听故事的人都失踪了，需要读者大着胆子来推断呢？

来看看纳博科夫晚期的一部精美之作《梦锁危情》。

这部小说乍一看很普通，除了开头比较古怪之外，基本上就是一部传统的现实主义作品，讲述了一个叫做胡夫·波森的人一生的过往经历，他于32岁时故地重游，回到曾经住过的旅馆，却没想到旅馆失火他被烧死在其中。但是，如果反复读，读者可能会有一种毛骨悚然的感觉，似乎，讲故事的人不是这个胡夫·波森，也不是作者纳博科夫；听故事的人，也不是自己……

这篇小说奇怪的开篇是这样的：

> 这正是我要找的人。喂，先生！……他没听见。
>
> ……
>
> 喂，先生！怎么了，别推我，我并没有烦扰他。哦，好吧，喂，先生……（最后一次，用很小的声音）

（梅绍武等译）

在这一段奇怪的叙事结束后，故事进入了常态的第三人称视角，胡夫来到疗养院故地重游。读者大概也很快忘记了这个古怪的开头，"我"是谁，谁在推他，"我"说的这位"先生"又是谁，好像搞不清楚也没什么影响。但是在小说快结束的地方，纳博科夫突然说了一句"若没有那个透明的影子，我们是不会劳驾去讲起我们亲爱的波森的"。他说的这个透明的影子是一个叫做R的人，这个人是作为编辑的胡夫在海外的一位客户，他找胡夫出书，两人还就出版事宜见过几次。但是，在小说中他绝不是一个关键人物。这个作家后来死于一次拙劣的手术。可是，偏偏是这句话,把大家的注意力拉回到了小透明 R 身上。也就是说,我们得通过这个已经死去的 R,才知道波森的故事。

那么,R 就是讲故事的人吗?可是,他中途都死了,怎么知道后面的事呢?除非,他变成了鬼。用鬼眼看到了人间的故事在继续,然后讲了出来,所以,它只能是"透明的"。到这里,我们大致搞清楚了,《梦锁危情》是一个死者的鬼魂讲的故事。这样一来,开篇的古怪迎刃而解,R 的鬼魂和其他鬼魂待在一起,给他们讲胡夫的故事,其他的鬼魂在推他。进一步来说,真正听故事的,也不是在座的各位读者,而是另一群鬼。简而言之,是一个鬼给一群鬼讲故事,讲什么故事呢?鬼故事。因为小说结尾,胡夫被烧死了,所以成为了新鬼,R 在开篇想要叫住这个刚死不久、摸不着头脑的新鬼,而在结尾又安慰这个刚死不久的家伙:"别怕,你知道,去吧,孩子!"

纳博科夫的省略之妙,恰恰在于从表面上看几乎是没有省略的。他套上一个常规的叙事外壳,把胡夫的人生用非常现实主义的手法讲了一遍,但"讲故事"这个动作的发出者和接受者,才是他真正打算隐没的对象。读者读不出这层机关,当然也不影响对故事内容的理解,但却辜负了纳博科夫在形式上的苦心。

另一种极致的省略,甚至完全不需要读者去补全,它就是缺一块,极为重要,又极为不重要,读者能做的只有眼睁睁看着它永远缺失,比如爱伦·坡的《失窃的信》。

小说中,皇后收到信刚要看,国王走了进来,她只能把信藏到一边,这一切被一位大臣看在眼里,大臣感觉到信的内容不寻常，于是当着皇后的面调换了信件，皇后不敢声张，只能忍气吞声。小说的主要情节就是皇后委托一位警察找回信件，原来，信件藏在大臣家最显眼的位置。信件到底什么内容，为什么泄露出去就会影响皇后的声誉，到最后大家也不知道。也就是说，信件在两极之间摇摆，一方面，它很重要，左右了小说人物的行为，另一方面，其内容又很不重要，成为了永远缺失、无法补全的一块。作者没有、也并不打算提供丝毫线索，让读者把省略的部分补全。

我们都知道，无论什么内容，信都是由文字所写成的，虽然大家无需去猜想信的内容，但始终被文字所左右、所摆布。文字组成的物品点兵点将，点到谁谁就出场、受到它的控制。每个人的行动，也就多多少少是盲目的。其实最后，小说还是进入了对语言问题的讨论。很有可能，语言本身就是无意识的甚至无稽的，但这种无意识却总是在搭建人间的各种秩序。[①] 这和我们在讨论重复问题时的最终归宿一样。文学的理解在终极时刻，往往会进入对于语言本身的琢磨。

通过对这些小说的分析，有的读者可能会觉得文学的理解与研究有点螺丝壳里做道场的感觉。确实，很多结构、细节、修辞上的东西，对一般的读者来说也没那么重要，

---

① 这里其实是拉康对于《失窃的信》的分析的简单介绍。前面也谈到过，拉康的东西非常难读，但是往往很有趣，能够锻炼思维，扩展文学理解的可能性。所以，我一直试图用不带术语和学术名词的方式，把复杂晦涩的理论"翻译"出来。既然是翻译，肯定有丢失和不准确的地方，只能说是知其不可为而为之吧。

就算读不出来，也不太影响对整个故事的理解。但是对于作者来说，可能这些东西恰恰是他苦心孤诣经营的核心。评论者的义务，无非就是让作者沉默的地方发出声音，就像易卜生形容的，用锤子一敲，沉默的矿石就开始了歌唱。

总结一下。这一讲，我主要谈到了文学中极具风格化的重复和省略的运用。在重复的部分，我们可以看到具体意象的重复，但其功能在卡夫卡和伍尔夫笔下是不同的。同时，重复还发生在段落乃至语言本身，它们引发了对不同状态的呈现与探索。在省略的部分，提到了海明威、石黑一雄等作家，指出了这些作家使用省略手法的关键在于对视角的设置。最后，省略的还可以用表面上几乎无所遗漏的伪装或者无需补全的遗忘来实现，纳博科夫与爱伦·坡对它的运用达到了极致。无论是重复还是省略，读者们会发现，两种技法运用的终极层面，都是对语言本身的探究。

这大概就是——宇宙的尽头是语言。

第九讲

《旅客》：文学与自我

在一堂文学课上，出现最多的词汇可能就是"我"。当聊起浪漫派或者象征派的诗歌，同学们会说，这些诗歌表达了诗人"自我"某些特殊的情感；当聊到惠特曼的关键意象时，同学们发现"有男人、有女人、有民主、有身体"，但最关键的还是"我"；当谈到对某部作品最本能的感受时，同学们仍然说的是"我喜欢、我困惑、我反感"。

"自我"，也许是文学中最深的核心。

很长时间以来，文学似乎都被视为对"个别"、"特殊"的呈现，普通人的生活总体上波澜不惊，所以总希望文学能够用其特别来擦亮庸常的生活，毕竟，平日里遇到堂吉诃德或者白痴班吉的机会不多。相应的，我们也愿意把文学视为对自我意识或者个性的表达。读者们相信，无论是看上去多么离奇古怪的写作，总难免有一丝作家个人情感、经历、思考的投射。但是，文学与个体的关系真的一向就是如此吗？"文学作为自我表达"、"文学塑造鲜明个性的人"，诸如此类的观念，从文学诞生之初就有了吗？

第九讲，我选的是近年的诺奖得主、波兰作家奥尔加·托卡尔丘克的《旅客》。托卡尔丘克在成为作家之前做过心理医生，所以对人类的潜意识与梦境都很有兴趣，

《旅客》就是典型之作。这篇小说被收录在《怪诞故事集》的开篇，打头阵。故事非常短，也很简单。它讲述了一次夜间航班上旁边一位旅客告诉"我"的经历，他说起童年时就有的一种恐惧经历，它往往在夜里发生，所以一到暮色降临他就会感到害怕，连姐姐讲的鬼故事都不及其恐怖。那到底是什么呢？他觉得"有个人"出没在他房间里，一个灰色的人影，满脸疲惫，脸上闪烁着小红点，那是燃烧着的烟头。每当这时，这个男孩就会哭喊着跑去父母那里求助。随着年岁渐大，他忘了这个人影。六十岁时，他疲惫地回到家，抽起了一根烟，走到窗前，发现玻璃上倒映出一张脸，他从小就无比熟悉的脸。那一刻，他感到轻松。

《旅客》文本细读

我为这篇很短的作品设置了几个导入性的问题："这个灰色的人影"到底指什么？又意味着什么？为什么孩子小时候会害怕他，但六十岁时再见到，就感到了"真正的轻松"？结尾那句"你所看到的人，并不会因你看到而存在，它存在着，是因为他在看着你"怎么理解？为什么故事讲述的场所设置在夜航航班上而非其他地方？这几个问题讨论得差不多了，我又提供了一些进阶问题：你觉得文学与自我的关系是什么？哪些作品在你看来是所谓反映自我的？哪些属于追寻自我的？你有鲜明的自我意识吗？如果让你来比喻，你会把自我的存在形容成什么东西，或者用哪些形容词？

最后这个问题，其实是我在课堂上特别喜欢问的，它涉及一个人怎么理解自己，怎么从万千词语和意象中打捞起几个来勾勒自己。加缪在第七本手记中，曾经写下了最喜欢的十个词，包括"世界、土地、沙漠、夏天、大海"等等，通过这些词，人们能够描绘出加缪典型的"地中海思想"那种中正、健康、力量与反抗的气息。你会用哪些词来形容自己呢？课堂上，有一个女孩说，希望把自己描述为"柔软的飘散的云"；有一个男生用"合金感（银亮色的钢制坚硬火车车轮）"来描述自己，因为"每次一听到或者想到火车车轮压过钢轨的声音，就有一种对遥远地方的想象"。于我个人而言，特别喜欢"坚硬"这个词，不是钻石的硬，而是野生岩石的硬，它大概代表了我对自己的一种期许。

回到文本。绝大多数同学都意识到，《旅客》中的那个灰色人影，其实就是"我"自己，但是，大家在解读的时候又遇到了困难。我注意到同学们的一种解读的偏好，一遇到无法逻辑自洽或者说不通的文本，就喜欢往灵异上靠，动不动就是鬼故事，因为鬼故事可以把一切反逻辑的地方都圆过来。所以，在鬼故事的思路下，《旅客》变成了这样一个故事：这个灰色的人影其实是主人公去世之后的灵魂，灵魂回魂，想来看看生前的自己。

鬼故事逻辑的出现，其实还是混淆了小说世界与现实世界，就是一定要用一个现实里说得通的逻辑来把小说中说不通的地方理顺。鬼看起来好像是非现实的存在，毕竟谁也没在生活里见过鬼，但是人们担心黑处有什么，口头禅会用"见鬼了"来形容不可理解之事，还让它当主角拍摄了各种各样的鬼片。也就是说，鬼成为了生活里大家都接受的存在，一种最不现实的现实之物。这种现实与非现实的扭曲的连接物，确实可以很好地打通小说与现实逻辑不同的地方。但是，在第六讲，我们曾谈到过小说与现实的关系，并明确了小说无论多么想贴近现实，但始终都只是文字的虚构物。所以，它的故事逻辑可以是完全非现实的，可以完全不必套回到现实的逻辑中来。文学永远只是虚构，只是隐喻。

坦然接受小说的不合逻辑后，我们再往细部推进。

简而言之，我将《旅客》理解为人在面对自我时的惶惑与和解。小说设置了一个超现实的时间体验模式，一方面它让"已完成之我"回到幼年时，进行自我总结和审视，"带着一点不满"；另一方面又安排"未完成之我"向成人方向生长，最终与"已完成之我"齐平，最初的惶惑变成最后的和解。这有点像两条河，平行，但流向相反，但终点都是长大成人。这样一种来回逡巡的流动，让惶恐、泰然、惊惧、平静，种种不同时态的情感在"我"的主题之上纵横交错。

这多少有点像人们阅读蒙田时的感受，蒙田的随笔集用更为恢弘驳杂的方式展现出这种时光与生命的斑驳错杂之感——读者刚看到一个年老体衰、不愿离开子女的蒙田，不一会儿又看他自称精神百倍了。他并不是按照自己从年轻到衰老的历程来写作的，而是让不同时间段的自我跳跃在文字之间，就像他酷爱的那个比喻：阳光照到一碗水以后又反射到天花板上的图案，不停摇晃、不停跃动。

《旅客》中，讲述人小时候常常因为看到灰色影子而感到惊惧不已，这大概是一种象征：人的主体意识还很不完全，小说用其表现生命的懵懂与混沌意识。他觉得死亡倒不可怕，"最可怕的是那些反复出现、不变的、猜得到的、杂乱无序的、我们对此无能为力的、相互撕扯着的东西"。这时候，未来还没全部涌来，一切也都不可知，包含在未来维度的自我就像一个尚未明晰但显然可感的存在——我们并不知道自己会长成怎样的人，那个未来之我的形象就成了一种恐怖的诱惑，一种充满拒绝的靠近。到了长大衰老的时刻，人对自己的认知近乎完成——虽然不一定真的认清。托卡尔丘克用一个戏剧性的情节来描述人的成长，小说中的讲述人说到姐姐每晚用"兴奋又虚张声势的音调来吓唬他"，给他讲鬼故事，后来，"他应该在成年后感谢姐姐，正是那些故事给予了他对付普通恐怖事物的免疫力，也在某种意义上让他成为一个无所畏惧的人"。这个讲鬼故事的细节正是对成长本身的隐喻。

许多作家都注意到少年成长中的惶惑与不安。芥川龙之介的小说《矿车》中，少年良平看到工人推矿车很好奇，就跟着去推，没想到被成年人玩笑式地利用了，他们让他无偿干活，把矿车越推越远，直到黄昏时分才发现已经离家太远了，良平"几乎要哭出来，然而哭又何济于事呢？"他一路飞奔回家，抱着母亲大哭，几乎"拳打脚踢"地折腾——透过这生动的一幕，芥川要说什么呢？他要说一种脆弱易折的孩子心性，一种受骗后的委屈，他只能向父母发泄，"拳打脚踢"也是一种无计可施的撒娇。

与托卡尔丘克神似的是，《矿车》中也有一个已完成之我的回视。小说结尾，芥川说，良平二十六岁那年，已经成家立业，不知怎么的，就会想起小时候那件事，"尘世的操劳使良平疲于奔命，他眼前浮现出一条道路，它和从前的那条一样，路上，竹林昏暗微明，坡道陂陀起伏，是一条细细长长、断断续续的道路……"当《旅客》中的两个自我重叠时，那种成长里的惶惑不安彻底败给了成年后的认命，一个恐怖的灰色影子原来就是自己；而当《竹林》中的良平长大后，一条跑不完的道路最终也抵达了终点——"带着妻女来到东京"——所以，两个作家有些相似，都是把成长的主题变为自我认识的主题，在时光的来回穿梭中，人的局限、能力、疲态、弱点、限度，也才能看得明了，也多少有点认命的意思了。

《旅客》的主题是自我，这个自我经由成长而得，最后又进入了认命的状态，显然它预设了这样一种结构：人的自我是不断找寻（以成长为例）而来的，哪怕结果不尽如人意。可是，荷马或者亚里士多德会这么想吗？甚至，他们会考虑这个问题吗？《奥德赛》与詹姆斯·乔伊斯的《尤利西斯》都写人的漫游，但都是要塑造一个有着鲜明个性与自我意识的主角吗？或者，如果说文学或隐或显地在表现自我，那么《埃涅阿斯纪》在表达维吉尔的什么呢？福楼拜《圣安东尼的诱惑》中那个癫狂的安东尼又和他自己有必然关系吗？

古典时期：行动高于人物

这一讲，就来聊聊文学中的自我。

英国当代重要的文论家伊格尔顿在谈到亚里士多德

的《诗学》时说,"他的观点可以归结为:悲剧没有人物也没关系。"① 我们来看看亚里士多德的原话,他把悲剧定义为:"悲剧是对于一个严肃、完整、有一定长度的行动的摹仿;它的媒介是语言,具有各种悦耳之音,分别在剧的各部分使用;摹仿方式是借人物的动作来表达,而不是采用叙述法;借引起怜悯与恐惧来使这种情感得到陶冶。"实际上,倒像是伊格尔顿在偷换概念,因为在第一句话里,亚里士多德确实没有提到人物,而是说行动,但问题就是,没有人何来行动呢?哪怕是化身动物身体与视角的写作,都是在模仿人的所思所行。比如古罗马的传统故事《金驴记》,主人公被涂上魔药化身为驴后的一系列经历,其实都是"拟人"的。但是,我们可以在不曲解亚里士多德原意的前提下,把伊格尔顿的这番话稍微修正一下——古希腊的悲剧一定是依据人的行动展开的,但目的并非为了表现这个人的个性,而是要表现这个行为。

也就是说,人是作为行动的载体而存在,具有可替换性。

在古典文学中,特定行为高于特定人物。古希腊悲剧家埃斯库罗斯塑造出了普罗米修斯的形象,让他被绑在高加索山上,喊出一些动人心魄的台词,但这位悲剧作家的最终目的不是要打造一个超级英雄——虽然这种超级英雄很容易被今天的语境所接受,他就像美国超级大片里的英雄一样,总是舍己为人、反抗权威——而在埃斯库罗斯

---

① 伊格尔顿:《文学阅读指南》,范浩译,河南大学出版社,2015年,第68页。

看来，重要的不是英雄这个人，而是英雄的特定行为。也就是说，换个人，只要做了盗取火种这件事，同样会被写入悲剧，普罗米修斯被书写，只是因为他刚好做了此事。理解了这一点，就理解了为什么古希腊悲剧的舞台上，演员要带面具上场：一方面当然是为了酬神和演出实践的需要，但更重要的是要隐藏所谓的"自我"。现代英语中自我、个性一词 personality 的词源，其实就是拉丁文 Persona，也即舞台演员所戴之面具，一种在公共场合把自己遮起来的伪装工具。从这点上来说，古典文学甚至是藏我和无我的。荷马在《奥德赛》中，就用"无名之辈"开过玩笑，同样的，在《伊利亚特》里，读者固然也对各位英雄留下了深刻的印象，但不应该忘记，整部史诗的主题是愤怒这个动作。

所以，古典时代的文学里，主人公是谁似乎不是最重要的，而且，主人公性格如何，也不是重点描述的对象。现代人比较相信"性格决定命运"这样的说法，在描述一些罪犯的生平时，总喜欢挖掘原生家庭、情感偏好、成长经历等，似乎这些促成个性的元素是导致犯罪悲剧的原因。但是，还是在《诗学》中，亚里士多德却表示过，主人公之所以陷于厄运不是由于他为非作恶，而是由于他犯了错误。像俄狄浦斯这样的人，本来是声名显赫、生活幸福的，他最后居然杀父娶母，不是说他心地邪恶，而是他"犯了错误"。

犯了错误这句话可能会引起误解，好像一个人是故意去犯错。但亚里士多德想表达的是，悲剧不是内在的、个人的、性格的原因产生的，而是让外在的、不由人掌控的

"混沌"无故地蒙蔽了双眼，可能读者愿意把这个说不清道不明的"混沌"理解为命运，但是亚里士多德又不喜欢谈命运这个概念。我不确定这个外在的混沌力量和中国语境里的"时""势""命"这些概念可不可以等同起来。项羽最后被围，说的是"时不利兮骓不逝"，庄子解释命的时候也是突出一种不由人自己决定的无力感，说"知其无可奈何而安之若命"，这些词描述的也都是相对外在的力量。

在《俄狄浦斯王》中，男主角的悲剧正是一种和自己个性无关的外在力量引发的。悲剧的结尾，当俄狄浦斯发现自己犯下了杀父娶母的恶行时，他刺瞎了自己的眼睛，歌队这样唱道：

> 忒拜本邦的居民啊，请看，这就是俄狄浦斯，他道破了那著名的谜语，成为最伟大的人；哪一位公民不曾带着羡慕的眼光注视他的好运？他现在却落到可怕的灾难的波浪中了！
>
> 因此，当我们等着瞧那最末的日子的时候，不要说一个凡人是幸福的，在他还没有跨过生命的界限，还没有得到痛苦的解脱之前。
>
> （罗念生译）

显然，在索福克勒斯看来，俄狄浦斯也只是一个"凡人"，没什么特别之处，他被书写是因为他外在的遭遇，这种遭遇与他是个怎样的人不构成因果关系。而且，你会发现，如果执著地要去归纳和勾勒俄狄浦斯的性情，只会扫兴而归。最多，你只能说他性子急，不断地向各种人急迫地索要真相——可是哪个人在面对危情时能闲云野鹤？性子急和他杀父娶母没有关系。可是，一些读者又会发现，好像近现代的戏剧或者文学中，一个人的悲剧似乎又和他自己的性格内因有关，以至于一说起《威尼斯商人》，就会想到"吝啬"，一说起《奥瑟罗》，就会想到"嫉妒"。这里面其实就是戏剧中悲剧的成因发生了转变，从外在的不可控转到了内在的个人性格。稍后我们会解释变化的原因。

总结来看，古典时代的作品中，不仅行动要素高于人、命运要素高于人，环境要素也高于人。很多作品的写作都暗含一个大的背景：城邦。人们行为举止中的矛盾和悲剧，往往都是来自于破坏城邦与维护城邦之间产生的对立。比如索福克勒斯笔下，执意要安葬兄弟的安提戈涅与僭主克瑞翁的纷争核心，就是尸体会不会污染城邦；上边提到的《俄狄浦斯王》也是个体的乱伦杀父行为引发了整个城邦的瘟疫。很多作家甚至在剧名中都直接把主人公镶嵌在某个大环境里，比如欧里庇得斯写《特洛伊妇女》《腓尼基的妇女》《伊菲革尼亚在陶里斯》等等。也就是说，在文学的早期阶段，自我的地位并不是至尊的，作家们的写作也不是为了描述某种独特个性，或者表达自我。作家的视野与宇宙自然的空间悠然融合在一起。

中世纪到启蒙：对普遍性的追求

大概可以说，古典作品中的主人公承担的是解释世界而非解释自我的功能。

由于近代个人主义观念的崛起,读者对于文学的解读非常容易陷入对于"形象"的解读。中文系本科生的论文特别喜欢以分析作品中人物形象为题,似乎文学总是要表现某个典型形象和典型性格。但是,对于十六世纪的人来说,读《巨人传》的乐趣可不是归纳主角卡冈都亚的人格魅力。小说中的主人公更像一个引子,通过他的穿针引线,读者们得以看到一个光怪陆离的世界。读的时候,还经常会有一种感受,不是在读穿插于巨人卡冈都亚生命经历的各种奇闻异事,而是在大量奇谈怪论里点缀了些许卡冈都亚的生平。

所以,如果一位读者习惯求助于名著缩写、改编、梗概之类的东西,就特别容易错失作品的真正魅力。《巨人传》这样的作品,像一块被泡胀的海绵,充盈着水分,颇有重量,但绝大多数水分都是由主人公之外的人与事构成的。名著缩写类似于把水榨干,只留下一块干燥轻飘的海绵骨骼,那就是主人公的个人史。但在小说中,主人公个人的故事其实没那么重要。

来看看小说的第一章,本章讲述了卡冈都亚的谱系与家世,按道理,应该接下来就进入对于主人公的介绍,但是第二章却又全文收录了一首杂咏《解读歌》,拉伯雷说这首杂咏是在卡冈都亚家族的古墓里发现的,但是我们读完全文,却发现根本没有提到家族的半个字,而是稀里哗啦将法国教会讽刺了一番;后几章中,好不容易读到卡冈都亚的母亲怀孕分娩,拉伯雷又荡开一笔,专门花了一章的内容写人们为了庆祝,大吃大喝,席间说的醉言醉语;

待到写卡冈都亚的服饰时，不出所料，拉伯雷单列一章开始讲述他对色彩的理解：

> 谁在使你们激动？谁在刺激你们？谁告诉你们白色象征信仰、蓝色象征刚毅？你们一定会说，是一本任何书摊上都有出售的小书，书名是《纹章色彩》。谁作的呢？别管他是谁了，没有把名字放在书上，总算他聪明。不过，我不知道我应该欣赏他的什么，是他的狂妄自大，还是他的愚昧无知。
>
> ……
>
> 古时埃及的学者，书写那种他们称为象形文字的时候，和这个还要不一样呢。看的人除非熟悉那种文字所代表的东西，明了它们的意义、性能和性质，不然谁也无法看懂。奥鲁斯·阿波罗为了它曾用希腊文写过两本书，波里菲鲁斯在《爱情之梦》里谈得还要多。在法国海军元帅的纹章上，还能看到几句，屋大维·奥古斯都斯曾第一个披戴过。
>
> （成钰亭译）

读到这儿，一个习惯了现代小说的读者可能已经十分不耐烦了，这些色彩、醉话、古墓中的手稿，到底和主人公有什么关系？拉伯雷会坦诚地告诉你：没有关系。如果读不下去《巨人传》，也有可能读不下麦尔维尔的《白鲸》，或者读不下去上一讲提到的《项狄传》——因为这些作品出奇地相似，它们似乎都顽皮地打翻了现代小说的常见写法，作家们信马由缰，净去写一些有的没的、离题万里的东西，但说来说去都和主人公以及他的故事线关系不大。

其实，只要熟悉十五、十六世纪的作品，就会发现这样的写法才是主流，而在大惊小怪的现代批评家看来，它们几乎具有了一种"现代性"的写作意识。同样的，《十日谈》不是要展现哪个少男少女的个性，而是要通过他们之口讲出更多的故事，让文本像吹气球一样膨胀起来；《堂吉诃德》中，塞万提斯当然赋予了堂吉诃德与桑丘非常独特的个人气息，但更重要的是，主仆两人听别人讲的内容占了全书的绝大部分。这些道听途说的故事就像亲朋好友围坐一起，天南海北地闲聊，消磨时间增加趣味。所以，越丰富的故事丛就越能够像人们闲聊时的八卦一样令人欲罢不能，毕竟，在前现代社会，娱乐产业可没有现在这么发达，漫长的一日需要想尽办法愉悦地打发。这种讲故事的结构，显然不是为了塑造典型人物而服务的，本书的第四讲谈到套娃模式时，指的也是这种民间故事的基本形态。

直到启蒙运动早期，文学中"人物"元素的重要性依旧不高，更不要说"自我"与"个性"了。而且，由于这一时期启蒙哲思强烈地介入文学，"言以载道"的功能被放大，情节和行动就更加不重要了，取而代之的，是充满思辨性的对话与观念。让现代人读伏尔泰和狄德罗的小说，可能会觉得很没意思，它们首先谈不上有什么吸引人的情节，另外，长篇累牍的对话与观念轰炸也让人有点吃不消。这一时期，很多作家本身都是哲学家，有自己的一套世界观与哲学理念，所以，文学的形式更接近于一个盘子，用来把上面盛着的精美的理念点心端出来。

此外，从中世纪到启蒙时期，文学还有一个非常明显的特点：写尽寰宇——也即对宏大与普遍的追求。这是对漫游在诸国之间的巨人卡冈都亚与行走在旷野上的骑士堂吉诃德的直接继承。不过，到了启蒙运动时期，早年那种离题万里的写法发生了变化，我们的主人公还是在野外漫游着，但是那些无关的东西——比如遇到了一个路人甲，这个人的故事是怎样的、或者衣服的颜色有什么理论、再或者一群醉鬼的废话——都被剪裁掉了，它们都成为新时代小说家眼中的花园杂草。这里不妨引用一下哈姆雷特的台词，以此来表达此时作家的宏大野心：如果说世界是"一个荒芜不治的花园"，那么作家们就得"负起重整乾坤的责任！"

所以，启蒙早期的文学作品中出现了一个很有趣的现象：主人公总要找个理由环游全世界——至少到异域他乡——进行一番考察。像孟德斯鸠的《波斯人信札》、托马斯·莫尔的《乌托邦》或者斯威夫特的《格列佛游记》，等等。这其中，还有一部作品非常具有代表性，即英国十八世纪作家萨缪尔·约翰逊博士的小说体作品《王子出游记》。在约翰逊笔下，逃出了故乡的王子环游世界的路线极速扩张，南下埃及开罗，北观中国长城，一个寰宇的视野出现了。

为什么让主人公游历全球呢？约翰逊在作品中明确谈及了自己的初衷：

> 一个诗人的天责是要细察物种而不是个体，要注

意普遍的性质和大体的形态；他不需要描绘郁金香花冠上的花纹或者描写森林的各种绿色。他在对大自然的肖像中应当描写出使众人都能记起的原来的人与物的重要、突出的形貌，而放弃那些细小的区别，这些特点有人看到，但别人可以忽略。诗人必须选用那些细心的和粗心的人都会必然见到的形象。

(水天同译)

在这种对于宏大和普遍的追求中，个人是被忽略的，或者就是个工具人。小说中，每当王子环游到某地，他都会做一番非常抽象的思考，但环游的动作往往一笔带过，简单粗糙，因为其目的只是要引出形而上的玄思。比如王子和公主化身调查员，调查普通人家庭的生活境况，怎么调查的、调查了些什么，我们都不得而知，只知道他们最后聊到：

我并没有在穷人家庭找寻安宁，因为我早就认为穷人家里是不会有安居乐业的。但是在许多我起先认为生活富有的家庭中其实是穷的。在大城市里，贫穷的面目很不一样；贫穷往往藏在富丽堂皇、花费大方的后面。人类中一大部分的心思就花在掩饰他们的实际贫寒上；他们用暂时对付的手段度过日常生活；过了今天再筹划明天。

(水天同译)

可以说，约翰逊的《王子出游记》代表了个体、个性、个人这些概念发明之前人类所关心的东西，看似以个人的环游为线索，但最终并无意呈现这个人独特的经历个性，而是要呈现他所观察到的宏大世界和作家对此的判断。① 与此时的文学景观构成呼应的是当时的科学景观：望远镜和显微镜将世界奇观呈现于人们眼前，德国哲学家莱布尼茨在十七世纪末推行一种以数学为基础的综合性知识观念、身在剑桥的牛顿也试图以力学规律揭开宇宙运行的秘密、穿越南美的亚历山大·洪堡则将自然界的诸相纳入"有机整体论"——可以说，整个十八世纪的知识界，不分科学文学，都被一种创世般的总体宏大渴望所裹挟。

小小的我：启蒙天秤的另一端

然而，十八世纪不仅于此。

启蒙运动时期之所以有意思，在于它存在一种内在分裂，我们固然看到狄德罗、伏尔泰、约翰逊等人的总体性追求，却也能在另一些人身上看到一种背道而驰的发现：

---

① 这种写尽寰宇的激情，既有民族地域色彩，又具有普世传播的潜力。托克维尔在考察美国时，发现美国人比他们的祖先英国人更偏好总体性的观念，而美国人这种思维偏好更多地是来自于法国人。他在《论美国的民主》中举了一个例子来说明："法国人对总体观念有一种无法抑制的激情，以至于在面对任何事物的时候都愿意付出努力。每天早晨醒来，我都会看到又有人发现了前所未闻的一般性或总体规律。在法国，即使是一个平庸的三流作家，也会狂妄地求索大国的治世经纶。倘若不能在一篇小论文中将整个人类都囊括进去，他就绝对不会感到满意。"托克维尔并没有明确说是法国的哪位作家，我们不妨将其理解为一种启蒙时代形成的群体思维倾向——再短小的作品都应该饱含着寰宇的视野，这种倾向也从法国弥漫到了整个欧洲。

244

小小的自我。它来自于卢梭、费希特、赫尔德、歌德甚至康德与更早一些的笛卡尔等人。这些人的思想彼此交缠、互相激发又不尽相同，无法彻底通约，他们构筑了启蒙思潮天秤的两端。

在这一讲的篇幅内，我无法把"自我"在文学中的详细轨迹讲得透彻，观念的塑形也不是一时一地的因果关系而已，但可以明确一点：现代语境里所谈论的"自我""个性"是十八世纪的产物。当然，有一些学者认为，它的前史可以追溯到遥远的古代世界，比如英国史学家拉里·西登托普在《发明个体》中提出了一个颠覆性的观点：平等自由的个体权力恰恰来自于被进步人士斥为腐朽保守的基督教士们，因为他们宣布了上帝面前人的平等。我也并不否认，在古希腊的抒情诗与墓志铭中都在吟诵个人心绪，就像中国魏晋南北朝时期，那些抒情小赋里流动的个体的哀伤之感一样。但"自我"作为一种常识、一种人人接受和颂扬的普遍观念，确是诞生于启蒙年代。

所以，启蒙年代的文学，除了无限投身寰宇外，同时又无限向内凝缩，到了笛福笔下，广袤的世界缩小成了一个小小岛屿，而一个世纪之后，作家们把故事进一步压缩到了几个房间之内。在第一讲就曾经谈及这种空间的变化，它实际上预示着作家们将小说从对外在世界的关注不断转移到对内在世界的关注上：由此，近代文学中获得至尊地位的自我开始逐渐出现与成熟。

作为启蒙时代的文化特色，哲学一直与文学相伴相随，当小小的我出现后，大家对此的讨论基本上遵循着两条路：一条比较偏经验一些，另一条偏先验一些。我不是专业的哲学老师，只能尝试着把这两条路做一个很粗浅的梳理。"自我究竟是什么"的问题，换成大白话就是——你是由每天的吃喝拉撒、爱恨情仇构成的呢，还是由某个连吃喝拉撒、爱恨情仇都没有的先天之物构成的呢？为此，哲学家们设计出了两个古怪的问题：问题一，用羽毛给石头搔痒，石头会有感觉吗？问题二，当我们面壁时，墙壁面对的又是什么？

第一个问题，大家当然会说，石头怎么会痒痒，只有搔人的时候，人会有这样的感觉。也就是说，痒不是羽毛尖端带有的属性，而是人带有的属性。这其实是伽利略提出的问题，它代表着科学革命早期一些思想者的共同发现：有一些属性是事物本身具备的，比如声音、硬度——不论人在不在场，它都那样；然而有一些则是我们人的属性和反应，比如痒的感觉，这就属于我们的经验捕捉到的东西。既然有了经验，反过来就得有个"装下"这些经验的东西，痒总不能是凭空发生的吧，那么装下这些感觉的东西，就是"我"。这个"我"并不是此刻你摸摸脸、拍拍大腿所接触到的肉体，就是说不能简单地将其理解为一个"容器"，而应该是一种心智的反应（你甚至可以猜想它是从大脑里发出的一束束意识），所以，吃喝拉撒、爱恨情仇都是这个"心智之我"的能力所在。

然而，这还不够。既然我们说"自我"是一种心智的反应而不是物质的具体的东西，听起来就不像脸啊、大腿啊、鼻子啊这些物质器官一样具有相对的恒定性（除非你整了容或者发了福），那么，还得给这种心智反应加一个限制，才能让"我是我"——它应该是连续的、统一的——这样，才不会出现以下这种恐怖情景：今天我感觉到自己是我家的小狗，昨天感觉自己是我爸爸，明天可能会感觉自己是自己。

所以，可以试着概括一下，偏向于经验的自我是怎样的：它是一种连续的、统一的、恒定的心智反应，与世界一刻不停地交互作用着。

在十八世纪以后的现代小说中，这种连续的、同一的经验实体有没有表现呢？文学对于哲学的回应其实是相当丰富的，就上述"自我"的定义而言，文学给出了各种分叉的可能：如果经验在积累时断裂了，比如人的记忆发生了扭曲翻折，那我还是我吗？如果经验在积累的时候发生了分叉，比如一个人分裂出两个人，那么我到底在谁的身上？经验是可以复制传递的吗？比如我造出了另一个我，那么假设我们俩原初的经验是一样的，可是往后人生路的不同，会让我们踏上殊途，那我还是我吗，我又在谁那儿？

看看第一种假设。以华裔科幻小说家特德·姜的《你一生的故事》为例。小说设置了一个脑洞大开的情节：女科学家在一次任务中需要与来到地球的外星人接洽，可是由于双方语言不同，科学家就得学习他们的语言，没想到，学习一门语言就是学习一种思维方式，外星人的思维方式不是线性的，也不受顺序时间的影响，科学家慢慢能和外星人沟通后突然发现，自己对时间与历史的理解不再受制于过去—现在—未来这种模式了，而是变成了可以站在未来看当下、停留在此刻看到未来的状态——通俗一点来说，就是绕了一大圈，回到了传统的"预见未来"的主题上；另一方面，小说穿插着对于女科学家私人生活的描写，她离了婚，独自抚养女儿，没想到女儿却因病去世，总体上是非常悲剧的一生。了解了这个故事背景，我们再来看小说的第一句话：

> 你的父亲很快便会向我提出那个问题，这将是我们夫妻生活中最重要的一刻，我希望专注地倾听，记下每一个细节。
>
> （李克勤等译）

这里面的时态很有趣，它似乎是主人公站在此刻回忆过往，但是过往之事又指向了未来。罗兰·巴特在一张死刑犯临刑前的照片里也发现了这种时间悖谬之感，那是一个漂亮的小伙子，他就要死了，巴特惊恐地觉察到：一张照片里汇聚了将要发生的事情和已经发生的事情。就像他在母亲去世后，看到母亲小时候的照片，想到，这个小女孩是要死的。一张照片汇聚了时差的混沌，而学习一门语言同样如此。读者在面对《你一生的故事》时，在某一瞬会突然发现，原来女科学家那段哀痛的个人史，其实是她学习语言预知未来后看到的将来之事，一切其实都还没有发生呢。小说在这里提供了一个假设性的问题：如果你能预见未来，而且那个未来并不好，你还要这样走下去吗？

这个时候，主人公对自我有了新的思考，如果我们能预知未来，就可以在自由意志的驱使下改变自己的生命路径，比如，如果未来会离婚，那现在就不要和这个男人结婚，也就不会有女儿和女儿的去世了，小说写道：

按照定义，岁月之书永远是对的；另一方面，不管这部书里说她会做什么，她都可以按照自己的自由意志，选择作出其他举动。这两个互相矛盾的方面如何统一起来？

不可能统一，这是通常答案。正是因为上面提到的矛盾，岁月之书这种著作便不可能存在，逻辑上不可能。要不然还可以大方点：岁月之书可以存在，只要它不被读者读到——放在一个特别的地方保存，不给任何人借阅权。

（李克勤等译）

那么这时候，关于自我的问题就是，如果我用自由意志改变了目前的生命轨迹，那么维持自我的这种持续、同一的经验就会走到轨道2上（另一条人生之路），而在预知未来里看到的那个沿着轨道1进行的我，其实就与当下的我在经验延续上发生了错位，也就是说，她将不可能是我，因为，统一的、连续的、恒定的心智反应断裂了。如果沿着轨道1发展的我不是我，是另一种命运下的另一个人，现在的我又何必去规避这种命运呢？那个人跟我没关系嘛。故事在这里就会陷入一种莫比乌斯环式的死循环，所以，作家才会说"不可能统一"。

解决的办法只有一个，那就是不要去改变命运，哪怕知道命运必然是悲剧的。只有这样，才能保持自我经验的同一性，不至于在自我认知的位格上发生错乱——今天是你，明天成了别人。特德·姜未必是从自我经验同一性的焦虑来考虑这个问题的，只不过他确实设计让主人公迎着明知的命运走下去，整个人物也因此充满了一种古希腊英雄式的悲情。

文学中，在一人被分裂成两人，或者人造人的情节中，作者往往选择忽视"到底谁才是真正这个我"的问题，因为它会给文本带来不必要的麻烦。比如卡尔维诺的《分成两半的子爵》中，舅舅在战场上被炸成两半，一分为二后，左右两边身体各成了一个半身人，分别代表善和恶，小说的结尾是两个不停行善作恶的半身人合二为一。卡尔维诺没有再谈中间分开的这段时间，而是用一种童话般的简单逻辑将其圆了过去。可是一旦合体后，之前行善作恶的种种经验，算谁的呢？

经验以外的先验之我

现在，我们再回过头去看看从启蒙哲思中出现的第二个问题：当我们面壁时，墙壁面对的又是什么？

这其实是十八世纪哲学家费希特在耶拿教书时，对学生提出的问题。费希特提出一个"无上之我"的概念，这个"我"就不属于经验的范围了，而是属于先验之我——先验，指的就是先于经验。如果这些经验都还没发生，或者都是幻觉，那么我在哪？费希特就觉得，我在意识本身，从意识的我出发，才有了整个世界。虽然经验之我也跟意识有关——我意识到了这些属于我的感受——但是，它终究还与"我"和世界之间的互动有关，但先验之我则直接跨过了世界，认为"我"能够超越一切外在于意识的存在，是独立自主的，可以为一切行为建立普遍的标准。也就是说，渴也好、痒也好、爱也罢、恨也罢，都不是在和世界互动的过程中产生的"心智"，而是纯粹受意识所支配的。如果你接受了马克思的唯物论，你会特别坚决地予以否定：这不就是典型的唯心主义嘛。但是，不如先搁置"世界是不是由你思维发展出来的"这个问题，仅仅感受一下自己的存在。

"成为你是什么感觉?"这好像问了一个西方存在论里特别基础的问题，有点玄乎，但其实来自于我很喜欢的一部英剧，叫做《真实的人类》。该剧的题材还是比较老套的人工智能忽然具有了真的人类智慧的故事，但是，里面有一句台词很动人，影片中的机器人女仆开始渐渐有了真实人类思维时，她从物变成了人，所以，她对着主人发出了这个问题："成为你是什么感觉"。作为一个人，你不会去想这种问题，就像你不会感觉到自己在呼吸一样，它似乎是一个内嵌于自己生命和生活的状态。但是从机器人的视角提出这个问题，就变得有意思了，它从外部逼迫你反观自己、感受自己、体察自己活着的滋味。

机器人的作用，其实就类似于费希特让学生面壁的作用，都是用一个外在于你的他者，提示你存在的状态。费希特说，"思考自身，作为与墙壁相异者"，也即，你面对一堵墙，一开始是你看它，看得久了，一种百无聊赖之感就浮现而出，当无聊到极致的时候，你大概会突然问：我在这儿干嘛呢？面对着一堵墙看了半天的我好奇怪——你看，"我"，那个面对着墙的生命，突然就被注意到了，被点亮了。所以，这里面有个从我看墙到墙看我的过程。这里面尤为关键的，是把目光收拢到自己身上的过程，人会恍然大悟，原来"我"早就存在，而且一直存在，比一切可经验可感的事物都要早，只是我一直没发现呀。①

设计出这样一个先验的我有什么用呢？哲学家们觉得，它可能代表着绝对的自由，超脱于现实物质世界的自由，也代表着人对自我掌控和把握的自由、人成为自己的主人（与之相对的，则是庄子所谓的"皆有所恃"的受奴役的状态）。这种自我观深深影响了一大批启蒙以后的哲学家和作家，也逐渐演化出一个非常典型的近代文学主题：寻找自我。在这种文学主题下，主人公往往会经历外在世界的重重磨难，最后寻得那个等候已久、早已存在的自我。这一讲开篇读的《旅客》，就是很典型的寻找自我的模式，只不过结尾不太典型，因为这个找到的自我，只是一个成年衰老后平平无奇的人。

法国作家尤瑟纳尔的《苦炼》中的寻找自我，则更为典型。小说描绘的是十六世纪初的欧洲，富商家庭出身的泽农的一生。一开始他就显得和周围伙伴有些不同，当和朋友谈起未来的打算时，泽农对周围女性的恋慕不屑一顾：

---

① 当然，还是要指出，无论是面对墙壁自观，或者借助机器人的眼睛，都不能真的"看"到"我的存在"。因为存在本身不是一个事物现象，而是一个想到、思维到的现象，我们借助种种貌似可视的手段，都无非是为了让这个"想到"的过程更为生动。关于这个问题，赵汀阳在《第一哲学的支点》里做了很恰当描述：存在询问的问题，"无关事物之被见，而是思想之所见"。

他们在下一个十字路口分手。亨利-马克西米利安选择走大路。泽农走上了一条岔路。突然,年纪小的一个折回来,赶上同伴;他将手放在朝圣者的肩上说:

"兄弟,你记得维维安吧,就是那个脸色苍白的小姑娘,有一回在学校门口,我们这些坏小子揪她的屁股,你上来保护她?她爱着你;她还说已经发誓要跟你在一起;前不久,她拒绝了一个副镇长的求婚。她姨妈扇了她一个耳光,罚她只许吃面包喝白水,但她挺住了。她说会一直等着你,哪怕直到世界末日。"

泽农停下脚步。一丝捉摸不定的神情从眼中掠过,又消失在眼里,仿佛一小团水汽消失在火盆里。

"让她去吧,"他说,"我跟这个挨了耳光的小姑娘之间有什么关系?另一个人在别处等着我。我正朝他走去。"

他重新迈开了脚步。

"谁?"亨利-马克西米利安吃了一惊,"是莱昂的修道院长,那个老掉牙的家伙吗?"

泽农转过身来,说道:

"泽农在此。我自己。"

(段映虹译)

《苦炼》的故事设定在十六世纪,但显然泽农说的是二十世纪的人的话。找到自己、更好的自我在等待着自己,这都是"自我概念"被发明之后的典型思维模式。那些朋友之间的交游,女孩子的恋慕,都是"非我"的身外之物，不足为虑。对主人公来说，他已经受到了一种无形的召唤：抵达那个终将玉成的最好之我。小说描述他游历世界，周济穷人，最终自己结束了荣耀的一生，这种荣耀在尤瑟纳尔看来，恰恰在于他已经找到了自我。

在另一些作家笔下，被寻找之自我变得犹如费希特哲学概念那般抽象。比如德国作家黑塞的一系列作品，无不是在谈与"非我"世界格格不入的"自我"的寻找与建构，《德米安》甚至放弃了情节，专注于书写自己的独特——"对每个人而言，真正的职责只有一个：找到自我。无论他的归宿是诗人还是疯子，是先知还是罪犯——这些其实和他无关，毫不重要。他的职责只是找到自己的命运——而不是他人的命运——然后在心中坚守其一生，全心全意，永不停息。"

类似寻找自我的话语，在青少年时期读来会特别打鸡血，让人充满振奋的力量。我身边许多年轻人都酷爱黑塞。问题就是，一旦了解"自我"这一概念也是在某种程度上被建构起来的历史产物时，又怎么能保证找到的不是幻觉与臆测呢？当代伦理学家查尔斯·泰勒对"自我放大"的叙事感到很沮丧，如今我们的社会充斥着"找到自我""活出真我""具有个性""不为别人而活"这些言论，每个人都觉得"在我之外我甚至不可能找到我据以生活的模型。我只能从内部找到它"，可是，没有人在意成就独特性的那个更为重要的背景：通过对话达成的同一性。以至于，我们是不是太高估了自我的重要性和独特性？说到底，所有自视独特的东西，其实都在别的地方被别人重复地做过了——比如，在尤瑟纳尔那里让年轻读者激动不已的泽农,在黑塞那里不过换了个名字,叫做德米安而已。

虚构与危险的我

由于计划生育,我们这一代人几乎都是独生子女,很天然地就会推崇这种个体性的语言,对什么催婚催生、亲戚走动、朋友交际很排斥,后来谈恋爱结婚了,我先生就总是评价我说"太独了"。我一开始以为是"太毒了",先是很纳闷,后来也不以为然,觉得这才是一个现代人的应有姿态。直到书读得多了一点,人生阅历也丰富了一些,才开始反思之前的"独"。今年大四学生毕业时,有个女生来跟我告别,我们围着学校的湖边散步,也聊了很多"自我"的问题。她谈到自己的一个习惯,就是长期记日记,我一听就想到了自己的这个习惯,从初中开始一直记到了差不多读博的时候。现在想来,记日记能够强烈地塑造自我意识,但另一方面,可能会让人沉迷在塑造自我的小型神话里。

如果你认同费希特的"绝对无上自我"(某种程度上,我觉得它是今天流行的"活出自我"的哲学高端前身),那么就会有个问题:你无法经验与真正理解任何你辐射范围之外的东西,你就会被圈在小小的"我"的牢房里。这种境况与其说是你对外部世界的暴力,不如说是你对自己的暴力。所以,后来又出现了很多思想家纷纷想修正"独我""唯我论"。有一些思想家提出了"移情":别人发生了一件惨案,你会感同身受,把自己代入进去,由此出现同情感。有的人,比如法国哲学家列维纳斯,提出了"他者"——你的朋友与你面对面站在那，不是因为你的意识发出来产生了你的朋友，是他就在那儿，跟你的意识构建没有关系，也不是你的自我投射。看着他的脸，你会懂得，有可能他已经超出了你自大狂式的理解能力。

承认一个你无法了解的别人的存在有多难呢？大概就跟认错一样难，后面第十一讲会讨论到认错的问题。在西方"存在论"的传统哲学语境中，一直有一种帝国主义般的侵略的姿势：我承认外界存在的前提，目的是要压制和占有它、了解和穿透它、建构或生产它。特别晦涩的列维纳斯举了一个特别容易懂的例子：你吃蛋糕时为什么会那么享受，因为你就是把外在于自己的能量转化到自己身体里了。宫崎骏电影《千与千寻》里那个把所有东西都吞到自己肚里，无限膨胀的无脸男，就有点这个意思。

可是，你可以消化吸收蛋糕，却无法吸收死亡。死亡在人的理解范围之外，就像你始终不懂的朋友，那个外在于你的人一样。这些他者的出现，最终会将小小的个体与世界联系起来。最终通过什么联系呢，列维纳斯觉得是通过爱欲与生殖。现在流行"不婚不育保平安"的说法，我自己在有了孩子以后也常常会觉得工作时间被占用了太多，但是列维纳斯对此提供了另一种非常别致的解释：有了孩子，那么我的时间既是我的时间，又不是我的时间，因为我的时间流到了我女儿的时间中，她每天开心地生活，有她自己全新的时间，她的时间又与我的相连。孩子没让我更新，但是让时间更新了，各种流向与流速的时间奔向了丰富多元的未来，人打破了孤单，逃离了小小的因牢，这难道不是另一种自由？①

现代小说的走向其实已经和上述这些讨论暗暗合拍。在我们多次论及的伍尔夫笔下，个人的心灵永远是与众生的心灵交织在一起协奏的，谁敢说谁更独特呢？谁敢说自己脑中构想的就是整个现实世界呢？一种共同、协作的氛围取代了孤独的自我；在科幻小说家莱姆的《机器人大师》中，造出了一个微缩王国与芸芸众生的机器人大师，最后却怀疑自己也不过是另一个更大的被制造出来的王国里的芸芸众生之一②，他自以为独特的一切，也都是被虚构和虚造的；而在法国新小说作家的笔下，整个文本甚至连具体的主人公都没有，比如西蒙的《弗兰德公路》，通篇只是大量镜头化的叙事，比如固定机位对于流动的骑手服饰的描绘、黑暗中靠听声音得来的画面，文字被压实、被剥夺了抒情或者讲述的功用，以物质—空间的形态

---

① 如果把西方文化的发展史理解成是个人主义的形成历史，将会很偏狭。所以，读费孝通先生的《乡土中国》之类的作品，也需要读者自己能留个心眼，不要简单地把一种文化、文明的核心理解为这个主义、那个主义。在西方文化中，从古希腊开始，人们就花费了大量笔墨讨论友爱、人与人的联系。亚里士多德在《修辞学》中不吝笔墨地描绘了朋友与友爱，人与人之间的理想状态应该是既独立又相互依存的。当代哲人巴迪欧在《爱的多重奏》里，甚至把爱称为"最小的共同体"。

② 实际上，《庄子·杂篇·则阳》里有一个和《机器人大师》高度相似的故事。戴晋人对魏王讲了一个蜗牛角的故事，说蜗牛左右角上各有两个小国家，彼此为了争土地打得不可开交。当魏王怀疑其真实性时，戴晋人又说，如果你不否认天地四方是无极的，那么这个魏国里的魏王，其实也像蜗牛角上的小国王呢，自以为天大的事，但可能不过是微尘之末。魏王不禁怅然。在中国的语境里，这个典故常被用来说人们的追逐往往是微小且无意义的，苏轼干脆写道："蜗角虚名，蝇头微利，算来着甚干忙"——忙了一通所为何事呢？但是莱姆的小说并不是对现实生活功利追求的批判——这是对自我行为的怀疑——他的目光投向了更为抽象的高度，变成了对自我存在本身的怀疑。

直呈，那么此时，"我"在那里？而昆德拉则发明了一个词——刻奇——专指那些放大自我、自我感动的心态。在某种意义上，说"我热爱、我坚持、我追求"这样的话时，都有放大自我的危险。也许可以说，现代小说逐渐放下对塑造"独一无二的自我"的执念，反过来，其实也是对人究竟是什么、自我究竟是什么的认识的加深。

总结一下。这一讲，我简单呈现了文学与自我的关系。人们一般相信文学是对独特自我的表达，但其实自我这个观念是十八世纪启蒙时代的产物。古典时代的众多悲剧都表明，特定的行动与场景比人物更重要。从中世纪到启蒙运动早期，许多作品虽然有一个明确的主人公，但目的不是塑造这个主人公独特的个性，而是借由他来传递更为普世的观念，作家们渴望"看尽寰宇"。在启蒙天秤的另一端，自我这个概念终于出现，一些作家选择将自我放在经验世界里理解，另一些则偏爱先验的自我，由此，催生出文学中"追寻自我"的主题。但是，对这一主题的不断强化，又使得人们落入了自我中心的幻觉中，把自我、个性看成了无上的存在，而忽略了它本身也是历史的产物。一些现代小说通过意识流或者科幻的手法，对被放大的自我进行了矫正。总体来看，文学与自我的关系史，也是人类对自己认识不断深化并纠偏的历史。

第十讲
《广告画》：小说中的"非小说"

如果让你来定义"什么是小说"，你会罗列哪些元素呢？情节、人物、对话、冲突、戏剧效果、作家自己的情感表达、教育意义……其实，下定义有点像挖坑，什么都可以往里面扔，可是最后又会发现，挂一漏万，无法达到真正的穷尽和完整，清晰的界定往往是一种窄化和逃避。而且，通过前面几讲，也许你会有点动摇，因为上述元素在小说的发展过程中，都一再被颠覆和瓦解。

人的本能是追求确定性，所以有了对定义的渴望。只不过，确定性却往往被不可预知的不确定性所打破。

伍尔夫在日记里曾经记录过一次与晚年哈代见面的情形，那时候，哈代已经变成了一个小矮胖子，他惊讶地对伍尔夫说，以前，一直以为写作要遵循亚里士多德的诗学原则，一定要有开端、高潮和结尾，现在的小说，居然就写一个女人出了门。他指的是《达洛卫夫人》那个著名的开头："达洛卫夫人说她自己去买花"。然而，哈代自己也曾经是革维多利亚小说之命的先锋，透过他的笔记与小说，我们看到他对维多利亚时代拘泥于"精确"的事物描写的反感、对保守社会风俗的怀疑，他深信一定有更深层次的真实隐藏在事物表面的可见性之下，于是，也才有了在当时惊世骇俗的《苔丝》。

这一讲想通过比较小说与其他文学体裁的方式，看看小说自己的特点。于我而言，这大概也是比较安全和讨巧的思路，因为勾勒小说与众不同的特点，就可以回避对它本质的定义。所以，这一讲的重点是"怎么样"，而不是"是什么"。

当然，我的比较不是漫无目的地"拉郎配"，而是潜入小说内部，看看作家在小说中写到与小说截然不同的体裁时——比如绘画、戏剧、电影等——是如何对它们进行改造的。也就是说，相异的体裁原来没有、但是被小说重新赋予的地方，就是小说自己的特点。在这种内部的比较中，我们能够更清晰地把握小说本体的一些核心特征——这有点像人们在观看明暗对比时产生的一种"边缘增强"效应：面对两种异质交界处时，大脑里的信息处理神经最为密集活跃，对两者边缘不同的感知更为清晰。

这一讲所选的作品是奥地利女作家伊尔泽·艾辛格尔的短篇《广告画》，出自人民文学出版社出版的艾辛格尔短篇集《被束缚的人》，该篇译者是章鹏高。艾辛格尔的作品有一种清晰的迷雾之感——她擅长"藏"起来写作，不是那种汪洋恣肆的流露，而是一种怀抱神秘的持守，同时，她精准如镜的笔法又可以把这种神秘感澄澈地传达。许多时候，她的神秘气息接近卡夫卡，但她始终又多一些刻意为之的戏剧效果，可以说，卡夫卡得之素朴极简，艾辛格尔得之华丽奇趣。

《广告画》文本细读

《广告画》这个短篇讲述了一个有趣的故事：一个工人在贴广告画时，对着画愤愤地说："你不会死。"画上的小伙子露出洁白牙齿微笑着。紧接着艾辛格尔的笔触聚焦到这张广告画上，画中的小伙子有了心理活动：其实他很苦闷，根本无法转动眼珠看别的地方，只能一直微笑看向前方。小伙子不知道"死"是什么。他看着周围的游人往来，一再想弄明白"死"是怎样的体验。这时，他看到站台边有个女孩，她想教他跳舞，不断向站台边缘舞动，可是小伙子却学不会，因为他不能动。在火车驶近时，女孩的妈妈没有抓住她，她跌落站台，广告画也被风刮了下来，被火车碾得粉碎。

我为这个短篇设置的问题如下：为什么工人会对一张画愤愤不平，说"你不会死"？当作者描述广告画上的小伙子的内心活动与对死的渴望时，你觉得呈现出了哪些绘画本身的特点？小说中对天色、天气的交待有什么用意？小说中安排了一场小女孩的死亡，你觉得和广告画之死有什么关系或者区别？小女孩是真的在教小伙子跳舞吗？还是一切都只是小伙子的幻想？在一部小说中呈现一张画的内容时，你认为小说与绘画之间的区别有哪些？小说中的绘画和真实的一幅画之间的区别在哪里？你能试着画出广告画的内容吗？

一些同学捕捉到了绘画的本质特点，比如认为绘画是固定住的（但是没想清楚"是什么固定住了绘画"），所以画中的小伙子总是一动不动，也观察到小说是流动的，"像拼图一样需要一点点拼完才知道全部含义"；而开篇工人的抱怨，一方面是由于自己生病——"吐了一口血"——一方面则是因为他认为画里的内容是永恒的，也就意味着永生。还有一些同学想到了自己贴海报的经历，一张广告画的死意味着它的"被覆盖"，为了逃脱这种命运，他只能活动起来，可是这样一来，构成画的静态又被打破了，好像也是一种死亡。

进入更为细致的文本细读：

开篇，工人在贴画时对着画里的人说："你永远不会死"。旁边的铁轨闪闪发亮，一个母亲牵着女儿在站台上，远近融为一色——小说的第一段非常精巧地把主要人物及其走向全都暗示与交待了出来。"死"规定了全篇的走向，之后我们看到，广告画和小女孩都"死"于铁轨，而且，男人抱怨广告画不会死，刺激了画中人想知道死是什么，而小女孩旁若无人地独自跳舞，也许在暗示她有精神问题，也才有后文跳轨的结局。远近融为一色，这个风景描写也不是闲笔，可以把它解读为对后文绘画与小说融为一体的预兆。开篇的叙事手法，我称之为"小说的经济学"——用最减省的语言质料暗示和规定全篇的走向。这种手法需要将文本要素的骨骼血肉不多不少地称量出来，海明威会觉得多，巴尔扎克会觉得少。

接下来的几段，小说交代了画中人的内心世界，也让读者得以感知作为一幅画，它的特点是什么。"他很想向她（指小女孩）诉说自己在笑的苦衷，笑，像在他旁边飞溅而未能给人以凉意的浪花一样，使他陷入绝望。"而广告画上那些画呢——"但连这光彩耀眼的浮云也纹丝不动,它们四周镶着银色的线条,有如围上锁链,使它们无法飘动。"读者看到,作家在小说中设置了一幅画,而且呈现出其特征:它只能静止不动。为了让这种固定静止更为鲜明,作家还刻意安排小说中的人与车都在动:"那个女人带着小孩走近了。三个穿浅色连衣裙的姑娘咯噔咯噔地从梯级上走下去。最后大家都围住梯子看着他。"

但是,硬要说小说中的这幅画是完全凝固的也不对,因为它是被小说文字描述出来的,读者需要一个字一个字读完,才能在脑海中建构起画中的图像。这就意味着,图像的成形不是瞬间完成的,而是在时间流里完成的。这表明了什么呢?你自己亲眼看一幅画,和你通过文字描述看一幅画,是完全不同的。前者是对直接图像的视觉接收,后者其实是被小说改造过的,不是真的图像,而是伪装成图像的文字。

在这部小说里,广告画是小说内部的异物,小说中的非小说。表面上看,作者艾辛格尔对广告画的定义还是按照现实中绘画的定义来写的,它必须凝固不动,这样就可以永生。就好像你去艺术馆里看《蒙娜丽莎》或者《带珍珠耳环的少女》,画中女郎始终对你微笑,从不曾动,也从不曾老去。《广告画》中的人却异想天开,学着人动起来,也必然自寻死路。在车站小女孩的诱惑下,画从墙上卷了下来,当它在火车轮下被碾得粉碎时,画面中被空间所凝固的元素也活动了起来,画中的海水荡漾,海滨潮涌。很显然,当小说与绘画相遇时,小说用自己的某种元素彻底改造了绘画原本的特质,它首先令绘画的呈现进入了小说文字展开的时间之流中①，又使得凝固的画面突破空间的束缚，活跃了起来。

所以，小说中的绘画被小说吞噬了，改造了，绘画被赋予了现实中真正绘画所不具备的东西，而这个东西又是小说独有的：动态的时间流动。其实在第一讲，我们就讨论过小说中的时间空间问题，而且得出了一个结论：小说是无法彻底摆脱时间的，因为只要你在一个字一个字地阅读，那么就必然受制于时间的进程。

小说是进程性的

自然，小说与绘画各有其特点。而且，由于两者个性鲜明，总会被拿来进行比较。早在古希腊时期，人们就开始比较叙事文字与绘画的区别。最有名的比较，大概就是十八世纪德国的剧评人莱辛给出的。他通过观察一尊古希腊时期的雕像，一锤定音地给出了许多结论，比如，他觉得画只能写美的东西，但是诗歌可以表现丑陋；画呈现的是空间中同时出现的东西，但是诗歌的呈现是有一个时间的先后顺序的；还有，绘画的题材只能画眼睛可见之物，但诗歌却没有这种局限。

他观察的这组雕像叫做拉奥孔。拉奥孔是古希腊特洛伊战争中的一个悲剧英雄。熟悉这段历史的人都知道，希

---

① 中国古典绘画中的卷轴形式，其实也带有时间流动的意味。手持画卷，徐徐展开、铺开、摊开，这就让本来直接入眼的视觉景象被嵌入了时间之中，一点点呈现出来。美术史家巫鸿对这个问题有比较深的讨论，感兴趣不妨读一读。

腊人最后战胜特洛伊人靠的是木马计，就是把士兵们藏在一只很大的木马的肚子里，特洛伊人以为这是什么好东西，可以献给雅典娜，就拉进了城中，没想到木马肚子里涌出了士兵，进行了屠城。在特洛伊人中，有一个叫做拉奥孔的祭司，他识破了木马计，想要阻止，因而惹怒了一心想帮助希腊人的雅典娜，女神降罪，让他和儿子被大蟒蛇缠死。雕塑拉奥孔表现的就是主人公被缠死之前的挣扎。

基本上，莱辛对于诗与画的对比，已经非常详细了。开篇大家读到的《广告画》，至少在表面上，就是很想呈现出这种叙事文字与绘画的区别的。我在这里也基本上是沿用了这位几百年前的老人家的观点。当然，莱辛进行的还是一个外部的比较，我们可以进一步看看，在一部小说里出现绘画时，叙事文字的改造力量可以有多强大。

许多小说里都出现过绘画，像十九世纪作家王尔德的《道林·格雷的画像》直接以画作命名，卡夫卡的小说中，画作甚至成为了带动叙事、暗示内涵的关键[1]，来看看卡夫卡在《城堡》里是如何写的：

> K走出去时，墙上有一幅放在深色镜框里的黑不溜秋的人像引起他的注意。他在他的铺位上睡觉时就已看到，但由于距离远看不清是什么，以为木框里的原画已被取走，只看得见一块黑色底板。现在可以看清楚，这确实是一幅画像，是一个年约半百的男人的

---

[1] 见第八讲

半身像。他的头低垂到胸前，低得连眼睛也几乎看不见，又高又大的前额和大鹰钩鼻子似乎重得使头抬不起来。由于脑袋的姿势，他脸上的大胡子被下巴压住了，再往下去才又分散开来，左手张开放在浓密的头发里，但是无法再把脑袋撑起来。

(高年生译)

卡夫卡热衷在小说中插入绘画，自己甚至亲自操刀为小说绘制插图。如果比较他和艾辛格尔对小说中绘画的呈现，还是能发现差异的。艾辛格尔的绘画叙事省略了看画人的观感，完全从画作内部出发的，画中人被赋予了生命，他的自我感知突破了画面这个框架的拘束与僵化，至少在广告画中的人自寻死路之前，作家都是在照搬现实中绘画的种种特质。但是，卡夫卡对城堡村总管这幅肖像画的描绘非常有意思——试问，谁会在画肖像时低着脑袋——我们在课堂上曾经讨论过它，许多同学都有一种越读越觉蹊跷甚至害怕的感觉，大家也对画中人为何头颅低垂给出了五花八门的阐释。值得注意的就是，大家感觉到毛骨悚然，或者蹊跷和害怕，这些感觉不是读了第一个字就有的，而是有一个逐渐发生的过程。可以说，这种逐渐成型的心理状态，和小说叙事的节奏是吻合的。

在卡夫卡对于绘画的描述中，绘画的特质被小说的特质给彻底地改头换面了。因为小说没法直接扔给你一张全景图，让你一眼就看到里面低着头的人，然后应激地感到害怕。如果直接面对一幅画，就类似于照过来的光线，是充沛的、均匀的、从头顶直接打下来的，让你能够瞬间一睹整个画幅。但是，小说里的灯更像一个探照灯，它被持灯的作家一点点扭亮，读者随着光线变强，才能慢慢看清楚全图，这个探照灯，就是语言。这个过程里存在一种延迟，让人的好奇心无法一瞬间得到满足，因此在被动地被带近全貌时，又在主动地酝酿内心的烟云。所以大家读书的时候，可能经常会有一个体验，就是读到前面时，以为是一回事，读完才发现，哦，居然是另一回事，结果和阅读过程中的猜测是不同的。

英国有位艺术史家叫做贡布里希，他曾经谈过一个很有意思的现象，就是色情艺术中那种"犹抱琵琶半遮面"的现象：好一点的色情作品，总不会完全暴露，相反，半遮半露会更能够激发人的想象力与欲望。贡布里希把它称为"暗示性遮掩"。那么，上面谈到的小说中渐进发生、逐渐点亮的绘画，属于"暗示性遮掩"吗？其实，我觉得仍然不属于。因为，一幅画无论遮多少，都是给人直接视觉刺激的，我们的浮想联翩也是基于这一"直接"之上，画作不可能有小说叙事中出现的进程性的表达效果。所以，在卡夫卡的例子里，小说语言逐步递进的节奏与画面诡异感逐渐营造的节奏达成了同步，小说由此改造了绘画，并突出了自己的这种进程性的节奏。

小说是借喻的

其实到这里，说的还是没什么新意，依旧是在走上面那位叫做莱辛的前辈的老路。不过，我想进一步聊聊莱辛的观点，谈谈为什么绘画的呈现偏重于眼睛可见之物（包括肉体之眼与心灵之眼），而叙事性文字可以摆脱具体形象的束缚，进入一种时间的进程之中。有可能是因为两者的语法规则不同：叙事文学采用了借喻，而写实绘画采用的是隐喻。

这不是说小说的内容里没有隐喻，而是说，小说在讲法上，更喜欢采用一种借喻的讲法，而绘画则会偏向于用隐喻的描述方式。隐喻和借喻在这里指的是讲述的方式。这两者其实经常会被混淆，所以，不如先看一段普鲁斯特的作品，通过例子来讲概念：

> 坐在椅子上的德·盖尔芒特公爵，我望着他，钦羡过他，尽管他的年龄比我大那么多，却并不见他老多少，我刚弄明白这是什么原因了。一旦他站起身来，想要站住的时候，他便颤颤巍巍，两腿直打哆嗦，像那些老迈年高的大主教的腿脚，年轻力壮的修道院修士向他们大献殷勤时，在他们身上只有那个金属十字架仍是牢固的。当他要往前走，走在八十四岁崎岖难行的峰巅上，他非颤抖得像一片树叶不可，就像踩着不断增高的活高跷，有时高过钟楼，最终使他们的步履艰难而多险，并且一下子从那么高摔落下来。
>
> （徐和瑾、周国强译）

这段引文出自普鲁斯特《追忆似水年华》的第七卷《重现的时光》。这段话描述的是盖尔芒特公爵的衰老。可以看一下，在这段话里，哪些句子可以换算成画面，哪些不可以——很显然，"八十四岁崎岖难行的峰巅上""踩着不断增高的活高跷"这两句是无法进行画面转换的。这里把八十岁比作一个峰巅，把年龄比作高跷，但是，它没有出现比喻的词，"好像"、"如同"之类的，也没有出现被比喻的对象：衰老。这就是借喻。

大家能理解峰巅或者高跷说的是什么，但并不需要真的把它们进行视觉逻辑的还原（当然，也没法还原），因为人们自有一套更为坚实广阔的理解基础——日常生活经验。借喻中的概念总是与人类的经验有一种天然贴合，比如，衰老是一种大屠杀、爱是一场修行、年纪渐老就是在踩高跷——只要在生活中目睹与经历过爱、衰老，其实都心领神会它的意义。而且，最为关键的是，借喻需要在一个具体的语境里来理解，你得先读读普鲁斯特前面在说什么，后面在说什么，才能完整地实现理解。如果普鲁斯特单纯地扔给你一个"踩高跷"，前后文都不提这个人的衰老，那么读者肯定就会摸不着头脑。

但是，我们可以在文字里说"乱石穿空，惊涛拍岸，卷起千堆雪"，因为一读苏轼的上下文，就知道雪是浪的借喻，却无法在绘画中这么描述，因为在画中，浪就是浪，雪就是雪，用画雪的方式去画浪涛，肯定是不可行的。所以，小说中的借喻在绘画中是无法通行的，绘画的规则更接近于隐喻。比如，你去看一副中世纪的画，里面出现了一只苹果，你几乎不用联系画面中的其他内容，就知道那是对欲望、邪恶的隐喻，因为根据《圣经》里的记载，正是蛇引诱亚当夏娃吃了这样的果子，才让他们具有了智慧，被逐出了伊甸园；如果画面里出现了一杯葡萄酒和几块面包，只要你对西方文化稍有了解，或者是个基督徒，你也不用仔细琢磨原画，就知道这个细节是在隐喻基督的血和肉。

也就是说，绘画中的隐喻是可以还原成视觉画面的，但那些抽象的、无法视觉还原的借喻，却无法做到。① 还有一点，绘画中的隐喻，苹果也好、葡萄酒也好、面包也好，不一定需要看完全画才知道含义，因为这些意象背后的隐喻，已经类似于固定搭配。

所以，这里可以总结一下，小说的写法，更接近于借喻，描绘的对象不需要兑换成可视的东西，也能够被大家理解。更为关键的是，为了理解这些语言和意象，读者必须结合上下文，这也就意味着，需要进入时间之流来理顺文字表达的进程。所以，上面在阅读卡夫卡小说对于绘画的描述时，大家心中"逐渐产生的恐怖之感"，正是来自于小说对绘画的改造：把固定的变成了进程性的，把隐喻变成了借喻。这也正是小说自己的特点。

---

① 当然，这并不是说小说可以表现的东西就一定比绘画多，作比较的目的也不是捧高踩低，而是要突出小说的自身特质。在很多时候，小说都有不及绘画的地方。如果认真去看笛福的《鲁滨逊漂流记》，会发现他特别喜欢一种表达方式——"惊恐的模样无法用语言描述""谁也不会指望我能描述出自己对那种可怕梦幻的恐怖""我也无法描述有多少可怕的形体呈现眼前"，在这些地方，描述用的词都跟绘画有关（depict、describe 等等），显然，笛福觉得有时候语言也没那么好用，那么，语言不及之处，就让给了画面。这种"语言无法描述"的说法，在十八、十九世纪以后非常流行，并不只有笛福一个人这么说，我想，原因可能也是这一时期绘画艺术的高速发展，让作家们叹为观止。这大概也能解释，为什么在许多近代的文学作品中，会出现对于风景非常细致的描写，因为作家们受到了同时期风景画的影响。只不过，繁复的语言文字会变得累赘，不止一位同学和我吐槽过 D. H. 劳伦斯等作家，觉得他们笔下的自然描写"太啰嗦、太折磨人了"。

小说是内省的

沿着绘画往下走，进一步就会进入戏剧和电影，但是后两者的空间却流动和连贯了起来。大家小时候可能都玩过一种游戏，在笔记本的每一页上都画上一幅图，接着快速翻阅书页，图像就连了起来，具有了动态效果，也从原来的二维平面，进入了一个类似于三维的空间里。那么，在一个二维空间里出现三维的体裁，比如戏剧、电影等等，又会反过来说明小说的什么特质呢？

很多小说里都有舞台的场景。左拉的《娜娜》开篇就是名流娜娜的登台献艺；麦克尤恩的《舞台上的柯克尔》中，舞台上进行着惊人的裸体表演；以色列作家格罗斯曼的《一匹马走进酒吧》，通篇更是用一个人在酒吧舞台上讲脱口秀的形式，和盘托出了个人命运与族群命运的交织。

我想聊的例子来自于十九世纪作家夏洛蒂·勃朗特。她最为大家熟悉的作品就是《简·爱》，不过她晚期还写过一个长篇小说《维莱特》。实话实说，那个年代的女作家写作还是有一定局限性的，因为很少有踏入社会、参加复杂的公共生活的机会，所以大多时候，写作的内容只能根据自己的生平经验或者之前读过的作品来。在夏洛蒂·勃朗特笔下，最喜欢写的内容就是女教师大冒险，因为在当时，成为女教师是女性为数不多参与到社会生活中的方法。所以，《维莱特》的基本故事，和《简·爱》一样，都是女主角历经磨难，进入一所学校教书的故事。

小说中，年轻的女教师露西来到纪律森严的贝克夫人寄宿学校任教，和这里的另一位有思想的男老师保罗相爱，但在贝克夫人的安排阻挠下，保罗去往了印度，而露西最后获得了一笔钱，开办了独立学校，苦苦等待着保罗。小说中出现了一个有意思的情节，在寄宿学校里，为了庆祝祝名日，师生们排演了一出爱情喜剧，剧情是一对情敌想方设法想得到一个喜欢卖弄风情的美女的故事，连主人公露西都忍不住抱怨这出剧太无聊了。她临危受命，去扮演其中的一位求婚者，而她的同学范肖，一个名声不佳的女孩，来扮演被求婚的女性。小说是这样写的：

> 幕拉了起来——一直收拢到天花板上：明亮的灯光，长长的大厅，欢乐的人群，一下子出现在我们面前。我想起了黑色的甲虫、破烂的箱子和虫蛀的书桌。我把台词背得很糟；但还是背了出来。开场白很难说；说完后我总觉得自己与其说害怕观众，不如说害怕自己的声音。观众都是外国人、陌生人，这我毫不在乎。我并不想他们。当我的舌头变得灵活起来时，我的声音才达到准确的高度，我才找到自然的音调，这时我想的只是自己所扮演的角色和保罗先生，他此时正在舞台旁边倾听、观看和提词。除此之外，我什么也没有想。
>
> 渐渐地，我感到自己有了表演能力——内心似有一股泉水要喷涌而出——我变得镇静自若，开始注意起我的表演伙伴。他们当中有几个演得很好；尤其是吉纳芙拉·范肖，她得在两个求婚者之间卖弄风情，但表演得十分出色：实际上，她是个这方面的行家。

我注意到她对我这个"花花公子"的表情曾一两次流露出明显的钟情和偏爱。怀着这种偏爱和情意,她把目光瞟向正在倾听和鼓掌的观众,在我看来——因为我了解她——她显然是在向某个人眉目传情;我注意起她的目光、微笑和手势,不久就发现,她至少选中了台下某个英俊而高贵的人物作为她的箭靶;在她的利箭飞行的路线上,站着一个神态镇静、认真、人人皆知的人物——他显得比别的观众高大一些,因此更有把握得到她射出的箭——那就是约翰大夫。

(陈才宇译)

这是一个奇妙的场景——表面上看,小说的二维世界似乎是把戏剧舞台的三维世界压缩了,听不到声音,看不到表情,也没那么精彩了,但是小说对舞台的呈现实际上更为多元。在上面这个戏剧场面里,讲故事的"我"充当了双重角色,她既是小说的讲述人,同时也是剧中人。在扮演剧中的求婚者时,她只是按部就班沉浸其中,讲出自己的台词。但是,一旦她成为讲故事的人,她就可以讲出舞台上自己的感受、其他人的表现、舞台下观众的反应——"我台词背得很糟糕""眉目传情""神态镇静、认真""有把握得到她射出的箭"。

这些东西,是我们在现实戏剧表演中看不到的。一个演员没法一边说台词,一边把对自己和其他人的表演的评价说出来,或者把自己脑海里突然出现的胡思乱想表达出来,那样就破坏了舞台表演的完整性,也即"出戏"。也就是说,真正的舞台表演里,演员必须是角色,演员不能说出属于自己内心世界的遐思。这是因为，在舞台时空里，每个动作发出时，都是一个永恒的"现在"，无数个"现在"的动作与对话攒成了完整的一出剧。依托于空间与画面表现的戏剧是当下的、即时的，它没有时间、余地和必要来呈现演员的内心活动。可是，演戏过程中的各种浮想联翩，却总是一个事后的行为：先有了自己的表演，然后才觉得自己演得很糟糕；先有了同台演员跟观众抛媚眼，才有了觉得她卖弄风情。也即，总是先有行动，然后才有评价。

小说对戏剧的改造，就在于它把演员的"事后遐思"给还原了出来，这是现实舞台无法呈现的。在小说中，一个动作就不会单纯是动作本身，它分裂出了相对应的胡思乱想、遐思与评价。小说对戏剧的改造，说明了小说的另一种特性：内省性。它具有不断向内部翻涌的遐思与评价，体量远远超过了戏剧所具有的。[1]

戏剧当然有承担类似功能的歌队或者旁白。古希腊的戏剧中，就有歌队来负责解释情节，甚至评价人物。像我

---

[1] 作一个通俗的比喻，小说似于新弹簧，能够延展很多内容，也能够压缩很多内容，但戏剧类似于旧弹簧，演出来的几乎就是发生的一切，不会多很多，也不少很多。因此，意大利作家莫拉维亚在谈到他的名作《冷漠的人》时，说自己想套用戏剧的手法，让一本几百页的书只展示人物两天的生活，吃饭、睡觉、娱乐、对话、背叛，无一遗漏，"就好像一切都发生在舞台上"（见《巴黎评论·作家访谈7》，人民文学出版社，2022年，第7页），但是，如果你读过《冷漠的人》，就会发现这是根本不可能实现的，连莫拉维亚自己都承认这是一个技术上的大难题（虽然他有过舞台剧的经验）。在这部小说的开篇，有一组很长的对话，集中展示了小说中人物的关系矛盾，然而，莫拉维亚不可能像写舞台剧一样把所有对话都无所遗漏，所以，他不得不写道——"母亲和莱奥还在争辩"——争辩什么呢，读者不得而知，因为这里就是压缩。

们在第九讲谈论过的《俄狄浦斯王》，歌队在主人公刺瞎双眼之后评价道：对自己的幸福，凡人还是不要言之过早。有一些现代的导演也会挖空心思，把表演者无法说出的内心话，换一个形式表达出来。比如美国戏剧家田纳西·威廉斯在《玻璃动物园》（这部剧，我们下一讲会详细讨论）中，在舞台的旁边又立了一块大屏幕，用来投放影像和文字：当人物回忆往昔时，大屏幕上就会出现过去的照片，当人物陷入痛苦时，大屏幕上就会出现内心独白的相关文字。

但是，无论如何，绝大多数戏剧的主体仍然是你来我往的对话，它们搭建起整个演出的骨骼框架，长篇大论的思考与出神显然没法让观众看下去。大家看戏，多是图个消遣。对莎士比亚环球剧院的地面考古挖掘发现，地表浅层的泥土里埋着大量瓜子和牡蛎的壳，也就是说，当时的人们看剧就是为了放松娱乐，嗑着瓜子，嗍着牡蛎，看着表演，不是像当今的学者一样，要在莎剧里挖出什么惊天大道理。所以，为了吸引观众，连遐思不断的王子哈姆雷特在说话时，也不得不抛出几个黄段子；而契诃夫的剧中人，只能把内省的遐思压缩到一些非常精简的象征意象里：比如"到莫斯科去""海鸥"。

可以这么说，小说把人的内在声音抛到了空中，把内心的思想昭示了出来。不可避免的就是，对内在心绪的揭露有时候会太过繁复。我记得以往讲托尔斯泰的时候，很多读者会觉得老先生太过啰嗦，"怎么有那么多内心戏和议论要表达"。其实"啰嗦"恰恰是一个人内心絮语、无心遐思、个人判断涌现的体现。所以，一旦戏剧被小说化，那么更多的声音就会被释放出来，这就是小说的"内省性"。

小说是测不准的

沿着戏剧这条路继续往下走，似乎就应该来到电影，它们好像都是一群人在演戏。确实，电影最初的发展有照搬戏剧舞台的痕迹，比如大家看早期的无声电影，很多都是全景镜头，没有拉近的特写，而且会有很多偷听偷看的情节，其实都是在模仿舞台上看剧的感觉①。但是很快，电影就摆脱了舞台规则的束缚，发展出自己独特的视听语法。所以，到了电影这里，它的平行参照系不是舞台，而是要返回到绘画那里，从绘画，经由摄影，最后抵达电影。许多先锋派的导演，早年间都是画家出身，然后再转入电影。像欧洲的艺术大师汉斯·里希特，他很喜欢在电影里进行绘画视觉的实验，那部有名的《诱惑》，全片就是一些几何图案的变化。

在这里，我之所以并列绘画、摄影、电影，是因为它们对视觉与空间的呈现，暗含着一种"进化"的渴望——人们越来越希望远离人工的不精确，获得贴近客观自然本

---

① 包括"场面调度"这个词，也是从剧场里借鉴出来的，原来指的是舞台上一切视觉元素的安排。以前读莎剧的时候，只是读剧本，还是当成了文学作品来读，对莎剧的理解也是文学化的。后来有一次去看中央戏剧学院大四学生的毕业大戏，演的就是《李尔王》，我坐在最后一排，旁边是一位老爷爷。后来一聊，才知道他就是导演，也才知道，一出剧里的场面调度是什么意思，人怎么走位，什么姿势，道具在哪个位置，这些都有讲究，也就不再是纯文学化的理解了。

身甚至科学的精确。

原本,为了让画更准确,画家们发明了透视法。可是,慢慢地大家又发现,绘画描述现实世界的事物时好像也不是那么精确——绘画首先就意味着对不在场之物的再现,画家对着一片自然风景作画,可能需要几天甚至数月,可是画中捕捉到的光影、叶片的干湿程度、风向却是一瞬间的。也就是说,他虽然面对着真实世界作画,但他实际上是在用画笔进行总结和概括。他真正画的东西,不是他看到的,而是他想画的。

也就是说,人之手、人之眼、人之心灵无论如何都得全程参与到再现的创造中。比如说,绘画中常用的透视法,是一种将三维物体投射到纸面上的透视法则,这个名词听起来好像很科学,而且它是在几何学、暗箱等等科学与器械的帮助下出现的。可是,说到底它还是一种人类经验的总结,一种约定俗成,一种历经多年积累出来的认知。[1] 所以,透视法的人为性注定了绘画的人为性,不论它多么想逼近自然与客观世界,它始终都更接近于画家自己的心灵。这样一来,舞台上的人与景、再发展到摄影乃至电影中的人与景,视觉发展的规律就是越来越摆脱人为

---

[1] 可能有读者会对这个观念表示惊讶,因为在我们的认知里,"透视法"意味着客观标准,或者一种被人发现的自然规律,怎么会是人造物呢?我刚开始了解到这一点时,也觉得不可思议。后来才想到,这就是人造的观念如何被塑造成天然存在的例子,也即,它从历史的产物悄然化身成了天然的产物。还有一个更为通俗的例子是关于"时间"的,每年讲《喧哗与骚动》时,都会涉及"时间哲学"的问题,也都会问同学们:"时间"这个存在,是被发明出来的,还是先于人就有的呢?很多同学会觉得它是从来就有的,但我倾向于觉得它是一个人类发明的尺度,也只对人类有意义。在(转下页)

性：摄像机之眼取代了画家之眼，机器取代了经验。摄影机出现的时刻，它宣称的正是绘画不具备的客观。

如果说从绘画到摄影、电影是一条越来越精确、越来越远离人工性的路，那么小说正好相反。它始终在天秤的另一端，它对物质世界的把握不以精确衡量，或者说，它的精确永远以模糊表现出来：小说是绝对人为的、反精确的、反客观的———句话，测不准的。所以，一旦电影与摄影进入小说，测不准的特质就会吞噬这些体裁原有的精确性。

我们先来看哈代的短篇小说《耽于幻想的女人》。这篇小说里出现了一张神秘的照片。小说描述了一个对婚姻感到不满的文艺女中年，她和丈夫在海滨度假时，偶然从租住的房间里看到了一个男诗人的笔迹，他的诗才引发了女士的爱慕。在那个房间里，她还发现了男诗人的照片：

> 这看起来的确是一副引人注目的面容。诗人蓄着浓密的胡子和帝须，耷拉着的帽子把额头也遮住了。女房东所描绘的那双黑眼睛，显示出一种无限的悲哀；它们从那美观的眉毛下向外看着，仿佛在眼前这位女人微观宇宙般的面容上审读着整个宇宙世界，而

（接上页）人类之前，星宿当然在运转，万物也在变化，但是它们或不需要、或没有意识来用纪元与时刻来标记自己的存在，又或者，它们有标记自己存在的尺度，但是不叫"时间"——这是一个人类用语。因而，时间的存在，也是历史的，不是自然的。历史与自然之间的暧昧就在于，很多时候因为历史过于悠久，我们就会以为一个存在是先天、天然的。许多哲学家最著名的工作，也都是要剥掉"天然"身上这层硬邦邦的壳，还原其作为"历史"的本来面目。所以，他们会把自己的工作称为"知识考古学"。

对于其中所预示的前景并非十分高兴。

(刘荣跃、蒋坚松译)

女人由此彻底爱上了男诗人,她注视照片,流着眼泪轻吻照片。哈代后面的情节设置很有趣,女粉丝本来有很多次机会与诗人见面,一偿宿愿,但总是在阴差阳错下缘悭一面,直到诗人自杀身亡。这张照片成为女粉丝的唯一念想。女士的丈夫也知道诗人存在,他把这一切看成了自己老婆一厢情愿的单相思,没太放在心上。小说的结尾很微妙,女人生下第四个孩子后也殉情而死,丈夫却发现,这个孩子越来越像照片里的男人。按照女人的叙述,两人没见过,可是孩子的面相,却清晰地表明了血脉的来源。哈代最终也没告诉读者,事情究竟是怎样的,或者说,到底谁在骗人,但是照片这一线索,却是骗人的工具——依据它,可以衍生出各种解读:也许是男诗人骗了女粉丝,又内疚自杀?也许男诗人看到无法和女粉丝结合,痛苦自杀?也许两人确实没见过,女人相思成疾,以至于孩子在神秘力量下长得像诗人?无论如何,照片在哈代的笔下,跟确定性无关,它成为各种或隐或现的谎言的遮掩。而且,照片也始终没有和真人对应上,谁也不知道照片里的人是否真的就是那个诗人,所以,连这个最基本的吻合都无法确保。显然,原本看似清晰的照片进入小说、被小说化后,测不准的东西变得越来越多。

在极端的情况下,小说甚至都不需要将照片的内容以文字的形式复述一遍来虚化照片,它可以将照片的原片以图片形式放入小说,但同样能够通过阐释将它指向不确定。德国作家温弗里德·塞巴尔德的处女作《眩晕》将司汤达、卡夫卡与作者自己的经历纠缠在一起，还在作品中植入了大量图片与手稿，想要制造一种传记般的真实感。比如，在讲到那位布拉格工人保险公司副秘书长 K 博士（即卡夫卡）的经历时，塞巴尔德讲述了一段他前往里瓦浴疗的故事：

> 九月二十一日，K. 博士来到加尔达湖南岸的代森扎诺。镇上的大多数居民都聚集在市集广场上欢迎这位布拉格工人保险公司的副秘书长。然而 K. 博士这时正躺在湖边的草地上，面前是芦苇丛掩映的波浪，右边是锡尔苗内的岬角，左边是朝向马内尔巴的湖岸。在身体状态更好的时候，躺在草地上是 K. 博士最喜欢的消遣之一。在布拉格，譬如当一位尤为高雅、与他在公务上偶有来往的绅士坐着双驾马车经过他的身旁，他能享受到失去社会地位的乐趣（虽然，据他自己写道，仅仅是乐趣）。然而在代森扎诺，即便如此谦卑的幸福都无法实现。相反，他只是不舒服，全方位的不舒服。唯一让他感到欣慰的是，没人知道他身在何处。至于代森扎诺的居民们，不知道这个下午他们为布拉格来的副秘书长先生守候了多久，又在何时失望地离去。其中一人表示，我们寄予厚望的人总是在他们不再被需要的时候才出现。
>
> （徐迟译）

接着，塞巴尔德在下文插入了两张黑白照片，显示的是一个城镇街道之类的空间里，一些男女聚集在一起，望向镜头。如果读者不注意，很容易认为这两张照片拍的是上述等待K博士到来的人们，也就是把这张照片当成是对文中内容的佐证。如果仔细观察，读者就会发现蹊跷，因为这本书里的其他插图和照片，有不少标记了出处，但这两张却没有，它们像无头悬案一样漂浮在文本中。我还专门去查了它们的来源，发现与卡夫卡的经历没有任何关系。所以，虽然摄影远离了人工，但被卷入小说中的摄影的内容却又一次掉进了测不准的宇宙。照片与文字不仅没有互相作证，反而互相作伪。①

与此类似的，是小说中出现的电影。

阿根廷作家曼努埃尔·普伊格有一部神奇的作品叫做《蜘蛛女之吻》。这部小说的神奇之处在于通篇用对话的形式完成。如此设定，就逼着作家想出一个能让对话双方一直待在一起并且喋喋不休讲个没完的空间与动力，那就是，两个被关在一起的囚犯为了解闷，一直讲故事。自己的故事肯定是有限的，只好讲看来的故事——比如电影里的故事。所以，《蜘蛛女之吻》从头到尾，就是两个关在一起的囚犯，不停地复述了六部电影的内容。电影作为一种异物，最大程度地撑起了小说的内容。

两人复述的第一部电影叫《金钱豹女人》，小说让两

---

① 现代许多研究摄影的学者都同意，照片的真实里带有某种虚构，不是说PS这种技术性的篡改，而是说解释照片自然会带来谎言。小熊英二在《活着回来的男人》中提过一个细节，说他父亲在日本侵华战争刚开始时应征入伍，在兵营里新兵都会挨打，但是军队很注重表面功夫，会让新兵拍照片寄给家人，以证明自己"精神鼓舞，勤勉军务"，可是，挨打的实情无法出现在微笑的照片里，照片于是变成了"我活得很好"的谎言。

位主人公这样对话道：

"她的长相看起来有些怪异，与一般女子相比颇有不同。她长得相当年轻，充其量也就是二十五岁左右吧；脸盘小小的，像张猫脸；小巧的鼻子，鼻尖翘翘的。至于她的脸型嘛……像是鹅蛋形的，更确切地说，是圆形的。前额宽宽的，腮帮子也是大大的，但脸的下半部分就显得异常瘦削，与猫的长相一样。"

"那她的两只眼睛呢？"

"非常明亮，几乎可以肯定地说，她的眼珠子是绿色的。她半开半闭着眼睛，以利进行绘画。她注视着眼前的模特儿，它是动物园里的一只黑豹。起先它安安静静地趴在笼子里。后来，那姑娘移动画架和椅子时发出了声音，它看见了她，便站起身来，在笼子里来回踱着步，还冲那姑娘吼叫一声。直到那时她连黑豹的轮廓都还没有勾画出来呢。"

"在此之前，那动物难道没有闻出她的气味儿吗？"

"没有，因为笼子里放了一大块肉，它只能闻到肉味。动物管理员有意将那块肉放在笼子的铁栅栏边，免得让黑豹嗅到外面飘进来的气味而骚动不安。见到黑豹生起气来，姑娘便赶紧挥舞画笔，画得越来越快，画成了一个既像动物的头颅，又像魔鬼的脑袋的玩意儿。那是一只公豹，它盯着姑娘，不知是打算将她撕烂，然后吃掉她，还是对她怀有更加丑恶的企图。"

（屠孟超译）

在这一段里，虽然呈现的是电影的内容，但小说测不准的特质再次获胜。说了半天，我们也不知道女人的腮帮子有多大，下半脸有多瘦，眼睛是哪种绿，或者，那黑豹究竟什么表情。并不是说电影传达的就一定清晰，法国有一位著名的影评人叫做巴赞，他非常青睐意大利新写实主义和法国新浪潮的电影，正在于这些电影表现了一种接近自然的模糊之感。他盛赞特吕弗在《四百击》的结尾贡献的镜头：那是一个男孩奔跑的长镜头，没有剪辑、也没有脚步的特写、或者喘息的面孔。这些东西，本来都是用以加强戏剧效果的，但在导演努力贴近自然与真实状态的长镜头之下，一切的含义都被放逐了。然而，对于观众来说，还是能确定地看到男孩在奔跑，与小说不同，这一切看在眼里是清楚无误的。

电影哪怕有模糊与不准确，都是从清晰与准确的视觉画面开始的。当小说中的异物变成电影时，这种最外在的清晰与准确，都会被小说的测不准与模糊所吞噬。

小说是自我解释的

在上面的讨论中，我们聊到了小说中的绘画、摄影照片、戏剧舞台和电影。大家可能会发现一个奇怪的现象，那就是小说的宇宙无所不包，可以尽情地容纳上述这些异物体裁，甚至包括图表、清单、辞典等等看上去完全和小说不搭界的东西。① 可是，这种写法没法反过来，也就是说绘画、摄影照片、戏剧舞台、电影、清单、辞典的体裁中，没法出现小说的内容。最多可以表现一个人在看小说，或者拿着小说"装个样子"。②

这又说明了小说的什么特点呢？我想，是自我解释性。它可以解释一切异物，但是这些异物却没法反过来解释小说。

在艺术表达中，更为常见的是用同一种体裁解释同一种体裁，比如剧中剧、画中画等等。莎士比亚的《哈姆雷特》是典型的剧中剧。王子发现自己的父亲死于非命，于是想要试探真凶，因而安排了一出戏，当着真凶的面来演，内容则是真凶杀死父亲的场景还原。真凶看了以后，当时内心害怕极了，知道自己做的坏事已经败露。所以，戏中戏的作用就是解释，跟凶手解释，我已经发现你的恶行，跟观众解释，我要动手复仇了。

"戏中戏"也一直是影视行业热衷的拍摄手法。像阿莫多瓦的《痛苦与荣耀》，结尾突然暴露了拍摄的场地和道具，它要告诉观众，其实影片里的人也在拍片。还有费里尼的《八部半》，主人公是一位灵感枯竭的导演，影片

---

① 限于篇幅的原因，这里就不再继续展开。关于小说中出现的图表，可以看巴尔扎克的《驴皮记》，里面有一张神秘的符咒图。小说中出现的清单，可以看《红楼梦》，里面逢年过节会出现大量的礼单。英国作家戴维·洛奇在《小说的艺术》中，也专门讨论过小说中的"明细表"，也就是清单。至于词典，则可以看塞尔维亚作家米洛拉德·帕维奇的《哈扎尔辞典》。

② 这是法国电影侯麦特别喜欢的主题，他会让电影中的人读陀思妥耶夫斯基的《白痴》。而在杨德昌的《牯岭街少年杀人事件》里，小混混头子读的则是托尔斯泰。

讲述的就是他四处拍片的过程。国内的影视作品里，也有很多戏中戏，甚至情景喜剧《武林外传》中都出现过拍摄和讲戏的情景。这些戏中戏的手法，作用都差不多，都是为了解释我们这出剧是怎么拍出来的，当然，自我曝光背后，导演的动机是不尽相同的。

绘画作品中，也常见"画中画"的模式。比如中国古代绘画中的镜子与屏风，都起到了画中画的功能。或者更隐晦一些的，比如提香那幅著名的《乌比诺的维纳斯》，画作中一个女人裸身躺在画面的下半部分，画作上半部分则有两个不起眼的侍女背朝观众在打开箱子。表面上看，这幅画很直接，没有出现所谓的嵌套的画面，但一些学者推测，十六世纪有一种在箱子内部绘饰裸体女子肖像的传统。也就是说，提香在画面下半部分安排的裸女，其实是上半部分侍女看到的箱内的图画，画家把看与被看两个行为并列呈现了出来。一些艺术史家因此认为，所有的"画中画"都是在解释画作被绘制的过程。

总的来说，画中画、剧中剧，作用都比较类似，都是在"剥壳"，把作品创作的过程摆出来。以往的艺术作品，像一枚完满的果实，鼓鼓囊囊，但现在艺术家们想把这个作为结果的外壳给剥开，露出里面的肉和果核来，也就是把怎么写的、怎么画的、怎么拍的，告诉大家。所以，这些艺术体裁都只能解释同类。

不同的是，小说可以自我解释，所有的内在异物都能够被吞噬，失去自己原有的特征。

我想用小说中的诗歌为例进一步说明。诗歌看起来好像是与小说最近的体裁——可能因为太相似，读者几乎无法察觉它与小说的不同，甚至可能会觉得小说和诗歌没什么本质区别。在第八讲分析的《海风中失落的血色馈赠》中，多次出现了当地的诗歌民谣：

> 我说你们这些美丽的温柔女子
> 追求情郎可得留点心思
> 他们像夏日拂晓的星辰
> 才刚露面，转眼就要隐身
>
> 做一只麻雀多好，我常常想
> 我要有翅膀，我可以飞翔
> 飞去和我心上的人相会
> 他要的，我却一样也不给

（陈以侃译）

只要读懂了整个故事，读者很容易理解，这段诗歌的内容就是对总是欲言又止的主人公在年轻时犯下的错的一个写照：因为不懂事，他爱上了当地的姑娘，又将她抛弃。诗歌就是以被抛弃的情人的口吻来吟诵的。在故事里那些沉默和断裂的地方，诗歌承担起解释的功能。越是传统的文学作品，越喜欢用诗歌来解释小说。《红楼梦》中，从《好了歌》到《葬花吟》，无不是在表明情节走向与人物内心世界。这也说明了，小说与诗歌的关系是历史最为悠长且最为紧密的。然而，诗歌本身是有一些反解释的，或者说，它提供给读者的解释的材料是极少的。一旦进入小说，反解释的诗歌就被小说改造了。

为什么是小说改造了诗歌,而不是反过来呢?到这里,我们就要聊一聊近代诗歌与小说历史地位的一次颠倒过程了。由于如今诗歌的高度边缘化——写的人少、读的人更少——当代读者大概很难相信小说曾经在诗歌面前"做小服软"。诗歌在人类文明之初就已经出现,而真正意义上的小说直到十八世纪前后才诞生。从历史渊源来说,诗歌就显得德高望重。对格律、结构、音乐性的自觉追求,又使得传统概念里看似只关注情节的小说背上了"庸俗"的恶名。因此,小说家一度在诗人面前抬不起头,哪怕是到了十九世纪,仍然有很多作家虽然靠小说赢得了读者与市场,但始终把自己的创作视为一种谋生赚钱的小道,难登大雅之堂。

哈代就是很典型的例子,他长期把小说创作当成一种谋生手段,没有投入太多心力,而且经常在受到读者批评时打退堂鼓。到了晚年他终于不写小说,全情投入长诗《王朝》的创作中。倒是这时候,有个对他仰慕不已的年轻人,叫做乔治·吉辛,在写给他的信中表达了为小说艺术献身的冲动:"我希望整个生活与收获都服从于我的艺术创作理想。这一切可能会无果而终,但是比起其他路,我想不如就这样过我一生。"后来,这个叫做吉辛的年轻人写出了《新寒士街》,一种将小说创作生命化的态度也从这里发端。

变化正是在这一时期发生的。十九世纪以来印刷术的发展与普通人识字率的提高,为更通俗的小说赢得了更多读者。甚至长诗也不自觉地开始模仿小说的讲法,像勃朗宁、丁尼生的一些长诗,几乎就是套上了诗体的民间故事甚至哥特故事。谁也没想到，连长篇叙事诗也很快被抛弃，毕竟对小说的爱好者——比如偷得半日闲的家庭女工或者流连在流动图书馆旁的小贩来说，格律对于讲故事不仅没必要，还显得碍手碍脚。十九世纪末，小说终于独占鳌头。这一时期的女作家盖斯凯尔夫人，在小说《妻子和女儿》中，对潦倒诗人做出各种讽刺的刻画，要么让他们一败涂地，要么让他们负债累累。总之，十九世纪的普通人形成了一种普遍认知：写诗是没有出路的。这种认知一直持续到今天。

可以这么说，"通俗"让小说最终胜出。这一效果的达成依赖于更为密集和平易的语言，通过它们，小说解释了一切。像巴尔扎克、狄更斯之类的细节狂人，恨不能把一件事、一个人的方方面面都给读者掰扯清楚。在我读书的学生时代，同学间也流传着一个做论文的诀窍——写论文能选小说就不要选诗歌，因为前者可以给你提供的具体信息更多。哪怕到了近代极为先锋的小说，在理念上剑走偏锋后变得极为晦涩难懂，但它仍然以文字的巨大体量提供了一个较之诗歌更容易进行解释的蓄水池。

可以说，自我解释性是小说的最大特点。我们在《海风中失落的血色馈赠》中看到，那些混入小说的诗歌被迫成为了解释情节的手段，自身所具有的诗学法则近乎消失。我们也在上文的讨论中看到，小说的自我解释性，使它容纳了大量异物般存在的艺术体裁。

总结一下。这一讲，我并不在谈什么是小说，而是谈它有哪些特点。而且，这些特点是通过进入小说内部，对比作家们如何描述与小说相异的体裁时总结出来的。异类题材被小说彻底改造的地方，就是小说自己的特点。通过与小说中的绘画比较，我们意识到小说是进程性的，这种进程性来自于小说借喻的讲述规则；通过与小说中的戏剧相比较，我们发现小说是内省的，说出了演员的心里话；通过与小说中的摄影照片和电影相比较，我们知道小说是测不准的，它摧毁了照片与电影的视觉稳定性；通过与小说中的诗歌相比较，我们看到小说是自我解释的，这是它最大的特点，也是上述所有特点的根本原因。

第十一讲

《带小狗的女人》：文学中的自欺与不自知

读书的时候，我不太喜欢去蹭课或者听讲座，不知深浅地觉得听别人讲话是很慢的知识获取的渠道，但是喜欢去蹭人家的读书会，喜欢跟人瞎辩论，估计那时候很遭人烦。有一次无意中去听了一次法学院研究生的读书会，还记得当时讨论的书是罗尔斯的《正义论》。这书我读过，但其实完全没读懂，无知者无畏，也敢大着胆子跟人家瞎扯什么"无知之幕"。这些年来，政治哲学的书、法学的书，算是拉拉杂杂看了些，还是不太懂。不过回头想想，仍然是"无知之幕"给我的印象最深。

"无知之幕"是美国政治哲学家罗尔斯的一种制度设计，为的是促进社会的公平正义。简单地说，现实社会里，清洁工人的收入很低，大老板或者头部网红的收入很高，这就是一种明显的不公平。为了改变不公，罗尔斯设计了一个颇为理想主义的模型，让所有人都聚到一块幕布背后，谁也不知道自己走出幕布后是当头部网红还是清洁工，那么大家就得讨论出去以后各个工种的社会福利、待遇等问题。最好的情况，就是网红和清洁工的社会待遇与收入不会差那么多，这样出去以后，无论投胎到了谁身上，都是相对平等的。

罗尔斯这个主张对现实的制度建设有什么推动性，我不太了解，但是我想他大概深谙人性，所以使用了一个十分精确的隐喻："无知之幕"。也就是说，他感觉到，人在面对世界之幕的时候，最基本的状态，就是无知——对世界的茫然，对自我的不自知。

这一讲，也是本书主题篇的最后一讲，我想用人的无知与自欺来结束。

其实，这又回到了第九讲的自我问题上。随着启蒙思想对"自我"概念的建构和普及，"人必须忠于自我"也成了一则金科玉律，反之，则是人的虚伪和欺骗。描述后两种状态的作品非常多——因为人对自我不真诚，或者根本就不了解自己，所以造成了各种各样的悲剧——但是，讨论这些作品的目的，并不是最终得出让人"坚定自我、不要自欺"这类心灵鸡汤，而是要问一些更深的问题——为什么人会自欺与不自知？两者之间的关系如何？文学表现它们的目的是什么？

《带小狗的女人》文本细读

这一讲，选取的短篇小说是契诃夫的《带小狗的女人》。

这篇小说讲述了古罗夫在度假时遇到了一个牵着小狗的女人，古罗夫虽然已婚已育，但还是对这个女人动了心思。他早已经和别的女人发生过婚外情，所以挺鄙视女人的，觉得她们都是"贱货"。几天之后，他成功地和这个女人搭上了话，她叫安娜，古罗夫觉得她就是个没什么社会经验和生活经验的可怜女人,正派、纯洁,如此而已。终于,他得手了,两人发生了关系,安娜事后的自责让他觉得有趣。之后,安娜的丈夫来信要求她回去,古罗夫也觉得到了分手的时候。离开度假区,回到家庭,他觉得这个女人只是生命里的过客,没想到对她的回忆却越来越强烈,甚至变成了一种折磨,最后决定去找安娜。在剧院里,他远远看见安娜:

> 他的心就缩紧了,他这才清楚地体会到如今对他来说,全世界再也没有一个比她更亲近、更宝贵、更重要的人了。她,这个娇小的女人,混杂在内地的人群里,一点出众的地方也没有,手里拿着一副俗气的长柄眼镜,然而现在她却占据了他的全部生命,成为他的悲伤,他的欢乐,他目前所指望的唯一幸福。
>
> (汝龙译)

两人再次见面的结果,是商定了以后长期的幽会。小说在一次幽会的忧郁中结束,因为,安娜不想再这样分居、欺骗和奔波,而古罗夫也觉得未来的困难刚刚开始。

我为这篇小说设置了如下问题:1. 你觉得对古罗夫妻子外貌举止行为的描写有什么用意?2. 你怎么理解古罗夫对待女人的态度?3. 这个叫做安娜的女人为什么吸引了情场老手古罗夫?4. 你觉得古罗夫对安娜的心动最早藏在什么地方?5. 你怎么理解两人第一次发生关系之后,古罗夫吃西瓜的细节?6. 你怎么理解两人第一次分手前,荡舟海面,古罗夫对人的尊严、崇高等问题的思考？

十九世纪的短篇小说在情节设计上会更友好一些，所以，同学们对上述问题也给出了丰富的回答。有的同学认为，这篇小说讲述了一个浪子在遇到真爱后"变好了"的故事。以前的古罗夫只是个寻花问柳的浪子，在遇到了"真爱"以后，他忽然发现了人生的意义乃至美感，就像荡舟海面时思考了崇高等问题，安娜正是因为他的纯洁、简单吸引了男主人公。这位同学把小说理解成了一个纯情的故事，一个爱能救赎堕落者的故事。也有一位同学认为契诃夫绝不会写什么"纯情故事"，不然他不会把情节安排在一个婚外恋的故事中，从道德上看，就很难说那纯情是"纯"的。就该同学所知，契诃夫是个热衷于讽刺的作家，有可能他写下的一切，都是在暗中嘲讽。所以，他不仅嘲讽从前那个浪子古罗夫，也嘲讽现在这个回头的古罗夫，一切都是他的想当然，甚至那种"因爱回头"里还有一点自我感动的肉麻。从这一点来说，也可以解释第 1 个问题，为什么古罗夫把妻子描述成一个毫无魅力的女人——"她是一个高身量的女人，生着两道黑眉毛，直率，尊严，庄重，按她对自己的说法，她是个有思想的女人"——这完全就是男人的视角，只有给自己找到了借口说老婆不行，才能把自己的寻花问柳说成合理的。总而言之，这是一个喜欢找借口、合理化自己行为的男人。

我们顺着这个思路往下走，又重点讨论了第 4 和第 5 个问题。有同学认为，小说的第一句话就说明了古罗夫的动心，"据说在堤岸上出现了一个新人：一个带小狗的女人"，这么多人，为什么偏偏只看到了她？就像在阅读

《海风中失落的血色馈赠》时,主人公面对那么多小孩,却偏偏只关注一个孩子约翰,说明他们在潜意识里,都把对方看得极重。也有同学觉得这种"看到"只是一种肉欲的看到,像古罗夫从前一样,不过又是一个勾引完就抛弃的欲望对象而已,直到古罗夫在剧院重新遇到安娜时,她才明确像小说描述的那样:"占据了他全部的生命。"之所以要讨论这个问题,是要引出对小说中一个伟大的细节的讨论:为什么两人第一次发生关系后,安娜在自责痛苦,古罗夫却花了半个小时吃起西瓜。有同学认为,这时候古罗夫处于欲望得到发泄的空虚状态,他把安娜当成了一个到手的猎物,成功后反而有点百无聊赖,所以呆呆地吃起瓜。

可是,吃一片瓜需要"半个小时"吗?契诃夫没写出的是什么?有没有另外一种可能,就是古罗夫感到这次这个女人对他来说有点不同,但是他以前一直把女人当作唾手可得的"贱人",他不愿意承认自己情感的微妙变化,所以,缓慢地吃着瓜,既是一种遮掩,也是一种拖延——看看过一会,这奇妙恼人的情绪会不会过去。所以,至少在这里,我们就能确定,古罗夫有些心动了,只是欢场老手的人设使他不愿就此承认,因为承认就等于投降,他只好自欺。当然,也可以把这个细节理解成是不自知,他可能都没感觉到自己有些动了真情,所以,吃瓜又变成了一种对情感变化没有觉察的隐喻。对古罗夫自己来说,桃花运一如往常,他甚至都没发现,自己处于一种震惊与晕眩中。不过,意识没有觉察,动作却出卖了他,震惊感不自觉地把吃瓜消遣变成了吃瓜消化——消化一件事的那个消化。

自欺在小说中其实埋藏在很多细节里。古洛夫执著地要立情场老手的人设,在第一次分别后,他又开始解释自己:"他对她亲热,倾心,然而在他对她的态度里,在他的口吻和温存里,仍旧微微地显露出讥诮的阴影,露出一个年纪差不多比她大一倍的幸福男子的带点粗鲁的傲慢。"而当他回到家,契诃夫又不吝笔墨地写他的日常生活,读报纸、参加宴会、甚至"已经能够吃完整份的用小煎锅盛着的酸白菜焖肉了"——这里的写法是吃西瓜的延续,要么古罗夫已经感觉到对安娜的情感太深,只能用各种事情把自己牵制住,不去想,要么他还处于晕眩的余韵中。[1]

到这里,其实已经聊到了这篇小说的一个核心:人的自欺与不自知。契诃夫就像一个飞毛腿和忍者,跑到了主人公内心想法的前面和深层,在古罗夫没意识到或者不肯承认的地方,全被契诃夫顽皮地抖了出来。

以契诃夫的这篇小说作为引子,我们进入今天的主题,聊一聊小说中的自欺与不自知。

---

[1] 与这个著名的吃西瓜的情节构成对话的,是库切《耻》中的一个情节。前文已经介绍过,小说的内容是关于一个热衷于引诱女生的大学教授的故事。当他看中一个女孩,并把她带回家,想和她展开关系时,这个女孩表示要打个电话,小说写道:"电话打得比他预料的要长。从厨房里,他听到阵阵的低语声和间杂的阵阵沉默"。为什么这个电话打得那么长?我们就可以猜想,是这个女孩在犹豫、在拖延、在逼着自己下定决心,她可能是真的打了,也可能只是在装样子打电话。所以,打电话这个情节与吃西瓜的情节有某种类似之处。

卖破绽：揭穿不自知

自欺与不自知是两种状态。自欺大概是指明知道自己在做什么，但和外在的评价体系或者自己原先信奉的评价体系发生了冲突（其实，原先的信奉也是一种外在的内化），为了让自己获得和谐与安宁，一个人必须假装对发生的情况视而不见；不自知则是完全对自己的所作所为所思不清楚，被裹在云雾里，稀里糊涂、懵懵懂懂地生活下去。有时候这两者会产生因果关系，原先是不自知的，后来突然被意外刺激了一下，拨开浓雾发现了生活的真相，又没办法接受，所以只能自欺，以此回避扪心自问时的痛苦。很多作品都不会简单地呈现这两者中的某一种，作家们乐于照亮从不自知到自欺的心理变化，这样就可以把讽刺发挥到最强烈的程度。

包裹着人的意识的浓雾，未必总要写得浓厚黏腻，有时候反而可以是轻盈的。像美国剧作家田纳西·威廉斯的《玻璃动物园》中，剧作家把不自知赋予了一种脆弱而美丽的形态：玻璃。玻璃像罩子一样圈住了里面的人，虽然好像也能看清外界的景观，但却完全没法感觉外界的温度与湿度的变化。

这出戏剧的主要角色只有三人。在美国经济大萧条的三十年代，弃妇阿曼达带着女儿——嫁不出去的老姑娘劳拉，还有每天只想着看电影逃避现实的儿子汤姆一起生活。孩子们的父亲多年前突然远走高飞，抛妻弃子，而汤姆不喜欢目前死气沉沉的工作，每天荒废度日，家庭环境很不和谐。阿曼达最大的心病就是女儿还没嫁出去。她还记得自己当年是如何迷倒众多青年的，可这个劳拉却是个和陌生男性讲话都会脸红的姑娘，送她去学打字，也因为她自卑于自己的跛脚而偷偷退了学。汤姆期待像父亲一样一走了之，只能答应母亲，把一个很有前途的男同事叫来家里吃饭，目的是撮合他和姐姐。这个男孩叫做吉姆，他的到来打破了家里的平静。

原来他就是劳拉读中学时就暗恋的优秀男生，只是后来与未婚妻毁了婚约。他热情、阳光、幽默，一进门就赢得了阿曼达的好感。戏剧在推进的过程中，作家安排阿曼达做了一些诡异的行为，比如穿上了少女感十足的黄色少女纱裙、不时传出少女般的笑声，甚至和来访的吉姆开起了暧昧的玩笑。

试想一下，一个半老徐娘本来是要给女儿张罗相亲的，结果自己却卖起了俏。这是什么用意呢？其实威廉斯就是在写人的不自知。但是，他不是要把阿曼达描绘成一个不甘寂寞的弃妇，因为她确实是为女儿操碎了心。她的这些滑稽举动暴露出，她还留恋着青年时代的繁华与自己的魅力，几乎没有觉察到目前处境的萧条与糟糕，所以，一逮到机会就要重温旧日时光。对于阿曼达，威廉斯没有吝惜淡淡的讽刺，可是对于女儿劳拉的不自知，他却显得怜悯和悲情。劳拉有点像现代的宅女，为了不让人看到跛脚，她深居简出，这种处境已经暗示着她被围困的不自知。她的房间里摆满了玻璃做的小动物，几乎可以组成一个动物园。她与来访的吉姆越聊越欢，吉姆提出要观赏她的这些摆设：

吉姆　哈—哈—哈！

〔他们突然撞到桌子，那个玻璃动物从桌上掉下来，掉到地板上。吉姆停止跳舞。〕

咱们撞着了什么？

劳拉　桌子。

吉姆　桌上有东西掉下来吗？我想……

劳拉　有。

吉姆　但愿不是那个长角的玻璃小马！

劳拉　是那个小玩意儿。〔她弯下身去，把它捡起来。〕

吉姆　哎，哎，哎。它摔坏了吗？

劳拉　现在它跟其他的马一模一样了。

吉姆　它摔断了它的——

劳拉　角！这没关系。也许这倒是因祸得福哪。

吉姆　你永远不会原谅我的。我断定这是你心爱的玻璃动物。

劳拉　我几乎没有心爱的东西。这算不上什么不幸，雀斑脸。玻璃非常容易打碎。不管你多么小心。只要来往的车辆一震动架子，那些玩意儿就从架子上掉下来。

（鹿金译）

这是一个充满隐喻的情节。由于停电，黑暗中的吉姆不小心打碎了劳拉最珍爱的一只玻璃独角兽。如果说阿曼达是困于旧日记忆而不自知，那么劳拉的玻璃动物园则是这家人不自知的一种具体化。他们还活在昔日，不知未来已经到来。当玻璃打碎，不自知的昏睡就该醒了。情节从这里急转直下，就在劳拉觉得吉姆爱上了自己时，吉姆却坦诚马上就要和别人订婚了。戏剧的结尾，汤姆决定离开，他对姐姐说："因为眼下世界是用闪电照亮的！吹灭你的蜡烛吧。"当玻璃罩一般把人围困其中的不自知被闪电击碎时，人的选择不同：阿曼达气急败坏，劳拉委顿，汤姆出走。

在《玻璃动物园》的故事里，我们看到作家们呈现不自知的一种常见手段：卖破绽。他会让人物处于巨大的黑幕之中，在他们自己看不到的角落擦出一星火花，专供读者捕捉。从火花所照亮的地方，读者就能推断与猜想。这也决定了，文学人物永远是比真实的人更为简单和坦诚的存在，因为在现实生活里，没有一个人会像一本书中的人物那样把自己摊开来，细枝末节地供周围人来推断与猜想。写下的，就成了证据与证言。

有时候，破绽会很小，而且一闪而过，需要读者非常留心。比如在多丽丝·莱辛的《野草在歌唱》中，写受尽苦难的白人女性爱上了强壮沉着的黑人家奴。在那个年代，婚外恋加上种族隔离，这种感情简直是天方夜谭，连女人自己都觉得不可能，但是，莱辛只用一个动作就出卖了女主人公的不自知：黑奴来了以后，从来无心修饰自己的她开始"扑粉"。或者像《红与黑》里，主人公于连大胆地去握贵妇德·莱娜夫人的手，夫人没有及时抽回，后来还自责未能及时抽回，迟到的自责更像是对已经动心却不自知的遮掩。

另一些时候，作家们会将某一簇破绽反复强化和锐化，就像用一把针去戳一张纸，不断地加力，纸面蜂窝状的凸起会越来越明显，最终"噗"地一下戳出了一个大窟窿，纸背面的真相一股脑涌了出来。美国剧作家阿瑟·米勒的《桥头眺望》就是一个典型。之前在讲文学与意义感的主题时，大家已经接触过他的名作《推销员之死》，读者们会发现他是一个喜欢书写幻灭的作家，《桥头眺望》中的幻灭正是来自于不自知的被戳穿。

剧情只有两幕，并不复杂。男主人公埃迪是一个年过四十的码头装卸工人，他与妻子贝特丽丝过着普通的生活，抚养着侄女凯瑟琳。但实际上，作者在人物介绍表里并没有表明出场人物的关系，所以读者乍一读，会对几人的身份产生疑惑。比如埃迪对凯瑟琳一上来就很蛮横，问她打扮那么漂亮干吗？头发梳得这么好看干吗？凯瑟琳只顾着自我欣赏，还问厨房里的贝特丽丝好不好看。这时候，读者可能会产生一种误判，觉得埃迪是个善妒的丈夫，凯瑟琳是个不安分的妻子，而贝特丽丝是他们的女仆。一直往后读，才能渐渐搞清楚三个人的关系，所以，一种理所应当的情绪线索又变成了：埃迪对侄女的责任心太重，不让她出去工作，怕她受伤所以把她圈在家里，而贝特丽丝则是个不管事的妻子。

事情的变化出现在两个意大利青年偷渡来美国以后。这两个青年是埃迪家的意大利亲戚，他们偷渡过来打工，寄居在埃迪家。这样，原来稳定的关系就打破了，其中一位个性鲜明的青年卢道夫吸引了凯瑟琳，两人决定结婚。此举深深激怒了埃迪，两个青年决定反抗父权，离家出

走。在戏剧的最后,冲突达到了白热化的程度:

> 凯瑟琳　我觉得我也不能再呆在这儿啦。(她把胳臂挣脱出来,朝卧室倒退过去)很抱歉,埃迪。(她看见他眼中盈满泪水)唉,别哭。我会住在附近,还会来看你的。我只是不能再在这儿呆下去了。你知道我不能啦。(她出于对他的怜悯和热爱而抽泣起来,没法保持沉着镇静)你难道不知道我不能了吗?这你是明白的,对不?(她向他走去)祝我幸福吧。(她祈祷似的紧握两手)唉,埃迪,别这样!
>
> 埃　迪　你哪儿也不许去。
>
> 凯瑟琳　埃迪,我不再是个娃娃啦!你——
>
> 〔他突然伸手把她搂在怀里;她挣扎着想摆脱出来,他亲了一下她的嘴。
>
> 卢道夫　不许你这样放肆!(他拉扯埃迪的胳臂)放手!对她放规矩点!
>
> 埃　迪　(身子被卢道夫拉开)你想要什么?
>
> 卢道夫　对!她就要跟我结婚了。我要的就是她。我的妻子!
>
> (屠珍、梅绍武译)

这一幕估计会吓坏很多读者。因为作为舅父的埃迪,在争吵中居然亲了侄女凯瑟琳的嘴。戏剧不是小说,不具有明显的"内省性"(见上一讲),所以读者没法知道埃迪亲完以后的心理活动,只能从后面他和卢道夫的对话来推测——他可能自己都呆住了,有点懵,面对准侄女婿的劈头喝止,他像是不知说什么似的才挤出了一句:"你想要什么?"

其实,埃迪对侄女一直潜藏着一种乱伦的恋慕之情,这一点连他自己都没意识到。《桥头眺望》整出剧,从一开始就在强化和锐化埃迪的这种不自知,从最后不自知被曝光往前推,埃迪所做的一切都有了解释——他之所以对凯瑟琳保护过度、不让她出门上班、不让她接触陌生男性,不是出于抚养侄女的责任心,而是出于觊觎侄女的恋慕心。这些行为都构成了一根根针,把内心不为己知的欲望戳破见光,而读者一开始产生的误判,认为凯瑟琳和埃迪是夫妇,也是剧作家有意为之。

混在一起的自欺与不自知

不自知与自欺有时候会呈现因果关系,但更多时候,是纠缠在一起无法分清的。这也是文学对人的意识探索的一种真实呈现:我们总是相信世界能够说得清道得明,所以产生了道理、规律、理论,但这些人造物也许只是一种人为经验的总结,目的是让人类更好地、更便利地生活下去。而实际上,世界本身就不存在什么清晰的线条,反倒像莎士比亚说的那样,可能只是一场痴人说梦,充满了喧哗与骚动。所以,文学对混沌的世界与内心的描写,有时候也会摆脱一定要"给个说法"的教条,变得颤动、迷离和朦胧。在自欺与不自知关系的问题上,有些作家不会分得那么开,比如施尼茨勒。

阿图尔·施尼茨勒是十九世纪末的维也纳作家。维也纳这个地方相当有趣,在十九世纪末,它在城市建筑、绘画、市政工程、文学等各个方面,不约而同地掀起了一股现代化的自我革新浪潮。所以"世纪末的维也纳"也变成了一个专门的词汇,用来形容欧洲世界在世纪转折点发生的社会与思潮巨变。施尼茨勒生活于这一时期,所以很自然地带有了现代性的浓郁气息。在他的作品里,深入人们光怪陆离的内心褶皱的描写,比比皆是。

他的短篇小说《鳏夫》,情节极其简单:一个男人的妻子患病死去,他怀着巨大的悲痛整理妻子的遗物,发现了她与自己好友的书信往来,作家没有写出信的内容,但读者从男人的反应得知,妻子与好友发生了婚外情。震惊之下,男人对这件事还有一些以前的细节进行了大量的头脑风暴。施尼茨勒的用词特别讲究,当男人发现信时,他的反应是:

> ……在这些书信后面有一束信,他把它拿了出来,像其他的书信一样,观察了一番。一种什么样的字体?一种他不熟悉的——不,不是不熟悉的……这是雨果的字。在蓝色的丝带被扯下之前,理查德读到的第一个字母就令他目瞪口呆……

(高中甫译)

为什么男人看到信时的反应先是否认,觉得不熟悉,然后又清楚地指出了来源?你既可以说他此时是不自知的,又可以说他在自欺——不自知是真的不知道发生了什么,而且在戳破不自知时有点懵,所以没认出字迹来源;

而自欺则是一开始就认出来,毕竟是好友雨果的笔迹,非常熟悉,甚至之前就模模糊糊有觉察,但是不愿承认,想骗一骗自己。

所以,好的文学作品经常具有歧义性。它会为读者的理解提供足够的空间,使我们在解释一个特定情境时,走出各种交叉的小径。后文,《鳏夫》又安排男人回想与思考从前的细节,施尼茨勒安排了一种极具压迫性的自问句式:

> 他从没有注意到什么,他从没有一丁点猜想过这种事。难道他没有看到过他们两人的目光湿润而热烈地相遇吗?他俩彼此交谈时,难道他不是听过他们的声音的颤动吗?当他们前去花园林荫道散步时,难道他不知道有时笼罩他们畏怯的沉默意味着什么吗?难道他没有发现,雨果经常是心不在焉,情绪不定和黯然神伤吗?——难道从去年的那些个星期天以来,事情就开始了吗?
>
> (高中甫译)

这段话里,读者应该相信哪一种状态呢?是真的一无所知吗?那怎么会把好友与妻子间的眼神、声音都记得一清二楚?如果已经知道了真相,又为什么不把它揭穿呢?在小说中,男人发现信件后对亡妻及好友发出了种种恶毒的诅咒,所以显然他并不忌惮两人,不怕撕破脸皮。小说的结尾也很微妙,当老友前来悼念时,男人决定和好友摊牌,逼他承认奸情,可是一听好友马上就要订婚,他又破口大骂他是个"流氓!"这会,他又站到了亡妻的立场上,指责好友的负心。在《鳏夫》这篇小说里,施尼茨勒曲尽其妙地把不自知与自欺交织在一起,让各种情绪体验彼此纵横,却并不打算整理出一个清晰的指向或者定义。这是一种高明的写法,也是一种松弛的写法。

文学的松弛感是指,写作意图安排得没那么单一确凿,读者能回旋和选择的余地更大一些——他可以选择相信这种说法,也觉得那种说法站得住脚,虽然这两种说法是矛盾的,他有时会同情这个人,有时又厌恶他。托尔斯泰的作品松弛感少一些,卡列宁是怎样的、沃伦斯基是怎样的、聂赫留朵夫是怎样的,很大程度上已经一锤定音,作家按照超越者、引诱者或者救赎者的方式去设定人设,读者也会亦步亦趋,清晰之感大于困惑之感。但在陀思妥耶夫斯基的笔下,松弛感会多一些。《罪与罚》里,主人公拉斯科尔尼可夫在酒馆里遇到了一个酒鬼,叫做马美拉多夫,他是后来主人公的恋人索尼娅的父亲。这个人成天泡在酒馆里,殴打妻女,如果小说写得不松弛,那么他就被定了性了——一个充满恶习的男人,被所有人所厌恶,作用只是引出主人公的犯罪心理,以及让他遇到自己的女儿。在马美拉多夫被马车轧伤后,主人公把他送回了家,让他在家人怀里断了气。这时候,酒鬼的女儿追了出来道谢,并说:"以后,我要替你祷告一辈子。"如果酒鬼被写得很"紧",写成一个毫无回旋余地的彻底的恶棍,那么也不会有孩子跑出来感谢主人公把父亲送回来这一幕。从一个侧写,老陀展现出文学的松弛的应有之意。

所以,自欺和不自知的主题,其实非常能够体现出作家的世界观：有的人更期待展现一种理念或者一种认知，所以他们处理该题材的办法就是一条道走到黑，专注刻画人对于自我的愚妄，再从中推出一条理念或者论断；有的则更期待展现一种接近真实的人存在的处境，但并不想给出定义与理念，所以他们会赋予作品中的人与读者更多左右摇摆的可能。在处理同一主题的时候，这种差异会更加明显。

设想这样一种情境，你是个打工仔，现在公司或者单位要求你做一项工作：每天杀十只猫狗，而且，这种企业文化非常普遍，大家都这么做，没人觉得有问题。那么，你会去做吗？课堂里绝大多数的同学都说，绝对不会。但这种否定背后暗含着三个预设：首先，你知道杀猫狗不人道，因为这是目前现实公认的伦理——当然，对一个十八世纪的法国人来说，屠猫可以是一种节日狂欢；其次，你清楚这是个实验，你会给出符合目前主流认识的回答；还有，你可能忽略了人所知与所行之间的巨大鸿沟，又对自己所秉持的理念过于自信，以至于忽略了事到临头时我们靠的更多是本能、习惯或者周围的惯例。

在理念与处境之间

道德实验有太多不可信的地方，所以，我们只能求助于文学。来把上述假设描述得更具体一些：二战期间，你是一个德国人或者日本人，你负责纳粹对外宣传口，你会对自己的行为有一丝不妥的觉察吗？或者，在发现真相后，会真诚地认错吗？针对同一个问题，日裔作家石黑一雄和美国黑色幽默代表作家冯尼格特给出了不同的回答,而且,也丈量了不自知与自欺的文学松紧度。

石黑一雄想要呈现的是理念,所以,他所刻画的自欺与不自知也是绝对的。在《浮世画家》中,围绕着小野嫁女的事件,石黑逐渐抖出了主人公小野见不得人的往事。原来,他曾经为日本军国主义画过宣传画。战后,他当年的行为受到了社会舆论的否定,嫁女也变得很不顺利。在很多读者看来,他就是个甩锅高手和控制高手——甩锅罪恶,控制女儿。整部小说在小野对往事轻描淡写、避重就轻的回忆与嫁女风波两件事中交错进行。小野当年是不自知的,但现在知道真相后,他回避了真诚认错,反而不停给当年的自己找借口:"说到底,如果你的国家卷入战争,你只能尽你的力量去支持,这是无可厚非的。有什么必要以死谢罪呢?"此时不自知变成了自欺,而且常常托辞粉饰。当女儿批评他毁掉了竹子和杜鹃花,把一切花枝都剪得很糟糕时,他反驳道:

> 我坐在那里默默地望着花园。"是的,"过了一会儿,我终于点点头说道,"我想你大概是从那个角度看的,仙子。你从来就没有艺术家的直觉。你和节子都没有。健二就不一样。你们两个女儿都遗传了你妈妈。实际上,我记得你妈妈以前就说过这种不靠谱的评论。"
>
> (马爱农译)

总之,小到自己的艺术品味,大到当年的战争宣传画，小野绝不承认自己是错的，甚至，为艺术献身也可以成为纳粹行为的遮羞布。他明明感觉到外界施加的无形压力，却死鸭子嘴硬，把一切都推到外在原因上。石黑塑造这个人物的时候比较"紧"，也就是人物在每个状态中都是非常绝对的，不自知就是不自知，自欺就是自欺，没有一丝犹豫或者反思的弹性空间。但是，在这里我需要指出，这样塑造角色的用意不是讲一个"死鸭子嘴硬"的人就完事了，而是要传达一个非常具有悲情色彩的人生理念：浪费，或者说，蹉跎。

年纪大的人在回首往事时，有时会说，自己的人生白白浪费掉了，一辈子也就这么蹉跎过去了。它暗含着一种对于过去意义荡然无存的惋惜。在石黑的笔下，有太多这样过了一辈子，却发现从前所做只是一场空的人。这种理念的悲剧色彩在于，你可以说一个时代、一个国家是错误的，被某些极端观念所左右，但是过了一代，后代人发现错误就可以拨乱反正。可是，一个人活不了那么长，充其量百十年，你用一辈子犯了一个错，最后知道错了，却没有时间改了。所以，只能嘴硬，只能死不认错——这倒不一定是个糟糕的人，但一定是个有限的人。这就是石黑所谓的"蹉跎"（waste），我们被包裹在时代的浓雾中，其实根本看不清自己的命运，就像在第五讲讲到的意义感，无论是身处从前、当下还是未来，对自己可能都是无力把握的。

所以，石黑对二战中自欺者这一主题的处理，传达的是"人是有限的"这一理念。① 如果接受了它，文学的判断也会更多一些迂回与延宕，也许，正是由于画家小野的有限性，他不得不"甩锅"、不得不"控制"。在这里，文学显示出比哲学更多一些的宽容，就像它对恶的收留会更多一样。法国哲学家萨特也讨论过自欺这个概念，但他觉得自欺完全应该归咎于个人，尤其是个人的选择。他觉得，其实人都是有选择的自由的，但是很多人因为害怕承担自由选择的后果，所以就告诉自己："我也是无能为力啊，我也没办法啊"，把自欺说成是受迫的无奈。比如说，你生了一个残疾且垂危的孩子，你可以选择救或者放弃，医生没法保证一定救活或者没有后遗症，那么，有一些人就会选择自欺，告诉自己孩子是没治了，自己也无能为力，就这样终结了一条生命，也摆脱了内心的煎熬。在一些哲学家看来，这种自欺的问题不在于不坦诚，而在于放

---

① 文学的魅力往往就在于它讨论的是人的"有限性"。在这一点上，它接过了以往宗教的旗帜。在流俗的观念中，宗教往往被解释成"麻醉人民的鸦片"。不妨先搁置这一想法，再抛开繁琐的教条、经文、仪式，想想宗教到底意味着什么？我想，就是迫使人去自省：我是有限的，同时，我也应该对更大的未知力量进行确认。陀思妥耶夫斯基的许多作品都有宗教的痕迹，但他并非借文学来宣教，不如说，他是借宗教来提醒人。在《罪与罚》中，核心的故事是主人公因为理念杀人，他觉得自己可以判断谁该死谁该活。最后，作者设计了一个情节，让代表宗教力量的女主角索尼娅对他进行感召，让他忏悔。毒舌的批评家纳博科夫觉得这个情节简直做作得无可忍受，但他太过于从情节设置本身来理解了。我想，陀氏要说的是"退让"，通过索尼娅，让男主角从自己僭越成神、无所不能的位置上"退让"下来，想清楚——我到底也只是必有一死的凡人，又如何能决定别人的生死呢？也就是说，陀氏很喜欢塑造骄傲者，有时亲自挫败他们，有时把他们留给读者处置——比如中篇小说《斯捷潘齐科沃村的居民》中的凶狠的将军、以及将军死后出现的新暴君福马·奥皮斯金，他们凌驾于一切人，操纵着一切人，拒绝接受自己是"有限的"。陀氏虽然没有为他们设计一个挫败的结局，但是把评价的权柄留给了读者，我们看到其骄傲自大背后的拙劣。

弃了自己的自由。自欺的人，是不自由的。

可是，如果我们对照文学的情形，倒可以反过来问问，是否这种哲学夸大了人的自由，而忽视了人的局限呢？又或者，这种哲学意义上的勇猛是每个人必须拥有的品质吗？哲学追求超越与纯粹、至善与至知，文学固然也有一部分这样的追求，但另一部分则是，追求不到，那就算了，没关系。

文学天然就是欠然的、迂回的、余让的。

同样的题材，冯尼格特的《茫茫黑夜》则要传达一种人的具体处境。在现实的情况中，其实很难分辨一个人是真的不知道还是装作不知道，前面也谈到过，大活人毕竟不是写下来、摊开来的文字。为了处理两种状态之间的暧昧模糊性，冯尼格特干脆设置了一个充满两面性的情节：一个人可不可以一边犯错，一边悔改；一边知错，一边再犯？这样，就把自欺和不自知给统辖起来了。

《茫茫黑夜》以二战后的纳粹战犯坎贝尔的狱中自述为主题。二战期间，这位美裔德国人的职业是广播员，他从"自由柏林"电台发出了大量纳粹的洗脑广播；但同时，他被一个美国人策反，通过广播中声音的停顿、语气的变化、音调的升降传递出了大量情报。战争期间，他一边用广播暗中颠覆着纳粹政权，又确实用广播让很多普通人丧失了理智。而在战争结束后，他清楚地知道了纳粹的恶行，也厌恶那些行为，却又不自觉地落入美国纳粹分子的圈子中，这些人贼心不死，想恢复纳粹旧梦。在这种两难的处境中，坎贝尔也只好把自己说成是"精神分裂症"。

他自述在为纳粹服务期间，虽然与纳粹高层过从甚密，但并不关心政治，只是完成本职工作。这时，读者可能会认为他确实像《浮世画家》中的青年小野一样，被时代洪流裹挟着，觉得自己只是尽职尽责而已，完全不自知。但是，他又谈到，自己和妻子的感情非常好，好到了只想待在一起不问世事的程度：

> 不管我真正是怎样的一个人，不管我真正指的是什么，我所需要的是无可非议、没有保留的爱情——而我的海尔格就是把这种爱情赐予我的那位天使。
>
> 给得太多了。
>
> 世界上没有一个年轻人在各方面都能超脱到这样程度，竟不需要无可非议的爱情。天哪，当年轻人在拥有成亿演员的政治悲剧中扮演角色时，无可非议、没有保留的爱情是他们能寻找的唯一的真正财富。
>
> Das Reich der Zwei，海尔格和我组成的"两人国"——它的领土，我们如此小心翼翼地保卫着的领土，没有超过我们的大双人床的范围。
>
> （艾莹译）

"两人国"，个人的情欲小世界，它的存在动摇了主人公表面上的一派天真和一无所知。如果不是不堪外界重负，又何必逃到小世界中？如果能够自洽地在世界上生活，又何必营造一个不为所动的内在世界？所以，外人很难分清坎贝尔到底是有罪还是有功，就像他自己也很难分清自己是真傻还是装傻，此时矛盾不已的坎贝尔，从自欺又回到了不自知——我们太不了解自己了。

向外求与情感主义

与此类似,二战结束后,一个在集中营里屠杀了大量犹太人的纳粹头目艾希曼被送上法庭,他的法庭发言被女哲汉娜·阿伦特记录并分析,最后成书为《艾希曼在耶路撒冷》。根据他的发言,阿伦特认为艾希曼是彻底不自知的,他每天只是勤勤恳恳执行计划、按部就班上班,根本没有动脑子去想自己的作为,完全就是一个庸庸碌碌且不自知的人。所以,她提出了那个著名的"恶的平庸性"的说法。可是,艾希曼被绞死前又公开宣称,杀死 500 万犹太人给他带来了"极大的满足感"。所以,在法庭上陈述的艾希曼,到底是不自知还是自欺甚至欺人呢?

人们很难把这些缠绕在一起的认知障碍一一剥开,向内进行审视。今年在讲《局外人》的时候,我问了一个问题:主人公在家里待着,好像无所事事,一会翻翻报纸,一会吃点东西,一会看看窗外,一会剪报,这样的生活和你周末没事的生活有什么区别吗?本来,我想要引出的答案是两者都显出了日常生活的琐碎无聊,但有一位同学说,在现实生活里,人不会看到自己在做什么,做了就做了,人和做的事情是一体。但是小说里,莫尔索其实有一个"自观",他好像分裂出来,看见了自己的行为,也即,他不仅像大家在周日一样无所事事,他还凝视和描述了这种无所事事。我觉得这个观察特别有意思,因为其实它反映出主人公的自审意识,而这种意识,是罕有的。我们当然每天都会照镜子,可是对镜自观也并不是真正的自我审视。心理学家发现,人们在照镜子时,总是会无意识地把自己的容貌美化一些,现在手机里的"美颜功能"无非就是这种心理的实现。

更多时候,人们不会自审,但习惯于向外求,也就是按照某种理想的或者主流的套子去生活,越贴近理想套子,可能就越偏离自我,自我认知的谬误由此产生。在前面聊过的几个作品,都描写到时代的洪流把小小的个体紧紧吸附,人们几乎无法拒绝与选择,比如《野草在歌唱》中的种族意识、《茫茫黑夜》与《浮世画家》中的军国主义。不过,在日常生活中,将人们吸附的理想套子可能比较小,小到可以是为人处世的风格,比如哪怕本人是自卑胆小的,也要看上去显得风流倜傥——是的,这里说的是司汤达《红与黑》中那个纠结不已的主人公于连。这位内心戏十足的主人公往往通过自我欺骗与自我说服的方式,让自己看上去更像理想型的自我。在追逐女人时,他总希望自己看上去像偶像拿破仑那样,因此,常常令人啼笑皆非地按照"应该的"样子来表现自己,所以,他的恋爱之路异常辛苦:在邀请情人德·莱娜夫人幽会时,他"若由着自己的性子,会躲进房里几天不出来",但是他又不忘提醒自己要扮演一个"引诱者的角色";在终于心满意足与德·莱娜夫人发生关系时,他甚至压抑自己所体会到的快感,在"最温柔的时刻,竟还想扮演一个风月老手的角色",似乎一个情场老手不应该对云雨之欢表现得那么投入忘我;等完事之后,虽然他内心涌起了一阵甜蜜,可是他问自己的居然还是"我的角色扮演得好吗?"——"一个惯于引女人注目的男人的角色"。

《红与黑》的结尾,是于连因为杀人未遂被送上了法庭,他在法庭上慷慨陈词:

> "我对你们不求任何的宽恕,"于连说,口气变得更加坚定有力。"我绝不存在幻想,等待我的是死亡,而死亡对我是公正的。我居然能够谋害最值得尊敬、最值得钦佩的女人的生命。德·莱纳夫人曾经像母亲那样对待我。我的罪行是残忍的,而且是有预谋的。因此我该当被判处死刑,陪审官先生们。但是,即便我的罪不这么严重,我看到有些人也不会因为我年轻值得怜悯而就此止步,他们仍想通过我来惩罚一个阶级的年轻人,永远地让一个阶级的年轻人灰心丧气,因为他们虽然出身于卑贱的阶级,可以说受到贫穷的压迫,却有幸受到良好的教育,敢于厕身在骄傲的有钱人所谓的上流社会之中。"

(郭宏安译)

这段话特别有迷惑性,如果不读上下文,简直会觉得于连就是一个反抗权贵的无产阶级战士,这段话是在英勇赴死前的革命宣言。很多西方的批评家都曾经被迷惑,而西方的一些极右势力还扬言要销毁本书,认为它是左翼宣言。但是,别忘了,于连一向是自我欺骗的,在追逐女人时,他自欺自己是情场老手,在面对生死时,他自欺自己是革命义士——可是,他从前对上流社会的财富与权力的追逐,又何曾显出一丝革命气息?自欺的最好效果,是把别人也欺骗了。

所以，于连的自欺在于，他按照别人的模型，预设了一个理想的自我，总觉得那才是自己真正应该是的样子。他也代表了绝大多数情况下，人们内心自欺产生的原因：内在匮乏，只能外求。外求所得，可以很大，大到成为一个种族主义者；也可以很小，小到说服自己是个唐璜般的风月高手。摆脱时代主流价值观或者社会风尚的意识形态，可能需要有壮士断腕的勇气。因为太痛苦，代价也太大，所以，人们乐于在自欺中享受着更为良好的感觉。

导致这种内在匮乏有个外因：人们以往所仰赖的那套观念坍塌了。中国儒教说的信奉圣贤也好、基督教说的信上帝也好，其实都是在人和自己所持有的流行观念之间插入一个空间、一段距离、一面镜子。这样，人就不至于死死贴紧自己当下所抱住的观念，毫无反思和校正自己行为的余地。但是，随着世俗化社会的到来，人内在的这种辅助自我体认的系统被取消了，所以，人就与他偶然得之的某些主流观念合二为一、所向披靡——也许你会发现，所有打着"主义"名号的人几乎都是慷慨激昂、一腔正义的。所以，此时的人，变成了自己的参照系，就好像弹钢琴的人没有了节拍器，想怎么弹就怎么弹。

内在匮乏，但也并不是一无所有，人还有本能。只不过，由于本能带来的阻碍，自我的认识就算不走向自欺，也会走向不自知。本能里最大的阻碍就是情感主义，也就是在面对一件事时，第一时间涌起的情感反馈。这样的情感反馈很重要，也很珍贵，但仅止于此，就会成为障碍。它阻碍了进一步的理性与冷静的分析，缺乏这一层，人就是不自知的。

这里我想举的例子,来自于前面出现过的英国作家朱利安·巴恩斯的另一部作品:《终结的感觉》。整部小说是以回忆的口吻来叙述的,主人公"我"回忆起读中学的时光。那时和几个志同道合的男生组成了小团体,后来,小团体里又加入了一个非常特别的男生艾德里安,他显得很有思想,气质独特。多年后,朋友们分道扬镳,后来,"我"得知了艾德里安自杀的死讯,那时候,他已经进入名牌大学,前途一片光明。"我"对他的死非常费解。

直到最后,讲故事的"我"才一点点开始思考,是不是自己造成了艾德里安的死。他逐渐回忆了起来,当年女友和"我"分手,转头却和艾德里安好上了。"我"恼羞成怒、口不择言、以最下流最激愤的语言给艾德里安写了一封诅咒信,言辞之恶毒,情绪之高涨,以至于多年后重读乍一看都没认出来:

> 嗨,你们俩还真是天生一对,我祝愿你们无比快乐。希望你们缠绵相守,以给双方造成永久伤害。我希望你们后悔那天我介绍你们认识。而且,我希望,在你们分手之际——你们最终必定分手——我给你们六个月时间,不过由于你们两人的虚荣心作祟,则可持续一年,我诅咒你们诸事不利——留给你们的是一生的凄楚,它会一点点毒害腐蚀你们往后的关系。我隐隐希望你们有个孩子,因为我坚信时间是复仇大王,没错,将报复施予一代代后人。

……

恭贺佳节，祝愿酸雨降临在你们俩油光闪闪的头上。

(郭国良译)

显然，在气头上，"我"已经被冲昏了头脑，只留下最本能的情感来尽情发泄谩骂。这种情感主义是人的应激反应，自然没错，可是，"我"却永远耽搁和推迟了对事件进行真正的理解，"我"对"自己原先那种易怒、善妒、邪恶的形象"完全不自知，也完全不了解为什么艾德里安收到信后没多久就自杀了。

后来，"我"年岁渐长，对自我的了解慢慢增多，才开始追寻当年友人自杀的真相。原来，艾德里安认识了我的前女友的母亲，两个人发生了不伦之恋，甚至生下了孩子，这个孩子带有先天的智力残疾。艾德里安本来就处于羞愧之中，向"我"寻求帮助，"我"却无意中咒骂了他的后代，以至于他痛苦自杀，孩子由前女友抚养长大。只是，在本能情感的蒙蔽之下，真相、自我认识与道歉，统统推迟了。

人们常常觉得理性代表束缚，感性代表自由。在《终结的感觉》中，却能清晰地看到假自由之名，本能与感情是如何做出了作茧自缚的行为。所以，大概可以倒过来说，理性才是自由，感性往往导向奴役。①

自我匮乏，加上情感主义，这两座认识中的大山造成

---

① 这其实也是康德伦理学的核心，在《道德形而上学原理》中，康德区分了自然王国与目的王国，前者受到人的本能驱动，而后者则遵循着一种与物理界的定律一样超经验的法则。通俗一点解释——你晚上想吃（转下页）

了纠缠在一起的自欺与不自知。甚至有时候，我会悲哀地感到，它们可能就是人生的底色。现实生活中绝大多数个体的悲剧，都是由它们引发的。我时不时会去看我的第一本书在网上的评价，如果看到批评得很严厉的内容，内心就开始不停地找借口辩解：不是的，你误解我了，我才不是这么想的，你根本没读懂……但是忽然又想，万一人家说得对呢？万一就是写得不咋地呢？我自己看不到的，别人指出来还不行吗？为什么非要扳回来？此时，若能跳出自己来看看，我那副内心戏十足、据理力争的样子，可能还真像睁大了眼睛的孔乙己："你怎么凭空污人清白！"

这样突然冷静下来的时刻，其实特别少。大多数时候，人因为不自知和自欺，是拒绝认错的。这些年我慢慢觉察，认错可能是天底下最难的事情。说起来好像没什么大不了，但是回想一下，小到你和恋人或家人吵架，那种一定要"刚"下去、一定要回嘴、一定要"发挥得好"的心态；或者被批评、质疑和指责时，内心涌起的恼怒的反驳；以及在网络与现实争辩中，对个人价值观、道德观、判断与立场的誓死捍卫——有多少次能在兴头上马上凉下来，想想自己也可能是错的？与此相反，人本能里最执

（接上页）烧烤、想刷手机、想熬夜追剧摆烂，如果你真这么做了，确实好像是由着自己性子和意愿做的，没人能阻碍。可是在康德看来，这种自由地由着性子，恰恰是一种被奴役的状态，奴役你的就是你的本能、动物性的欲望，人也始终只能在自然感官的王国里沉沦。如果强迫自己不去做这些，表面上好像是受到了压抑，但你的自由恰恰通过对抗动物本能实现了。很多人用的一款健身APP，开屏词是"自律使我自由"，这就是非常康德化的表达，因为人成为自我的立法者，超越了被动物欲望奴役的状态。当然，我们也一直在谈，哲学对人的要求非常高，绝大多数人能做到的，也还是像文学中描述的这些"退而求其次"的状态。

著的东西,就是拼命证明自己是更对的、更优越的、更高级的、更懂的。很难说自欺与不自知是人的缺点,因为好像缺点意味着可以改正。它们应该更接近于人的本能,本真的、无法改正的状态。

这一讲,是本讲稿最后一节关于文学主题的内容,讨论了文学中对自欺与不自知的表现和意义。首先,聊到了两种认知状态在不同作家手里的写法,提到"卖破绽"与"文学的松弛感",一些作家的写作目的是传达某种理念,而另一些作家的目的则是描绘一种模糊两可的真实处境;然后,借由具体作品,谈到了自欺与不自知的原因:内在匮乏,继而主动或被动地向外寻求,以及情感主义的蒙蔽,在人的认知中,它会带来很多障碍,比如:拒不认错、自我优越感等等。

实际上,这个主题是想借文学之酒,来浇自我之块垒。然而,写下来,也不意味着就想通了。无知之幕浩大,我之所知又有几何?在前几讲,我也谈到过,这些年教学与研读文学的一个体会是,要把它看得小一些。人对于自己热爱的东西总想无限放大,但很可能,也是在放大自己,这种激情又造成了进一步的不自知。读完文学,抛开概念,打打篮球,做做家务,谈个恋爱,在真实的生活里好好沉浸一下。

第十二讲

《胎记》：科学如何影响了文学的讲法

往届大三的同学开题，有同学苦于找不到自己喜欢又能写的作家，只能向我征询意见。我推荐她去读一读莱姆，或许能有些发现。过了不久，她给我发了长长的微信，说简直太喜欢这个作家了，以前觉得很多情节都是电视剧或者综艺里才有的，比如说交换身份或者灵魂之类的桥段，没想到，人家莱姆在1965年就玩过了。在莱姆的科幻小说里，实现人类灵魂交换的工具往往是大师发明的机器，在某种超高的科技指引下，人的灵魂可以换到上至国王、下至乞丐的身体里。也就是说，科学技术已经改变了文学的写法。

其实，文学的发展从来就不是孤立的，它固然有自己的传统，但同时也是时代文化、社会意识形态的组成部分。科学作为另一种文化组成部分，不可避免地进入了文学世界，最广为人知的，就是科幻小说。这类小说已经发展出非常成熟的体系与思考，也有一套自己的评价标准。不过，最后一讲，我并不打算谈科幻小说，也就是以科学技术为主题的小说，这个问题一点都不新鲜了——而是要谈科学技术的元素，如何被作家们吸收为一种讲故事、组织文本结构、乃至选择修辞方法的技巧。一句话，就是科学元素如何影响了文学的讲法？所以，最后这一讲，我会用这个问题为"技术篇"做结。实际上，我有一个强烈的感觉，不仅人文学科内部探讨的是同一个问题，甚至人文学科与自然科学探讨的也是同一个问题，只是因为表面上方法与思路的迥异，让人错以为隔着十万八千里——这个问题就是对不可知的丈量与承认。文科生有时候挺憋屈，总是被理科生称为"文傻"，似乎只会坐而论道，一点确凿的、切实的东西都不知道。[①] 后来，与很多自然科学研究者交流，发现其实大家的工作有点殊途同归。第六讲介绍过一位哲学家波普尔，他的这段话我很希望分享出来：

> 科学不是建立在坚固的基岩上。可以说，科学理论的大胆结构耸立在沼泽之上。它就像树立在木桩上的建筑物，木桩从上面被打进沼泽中，但是没有到达任何自然的或"既定的"基底；假如我们停止下来不再把木桩打得更深一些，这不是因为我们已经达到了坚固的基础。我们只是在认为木桩至少暂时坚固得足以支持这个结构的时候停止下来。[②]

---

① 这种鄙视链可能引发了人文学科对自然学科不自觉的模仿，量化研究变得越来越普遍，在史学、社会科学、教育学等领域，似乎只有拿出翔实的图表才能证明研究的严谨与不可置疑，甚至，人文学者会乱用科学的术语充当门面，这样的文章看起来才会高大上一些。美国有一位研究量子力学的怪才叫做索卡尔（Alan Sokal），他专门写了一本书叫做《时髦的空话》，批评文科知识分子对科学术语不懂装懂的滥用。学界那些鼎鼎大名的人，像拉康、克里斯蒂娃等人，因为错用了数学、物理学的概念（如"拓扑学""虚数"），被他狠狠吐槽了一番。所以，有时候我觉得，行文的质朴与老实，也是一种美德。

② 卡尔·波普尔《科学发现的逻辑》，查汝强、邱仁宗、万木春译，中国美术学院出版社，2008年，第87—88页。

也就是说，对于谦逊的科学家和审慎的文学研究者来说，共同的起点也许都是"我不知道什么"，终点也都是"我只能知道这些"。这也是我在最后一讲，将两者联系起来的原因。

这一讲选取的小说，是美国十九世纪作家纳撒尼尔·霍桑的短篇小说《胎记》。

十九世纪的美国作家，比如惠特曼、霍桑或者女诗人艾米丽·狄金森，身上都有一种非常相似的气质：神秘。这点和他们的亲戚英国人很不同，英国是老牌的现实主义大国，一针一线都恨不得写到位，后来才好不容易出现一个古灵精怪的安吉拉·卡特，连走冷逸路线的石黑一雄都喜欢得不得了。毕竟，这个国族的家底太厚，历史重重累积，很难飘起来。但是，美国历史短，经验的担子轻，所以，他们会走到很轻盈的一面。《胎记》这篇小说就充满了神秘的质感，不过它的神秘倒不是来自于巫术或者迷信，而是来自于科学。

《胎记》文本细读

小说一开篇就描绘了十九世纪上半叶科学发达的盛景。科学家艾尔默娶到了一位美貌的妻子，可是他仍然郁郁不乐。因为，娇妻的脸上有一块胎记，它就像是娇妻情绪的晴雨表，高兴时会淡去，激动时就变红，形状则像一只小手，始终影响容貌，艾尔默一心想把胎记弄掉。其实，胎记让科学家忧心不已，不仅仅是因为难堪，更重要的，是他觉得：

> 这是人类致命的缺陷，是大自然以这样或那样的方式在它的一切创造物上打下的不可磨灭的烙印，目的是要暗示一切都是有限的、短暂的，或是暗示事物的完美必须经过辛劳、痛苦方能获得。这殷红的小手表现出挥之不去的必然毁灭的命运，它扼制着世俗形体中最崇高和最纯洁的人，让他们堕落下去，与最卑贱的人为伍，甚至与牲畜为伴，他们的有形躯体与它们一样，最后势必要回归尘土。
>
> （林之鹤译）

为了实现目标，艾尔默设计了各种实验和药水，而妻子因为崇拜丈夫的科学才华，无不顺从地接受。胎记如此顽固，艾尔默最后使出了大招，他调制出一种终极化学药水，要么成功，要么就是被科学欺骗而失败。妻子服下后，胎记果然淡去，可是同时，无暇的女子也吐出了最后一口气，芳魂散去。

我为这篇小说设置的问题如下：你觉得胎记有什么象征意义吗？你怎么理解艾尔默的爱情观——他觉得爱情只有和科学"结合在一起"才会更强烈？你觉得科学在小说中有什么额外的意思吗，为什么科学一定要把胎记除掉？你觉得科学的元素对小说的行文组织有什么影响吗？

有一些同学对艾尔默的解读很直白，认为他就是在PUA女主，让她心甘情愿做自己的实验小白鼠，所谓的爱情都只是他的话术。我并不反对用流行的词汇来解读文学作品，因为每个人的知识结构以及经历是非常不同的。但是流行词汇有个问题，就是它往往具有很强的时效性，而且针对的原是某些非常具体的案例，如果把它推而广之，就会失去准星。某种意义上，许多流行的理论问题与此类似，它是某时某地某个语境的具体产物，如果嫁接到另一个时代的类似事情上，就显得生硬和偏离。按照这些泛化词汇与理论的流行程度，你甚至可以说《红与黑》中的于连是在PUA侯爵小姐、《安娜·卡列宁娜》中的沃伦斯基是在PUA安娜，《胎记》中的女主人遇到了她的crush，所以如此心甘情愿，或者，《包法利夫人》中的女主人因为被男权主宰的社会剥夺了受教育和找工作的机会，只能在一次次偷情中消耗自己——听起来好像也没大问题，但是关注的重心已经不再是作品本身，而是这些具有冲击力的概念了。它的核心问题就在于把文学的理解和文化研究的理解混为一谈。

以前我读刘慈欣的《三体》时，看到一个他写得脑洞大开的情节：三体世界的地球人为了保全自己不被太阳晒死，会进行脱水，变成一张人皮囊，还可以卷起来保存，等地球运行到适当的位置时，再通过浸泡恢复身体的水分，舒展开来。但我不希望文学充当这种皮囊，每碰到一个新的概念或者理论，就把干瘪的皮囊通过再次浸泡充水而膨胀起来，因为，我觉得文学自身是自足的、丰盈的。

还有一些同学注意到上面那段引文，他们认为，对科学家艾尔默来说，胎记的存在近乎人类天生的缺陷，而科学的日的则是要弥补甚至消除人类的缺陷。因为我们移动速度慢，所以有了蒸汽火车，有了飞机和无线通信；因为我们视力有限，所以出现了显微镜和望远镜。终极问题就是，人是会死的，科学能否解决人的必死性的问题？霍桑给出了否定的回答。

至此我们还在讨论主题，也就是科学是如何进入和影响文学主题的？那么，在这篇小说中，科学元素有没有影响文学的写法呢？面对这个问题大家觉得比较吃力。实际上，小说里有一句话值得注意："大自然之母，尽管她使我们欣然看到她好像毫不隐晦地公开工作，然而她却极其严谨地严守她的秘密。"这句话非常重要，可以说它勾连起所有与科学有关的小说的内核，同时也决定了这部小说组织行文的根本逻辑，它们都指向了一个动作：揭开，揭开秘密。

如果翻开自然科学的历史，会注意到古希腊的赫拉克利特的一句箴言：自然爱隐藏。在西方，大自然经常被设想为一个女神，代表着万物之母，后来演化成了女神伊西丝。从那时候起，自然就具备了一个属性：隐藏自己，等待人们欣赏，或者开掘利用。相应的，戴面纱的伊西丝也成为将自己的奇观隐藏起来的自然的人格化象征。对自然的利用开掘，从十六、十七世纪以后，变成更为专业的意识形态，它包括如何看待自然、利用自然、征服与改造自然，也就是我们所谓的"科学"。在十九世纪以后，科学与技术更为紧密地结合在了一起，所以，"揭开面纱"就进一步成为了科学研究自然规律的文学性隐喻。十九世纪的女作家乔治·艾略特的科学小说干脆就直接取名《揭开的面纱》。《胎记》中写道："大自然之母……严守她的秘密"，显然也是"面纱比喻"的变体。

那么，这个概念跟小说的谋篇布局有什么关系呢？小说中，令主人公焦虑不已的，就是爱妻脸上的胎记。为什么不设计爱妻是身体残疾、或者耳背、或者眼盲，非要设计她的缺陷是胎记呢？因为，把胎记去掉，正是对"揭开面纱"的变形说法。霍桑多次暗示其"自然属性"——那是"仙女的小手"留下的，这块胎记还会"波动若隐若现"，显然更像是在说风吹过面纱的状态，而不是皮肤瘢痕的状态。也就是说，胎记其实就是面纱，去掉胎记就是揭开面纱，而爱妻其实也不是真的人，而是自然之母的隐喻。一旦揭开面纱，自然就会被科学治死。霍桑从"自然爱隐藏"的科学话语传统中，抽取了关键的元素，从而组织起小说的人物、情节走向和结果。

通过《胎记》，我们看到了科学元素是如何影响小说写法的。接下来，我们还会讨论几个文本，看看在漫长的人类历史中，文学写作是如何"科学化"的。

数学与但丁

前面提到过，现在所说的科学，是专门指十六、十七世纪以来形成的一种特定的近代意识形态体系。不是说古希腊、古罗马世界里没有科学，或者古代中国和阿拉伯世界没有科学，而是说，当时的科学体系或者科学话语与十六世纪后的不太相同，就像我们现在学的数学，在古希腊世界更接近于一种哲学理念，这种理念的出现并不是为了所谓的发展生产力、提高技术水平，而是为了把握一些关于"善"的理念，也更偏重于抽象、演绎与哲学化的思考。

所以,需要强调,这一讲讨论的"科学"是一个很宽泛的概念,既涵盖了现代意义上的科学,还包括了古代语境中的算术、几何、天文、音乐等范畴——可能你会觉得奇怪,音乐怎么也和科学扯上了关系?其实,音乐之所以也进入到了科学的语境里,是因为它与前三者一样关乎比例与关系。

早在古希腊,毕达哥拉斯就发现了音程之间的数的关系:一根调好的琴弦如果长度减半,将会奏出一个高八度音;如果缩短到 2/3,就会奏出一个第四音。调校的精准指向了对于和谐的需求。① 古代中国的建筑师也发现了音乐与建筑之间共存的秘密,所以,在《营造法式》中,出现了将黄钟大吕的音乐之声和星宿排列的布局结合在一起的建筑实践。② 可以说,和谐与平衡之感是整个古典世界的核心命题,不分东西。第四讲谈到古典伦理学时,就曾提及这点。因而,弓与琴在古希腊代表着重要的哲学概念,美国古典学者伯纳德特干脆就把自己的书取名为《弓

---

① 关于音乐中的科学精密性,我想举一位古琴大师管平湖的例子。古琴界有一个术语,叫做"打谱",就是看着谱子奏出音乐来,但是由于琴谱只记录古琴的弦位、徽位和指法,并没有明确的节拍、速度标记,那就需要靠演奏者根据自己的水平、经验来定拍、定句、定调。管平湖关于"打谱"有一个比喻,我觉得非常好地描绘了演奏对精确与感觉的双重要求:"琴曲好像一个大盘子,中有许多大小不一的坑,每个坑内都放着和它大小相适合的珠子。打谱者开始摸不着头脑,珠子都滑出坑外。打谱者须一次又一次晃动盘子,使每颗珠子都回到它该在的坑内。珠子都归了位,打谱也就完成了。盘子须不断地摇晃,要晃到珠子都归位为止。打谱也须不断地改正,改到对全曲的音律满意为止。"(见严晓星《近世古琴逸话》)

② 这一点可以看看清华大学建筑系王南老师对于《营造法式》的解读。比如他在《营造天书》里,曾经谈及过,音乐与建筑是如何结合在一起的。

与琴》。此外，还可以补充一下，这种与比例和数字相关的美感甚至延伸到了自然界。在科学的视野里，海贝的螺旋形、星宿的分布、花瓣的排列，甚至细胞的生长，似乎都具备一种数学之美。

从这个角度来看，文学中出现的美妙乐感，有时候并不是单纯来自语言的韵律，还来自于和谐的结构比例与关系，是精密计算得出的结果。中世纪诗人但丁《神曲》中的乐感就是如此，明显受到了算术的影响。

所以，《神曲》是有声音的，这种声音是数学的结果。我读书的时候，有一年学院里举办两岸三地的研究生论坛，我对其中一篇台湾学生的论文印象深刻，发现原来写论文居然可以从这么有趣的角度入手，所以这么多年都没忘记。这位学生写的是儒家传统里的听觉，比如"圣"的繁体字"聖"，里面就有一只小耳朵，所以论文分析的就是听这个动作与儒家文化的关系。后来自己反复读《神曲》，也注意到里面有大量声音，这些声音不仅是文本内部的地狱之声、文本自身的韵律之声，更有建筑物般的数学比例和谐之声。

大家都很熟悉对但丁的一个定义，说他是站在新旧时代交替门槛上的诗人，诗学来源融合了古希腊文化与希伯来文化。但可能并不太了解，他和同时代很多学者一样，受过良好的音乐训练。《神曲》将上述这些元素杂糅在一起，以建筑般的精准搭建起地狱、炼狱、天堂的模型。

整部诗篇的核心，是数字1。所有的诗句，都将万川归海，流到1中。在基督教的神学话语里，数字是一种信仰，特定的数字有特定的含义，1代表着圣父、圣子、圣灵的三位一体，代表着灵魂、创造者与时间的永恒结合，1同时也是指上帝创造的第一个世界；而在以毕达哥拉斯为代表的古希腊算术里，"万物皆数"，1则代表了理性与至善。这两者之间其实构成了一种因果关系，很多学者相信，中世纪的数字学家所采用的基本概念就是从毕达哥拉斯那里继承过来的。

1是如何统摄《神曲》的整体格局的呢？来看《神曲》的结构。《地狱篇》一共描绘了7种罪恶，每一种罪恶之人都在相应的地狱圈层里受到煎熬和折磨，他们有的犯了通奸、有的贪吃过度，总之都是基督教所不允许的罪恶。再加上灵薄狱和异端，就是9圈。其实还有一圈，是刚刚进入地狱之门后，在"没有星光的空气里面"有一群鬼魂在抱怨悲啼，但丁问老师他们是什么人，维吉尔答道："这些都是无声无臭的懦夫，还混杂了一些卑鄙的天使"，并且招呼但丁看看就走，如果加上这一圈，那就是7+2+1=10，一共10圈地狱。10跟1有什么关系？中世纪有一种神秘的数字命理学，它会拆分加法中计算结果的数字，比如把10拆成1和0，然后再次将两者相加，最后变成1+0=1的结果，确保最后的答案一定是1。上述的算式就变成：7+2+1=10=1+0=1。用这种神秘加法，《神曲》精准地控制和谋划了诗篇的结构布局。

全诗的押韵方式是三行诗节押韵[①]，每个诗章的行数

[①] 不过国内很多译本都把这个押韵结构给忽视了，所以读者看不出来，我翻检了手头的几种译本，发现海南出版社2021年版的《神曲》把这个三行成一诗章的结构保留得较好，不过国内译本基本上只显示了每一部是三十三章这个结构，章与诗章不是一个概念。

都是3的倍数，加上每一部的结尾句，一共100个诗章，按照神秘的加法，100＝1＋0＋0＝1，又回到了1。而且，3在基督教语境中也很重要，三位一体、创世的6天、基督被钉在十字架上时的推定年龄为33岁、12使徒，这些都和3有关系。① 《神曲》研究专家，英国学者芭芭拉·雷诺兹（Barbara Reynolds）甚至统计过，诗篇中提及女主人贝特丽采的名字一共63次，63与3的关系显而易见。② 她还指出，贝特丽采向但丁亮出身份的诗句，是《炼狱篇》的第三十章（这一章也是全诗的第64诗章）的第73行：

　　留神看我。我就是，就是贝特丽采。

64和73的神秘算法，我想就不用多说了。实际上，但丁用如此复杂精妙的算术来规定全文，并不是什么创举。在他那个年代，人们迷恋数字命理学，相信宗教与科学的联姻，诗人作家们普遍会采用这种方式创作。而且，对于当时读者来说，这些也都是一看就能理解的东西，没什么大不了。只是隔了时间与文化，东方的读者在了解这一层时，会认为是在学习一种陌生的知识，而不是天然镶嵌在认知里的习惯。直到今天，很多与数字有关的想法依然非常盛行，比如13好像就不太吉利。

---

① 福克纳的《喧哗与骚动》中，班吉的出场年纪就是三十三岁。
② 这一讲关于但丁《神曲》中神秘数学的发现，就是引用了芭芭拉·雷诺兹的研究结果。见雷诺兹《全新的但丁：诗人·思想家·男人》，吴建、张韵菲译，黑龙江教育出版社，2015年。

用神秘的数学来支配文学或者丰富绘画，在中世纪以后仍然非常盛行。如果大家去看十五世纪画家丢勒的名作《忧郁》，会发现画面右上角有一个四阶数字魔方，横向四格、纵向四格，无论是横向的四个数字、纵向的四个数字还是斜向的四个数字，相加的结果都是34。而且在这个魔方内，任何一组挨在一起的四格数字相加（也就是内部小的四个正方形），也都是34。因为太过神奇，这个魔方也被称为"丢勒的幻方"。神秘数学后来进入到了炼金术的领域，因为人们不仅迷信数字的加法有魔力，数字的平方也是有魔力的，特别是3，4，5，6，7，8，9等数字的平方，因为他们代表七颗星。十八世纪作家歌德可能读过相关的材料，在《浮士德》中，也据此写了一个女巫的九九相乘歌。不过，在丢勒和歌德笔下的神秘数学，对神秘主题的作用大于绘画与写作技巧的作用。

可以说，用数字来修辞，渗透到了各个领域。也许是因为，数字以其抽象，是最接近于造物者的语言，而写作，或者用一种科学化、数字化的方式写作，就是连接终将朽坏的尘世与不朽世界的桥梁。[①]

光学与《堂吉诃德》

传统的数学和天文学关系也很大。中国数学的动力来

[①] 意大利作家普里莫·莱维在《元素周期表》里表达过相同的感受。他觉得法西斯的谎言渗透到了报纸与电台中，所以小说中的人物拼命研究化学，它们"清晰明白，每一步都可以验证"，可以成为反法西斯的解药。《元素周期表》也是一部将科学与文学结合起来的实验之作，我想莱维的出发点同样在于相信物理、化学代表着更为永恒不朽与真实的语言。

自于历法改革，历法很大程度上就是对星象的观测；阿拉伯世界里的数学同样也和天文学有关。天文学、星相学在古典文学中也投下了波光粼粼的影子，从《神曲》到《失乐园》，诗人都在告诫着读者——"要忠于你的星座"，它将指引你走向人生的必经之路。如果你正好是双子座，那就有福气了，因为根据同样是双子座的但丁的说法，这个星座代表着获得知识的聪明与智慧。但是，另一门学科的出现，大大地革新了天文学，使它具有了更加现代的气质，这就是光学。光学仪器的出现，带动了观测台的修建，也将人们的眼睛更为真切地带到了遥远的星宿身边。

十六世纪前后，光学的革新来自于一些基础元件的出现：凹凸面镜和透镜。给它们换一个更为常见的名字，就是眼镜、镜子、放大镜。近视镜即凹透镜，如果你近视，可以摸摸自己的眼镜，它是中间薄而边缘厚的玻璃片，能够缩小景物、发散光线。当然，早在十三世纪，就有罗马人发现可以借助玻璃片让自己看得更清楚，那时玻璃被吹制出来以后放在木框里，主要是一些能够识文断字的僧侣使用。十六世纪左右，眼镜变得更为普遍了一些，但仍然被有钱人所垄断。这一时期，西班牙作家塞万提斯也注意到了这个时髦玩意，我猜想，《堂吉诃德》的基本情节设置，很大程度上就受到了眼镜及其光学原理的影响。

在西班牙的文学历史上，流传着一则笑话，说戏剧大师德·维加曾经说塞万提斯的眼镜看上去就像"糟糕的煎蛋"。因为，有一次去参加学术会议，塞万提斯借来了眼镜，想把十四行诗看得更清楚，再读给某位公爵听。不过他那副尊容，在竞争同行看来应该挺可笑的。很显然，塞万提斯本人是有过使用眼镜的经历的，但这个笑话透露出更微妙的信息：人们对于眼镜的态度，似乎是比较消极的，对它的效果也心存疑虑——是真的让我们看得更清楚了，还是过滤了一些真实的景观？是让我们的生活更加便利，还是让我们产生了视力的偏差呢？这些疑问对于当代人来说，好像太无聊了，毕竟我们生活在一个数字信息、无线网络的时代，这个时代的科技成就是以往所有时代的总和。但是，对于一个古代人来说，一点点星火般出现的科学问题，就会让他们如芒刺般敏感地觉察到对于生活的影响。其实，德·维加的焦虑感，在当时并不少见，这种怀疑甚至持续到十九世纪。《简·爱》的作者夏洛蒂·勃朗特视力很差，她甚至有一次写信说自己快瞎了，但她仍然选择不戴眼镜——哪怕在十九世纪，眼镜已经没有任何科技含量了——而是依靠幻视来生活。我觉得这有点像今天那些对智能手机仍然拒绝的人的心态。

《堂吉诃德》中很多次出现过眼镜。比如第四十八章，堂吉诃德被猫儿抓伤了，在屋子里一躺就是六天。这时，门推开了，他以为是哪个怀春的女人要来引诱他，于是义正言辞地准备拒绝。没想到来的是公爵夫人的嬷嬷：

> 他两眼盯着门框，单等阿勒提西多拉那个神魂颠倒的可怜姑娘进来，不料却看到了庄重可敬的嬷嬷。她头上包着长长的卷边白头巾，从头到脚严严地包裹在里面。她左手端着半截点燃的蜡烛，右手挡着光，免得晃眼；一副宽大的眼镜架在眼前。她一路蹑手蹑脚，静悄悄走过来。

堂吉诃德站在床上,如同登上瞭望塔观察一样,看着那人一身古怪打扮,默不作声地走进来。他想准是什么巫婆妖女之类乔装成那样来跟他捣鬼,便匆匆忙忙地不断画十字。身影越来越近,到了屋子中间总算抬起头来,看见堂吉诃德连连画十字的那股慌张劲儿。

(董燕生译)

堂吉诃德的反应很有趣,他把身披白袍、戴着大眼镜的人看成了女巫。这里透露出对于眼镜的一种消极的态度。而在第十九章,主仆两人和一个学生聊天,桑丘说道:"我还听说,情人都是戴着眼镜①看东西,弄得铁疙瘩变得金光闪闪,穷鬼成了富汉,眼屎像珍珠连成串。"想必读者能够非常明显地感觉到,借人物之口,作家对眼镜这个时髦玩意是不太信任的,觉得它扭曲了视觉,光学的清晰变成了光学的变形。

塞万提斯与同时代的人对基于光学的特殊效果的眼镜不太信任,但《堂吉诃德》这部小说,从某种程度上来说,又是一部透过眼镜看到的小说。也就是说,堂吉诃德的幻觉都来自于扭曲的视觉。科学的元素正是在这个意义上影响了小说的写法:塞万提斯让堂吉诃德戴上了一副无形的眼镜,也才一次次推动了喜剧性的情节进展——请各位回想一下这位英雄每一次冒险、每一次闹笑话,是不是都有个"看错了"的特点:把风车看错成巨人,把客栈里

---

① 原文为 anteojos,主要指望远镜,也有眼镜的意思。

两个姑娘看错成为他封授的贵妇,把理发师的铜盆看错成魔法帽,还有上面引过的,把嬷嬷看错成女巫女妖(明明嬷嬷才是戴眼镜的那个)……连桑丘在发现主人总是看错时,都不免提醒道:"您千万看个仔细,别让鬼迷了心窍。"

《堂吉诃德》中,这位疯狂的骑士一直有一类如影随形的敌人,却从不现身。堂吉诃德觉得自己很多倒霉的事情都是由于魔法师恶意造成的,在他对魔法师的描述中,也常出现视觉扭曲反转这样的表达,比如在第二部的十六章,堂吉诃德说道:

> "这全都是鬼花招,"堂吉诃德回答,"统统都是那些死死盯住我的歹毒巫师弄出来的。他们早料到这一仗我准打赢,就事先安排好,让吃败仗的骑士变成我那位学士朋友的模样。我一想到两人的交情,手就软了,剑也就戳不下去了,心里的火气也随着消了,于是便保全了设计谋害我的那家伙的性命。哦,桑丘,你的亲身经历就摆在那儿,总不会错吧!你很清楚,那些魔法师便便当当就能叫人的相貌走样,让美的变丑,丑的变美。这不,两天前,你还亲眼看到举世无双的杜尔西内亚,见识过原封不动的她是多么美丽优雅;可我却眼见她变成一个粗笨的乡下女人,又难看,又俗气,眼里布满云翳,口中臭味熏人。既然那个丧心病狂的魔法师胆敢玩弄这么恶毒的花招,那他装扮成参孙·卡拉斯科和你街坊的模样来抢夺我到手的战功,又有什么奇怪的呢?可是不管对手装扮成什么模样吧,反正我打败了他,也就心满意

足了。"

（董燕生译）

既然始终不肯现身的魔法师可以"便便当当就能叫人的相貌走样"，那么不妨把它理解为是小说中那副无形的眼镜，因为戴上了这副眼镜（被魔法师施加了魔法），堂吉诃德的视觉与感知才会出问题，才会闹出各种啼笑皆非的笑话。读者固然可以说，是因为堂吉诃德读了太多骑士小说才会看错，但是这解释的是看错的原因，我想，光学扭曲与眼镜不可靠，则是在呈现看错这个行为。或者说，塞万提斯在思考怎么表现这个看骑士小说走火入魔的人的喜剧性时，借用了"戴眼镜却失真"这个当时人的普遍认知，把戴眼镜变成了"中魔法"。光学帮助塞万提斯构想出小说最基本的情节架构，而这背后，则是对当时一些科学元素不太信任的焦虑感。

颅相学与面部特写

在科学元素与文学交织前进的发展史中，两者的关系起伏不定。有时候，作家们宣称要向科学靠拢。歌德在诗剧《浮士德》中大谈地质学、植物学、矿物学，在小说《亲和力》中干脆直接用"亲和力定理"来安排几位主人公的命运走向；福楼拜则宣称要尽可能让小说的描写科学化，追求一种科学般的客观与精确，《包法利夫人》中，一只搓着腿的苍蝇、一颗绷紧的伞面上滑落的水珠，都在传递作家将语言科学化的野心。但同时，对科学的不信任也在持续发酵，一些科学人士的形象被文学抹黑得很厉害，几乎变成了一种刻板传统。玛丽·雪莱的《弗兰肯斯坦》就开了"疯子科学家"形象之先河。它最广为人知的现代表达是《生活大爆炸》里的谢耳朵，虽然这个形象是以喜剧的方式呈现的，但喜剧的基础依然是科学家的古怪。

现在还常说"白衣天使"一词，但各位注意到没有，很多恐怖游戏与影视中，医生护士的形象是很可怕的，像《寂静岭》中满身血污的护士，还有罗伯·莱纳电影《危情十日》里拿着针准备害人的医生，这种黑化的形象其实也根植于对于科学技术的不信任。哪怕《生活大爆炸》这样的电视剧很吸引人，或者人们一听霍金的名字就觉得高大上，但实际上，科学与政治、商业相比，和普通大众的接触较少，从事医药化学等行业的人，又会和血腥、毒药等想象连到一起，反映在文学中，就往往会比较负面。

在这个此消彼长的过程中，某类科学知识一度发达，被小说争相写入，但随着科学高速迭代与革新，那些科学知识忽然又被淘汰了，为人遗忘了，反而是文学书写为它们的存在保留了遗迹。比如说颅相学。

对于一个现代人来说，颅相学一听就有点扯，它类似于我们中国的相面、摸骨这种民间方术，但在十九世纪的欧洲，它可是风靡一时的正经科学。颅相学最早是十八世纪末的维也纳医生弗朗兹·约瑟夫·加尔提出的，很快就在整个欧洲遍地开花。十九世纪以后，人们为它开设课程、创立科研刊物、举办科研讲座、撰写学术书籍，当时的名人都喜欢去找颅相学家给自己"摸摸脑袋"，就像现在的明星都喜欢去找风水大师算一算。

颅相学和相面不太一样,它主要关注的是颅骨的形态,通过触摸颅骨,来确定一个人内在的心智性情。它相信大脑是精神器官的集合体,集合体由不同功能分区组成,这些分区就在颅骨下面,颅骨的形状将透露出分区的特点。你的才智、偏好、天性、性格,都可以摸出来。颅相学之所以很火爆,就因为它的内容如此接地气——人们抓住了几个小偷,这些小偷恰好脑门都比较突出,于是,就认为贪婪的人的脑门都会前突(你可以摸摸自己的脑门);还有很多小册子为未婚女士们描绘了优秀男人与拙劣男人的颅骨形状,供大家实战时甄选辨别,最终选出良夫。

这门科学是如何影响文学的写法的呢?我想,它大大地加强了文学中对于人面部形象的描写力度:人的容貌乃至脑袋的形象,被写得越来越细腻。反之,十九世纪以前的小说,人物面部的描写,要么是草率粗略的,要么就比较模式化。

来看几个例子。堂吉诃德的脸是什么样——"这位绅士话说快五十岁了,骨架结实,身材清瘦,面貌清癯,习惯早起",读者只是大概知道,他的脸可能比较瘦;《巨人传》里说苏格拉底的脸——"形象可笑、尖鼻子、牛眼睛、疯子面孔",仍然是一种抽象和模糊的说法,因为谁也不知道疯子面孔究竟是怎样的,有没有统一标准;十七世纪很多清教徒的作品里,人物甚至变成了空壳,为的是填充一些宗教与道德教义的棉花,所以,根本不必费心去写一个人长什么样,因为他们往往连名字都是抽象的:他们不叫汤姆、玛丽,他们叫做真理、善良、嫉妒、小气、贪婪、热情等等……

到了十八世纪，小说终于摆脱了宗教的捆绑，变得通俗化了，可是，人物的脸似乎仍然没那么清晰。丹尼尔·笛福在《摩尔·弗兰德斯》中，借弗兰德斯之口传递的人物面貌是笼统的："我很满意有这么一个诚实之人相伴，他的面容说明了这种诚实，而我事后听说，他的性格也是无一处不好的。"可是，到底什么样的面容是诚实的？什么是不诚实的？《鲁滨逊漂流记》中，笛福倒是详细写了星期五的外貌，但主要是为了突出这个土人不那么"土"（也就是不那么像非洲人）的地方——"鼻子虽小，却不像黑人那样扁平，嘴型甚佳，薄嘴唇"——只有这样，鲁滨逊对他才会有现代文明教化的可能。另一位英国作家萨缪尔·理查森在《帕梅拉》中塑造了一个大美女，因为美貌而遭到了富二代的觊觎，可是这个大美女长什么样呢？理查逊只通过帕梅拉对别人的转述告诉读者：

> 一个人听到自己受到称赞时，暗地里总是沾沾自喜的。因此，我得让你们知道，戴弗斯夫人（我无需告诉你们，她是我主人的姐姐）在我们宅第中住了一个月，十分客气地对待我，并好言相劝我要善于独处。她对我说，我是个很漂亮的妞儿，人人都十分夸奖我和喜爱我；她嘱咐我要注意跟男仆们保持疏远的关系。她说，我是做得到这一点的，这样，大家就会更加尊重我，连那些男仆本人也会这样。
>
> （吴辉译）

理查森竟然连美女到底什么样都不写,而且,他还从对容貌的忽略中暗示了一种比较传统的容貌道德观:不要自恃你的美貌,应该掩藏它,卖俏会招来不幸,也是不道德的。中国文化传统里也有类似的道德观,"貌若无盐""举案齐眉"变成被推崇的对象,丑陋外貌一定对应着高尚的人品,甚至喜欢打扮会被称为是"臭美",许多家长对自己的女儿爱漂亮爱打扮显得忧心忡忡。①

十八世纪以来的小说出现了一些以往少见的元素,大大地扩展了小说的可读性,比如多线并置的故事、大量的巧合与意外,读者们读起来就会觉得娱乐性非常强,可是,这些新的元素推动的是情节的进展,而不是人物本性或者个体外貌的进展。所以,到这时为止,传统作品中的人都有点"没脸没皮",或者面目模糊。这个特点实际上也吻合我们在第九讲讨论过的话题:传统小说中,人物的塑造并不是核心。

不过,从十八世纪末到十九世纪颅相学兴起的过程中,一种容貌特写的技术也开始成熟和流行起来。这个时

---

① 在很多大家习焉不察的表达中,都包含着强烈的道德元素。比如说"吃苦""臭美",可是为什么苦需要吃,爱美是臭的?在传统中国的语境里,吃苦也是值得赞美的,甚至出现了一种感谢苦难的叙事。可是,对于那些真正走出苦难的人来说,应该感谢的似乎更应该是自己的努力。所以,王小波写过一个奇怪现象,在他做知青下放到农村时,他观察到人们为了表现自己的吃苦耐劳,放着好好的牲口不用,自己用蛮力去拉磨、自己去和风力水力比赛,为的是比谁"更不安逸"(《对中国文化的布罗代尔式考证》)。另外,健康这个词也被诡异地赋予了道德含义,我们会说,那个人在被窝里偷看小黄书——"好不健康哦",可是,健康明明指的是一种身体的客观状态。我没有研究过这种观念是如何被塑形的,日本学者深町英夫的《教养身体的政治》可能可以提供一个视角,他认为,早在上世纪三十年代,蒋介石推广的新生活运动,可能就把"卫生健康"与"道德教化"联系了起来。

期的作家们很喜欢在小说里写颅相学,因为会刺激读者们的阅读欲望。我所能查阅到的最早描写颅相学的小说,是十九世纪初的一部英国小说《黑德隆大厅》,作者是托马斯·皮科克①。这部小说里出现了一群人坐着马车纷纷来到一个伯爵府过圣诞节的情节,目的是要围观一个颅骨的标本,同时小说对客人们的容貌有了前所未有的细腻交待:有的来宾"三十来岁,鹰钩鼻,黑眼白牙,头发也乌黑",有的人因为情绪变化,脸上的颜色都被非常详细地描绘出来:"脸色从牡丹的深红色一直变成旋花的深蓝色。"

从此之后,人的眉目在小说中变得越来越清楚。有时候,甚至到了繁琐的地步。来看看狄更斯如何写的,在《大卫·科波菲尔》中,主人公观察着摩尔斯通先生的容貌:

> 我认为,我往常并不是一个好动的孩子,可是那一天,我没能定下心来乖乖地坐在他的前面,而是不时地转过头去朝上看他的脸。他有着那种浅浅的黑眼睛——我很想找到一个合适的字眼,来说明那种看上去没有深度的眼睛——当它出神的时候,似乎由于某种光线特殊的关系,变成了斜眼,有时看上去仿佛像整个五官都不端正似的。我偷着朝他看了好几次,一看到他的这种样子,就产生一种畏怯的心情,而且心里纳闷,他想得这么出神,不知到底在想些什么。他的头发和胡子,现在从近处看,比我原先认为的更黑

---

① Thomas Love Peacock, *Headlong Hall*, 1815. 尚无中译本。

更浓。他的脸的下部成方形,他那每天都刮得光光的浓黑胡子的碴儿,使我想起大约半年前来我们附近展览的蜡像,以及他那两道整齐的眉毛,还有他那白色、黑色、棕色的肤色——他那该死的肤色,一想起他来,就要骂他该死的!——使我觉得,虽说我对他存有疑虑,他还是个很英俊的人。

(宋兆霖译)

到了十九世纪中后期,狄更斯的描写已经详细到了眼睛的颜色、胡子的浓密程度、脸型、胡茬的痕迹、皮肤。而且,这一时期的很多小说,特别喜欢描写人的额头、眉骨、太阳穴,因为这些地方都是颅相学重点关注的头颅区域。好在,不喜欢这种连篇累牍描写人脸的读者也不用犯难,因为仅仅在一个世纪之后,小说家们自己就厌弃了这种写法。它无非是"虚上加虚",在前面讨论小说真实与虚构的关系时,就曾经提到过这点。所以,二十世纪的现代小说再次神清气爽地出发,把浓墨重彩的人脸甩在了身后。

照相术、狄更斯与三岛由纪夫

十九世纪出现的科学技术的革命热潮,远远超过了前面几十个世纪的积累,也开启了二十世纪以来的技术革命。所以,今天大家所习惯于谈的"科技",应该是从一百多年前开始算起的。

在这一时期众多的技术创新里,有一项非常引人注意的发明：照相机。一般认为，1839年是摄影"发明"的正式年份。有了照相机，就有了照片、有了相簿，这些东西极大影响了作家们对于视觉呈现的理念与表达方式。如果耐心翻检十九世纪人们的书信与日记，也会发现一个有趣的现象，亲朋好友之间留念，送的不再是肖像画，而是照片。卡夫卡《城堡》中，领主送给情妇的礼物之一，就是照片。前几讲分析过的哈代的《一个耽于幻想的女人》，主人公看到的也是一张诗人的照片。所以，这一时期，照相术极大地进入到了传统的小说世界中。

当代的读者可能对十九世纪小说中细节的连篇累牍感觉不耐烦，其实，当时有的小说家也觉得不满意，他们发现，小说近乎变态的细节呈现，很可能只是从照相术里进行了机械的偷师。所以，夏洛蒂·勃朗特就对她的前辈，大家很熟悉的另一位英国女作家简·奥斯丁发出了批评。

简·奥斯丁的名作《傲慢与偏见》里面描写了中上层社会小姐太太们的婚恋故事，颇得中国读者喜欢。但是，夏洛蒂·勃朗特却很不以为然，她觉得这位奥斯丁小姐所写的东西毫不生动，就像一张"银版摄影法"（daguerrotyped）所照出来的东西。银版摄影法是法国巴黎一家著名歌剧院的首席布景画家达盖尔发明的新型摄影方法，利用水银蒸汽对曝光的银盐涂面进行显影，曝光时长约30分钟，大大短于之前那些不成熟的方法。达盖尔发明摄影术的这一年，正是前面提到的1839年，他用自己的名字将这项技术命名为"达盖尔银版法"。

在第十讲，我们曾经聊到过从绘画发展到摄影和电影的一个趋势，就是逐渐的去人工化、逐渐的客观与精确。其实夏洛蒂·勃朗特的批评，也在于她觉得奥斯丁的小说像照片一样，精致、清晰、整齐，但是不动人，也缺乏生气勃勃的感觉。到底应不应该这么看《傲慢与偏见》呢，见仁见智。但是，夏洛蒂·勃朗特的话里还透露出一个很重要的信息，十九世纪的小说叙事开始追求像照相术一样的清晰与细节了，代价则是失去动人的生机、变得繁琐与无聊。

当然，摄影术的影响不止于此。照片拍完之后，都会放到相簿里去，相簿的形态甚至也影响了小说的讲法。现在的网络家居博主喜欢各种网红北欧小摆件，但在一个十九世纪的英国家庭里，最美好的摆件就是一个全家福相框，还有一本家庭杂志。自然，当代人已经很少使用"相簿"，因为大家都喜欢把照片保存在手机相册里，所以对相簿缺乏具体的感受。但对从上世纪走过来的人来说，大家还是习惯于冲洗出照片，整理成册，在照片背面注明摄影的时间。

迄今，我的母亲都收藏着一大箱相册，她按时间顺序把我从小到大的照片冲洗、整理、标注好。我们这代人可能还有个零零后不太理解的怪癖，就是和特别亲密的人聊天时喜欢把老照片拿出来，随意翻翻，讲讲以前的事。每一张可以捏在手中的照片，都是人生经验的一个物化的片段，也是将时间截停并装订成册的一种方式，像罗兰·巴特说的，时间在相簿与相机里静止了。

这也会让我去想，虚拟化、数字化对人有什么影响？孩子对相簿没有概念了，就像对纸币、光驱都没有概念。

但是切身的那种触觉是非常难以取代的经验，而这种经验又强烈地关乎一个人对自我、身体、记忆与外在存在的理解。如果翻开传统的认识论著作，像亚里士多德的《形而上学》或者洛克的《人类理解论》，你会发现一开始都是要谈论感触的：硬是怎么回事，冷是怎么回事。也就是说，你对世界的认识应该是基于眼睛与肢体感触的。摸到一张钱——我印象中的钱，如果用得很旧了，是软塌塌的，有特殊的气味，磨损的地方都变白了——你才能确定钱在你身外的存在。但是虚拟与移动支付，实际上把人对钱的感知给剥夺了，对它的认知就会从感性的直接跨到理智的一种抽象数字。我不知道这种跨越是好是坏。我后来看保罗·奥斯特与库切的书信集，发现他们也在讨论这个问题。奥斯特甚至觉得，抽象的、数字化的东西，有点类似于柏拉图在《理想国》里描绘过的那种投在墙壁上的光影，不是切实的，总有点虚幻的意味。

相簿这种形态会如何影响小说呢？先用狄更斯的《大卫·科波菲尔》举个例子。这部小说有很强烈的自传色彩，在时间形式上非常接近前面谈到的成长小说。它描述了遗腹子科波菲尔在经历人事变迁后终成大器，成长为一位成功作家的故事。也正是这么一部严格依循线性时间发展的小说，偏偏出现了空间的跳跃。来看看第九章，大卫回忆自己的学校生活。这一章的讲法特别有意思，它不再是科波菲尔絮絮叨叨从入学第一天第一件事讲起，而是采用了一种翻阅相册的形式，也就说，讲故事的连贯性被切断了，只有一个个空间化的片段鱼贯而入：

现在，我仿佛重又坐在课桌旁，留神着他的眼色——小心翼翼地看着他。

现在我仿佛重又坐在课桌旁了。这是令人昏昏欲睡的夏天午后。我四周响起了一片嗡嗡的声音，仿佛同学们全都成了绿头苍蝇了。

这会儿我在运动场上了，虽然我看不见他，可我的目光依然被他迷住。

(宋兆霖译)

这些片段的出现，非常像狄更斯坐在你身边，翻阅着相册，指指点点，把校园生活讲述给你听，中间没有什么连贯性，文字的叙事，借由相簿的形式讲述了出来。[1] 其实，如果对现代小说了解比较多，会发现类似的写法在二十世纪变得越来越常见，这也是技术、科学物质的具体形态对小说影响的一个延续，只不过，有时候它加上了一个更为新潮的名字：意识流。

只要在照相术触角可及的地方，都有可能受到它的表达方式的影响。日本明治维新以来，受到了很多西学的冲击，照相术、相簿这些东西，也率先进入了一些贵族世家。三岛由纪夫在《春雪》里有个不太起眼的细节，和上

---

[1] 这里借用了 Jennifer Green-Lewis 在 *Victorian Photography, Literature, and the Invention of Modern Memory: Already the Past* 一书中的研究成果。

面提到的《大卫·科波菲尔》的写法倒有某些共通之处。

《春雪》讲述了一对日本贵族子弟的恋爱悲剧。清显与他的恋人聪子处于一种"相爱相杀""情场如战场"的关系状态里，两人的感情始终无法达到真正的理解与亲密，直到聪子和皇族亲王订了婚后，这段关系反而才在禁忌中逐渐清晰起来。小说开篇没多久，清显看到聪子和母亲来家里做客，他的第一反应是"失望"——要是别的如此好看而他又不认识的女孩来该多好。但接着，他又很在乎自己的朋友对聪子外貌的评价，如果朋友觉得她不好看，会伤了自己的心。

接着，三岛就开始安排清显给自己的朋友介绍眼前这个姑娘，实际上也是在给读者介绍她的过往——这位朋友"没有见过聪子，但这个名字他经常听清显提起"。小说接着就插入了一段对于聪子成长历史的描述，她来自什么家族、住在什么地方、她与清显自己是怎么从小一块玩到大的，描述之细，甚至还说到她家至今还玩一种古代的棋盘游戏，"获胜的一方可以获得皇后赏赐的形状各异的点心"。

那么，这些过往一段段的回忆是用什么方式保留下来，并借由清显之口传递而出的呢？三岛接着以总结的口吻写道：

> 聪子今年二十岁了。她和清显两个人小时候脸儿贴着脸儿那种亲密无间的样子，以及她最近参加五月末皇宫庆典的倩影，都保留在清显的一本相册之中。从这本相册里，可以详细探知她的成长过程。二十岁

的姑娘，虽说已过了豆蔻年华，但聪子至今还未嫁人。

（陈德文译）

紧接着，画面又回到了当下，也就是清显和朋友聊天的场景里。这段话给与了读者强烈暗示，我们甚至可以猜想，清显手里是拿着一本无形的相册，一页页翻给朋友看：喏，你看这是聪子的小时候，你看这个，是我和她一起玩的情景，还有这张，是我赢了棋，获得奖赏点心的场景。所以，相册、相簿这些东西，在进入东方的文学世界后，同样暗中塑造了作家写作的手法与意识。

到这里，我来总结一下。本讲是全书对小说技术的最后一次探讨。主要讨论了但丁《神曲》中的神秘数学，塞万提斯《堂吉诃德》中的光学与眼镜，颅相学对十九世纪小说中人物面部特写的影响，以及摄影术对近代小说的影响。这一讲也尝试着简单厘清科学的概念，它既包括古典世界里充满神秘色彩的音乐、算术、建筑、几何，也包括十九世纪至今更为通用的科技。

在讨论科学发展对文学的影响时，读者可能会觉得，科学是进化般地不断积累飞跃，而文学也是进化般地发展革新、吸取又剔除，两者交织，直到今天。但是我想，在对待这两种文明形态时，可能首先要警惕的就是这种进化史观。有时候，为了讨论与授课的逻辑性、条理性，我们需要把历史发展中各种杂芜并存的现象进行剪裁，以达到一个清晰的表述效果，但这种剪裁和排列，本身就是人为的。美国学者托马斯·库恩在著名的科学史论著《科学革命的结构》中就曾经提到，科学的发展不是普通想象里渐进的、有序的，相反，往往是混沌、迷蒙、纠结的。科学不是教材里提到的，某人在某天发明了或者发现了一个什么，推动了科学的进步，而是一群人参差又齐头地做着某些工作，前前后后地确立了某种规则（库恩说的是"范式"），大家就都用它，但过一段时间又过时了。

文学的发展与此类似。在这本讲稿中，我提出了十二个问题，这些问题基本上都可以放到一个古今变化的脉络里来观察。但是，也许文学的发展并不存在什么规律，一切也都是我非常个人化的总结，无论是主题还是技巧，也都不是一个线性演化的产物。就像我们在这一讲也需要有一个前提——不是说古代的小说就全员无脸，或者所有十九世纪作家都痴迷于写脸，而是在讨论时，必须要寻得、甚至是发明一些规律，而这些规律始终只能代表一部分文学的状态。所以，从这个角度上来说，那些前辈们提出的著名概念，比如布鲁姆的"影响的焦虑"、艾布拉姆斯的"镜与灯"、弗莱的"神话原型"等等，都只窥见了文学的局部，点亮了局部的真理。

我希望，我也能尽己所能地照亮与发现一些东西。

各讲细读篇目出处及扩展参考书目

各讲细读篇目

1. 罗伯-格里耶《密室》,见《快照集》,余中先译,湖南文艺出版社,2011年。
2. 鲁尔福《地震的那天》,见《燃烧的原野》,张伟劼译,译林出版社,2021年。
3. 奥康纳《好人难寻》,见《公园深处》,主万等译,上海译文出版社,1986年。
4. 皮格利亚《人工呼吸》,楼宇译,中央编译出版社,2019年。
5. 曼斯菲尔德《幸福》,见《曼斯菲尔德短篇小说选》,杨向荣译,外文出版社,2000年。
6. 博尔赫斯《南方》,见《杜撰集》,王永年译,上海译文出版社,2015年。
7. 马尔克斯《巨翅老人》,见《世上最美的溺水者》,陶玉平译,南海出版公司,2015年。
8. 麦克劳德《海风中失落的血色馈赠》,陈以侃译,上海文艺出版社,2015年。
9. 托卡尔丘克《旅客》,见《怪诞故事集》,李怡楠译,浙江文艺出版社,2020年。
10. 艾辛格尔《广告画》,见《被束缚的人》,胡蔚等译,人民文学出版社,2017年。

11. 契诃夫《带小狗的女人》,见《契诃夫小说全集》,汝龙译,人民文学出版社,2016年。
12. 霍桑《胎记》,见《霍桑短篇小说精选》,林之鹤译,安徽文艺出版社,2012年。

文本部分

阿尔特《七个疯子》,欧阳石晓译,四川文艺出版社,2020年。
阿普列乌斯《金驴记》,刘黎亭译,上海译文出版社,1988年。
爱伦·坡《失窃的信》,见《爱伦·坡作品精选》,曹明伦译,长江文艺出版社,2007年。
安德森《林中之死》,林晓筱译,人民文学出版社,2021年。
巴恩斯《10$\frac{1}{2}$章世界史》,宋东升译,译林出版社,2010年;《终结的感觉》,郭国良译,译林出版社,2012年。
巴尔扎克《幻灭》,傅雷译,人民文学出版社,2020年;《欧也妮·葛朗台》,傅雷译,人民文学出版社,2019年;《驴皮记》,梁均译,人民文学出版社,1982年。
班扬《天路历程》,西海译,上海译文出版社,2020年。
贝克特《等待戈多》,施咸荣译,人民文学出版社,2002年。
波拉尼奥《威廉·伯恩斯》,见《重返暗夜》,赵德明译,上海人民出版社,2021年。
伯恩哈德《历代大师》,马文韬译,上海人民出版社,2013年;《维特根斯坦的侄子》,马文韬译,上海人民出版社,2014年。
博尔赫斯《环形废墟》,见《虚构集》,王永年译,浙江文艺出版社,2008年。
布莱克《天堂与地狱的婚姻》,张德明译,山东文艺出版社,2020年。
曹雪芹《红楼梦》,人民文学出版社,1996年。
村上春树《烧仓房》,见《萤》,林少华译,上海译文出版社,2009年。

大江健三郎《个人的体验》，王中忱译，浙江文艺出版社，2017年。

但丁《神曲》，朱维基译，上海译文出版社，2011年。

狄更斯《巴纳比·鲁吉》，高殿森等译，上海译文出版社，1998年；《大卫·科波菲尔》，宋兆霖译，译林出版社，2011年。

笛福《鲁滨逊漂流记》，郭建中译，译林出版社，2020年；《摩尔·弗兰德斯》，梁遇春译，译林出版社，2017年。

冯尼格特《茫茫黑夜》，艾莹译，河南大学出版社，2014年。

福克纳《夕阳》，见《外国中短篇小说藏本：福克纳》，李文俊等译，人民文学出版社，2013年；《喧哗与骚动》，李文俊译，上海译文出版社，2004年。

福楼拜《包法利夫人》，李健吾译，人民文学出版社，2003年；《一颗简单的心》，李健吾译，上海三联书店，2014年。

歌德《威廉·迈斯特的学习时代》，杨武能译，译林出版社，2002年；《浮士德》，绿原译，人民文学出版社，2018年；《亲和力》，高年生译，中国社会科学出版社，2016年。

格罗斯曼《一匹马走进酒吧》，张琼译，人民文学出版社，2018年。

哈代《耽于幻想的女人》，见《哈代爱情小说》，刘荣跃、蒋坚松译，文化艺术出版社，2004年；《苔丝》，孙法理译，译林出版社，2010年。

海明威《弗朗西斯·麦康伯短促的幸福生活》《杀手》，见《海明威短篇小说全集（上）》，陈良廷等译，上海译文出版社，2011年。

荷马《伊利亚特》，罗念生、王焕生译，人民文学出版社，2017年；《奥德赛》，王焕生译，人民文学出版社，2016年。

赫西俄德《神谱》，见《工作与时日·神谱》，张竹明译，商务印书馆，1997年。

黑塞《德米安》，丁君君、谢莹莹译，上海人民出版社，2014年。

亨利·詹姆斯《阿斯彭文稿》，黄协安译，上海译文出版社，2012年。

怀尔德《我们的小镇》，但汉松译，译林出版社，2013年。

纪德《伪币制造者》，盛澄华译，上海译文出版社，2010年。

加缪《局外人》，柳鸣九译，上海译文出版社，2010年。

芥川龙之介《矿车》，见《罗生门》，林少华译，上海译文出版社，2008年。

金庸《射雕英雄传》，三联书店，1994年。

卡尔维诺《树上的男爵》《分成两半的子爵》，吴正仪译，译林出版社，2012年。

卡佛《你们为什么不跳个舞》，见《当我们谈论爱情时我们在谈论什么》，小二译，译林出版社，2010年。

卡夫卡《城堡》，高年生译，上海译文出版社，2003年；《审判》，闵敏译，江苏凤凰文艺出版社，2018年；《乡村医生》《变形记》《骑桶人》《在法的门前》，见《变形记：卡夫卡中短篇小说集》，谢莹莹、张荣昌译，上海译文出版社，2012年。

卡彭铁尔《时间之战》，陈皓译，人民文学出版社，2021年。

卡图卢斯《歌集》，李永毅译，中国青年出版社，2008年。

康拉德《黑暗的心》，见《黑暗的心·死者》，王智量译，华东师范大学出版社，2013年。

库切《慢人》，邹海仑译，浙江文艺出版社，2006年；《耻》，张冲译，译林出版社，2010年。

昆德拉《不能承受的生命之轻》，许钧译，上海译文出版社，2015年；《谁都笑不出来》，见《好笑的爱》，余中先、郭昌京译，上海译文出版社，2004年。

拉伯雷《巨人传》，成钰亭译，上海译文出版社，2013年。

莱姆《机器人大师》，毛蕊译，浙江文艺出版社，2021年。

莱维《元素周期表》，牟中原译，人民文学出版社，2017年。

莱辛《野草在歌唱》，一蕾译，译林出版社，2017年。

理查森《帕梅拉》，吴辉译，译林出版社，2002年。

刘慈欣《三体》，重庆出版社，2008年。

鲁迅《风波》，见《呐喊》，人民文学出版社，1973年；《范爱农》，见《朝花夕拾》，人民文学出版社，1973年。

罗斯《遗产》，彭伦译，上海译文出版社，2011年；《凡人》，彭伦译，上海译文出版社，2020年；《垂死的肉身》，吴其尧译，上海译文出版社，2019年。

马尔克斯《百年孤独》，范晔译，南海出版公司，2011年；《没有人给他写信的上校》，陶玉平译，南海出版公司，2018年；《苦妓回忆录》，轩乐译，南海出版公司，2015年；《睡美人航班》《占梦人》，见《梦中的欢快葬礼和十二个异乡故事》，罗秀译，南海出版公司，2015年。

麦尔维尔《白鲸》，曹庸译，上海译文出版社，2007年；《书记员巴特尔比》，见《水手比利巴德》，陈晓霜译，新华出版社，2015年。

麦卡锡《路》，杨博译，重庆出版社，2009年。

麦克尤恩《舞台上的柯克尔》，见《最初的爱情，最后的仪式》，潘帕译，上海译文出版社，2018年。

门罗《浮桥》《熊从山那边来》，见《恨，友谊，追求，爱情，婚姻》，马永波、杨于军译，译林出版社，2013年。

弥尔顿《失乐园》，朱维之译，译林出版社，2013年。

米勒《桥头眺望》，屠珍译，上海译文出版社，2020年；《推销员之死》，英若诚、梅绍武、陈良廷译，上海译文出版社，2008年。

莫泊桑《散步》，见《莫泊桑中短篇小说全集》，郝运、王振孙译，上海译文出版社，2019年。

莫里森《最蓝的眼睛》，杨向荣译，南海出版公司，2013年。

纳博科夫《梦锁危情》，梅绍武等译，时代文艺出版社，1997年。

蒲松龄《聊斋志异》，中华书局，2009年。

普鲁斯特《追忆似水年华》，李恒基等译，译林出版社，2012年。

普伊格《蜘蛛女之吻》，屠孟超译，中国工人出版社，1988年。

契弗《泅泳者》，见《绿阴山强盗：约翰·契弗短篇小说集》，张柏然等译，译林出版社，2003年。

契诃夫《三姊妹》，见《万尼亚舅舅·三姊妹·樱桃园》，焦菊隐译，上海译文出版社，2014年；《醋栗》，见《契诃夫小说选集：醋栗集》，汝龙译，人民文学出版社，2021年。

乔伊斯《阿拉比》，见《都柏林人》，王逢振译，上海译文出版社，

2010年。

乔治·艾略特《罗摩拉》，即《仇与情》，王央乐译，人民文学出版社，1987年。

萨特《恶心》，杜长有译，中国友谊出版公司，1999年。

塞巴尔德《眩晕》，徐迟译，广西师范大学出版社，2021年。

塞林格《麦田里的守望者》，孙仲旭译，译林出版社，2007年。

塞万提斯《堂吉诃德》，董燕生译，湖南文艺出版社，2021年。

三岛由纪夫《春雪》，陈德文译，天津人民出版社，2020年。

莎士比亚《哈姆雷特》，朱生豪译，浙江教育出版公司，2019年；《李尔王》，朱生豪译，译林出版社，2013年；《温莎的风流娘们》，朱生豪译，中国国际广播出版社，2001年；《理查三世》，方平译，上海译文出版社，2016年。

山多尔《伪装成独白的爱情》，郭晓晶译，译林出版社，2015年；《烛烬》，余泽民译，译林出版社，2015年。

施尼茨勒《鳏夫》，见《施尼茨勒中短篇小说选》，高中甫译，上海文艺出版社，2015年。

石黑一雄《浮世画家》，马爱农译，上海译文出版社，2011年；《远山淡影》，张晓意译，上海译文出版社，2011年；《克拉拉与太阳》，宋金译，上海译文出版社，2021年。

司各特《密得洛西恩监狱》，王楫译，江苏人民出版社，1980年。

司汤达《红与黑》，罗新璋译，天津人民出版社，2016年。

斯特恩《项狄传》，蒲隆译，上海译文出版社，2018年。

斯特林堡《一出梦的戏剧》，见《斯特林堡小说戏剧选》，李之义译，人民文学出版社，2020年。

索尔·贝娄《赛姆勒先生的行星》，汤永宽、主万译，人民文学出版社，2018年。

索福克勒斯《俄狄浦斯王》，见《埃斯库罗斯悲剧三种·索福克勒斯悲剧四种》，罗念生译，上海人民出版社，2007年。

特德·姜《你一生的故事》，李克勤等译，译林出版社，2015年。

托尔斯泰《舞会之后》，刘玉宝译，吉林大学出版社，2010年；《伊凡·伊里奇之死》，许海燕译，东方出版社，2017年。

355

托马斯·曼《威尼斯之死》，徐建萍译，陕西师范大学出版社，2008年；《魔山》，杨武能译，上海文艺出版社，2014年。

陀思妥耶夫斯基《罪与罚》，岳麟译，上海译文出版社，2006年。

王尔德《道林·格雷的画像》，孙宜学译，浙江文艺出版社，2017年。

威廉斯《玻璃动物园》，鹿金译，上海译文出版社，1982年。

吴承恩《西游记》，人民文学出版社，2004年。

伍尔夫《奥兰多》，侯毅凌译，天津人民出版社，2021年；《达洛卫夫人》，孙梁、苏美译，上海译文出版社，2011年；《到灯塔去》，瞿世镜译，上海译文出版社，2009年。

西蒙《植物园》，余中先译，湖南文艺出版社，1999年；《弗兰德公路》，林秀清译，上海译文出版社，2015年。

夏洛蒂·勃朗特《简·爱》，宋兆霖译，上海文艺出版社，2007年；《维莱特》，见《勃朗特两姐妹全集》（全10卷），宋兆霖主编，河北教育出版社，1996年。

伊夫林·沃《一抔尘土》，文泽尔译，人民文学出版社，2018年。

佚名《金色传奇》，褚潇白、成功编译，浙江大学出版社，2016年。

佚名《小癞子》，见《西班牙流浪汉小说选》，人民文学出版社，维克多等著，杨绛译，1997年。

佚名《一千零一夜》，纳训译，人民文学出版社，2003年。

尤瑟纳尔《苦炼》，段映虹译，上海三联书店，2021年。

雨果《巴黎圣母院》，陈敬容译，人民文学出版社，2015年。

约翰逊《王子出游记》，水天同译，上海三联书店，2021年。

张爱玲《小团圆》，北京十月文艺出版社，2009年；《半生缘》，北京十月文艺出版社，2006年。

左拉《娜娜》，郑永慧译，人民文学出版社，2018年。

Thomas Love Peacock, *Headlong Hall*, Serenity Publishers, 2010.

文本以外

阿利埃斯《儿童的世纪》，沈坚译，北京大学出版社，2013年。

奥尔巴赫《摹仿论》，吴麟绶译，商务印书馆，2014年。

巴迪欧《爱的多重奏》，邓刚译，华东师范大学出版社，2012年。

巴塔耶《文学与恶》，董澄波译，北京燕山出版社，2006年。

本雅明《讲故事的人》，见《启迪：本雅明文选》，阿伦特编，张旭东、王斑译，三联书店，2008年。

彼得·伯格《现实的社会建构》，吴肃然译，北京大学出版社，2019年。

波普尔《科学发现的逻辑》，查汝强、邱仁宗、万木春译，中国美术学院出版社，2008年。

布林克《如何阅读小说》，汪洪章等译，上海人民出版社，2019年。

布鲁姆《西方正典》，江宁康译，译林出版社，2005年。

葛文德《最好的告别》，彭小华译，浙江人民出版社，2015年。

亨利·詹姆斯《小说的艺术》，崔洁莹译，四川文艺出版社，2021年。

康德《道德形而上学原理》，苗力田译，上海人民出版社，2012年。

孔飞力《叫魂》，陈兼译，上海三联书店，2014年。

昆德拉《小说的艺术》，董强译，上海译文出版社，2004年。

雷诺兹《全新的但丁：诗人·思想家·男人》，吴建、张韵菲译，黑龙江教育出版社，2015年。

罗尔斯《正义论》，何怀宏译，中国社会科学出版社，2001年。

洛维特《世界历史与救赎历史》，李秋零译，上海人民出版社，2006年。

略萨《中国套盒》，赵德明译，百花文艺出版社，2000年。

纳博科夫《文学讲稿》，申慧辉等译，上海译文出版社，2018年。

尼采《不合时宜的沉思》，李秋零译，上海人民出版社，2020年；《善恶的彼岸》，赵千帆译，商务印书馆，2015年；《道德的谱系》，梁锡江译，华东师范大学出版社，2015年；《权力意志》，孙周兴译，商务印书馆，2007年。

索卡尔《时髦的空话》，蔡佩君译，浙江大学出版社，2022年。

托克维尔《论美国的民主》，董果良译，商务印书馆，1989年。

王国维《人间词话》，上海古籍出版社，1998年。

王南《营造天书》,新星出版社,2016年。

西登托普《发明个体》,贺晴川译,广西师范大学出版社,2021年。

亚里士多德《尼各马可伦理学》,廖申白译,商务印书馆,2017年;《诗学》,陈中梅译注,商务印书馆,1996年;《修辞学》,罗念生译,上海人民出版社,2006年。

严晓星《近世古琴逸话》,中华书局,2010年。

伊格尔顿《文学阅读指南》,范浩译,河南大学出版社,2015年。

Jennifer Green-Lewis, *Victorian Photography, Literature, and the Invention of Modern Memory*, Routledge, 2017.

图书在版编目(CIP)数据

堂吉诃德的眼镜:小说细读十二讲/张秋子著. —
上海:上海文艺出版社,2022(2025.1重印)
ISBN 978-7-5321-8477-4

Ⅰ.①堂… Ⅱ.①张… Ⅲ.①小说评论－世界 Ⅳ.
①I106.4

中国版本图书馆 CIP 数据核字(2022)第 164182 号

发 行 人:毕 胜
策 划 人:杨芳州
责任编辑:肖海鸥
特约编辑:金 林 姬 巍
封面设计:董茹嘉

书　　名:堂吉诃德的眼镜:小说细读十二讲
作　　者:张秋子
出　　版:上海世纪出版集团　上海文艺出版社
地　　址:上海闵行区号景路 159 弄 A 座 2 楼　201101
发　　行:上海文艺出版社发行中心
　　　　　上海闵行区号景路 159 弄 A 座 2 楼　201101
印　　刷:苏州市越洋印刷有限公司
开　　本:1194×889　1/32
印　　张:11.75
插　　页:2
字　　数:316,000
版　　次:2022 年 10 月第 1 版　2025 年 1 月第 5 次印刷
Ｉ Ｓ Ｂ Ｎ:978-7-5321-8477-4/I.6689
定　　价:58.00 元
告 读 者:如发现本书有质量问题请与印刷厂质量科联系